AVERY FLYNN
Dealbreaker

AVERY FLYNN

DEAL BREAKER

Roman

Ins Deutsche übertragen
von Hans Link

LYX

LYX in der Bastei Lübbe AG
Dieser Titel ist auch als E-Book und Hörbuch erschienen.

MIX
Papier aus verantwortungsvollen Quellen
FSC® C014496
FSC
www.fsc.org

Die Originalausgabe erschien 2018 unter dem Titel
»The Schemer. A Harbor City Novel« bei Entangled Publishing, LLC.

Textredaktion: Anita Hirtreiter
Umschlaggestaltung: © Guter Punkt, München | www.guter-punkt.de unter
Verwendung von Motiven von © AdobeStock (Iakov Kalinin/LoveKay);
© shutterstock (Who is Danny); © iStock (g-stockstudio) und
© gettyimages (UserGI16208136)
Satz: Greiner & Reichel, Köln
Gesetzt aus der Adobe Caslon
Druck und Verarbeitung: GGP Media GmbH, Pößneck
Printed in Germany
ISBN 978-3-7363-1193-0

1 3 5 7 6 4 2

Sie finden uns im Internet unter lyx-verlag.de
Bitte beachten Sie auch: luebbe.de und lesejury.de

1. KAPITEL

Von Jetlag geplagt und so müde, dass sich alles vor seinen Augen drehte, blieb Tyler Jacobson in dem schmalen Flur seines Mietshauses gerade noch rechtzeitig stehen, um nicht von einem knapp drei Meter hohen Kistenstapel zerquetscht zu werden.

So wird also alles enden. Er würde sterben, indem er von einem Stapel Kisten überfahren wurde, die sich direkt auf ihn zubewegten, scheinbar ganz aus eigener Kraft. Immerhin war es ein ziemlich einzigartiger Tod, obwohl tot sein seinen Plänen, die Weltherrschaft zu übernehmen, wirklich in die Quere kommen würde.

»Hey, hier kommt wer!«, rief er scherzhaft einen Satz aus einem seiner Lieblingsfilme, und zwar mit einem waschechten Proletenakzent. Seine übliche Aussprache war viel kultivierter, dank des halben Jahres Sprechunterricht vor seinem Collegeabschluss damals, in dem er seinen Banausenslang losgeworden war.

Der Kistenstapel hielt inne und neigte sich leicht nach vorn, gefolgt von dem gedämpften Klacken einer Sackkarre, die auf den mit Teppich ausgelegten Boden abgesenkt wurde. Aber es erschien niemand. Okay, die Kisten fuhren also doch nicht von selbst. Ihm gehörte das Gebäude, und obwohl er sich nicht als Hausmeister betätigte, wusste er, dass es darin nicht spukte, selbst wenn er der Typ Mensch gewesen wäre, der an solchen Schwachsinn glaubte – was er nicht war. Er mochte sich weder so anhören oder so aussehen noch sich so benehmen, doch seine Kindheit und Jugend am anderen Ende des Hafens, fernab des Glamours und des Geldes von Harbor City, hatten ihn geprägt, und er hatte definitiv einen skeptischen Blick auf die Welt.

»Tut mir leid, hab Sie nicht gesehen«, erklang eine körperlose Frauenstimme hinter den Kisten.

»Das überrascht mich nicht.«

Die Frau brauchte Unterstützung. Bei Gelegenheiten wie dieser wünschte er, das Haus hätte einen Portier, der dabei behilflich war, Kisten zu transportieren. Er musste wirklich über eine Sanierung nachdenken, damit er Platz für eine kleine Eingangshalle schaffen konnte. Als sie keine Anstalten machte, um die Kisten herumzugehen, konnte er seine Neugier nicht zurückhalten. »Verstecken Sie sich etwa dahinten?«

Eine Frau spähte um die Kisten herum. Eine hübsche Frau. Moment. Eine zauberhafte Frau – mit großen, ausdrucksvollen Augen, die zu riesig für ihr Gesicht waren, und Haaren, die ein Mann im Bett um die Hand schlingen konnte.

Sie kniff ihre klugen braunen Augen zusammen und musterte ihn von ihrer ziemlich beeindruckenden Höhe aus flugs von Kopf bis Fuß, schätzte die Situation mühelos ab, was ihm, auch ohne dass sie ein Wort zu sagen brauchte, verriet, dass hinter dem Aussehen dieser Frau mehr steckte. Alles an ihr schien dermaßen perfekt – das glatte Haar, ihr Make-up und ihre langen Beine, die in sexy Designer-Jeans steckten –, dass alles an ihr nach Zurückhaltung schrie. Na ja, zumindest fast.

»Warum sollte ich mich denn verstecken?«, fragte sie, und ihr starker Riverside-Akzent widersprach ihrer Attitüde der Unnahbarkeit vollkommen. »Sie machen mir keine Angst.«

Tyler hatte das Gefühl, dass ihr nichts so schnell Angst machte. Das gefiel ihm. Und an ihrem Akzent konnte er erkennen, dass sie aus der Arbeiterklasse stammte so wie er, obwohl er sein Bestes tat, das zu verbergen. Die Geschworenen berieten sich noch immer darüber, wie er dazu stand.

Er streckte die Hand aus. »Tyler Jacobson.«

»Everly Ribinski«, stellte sie sich vor und schüttelte ihm die Hand, schnell nach oben, nach unten und loslassen. Ihre Pupillen hatten sich für einen kaum merklichen Moment geweitet, als ihre Hände sich berührt hatten, allerdings hatte sie sich schnell wieder gefangen. Das konnte beiderseitige Anziehung sein, vielleicht aber auch bloß Überraschung darüber, dass er nicht versuchte, den Augenblick in die Länge zu ziehen. Diesbezüglich berieten sich die Geschworenen ebenfalls noch. Er stellte sich vor, dass eine so schöne Frau wie sie oft unerwünscht von Männern angefasst wurde, wenn strikte Geschäftsmäßigkeit angesagt sein sollte. Sein Magen zog sich kurz zusammen bei dem Gedanken, dass irgendein Mann sie sexuell belästigen könnte, doch sie erwiderte seinen Blick mit derartigem Selbstbewusstsein, dass solche Kandidaten vermutlich eine Abfuhr bekamen, wenn sie es versucht hatten. Er grinste bei der Vorstellung, wie sie einen Mann in seine Schranken verwies.

Und dann begriff er, dass er im Flur stand und sie daran hinderte, ihren Umzug fortzusetzen, und sie wie ein Idiot angrinste. Als sie die Brauen hochzog, schüttelte er den Kopf. *Reiß dich zusammen, Jacobson.*

Er versuchte, seine Benommenheit abzuschütteln. Zauberhafte Frauen waren nichts Neues für ihn. Sie mochten ihn. Er mochte sie. Passt. Doch aus irgendeinem Grund ließ Everly sein ziemlich fixes Denken fast zum Stillstand kommen. Er gab die Schuld der Tatsache, dass er den Nachtflug von Budapest genommen hatte und sowohl ein schreiendes Baby als auch ein Sitznachbar mit Logorrhoe an Bord gewesen waren.

»Freut mich, Sie kennenzulernen«, sagte sie, als er sich nicht von der Stelle rührte. »Aba ich muss diese Sachen hier in meine Wohnung schaffen.«

Dieses sexy A am Schluss von »Aber« war das Einzige, was als verrückter Kitzel in seinem vernebelten Gehirn hängen blieb.

»Sie beziehen 3B.« Natürlich wählte sein Verstand genau diesen Moment aus, um wieder zu funktionieren. Die Galeristin, die die Gewerbeeinheit im Erdgeschoss des Hauses hatte. »Ich wohne in 2B, aber keine Sorge. Es macht mir nichts aus, unter Ihnen zu sein.«

Scheiße, was hast du da gerade gesagt, Jacobson?

Eigentlich hatte er ausdrücken wollen, dass er, obwohl ihm das Haus gehörte, sich nicht über die anderen erhob, was sein von Schlafmangel gepeinigtes Hirn irgendwie verdreht hatte. Doch sie wusste nicht, dass er der Hausbesitzer war, und jetzt würde sie, wenn er die Sache klarstellte, vermutlich denken, er habe es nur gesagt, um einfließen zu lassen, dass ihm das Gebäude gehörte. Unhöflich bleiben oder jämmerlich wirken? Beide Optionen ließen ihn wie das Arschloch aussehen, als das er sich gerade gezeigt hatte.

Er erinnerte sich daran, dass er sein Gehirn und seine Kommunikationskompetenz benutzt hatte, um binnen weniger Jahre Millionen von Dollar zu scheffeln. *Komm schon, Jacobson, lass dir etwas einfallen, das weder anzüglich noch prahlerisch ist. Etwas Hilfreiches. Und dann mach, dass du hier wegkommst, solange sie dich noch lässt.*

In seinem Gehirn ratterte es, denn was auch immer er als Nächstes sagte, es war potenziell lebensbedrohlich in dem Minenfeld, das er gerade erschaffen hatte.

»Ich kann Sie mit einem Stimmtrainer bekannt machen; er hilft Leuten, ihren Slang loszuwerden.« Okay, nicht gerade das beste Gesprächsthema, unmittelbar nachdem er jemanden kennengelernt hatte, aber es ging als hilfreich durch.

Sie stemmte eine Hand in ihre runde Hüfte und kniff die Augen zusammen. »Slang?«

»Ja.« Er nickte und begriff zu spät, in was für einen Schlamassel ihn sein Jetlag gerade hineingezogen hatte.

»Und was ist daran auszusetzen, wie ich spreche?«, fragte Everly mit harter Stimme. Keine sexy verwaschene Endung diesmal, jedes Wort kam klar und scharf wie aus der Pistole geschossen.

Er glaubte, das schwache Klingeln einer Glocke zu hören, bevor ein Boxkampf in seinem Unterbewusstsein begann, und sein Blick huschte auf der Suche nach irgendeiner Möglichkeit umher, seine Wohnung schnell zu erreichen. Er schuldete Everly eine Entschuldigung, klar, doch er hatte Angst, dass er sich noch tiefer hineinreiten würde, so sehr litt er an seinem Jetlag, so dermaßen indisponiert war er. »Ähm. Nichts?«

Tyler konnte jeden durchschauen, seine Schwächen binnen weniger Sekunden erkennen und sie zu seinem eigenen Vorteil nutzen. So hatte er seine Consulting-Firma zu einer Institution in Harbor City gemacht, die dafür stand, Geschäfte erfolgreich abzuwickeln. Teils Trainer, teils Drill-Offizier, teils Machiavelli, hatte er, was immer notwendig war, auf den Tisch gebracht, um aus einem erfolgreichen Unternehmen ein Imperium zu machen. Doch zum zweiten Mal an diesem Tag lag er komplett daneben. Als dieser Schock sich in seinem Magen ausbreitete und ihm ganz flau davon wurde, hatte er keine andere Wahl, als ihr ein schwaches entschuldigendes Lächeln zu schenken, das er bei seinem Freund Frankie allzu oft gesehen hatte und das die Damen stets betörte und Frankie aus heiklen Situationen befreite. Hoffentlich war er nicht so eingerostet, wie er sich fühlte, wenn es darum ging, durch eine Charmeoffensive aus einer verzwickten Situation wieder herauszukommen.

Sie schürzte ihre kirschroten Lippen und kniff ihre Augen zusammen, als sie seinen Kurswechsel bemerkte. Diese Frau war viel zu clever, und sie wollte nichts davon wissen. Sie nickte, als denke sie tatsächlich darüber nach, was er gesagt hatte. »Aber ich sollte meine Aussprache ändern?«

Minenfeld. Minenfeld. »Vergessen Sie, was ich gesagt habe.« Wirklich, es wäre ein Segen, wenn sie einfach nur Nachbarn wären. Verdammt, sie durfte auf keinen Fall erfahren, dass das Haus ihm gehörte, nachdem er sich wie ein Arschloch aufgeführt hatte. *Vielen Dank, Last-Minute-Nachtflug von Budapest.*

Normalerweise war Tyler in jeder Situation derjenige, der die Lage analysierte und nach den besten Winkelzügen suchte. Aber als er Kalkül in ihrem Blick aufblitzen sah, während ihre Züge gelassen blieben, war er beeindruckt von ihrem strategischen Denken. Sie schien abzuwägen, ob sie lächeln sollte. Er sah winzige Fältchen in ihren Augenwinkeln. Doch so wie er sich die Sache aus ihrer Perspektive vorstellte, würde sie, wenn sie kokett antwortete, damit rechnen, einen Nachbarn zu bekommen, der sie ständig in die Enge trieb, weil er mehr Aufmerksamkeit wollte. Ihre Mundwinkel zogen sich nach unten. Sie konnte ihren Ärger darüber ausdrücken, dass er ihr im Weg stand, dass er sie beleidigt hatte, allerdings würden sie unter einem Dach leben, daher war das unnötiger Stress, vor allem wegen ihres Geschäftes im Erdgeschoss. Schließlich schien sie sich für eine distanzierte, aber freundliche Haltung zu entscheiden, die jedwede Chancen seinerseits zunichtemachte, ihr zu helfen oder sich weiter mit ihr zu unterhalten. Verdammt. Sie war gut.

»Okay«, sagte sie mit einem Lächeln, das beinahe echt aussah, wenn auch ein klein wenig sauer, dann wartete sie ab und sah ihn an. »Tyler?«

»Ja?«, fragte er, steckte die Hände in seine Hosentaschen und schenkte ihr ein weiteres Lächeln, von dem er hoffte, dass es charmant war.

»Könnten Sie ein Stückchen zur Seite gehen?« Ihr Ton war neckend. »Ich will Sie nicht überrollen.«

»Oh«, murmelte er und sprang wie der Blitz zur Wand, um ihr aus dem Weg zu gehen. »Tut mir leid.«

Sie nickte nur, verschwand hinter dem Kistenstapel auf der Sackkarre und ging an ihm vorbei durch den Hausflur. Okay, diese Begegnung war Schrott gewesen, aber trotz Jetlag fand er es verdammt gut, ihrem herzförmigen Hintern zuzusehen. Wie er sich bewegte, wenn sie ging.

Achtundvierzig Stunden später öffnete Everly die letzte Umzugskiste. Die Miete ihrer neuen Wohnung war unverschämt hoch – nichts Neues für Harbor City –, aber sie hatte die Pendelei satt. Die *Black Heart Gallery* befand sich im selben Haus im Erdgeschoss. Seit sie haufenweise Stunden auf den Versuch verwandt hatte, die Galerie in Schwarz zu streichen, damit die Räume nicht wie das Pflegeheim von Nunni aussahen, wusste sie, dass der Katzensprung bis zu ihrem Zuhause die Mehrkosten wert war.

Es war nervig gewesen, all ihre Sachen aus ihrer alten kleinen Wohnung herzuschaffen, doch jetzt war sie fertig. Das musste gefeiert werden. Sie schickte schnell eine Textnachricht an ihre Freundin Kiki und lud sie auf einen Drink ein, dann ging sie in den Hausflur, um die Kartons zur Papiertonne zu bringen. Sie schaffte es genau zwei Schritte weit, bevor sie Rauchgeruch wahrnahm.

Sie lief zur Treppe. Es war kein dichter schwarzer Rauch wie von einem Autoreifenfeuer, aber trotzdem schwebte ein grauer Nebel in den zweiten Stock, zusammen mit dem Geruch von etwas Verkohltem, sodass sie ihr Telefon aus ihrer Gesäßtasche riss, während sie keuchend Luft holte. Sie sah noch keinen dichten Rauch und hörte auch keinen Feueralarm, doch sie war sich sicher, dass das bloß eine Frage von Sekunden war.

»911, was haben Sie für einen Notfall?«

»In meinem Haus brennt es.«

Nachdem sie ihre Adresse durchgegeben hatte, eilte sie die Treppe hinunter, mit nur einem einzigen Gedanken im Kopf – zuzusehen, dass sie hier wegkam, ehe sie in irgendeinem Inferno gefangen saß.

»Feuer!«, brüllte sie auf dem Weg nach unten, wohl wissend, dass ihre Stimme laut genug war, um bis nach Riverside vorzudringen.

Sie hatte es gerade bis zum Treppenabsatz des ersten Stocks geschafft, als jemand ihren Namen rief. Instinktiv drehte sie sich um und bereute sofort die zu schnelle Bewegung. Ihr zehn Zentimeter hoher Absatz verfing sich im Teppich, und sie kippte nach vorn. Gleichzeitig zog die Schwerkraft sie herunter. Sekunden bevor sie auf die Nase fallen konnte, legte sich ein starker Arm um ihre Taille und riss sie zurück gegen etwas Unnachgiebiges und – sie schnupperte – etwas, das nach verbranntem Schokoladenkuchen roch.

»Alles in Ordnung mit Ihnen?«, fragte Tyler und ließ sie los, sobald sie ihr Gleichgewicht wiedergefunden hatte.

»Wir müssen weg hier.« Sie griff nach seiner Hand und zerrte ihn zur Treppe – nun, sie versuchte, an ihm zu zerren, aber er war zu stattlich und muskulös, als dass sie ihn auch bloß zwei Zentimeter hätte vom Fleck bewegen können. »Es brennt!«

»Was? Nein. Ich habe gebacken und den Backofen zu heiß gestellt«, sagte er, als sei es keine große Sache, beinahe ein Haus niederzubrennen. »Meine ganze Wohnung war verqualmt, als ich aus der Dusche kam.«

Sie sah sich um und bemerkte, dass der Rauch tatsächlich schwächer wurde. In dem Moment ertönte das erste Schrillen der Sirenen, kaum lauter als die Furcht, die in ihr hämmerte. »Die Feuerwehr.«

»Sagen Sie mir, dass Sie die nicht gerufen haben«, stöhnte er. »Sie waren in diesem Monat bereits dreimal hier.«

»Wegen Ihrer Backerei?«, erkundigte sie sich. Sie dachte nicht über ihre Frage nach, sondern konzentrierte sich einfach darauf, ihren Atem zu beruhigen, ehe sie noch hyperventilierte. Nachdem das Mehrfamilienhaus neben ihrem bis auf die Grundfeste abgebrannt war, als sie ein Kind gewesen war, geriet sie schon beim bloßen Gedanken an ein Feuer im Haus in Panik.

Er verschränkte die Arme vor der Brust. »Ja.«

Bei jeder anderen Gelegenheit hätte sie gecheckt, wie seine Bizepse in seinem kurzärmeligen Shirt aussahen, hätte die sehnigen Linien seiner Unterarme bewundert. Armporno war ihre Schwäche. Wie die Dinge lagen, war sie zu sehr mit sich selbst beschäftigt, als das nur am Rande zu bemerken. *Einatmen. Ausatmen. Einatmen. Ausatmen. Keine Panik. Schön ruhig atmen.*

»Wie wär's mit einem Kochkurs?«

Sein Kinn verspannte sich, und die Ader in seiner Schläfe trat hervor. »Wie wär's, den Dingen erst mal auf den Grund zu gehen, bevor Sie überreagieren?«

»Überreagieren?« Und wusch, helle Panik überkam sie erneut bei der Erinnerung an die Schreie, die aus diesem brennenden Haus gekommen waren. »Als ich aus meiner Wohnung gekommen bin, war der Hausflur voller Rauch.«

Er schaute in dem Treppenhaus nach oben, und trotz des Ärgers, der sich mit ihrer Panik duellierte, konnte sie nicht umhin, die perfekte Gelegenheit auszunutzen, einen langen Blick auf sein Gesicht zu werfen, ohne dabei beobachtet zu werden.

Der Mann war für ihren Geschmack zu gut aussehend. Kantiges Kinn. Markante Züge wie ein Fotomodell. Dunkles Haar, das sich in einer Shampoowerbung gut machen würde. Und seine Augen? Diese Blauschattierung sollte gesetzlich verboten sein wegen der Dinge, die sie mit dem Herzschlag einer Frau machte – ganz zu schweigen von ihrer Libido –, wenn er sie direkt ansah.

Sie waren einander seit dem Tag ihres Einzugs nicht mehr über den Weg gelaufen. Als ihr Ärger über seinen unhöflichen Vorschlag, Sprechunterricht zu nehmen, verflogen war, war ihr eingefallen, wie müde er um die Augen ausgesehen hatte. Irgendein Nachbar hatte erwähnt, dass er gerade aus Europa zurückgekommen war, und sie war bereit gewesen, das Missgeschick auf sich beruhen zu lassen und ihn nicht gleich abzustempeln. Sie hatte sich gesagt, dass ein Mann, nur weil er reich war und sich die Mühe machte, Sprechunterricht zu nehmen, um seinen Proletenslang abzulegen, deswegen noch lange nicht so war wie ihr Vater. Die Tatsache, dass er ihr nahegelegt hatte, ihren Akzent loszuwerden, stellte jedoch ein Warnsignal dar, das sie besser beachten sollte.

Aber sie würden eine ganze Weile Nachbarn sein, daher war es klug, nicht mit ihm aneinanderzugeraten. Ganz abgesehen davon, wie seine Hand ihre umfasst gehalten hatte, oder von diesem irrwitzig sexy Grinsen, mit dem er sie einlullen wollte. Natürlich war ihr zweiter Eindruck von ihm nicht besser als der erste.

»Ich sehe keinen Rauch«, brummte er.

Sie hob den Blick und sah … nichts als Luft. »Er muss sich verzogen haben.«

»Davon bin ich überzeugt«, sagte er und klang genau wie Nunni jedes Mal, wenn sie Everly bei einer Lüge ertappt hatte. Von draußen erklang das Schrillen von Sirenen, gefolgt vom

Poltern gestiefelter Schritte auf der Treppe. »Erzählen Sie das den Feuerwehrleuten.«

Das tat sie, allerdings nicht überzeugend. Als die Feuerwehrleute das Gebäude überprüft hatten, insbesondere Tylers Wohnung, und wieder aufgebrochen waren, war Everly wirklich reif für den Drink mit Kiki. Doch bevor sie wieder die Treppe hinaufgehen konnte, erschien Tyler neben ihr. Er hielt eine Schachtel in Händen, die er ihr mit einem entschuldigenden Grinsen überreichte. Darin befand sich ein Papierteller mit Brownies, die so verbrannt waren, dass sie so hart waren wie Eishockey-Pucks. Und das löste das Mysterium, was zum Teufel das Haus mit Rauch gefüllt hatte.

»Und dann ist er einfach weggegangen?«, fragte Kiki einige Stunden später, als sie es sich in einer Ecknische ihres Lieblingsweinlokals bequem gemacht hatten.

»Ja, ist er«, bestätigte Everly, die immer noch versuchte, das zu verdauen. »Er ist wieder in seine Wohnung und hat die Tür zugemacht.«

Kiki, die über den Rand ihres Weinglases spähte, ehe sie einen Schluck daraus nahm, warf ihrer Freundin einen fragenden Blick zu. »Geht es um den heißen Typen, mit dem du im Flur geredet hast und der den Witz über deine Aussprache gemacht hat?«

»Ja.« Gott, sie hatte die Leute satt, die dachten, jemand mit ihrer Aussprache müsse sie ändern, sonst würde man ihn nicht ernst nehmen. Während der ganzen Collegezeit war das der Rat Nummer eins von den Leuten des Kunstbereichs gewesen. Damals hatte sie ihnen gesagt, sie sollten sich zum Teufel scheren, und daran würde sie sich jetzt auch halten. Sie war stolz auf ihre Herkunft, sogar Leute aus Riverside wussten Kunst zu schätzen.

»Und heute hat er dir ungenießbare Brownies geschenkt?«, fragte Kiki. »Meinst du, er ist verrückt?«

Sie schüttelte den Kopf. »Nur angepisst.«

»Hör mal, du wohnst im selben Haus wie dieser Mann. Ich schlage vor, du machst ihm ein Friedensangebot.«

Das war gar keine schlechte Idee. Wer wollte schon Krieg mit seinem Nachbarn wie bei *Tom und Jerry*? »Irgendwelche Vorschläge?«

»Hier.« Kiki griff in ihre Handtasche und zog einen Geschenkgutschein ihrer Firma *Be Merry Catering* hervor. »Der Mann kann offensichtlich nicht kochen. Ich kann ihm Mahlzeiten für eine ganze Woche bieten. Er braucht bloß anzurufen und mir zu sagen, was er von unserer Speisekarte haben will.«

Das war brillant. »Du bist die Beste.«

»Ich weiß.« Kiki wurde ernst. »Wie ist eigentlich dein letzter Besuch bei Nunni gelaufen?«

Everly wurde sofort schwermütig, und ihre Gliedmaßen fühlten sich an wie Zementblöcke. »Es ging ihr so gut, wie man das bei ihrer Demenz erwarten kann. Sie hat wieder gedacht, ich sei meine Mom.«

Kiki zuckte mitfühlend zusammen. »Sie hat dir also einen Vortrag gehalten?«

»Ja.« Genau wie bei neun von zehn Besuchen. Es war nicht ungewöhnlich, dass Demenzpatienten sich ein Ereignis in ihrem Leben aussuchten, auf das sie sich immer wieder bezogen, aber das machte es nicht leichter zu ertragen – vor allem weil es Everly stets aufs Neue das Herz brach. »Jedes Mal, wenn ich dachte, sie würde davon ablassen und auf etwas anderes zu sprechen kommen, kam sie wieder darauf zurück und warnte mich vor all den Verderbtheiten der Männer, die einem den Himmel auf Erden versprechen und einen dann durch die Hölle gehen lassen.«

»Dein Dad war auf jeden Fall ein Mistkerl.«

»Gelinde gesagt.« Der Mann war ein narzisstisches, verlogenes und hinterfotziges Arschloch erster Güte.

Kiki hob erneut ihr Glas. »Darauf, dass du deine Daddy-Probleme überwindest.«

»Welche Daddy-Probleme?«, fragte sie, ließ aber trotzdem ihr Glas gegen das ihrer Freundin klirren und ignorierte die kleine Stimme, die ihr sagte, dass sie ganz schön geliefert war.

»Süße, es hat keinen Zweck, sich zu verstellen.« Kiki verdrehte die Augen. »Du verurteilst jeden Mann, der dich auch nur ansieht, als müsse er für die Sünden deines Vaters bezahlen.«

Das mochte ja stimmen, doch wer konnte ihr einen Vorwurf daraus machen nach dem, was ihr Vater getan hatte, was ihrer Mutter anschließend zugestoßen war und der Tatsache, dass die ganze Geschichte Nunni so dermaßen zugesetzt hatte, dass das jenes Ereignis war, auf das sie sich am meisten fixierte, während sie ihre Tage in dem Zentrum für betreutes Wohnen verbrachte. Die ganze Sache war makaber, und Everly musste Tag für Tag damit leben. Dennoch: Eine sehr wichtige Tatsache ließ sich nicht leugnen.

»Bloß weil Nunni dement ist«, sagte sie Kiki, »heißt das noch lange nicht, dass sie sich in Bezug auf selbstsüchtige reiche Arschlöcher irrt.«

Als Tyler am nächsten Tag ohne jede Spur von Jetlag erwachte, fand er einen Umschlag, den ihm jemand unter der Tür hindurchgeschoben hatte. Da er nicht tickte, öffnete er ihn.

Be Merry Catering
Geschenkgutschein für den Lieferservice für eine Woche. Bitte rufen Sie uns an, um weitere Informationen zu erhalten.

Unterschrieben war der Gutschein von Everly Ribinski.

What. The. Fuck. Da hatte er ein Blech Brownies verbrannt – okay, er konnte bereits gar nicht mehr zählen, wie oft ihm in der Küche etwas misslungen war, aber das wusste sie nicht –, und schon wurde ihm gesagt, er solle einfach aufgeben? Wenn er das Handtuch geworfen hätte, hätte er es niemals aus Waterbury weggeschafft. Er hätte irgendeinen langweiligen Job, der eine Sackgasse war, statt Millionen zu scheffeln, indem er tat, was er mochte.

Er sah auf das Blatt Papier in seiner Hand. Noch nie zuvor war ihm mittels eines Geschenkgutscheins Salz in eine Wunde gestreut worden. Also, so sollte es laufen, ja? Krieg mittels passiv-aggressivem Geschenkgutschein?

Er warf das Papier auf seine Kochinsel, hielt inne und dachte über seine Optionen nach. Interpretierte er da zu viel hinein? Er hatte Brownies für sie gebacken, um sich für seine beschissene Bemerkung über ihre Aussprache zu entschuldigen, und sie hatte die Feuerwehr von Harbor City gerufen. Dann hatte sie ihm obendrein erklärt, er sei ein so miserabler Koch, dass er einen Caterer engagieren solle. Okay, er taugte nichts in der Küche, doch er lernte dazu. Außerdem wusste er, dass die Frau noch nie in ihrem Leben etwas nicht hinterfragt hatte, obwohl er nur zweimal mit ihr geredet hatte. Ihr Denkvermögen bestand aus vielen Schichten von Intelligenz und Beweggründen – wie ein verdammtes Parfait.

Das Klappern der Absätze der fraglichen passiv-aggressiven Person wanderte über seine Decke. Er lauschte, wie sie von einem Ende der Wohnung zum anderen hin und her ging, und jeder Schritt klang so selbstzufrieden, wie sie sich gewiss fühlte. *Na schön. Dieses Spiel kann man zu zweit spielen.*

Er schnappte sich sein Handy und feuerte eine E-Mail an seine Assistentin ab.

Lauschige fußförmige rosa Monstrositäten mit oben aufgeklebten Glubschaugen spähten zu Everly empor wie ein irregewordener Stalker. Sie hielt sie vor ihr Display, damit Kiki sehen konnte, was in dem Päckchen angekommen war, zusammen mit einer Notiz von Tyler, in der er seine Überlegung kundtat, ob ihre High Heels ihren Füßen ebenso wehtaten wie seinen Ohren.

»Pantoffeln?«, fragte Kiki und hielt ihr Gesicht näher an ihre Kamera, als wolle sie die grässlichen Dinger wirklich besser sehen können. »Er hat dir potthässliche Pantoffeln geschickt?«

Everly konnte nichts anderes tun, als zu nicken. Sie warf noch einen Blick auf die Pantoffeln, schauderte unwillkürlich und warf sie in den Müll.

»Wie süß genau ist er?«, fragte Kiki.

Zum Totumfallen süß. »Nicht süß genug für so was.«

»Also, was ist dein Plan?«

Ihre beste Freundin kannte sie in- und auswendig. Sie hatte immer einen Plan. »Ihm aus dem Weg zu gehen, soweit das möglich ist.«

»Und wenn es das nicht ist?«

Es war ein kleines Haus mit nur einer Handvoll Wohnungen und einer Tiefgarage. Es war wahrscheinlich ein frommer Wunsch, ihm immer aus dem Weg gehen zu können. Das Beste war es, vorbereitet zu sein. »Ich werde keinen Deut nachgeben.«

»Also wirst du ihm zeigen, wie man das in Riverside macht?« Kiki lachte.

Dass sie ihre Kindheit und Jugend in einer armen und beschissenen Gegend verbracht hatte, bedeutete, dass sie mit einem Kodex aufgewachsen war. »Wir kneifen nicht. Niemals.«

»Süße«, Kiki schüttelte erheitert den Kopf, »ich habe dich lieb, aber nicht alles im Leben ist ein Kampf auf Leben und Tod.«

»Ist es sehr wohl.« Wie würde ihr Leben aussehen, wenn sie einfach jedem Arschloch, das ihr über den Weg lief, nachgeben würde? Sie würde jedenfalls keine eigene Galerie besitzen, so viel stand fest.

Kiki kicherte. »Das dürfte interessant werden.«

Etwas Interessantes war das Letzte, was Everly gegenwärtig in ihrem Leben brauchte, doch vor einem Streit zurückzuschrecken, lag einfach nicht in ihrer Natur.

2. KAPITEL

»Sie wollen mich wohl verarschen.«

Tyler hielt seinen Blick auf seine Ausgabe der *Investor's Business Daily* gerichtet. Er brauchte nicht aufzusehen, um die Sprecherin oder ihr Auto zu identifizieren. Und deshalb wendete er den Blick nicht von der Zeitung ab, die er nicht mehr las, seit sie näher herangefahren war. Es war nicht so, als müsste er die Frau tatsächlich betrachten. Zu seinem großen Ärger hatte er niemals Mühe, sich seine Nachbarin mit diesem starken Riverside-Akzent vorzustellen, die Kaffe statt Kaffee sagte. Everly Ribinski war eine High-Heel-Süchtige, die laut genug durch die Wohnung über seiner klackte, um Tote zu wecken.

Aber das war nur der Anfang ihres kleinen Krieges vor zwei Monaten gewesen, was erklärte, warum er mitten an einem Dienstag in einem klappbaren Liegestuhl auf dem vordersten Stellplatz in seiner Tiefgarage saß und darauf wartete, dass seine boshafte Nachbarin aus der oberen Etage nach Hause kam und versuchte, dort zu parken. Das würde nicht passieren. Dafür würde er sorgen.

»Gehen Sie da weg, damit ich parken kann, oder muss ich Sie überfahren?«, fragte sie.

Er sah auf. Großer Fehler. Von seinem Platz auf dem Liegestuhl aus war sie, wie sie da neben der offenen Tür ihres Autos stand, eine ausgesprochen kurvige und obendrein hochmütige Erscheinung. Verdammt, wem machte er etwas vor? Everly sah alarmierend attraktiv aus, ganz gleich, wo er saß. Schwarzes

Haar, das in einer Welle endete, die gerade eben ihre Schultern streifte, und dieser üppige Körper in einem hautengen schwarzen Kleid samt Lederjacke, volle Lippen, die darum bettelten, dass man den roten Lippenstift davon herunterküsste, und ein herzförmiger Hintern, der seinen Schwanz jedes verdammte Mal, wenn er sie sah, in Habachtstellung versetzte. Der heutige Tag war da keine Ausnahme, obwohl er ihren Po von hier aus gar nicht sehen konnte. Wirklich ein Jammer.

Langsam senkte Tyler den Blick, klappte seine Zeitung zusammen, faltete sie und legte sie dann auf seinen Schoß. Er griff nach der Bierflasche mit dem langen Hals neben ihm und blickte wieder zu ihr hinüber. Everly schien nicht glücklich darüber zu sein, ihn zu sehen. Das war nicht weiter verwunderlich. Sie war nie froh darüber – allerdings lieferte er ihr auch keinen Grund, es zu sein.

Er nahm einen langen Zug aus der kühlen Flasche und beobachtete, wie sie ihre braunen Augen zusammenkniff und ihn musterte. Er konnte praktisch sehen, wie ihr Gehirn ratterte, während sie überlegte, wie sie ihn aus dem Weg räumen konnte. Natürlich würde sie das niemals tun. Er kannte sich mit Leuten aus. Wusste, wie sie dachten. Kannte all ihre Intrigen und Pläne. Wusste, wie man sie überlistete und den anderen den Kürzeren ziehen ließ. Immer.

Nun, bis zu dem Moment, als er sie kennengelernt hatte. Aber obwohl sie in einer Pattsituation gesteckt hatten, war er überzeugt, dass sein jetziges Manöver ihn ein und für alle Mal als Sieger hervorgehen lassen würde.

Er stellte die Flasche zurück auf den Beton und zwang sich, sich nicht all die Dinge vorzustellen, die ihre kirschroten Lippen tun konnten. »Sie werden mich ja wohl kaum überfahren.«

Sie ließ ihre Schlüssel klimpern. »Denken Sie noch mal nach, Mr 2B.«

»Nun, Ms 3B«, sagte er und spielte ihr Ich-kenne-Ihren-Namen-nicht-Spiel mit, »im Gefängnis sind keine High Heels erlaubt.«

»Sie glauben gar nicht, was so alles in den Knast geschmuggelt wird«, antwortete sie, ohne eine Sekunde zu zögern.

»Sprechen Sie aus Erfahrung?«, fragte er, wohl wissend, dass es nicht so war.

Everly Ribinski mochte zwar aus einem zwielichtigen Teil der Stadt kommen, aber sie war keine Mafiabraut oder darauf aus, sich in einem sehr rauen Stadtviertel einen Namen zu machen. Sie war eine Kunsthändlerin mit einem Schuhfetisch und einem Mordshintern.

Sie reckte das Kinn arrogant noch höher. »Sie haben ja keine Ahnung.«

»Also gibt es Klärungsbedarf.«

»Wegen Ihrer Schwäche für Abgase und dunkle Tiefgaragen?«, fragte sie. »Ich stimme Ihnen völlig zu. Das ist seltsam.«

Er erhob sich aus dem Liegestuhl und öffnete die Arme, um die zweieinhalb Meter breite und drei Meter lange gelb markierte Fläche neben dem Aufzug zu durchmessen. Sie lag zufällig direkt neben dem Stellplatz, auf dem Mrs MacIntosh ihren uralten Chevrolet parkte, wobei sie für gewöhnlich eine Schicht Farbe von dem Auto mitnahm, das das Pech hatte, auf dem Parkplatz daneben zu stehen, weshalb sein Wagen drei Blocks entfernt in der Garage eines anderen Hauses untergebracht war, das ihm gehörte. Das war der Grund, warum er alle von diesem Parkplatz fernhielt. Wobei er den wahren Grund Everly niemals verraten würde. Er zog es vor, sie in dem Glauben zu lassen, dass es ihm einfach Spaß machte, sie zu schikanieren. Was zufällig ein echter Pluspunkt nebenbei war. »Dieser Parkplatz gehört mir.«

Sie starrte ihn an, als raube er ihr tatsächlich den allerletzten

Nerv, nur dass das Funkeln in ihren braunen Augen sie verriet. »Wer zuerst kommt, darf ihn nehmen.«

Er drehte die Handflächen nach oben. »Und ich bin da.«

Sie lachte, ein lautes, erstauntes Geräusch, das in der Garage widerhallte. »Sie sitzen auf einem hässlichen rosa Liegestuhl. Wo haben Sie den überhaupt her?«

Vom Sperrmüll, aber das brauchte sie nicht zu wissen.

»Sie parken nicht einmal hier«, sagte sie, und ihre Stimme troff vor Ärger.

»Jetzt schon. Ich habe beschlossen, mir ein Bike zu kaufen. Ich hatte ein Auge auf eine Harley geworfen, und heute habe ich zugeschlagen. Sie wird am Nachmittag geliefert, und ich brauche einen Platz, um sie in der Nähe des Fahrstuhls abzustellen, wo die Wahrscheinlichkeit am geringsten ist, dass sie gestohlen wird. Also, verstehen Sie, ich brauche den Parkplatz nötiger als Sie.« Wie wahr. Nun, bis auf den Teil, in dem er angeblich ein Auge auf ein Bike geworfen hatte. Er konnte überhaupt nicht Motorrad fahren, daher würde es niemals von diesem Stellplatz weggefahren werden. Er versuchte, die Tatsache zu verdrängen, dass er ein Bike für fünfzigtausend Dollar gekauft hatte, um seiner Erzfeindin zu ersparen, dass ihr geliebter Wagen regelmäßig zerbeult wurde. Bei der Bonitätsprüfung anlässlich der Vermietung der Räume für die Kunstgalerie hatte er ihre Finanzen eingesehen und wusste, dass sie jeden Monat bloß knapp über die Runden kam. Er wusste außerdem, wie es war, hart dafür zu arbeiten, um Erfolge vorweisen zu können und zu sehen, wie ein anderer einen Scheiß darauf gab. Er schüttelte den Kopf. Nein, er hatte fünfzig Riesen zum Fenster rausgeschmissen, weil er gern gewann, schlicht und ergreifend. Wenn er überdies ihr Auto rettete, nun, das war ein positiver Nebeneffekt für sie.

»Ich werde mit Ihnen eine Münze um den Parkplatz werfen.

Und wenn ich gewinne, ziehen Sie die High Heels aus, wenn Sie in Ihrer Wohnung sind.« Es war ein Spiel, das er manchmal spielte, um gewisse Entscheidungen von der Gefühlsebene wegzuholen. Natürlich hatte er sich eine Technik angeeignet, die seine Chancen beim Münzwurf verbesserte. Schließlich war er kein Mann, der die Dinge wirklich jemals dem Zufall überließ. Und sosehr er diesen kleinen Krieg auch genoss, brannte er darauf, ihr diese Schuhe auf die eine oder andere Weise auszuziehen. Sie hielt ihn wirklich bis in die Puppen wach, und er war davon überzeugt, dass es diese klappernden Fick-mich-High-Heels waren und ihr feuriger Blick, den er sich immer wieder vergegenwärtigte. Also war er sich angesichts der gegenwärtigen Umstände nicht zu schade, die Münze zu manipulieren, um es herauszufinden.

»Ich rufe den Hausmeister an.« Aber sie griff nicht nach ihrem Handy. »Sie spinnen doch.«

»So was.« Er zog die Brauen hoch und sprach die Herausforderung aus, ohne die Worte zu benutzen. Nach dem Hin und Her der vergangenen Monate brauchte er das nicht. »Vertrauen Sie nicht auf das Schicksal?«

Sie verschränkte die Arme vor der Brust und streckte eine Hüfte vor. »Ich komme aus Riverside«, antwortete sie und unterstrich ihre Gossenpose mit einer vorsätzlichen Verstärkung ihres Akzents, sodass es wie Rivaside klang. »Ich vertraue auf gar nichts.«

Sie kannten beide das Spiel, das sie spielten, und keiner von ihnen gab auch nur einen Deut nach. Er verbrannte sein Essen und verpestete mit seinem Gestank ihre Wohnung. Sie stampfte über seine Decke. Er belegte den besten Parkplatz mit einem Klappstuhl. Sie drohte, ihn zu überfahren. Wenn sie wüsste, dass das Haus ihm gehörte, würde sie einen Rückzieher machen. Und obwohl ihm anfangs nichts lieber gewesen wäre als das, wollte er sich mittlerweile den Spaß nicht mehr nehmen lassen, denn die Königin des High-Heel-Flanierens machte Schritte, die er nicht voraussehen konnte. Und das war in seiner Welt eine absolute Kuriosität. Eine, die aufzugeben er nicht bereit war, und nach dem Funkeln in ihren Augen zu urteilen, war sie das auch nicht.

»Wir werfen einmal die Münze, und der Gewinner bekommt den Parkplatz. Andernfalls werde ich einfach hier sitzen bleiben und mein Bier trinken, bis mein Bike geliefert wird. Ihre Entscheidung. Zumindest gebe ich Ihnen mit der Münze eine Fifty-fifty-Chance auf den Parkplatz.«

Sie hielt ihre Schlüssel hoch. »Ihnen ist aber schon klar, dass ich die Schlüssel für Deutschlands zweitbeeindruckendste Exportware habe und dass sie genug PS hat, um Sie zu zerquetschen wie einen Käfer, oder?«

Er warf einen Blick auf den BMW und kam zu dem Schluss, dass er zu ihr passte. Schwarz. Windschnittig. Mit einem satten Schnurren, wenn man den Motor richtig behandelte. »Was ist die beeindruckendste Exportware?«

»Anselm Kiefer.«

Er stutzte. »Wer?«

»Bloß ein provokanter deutscher Gegenwartskünstler«, antwortete sie in herausforderndem Ton, als wolle sie, dass er ihr widersprach.

Fehdehandschuh aufgenommen. »Ich hätte glatt gewettet, Sie würden Schwarzwälder Kirschtorte sagen. Ich habe schon daran gedacht, eine für Sie zu backen.«

Sie funkelte ihn böse an. »Sehr witzig.«

Er zuckte die Achseln. »Was soll ich sagen? Kunst bringt es bei mir nicht, Kuchen schon.«

»Das ist die idiotischste Bemerkung, die je gemacht wurde.« Ihre Pupillen weiteten sich, und sie richtete sich zu ihrer vollen

Größe auf. Sie verströmte ebenso Entrüstung wie heiße Funken, die seine Haut verbrannten. »Kunst ist besser als Kuchen. Kunst ist genauso lebensnotwendig wie Atmen. Und wenn wir ehrlich sind, kann niemand atmen, wenn Sie irgendetwas backen.«

Das hatte gesessen. Gut gekontert. »Manche Kunstwerke mag ich durchaus, wie die altmodischen weichgezeichneten Elvis-Porträts oder diese pokerspielenden Hunde«, sagte er, um sie anzustacheln.

Der Fluch, den Everly ausstieß, klang italienisch, aber ganz sicher war er sich nicht. »Sie sind ein Tier.«

»Nur zu Ihrer Information: Alle Menschen sind Tiere.« Er zog den Vierteldollar, den er vor Jahren aus dem Kleiderschrank seines Vaters stibitzt hatte, aus einem speziellen Fach seiner Brieftasche hervor und hielt ihn hoch, damit sie ihn sehen konnte. Die Geldmünze begleitete ihn seit Jahrzehnten, und die Entscheidungen, die er mit ihr getroffen hatte, hatten ihn aus Waterbury herausgeholt. Manch einer würde sie vielleicht seinen Glücksbringer nennen. Für ihn war sie eine Menge mehr. »Kopf oder Zahl?«

»Das ist nicht Ihr Ernst.« Sie schüttelte den Kopf und ließ ihr schwarzes Haar um ihre Schultern tanzen.

Er hob die Hand zum Pfadfinderschwur. »So ernst wie es einem Büchernarr mit der Bibliothek ist.«

»Sie verspotten Büchernarren?«

»Meine Liebe, ich *bin* ein Büchernarr.« In seiner Kindheit und Jugend war die Bibliothek seine Zuflucht während der vielen Streitereien seiner Eltern gewesen, vor allem jener Streitereien, in denen dem Gebrüll Teller folgten, die an den Wänden zerschellten.

Everly sah auf den schäbigen Vierteldollar in seiner Hand hinab. »Einer mit einer Obsession für Two-Face?«

Oh ja, das hier war ein Gesprächsthema, dem er gewachsen war. »Batman oder Superman?«

Sie grinste ihn an. »Wonder Woman.«

Ja. Er konnte es sehen – vielleicht eine Spur zu gut. Die Vorstellung von Everly in Wonder Womans Outfit blitzte in seinem Kopf auf, bevor er es verhindern konnte, und er musste seine Haltung korrigieren, um die Oh-das-mag-ich-Reaktion seines Schwanzes zu berücksichtigen. »Kopf oder Zahl?«

»Zahl für den Parkplatz.«

Sie traf die Entscheidung, und Tyler hatte keine Skrupel, den Wurf zu manipulieren. Er rettete ihren Wagen so oder so, selbst wenn sie es niemals so sehen würde. Und er würde das Funkeln in ihren Augen verursachen, wenn sie verlor. Also wäre es Gleichstand.

»Meine Liebe«, sagte er und warf die Münze mit einem harten Schnippen in den genau richtigen Winkel, »bereiten Sie sich schon einmal darauf vor, in absehbarer Zukunft am Ende der Garage zu parken.«

Everly ließ ihre Schlüssel fallen, sobald der Vierteldollar in der Luft war. Die Münze flog hoch und drehte sich mehrmals um sich selbst, ehe Everly sie auffing, sie umdrehte, auf ihren Handrücken klatschte und die andere Hand darüberlegte. Mr 2B – okay, Tyler Jacobson, sie kannte seinen Namen – starrte sie nur mit großen Augen und heruntergeklappter Kinnlade an.

Männer. Sie sind so verdammt einfach gestrickt.

Na ja, er war es bis jetzt jedenfalls nicht gewesen. Der dunkle Adonis, der aussah wie der Frauenschwarm David Gandy mit seinem schwarzen Haar, den blauen Augen und dem perfekten Körper – mein Gott, wie viel Zeit verbrachte er im Fitnessstudio? Sie stellte ihn sich erhitzt und verschwitzt vor. Seine Bizepse, die sich bei jeder Bewegung dehnten. Seine Oberschenkel spannten sich bei jeder Kniebeuge. Sein Rücken glänzte, wenn er – *Mädchen, konzentrier dich!* – Wo war sie? Oh ja, sie schockierte den schwanzfixierten Mr Ich-weiß-alles-besser, indem sie nicht nach seinen Regeln spielte. *Werden Sie damit fertig, Mr 2B!*

»Was ist denn? Sie wollen doch nicht eine Münze werfen und sie dann auf dem Boden landen lassen wie bei den Heiden, oder?«, fragte sie, als er sie anstarrte, als sei sie ein Zauberwürfel, der gelöst werden musste. »Sie werfen. Ich fange. Das ist bloß fair, stimmt's?«

Tyler erholte sich schnell, das musste sie ihm lassen. Der schwarzhaarige, blauäugige Teufel klappte den Mund zu und beendete die Bewegung mit einem frechen Lächeln, das nicht im Mindesten etwas bei ihr auslöste. *Lügnerin.*

»Wie du mir, so ich dir, hm?« Er streckte die Hand aus, die Handfläche nach oben gedreht, weil er seinen Vierteldollar offensichtlich zurückhaben wollte.

Sie zuckte die Achseln. Was konnte sie sagen, sie war Italienerin mit polnischem Einschlag, und sie hatte sich von Nunni die Auge-um-Auge-Zahn-um-Zahn-Auffassung abgeguckt.

»Wenn man Groll hegt, ist das nicht gut für die Gesundheit«, bemerkte er und trat einen Schritt näher, so selbstbewusst wie ein Mann, der auf dem Schachbrett immer sechs Züge vorausdachte.

Sie deutete mit dem Kinn auf den Stuhl hinter ihm. »Auf meinem Parkplatz zu sitzen auch nicht.«

Entschlossen, den köstlichen Duft seines Eau de Cologne zu ignorieren, der ihre Sinne reizte, und wie sexy seine Unterarme in diesem bis zu den Ellbogen aufgekrempelten dunkelblauen Hemd aussahen, ging sie mental einige von Tylers größten Kochsünden durch. Angebranntes Curry. Versengter gegrillter Käse. Verkohlte Eier. In Brand gestecktes Popcorn.

»Der Parkplatz gehört Ihnen nicht«, sagte er. »Ich glaube, Sie haben sich für Zahl entschieden.«

Ihr Magen vollführte einen Tanz, als sie die Hand hob. Sie brauchte keinen Blick auf die Münze zu werfen. Der Ausdruck auf dem selbstgefälligen Gesicht des Bastards sagte alles. Es war Kopf.

Everly schaute über ihre Schulter in die Düsternis der kleinen Tiefgarage. In dem langen schmalen Raum gab es nur sechs Plätze, außer den beiden vorderen alle quer zur Wand, einen für jede der sechs großen Wohnungen über der *Black Heart Gallery*. Sie hatte von Mrs MacIntosh erfahren, dass Clyde Fester in 1C vor zwei Jahren ein Vermögen dafür ausgegeben hatte, sich die Rechte an dreien der Parkplätze für seinen Pontiac GTO zu sichern, den er bloß zu besonderen Anlässen fuhr. Damit blieben der Parkplatz an der Tür neben Mrs MacIntosh und einer im hinteren Teil der Garage. Everly hatte Geschichten darüber gehört, dass Mrs MacIntosh von Zeit zu Zeit die Autos rammte, die neben ihr parkten, aber Everly hatte eine Vollkasko-Versicherung und außerdem eine Schwäche für jeden, der älter war als sechzig. Das kam davon, wenn einen die Grandma zusammen mit ihrem Zirkel halsabschneiderischer Bingopartner praktisch von der siebten Klasse an großzog. Also würde Everly Helga, ihre betagte deutsche Blechkiste, so weit wie möglich weg von der gelben Linie neben Cecilias Straßenkreuzer stellen und schön brav monatlich in ihre Versicherung einzahlen. Sie würde sich außerdem den eine Meile langen Fußmarsch in ihren Zehn-Zentimeter-Stilettos vom hinteren Teil der Garage sparen. Denn wie jede vernünftige Frau zustimmen würde: Was ist eine Beule im Vergleich zu einer Meile zu Fuß in High Heels?

»Ah. Wirklich Pech. Spielen wir, wer zwei von drei gewinnt?«, fragte Tyler, und seine aalglatte Stimme lenkte ihre

Aufmerksamkeit zurück auf die gegenwärtige Angelegenheit.

Sie nahm die Münze von ihrem Handrücken und betrachtete beide Seiten. Sie war schmuddelig, eine Münze, die durch unzählige Registrierkassen gewandert war, aber das Gewicht war gut. Sie hatte eine Seite für Kopf und eine Seite für Zahl. Sie hatte nichts Seltsames, das auffiel. Trotzdem wurde sie ihr ungutes Bauchgefühl nicht los. Klar, Tyler brachte sie immer ganz durcheinander. Es war einer der Gründe, warum sie in seiner Nähe stets so zickig wurde. Er machte sie nervös – nein, korrigierte sie sich, er erregte sie, machte sie hoffnungsvoll, stachelte sie an. Drei Dinge, die sie sich nicht leisten konnte, wenn sie sich weiter darauf konzentrieren wollte, ihre am Rande der Insolvenz entlangschrammende Galerie flottzubekommen und die gut mit Personal ausgestattete fürsorgliche Seniorenresidenz für Nunni zu finanzieren, statt sie in ein vom Staat betriebenes Pflegeheim zu geben.

Was hätte Nunni in diesem Moment gesagt? Dass sie sich ihre Kämpfe aussuchen sollte. »Nein, schon gut.« Sie bedachte ihren Erzfeind mit einem bösartigen Feixen. »Wie dem auch sei, es wird eine gute Übung sein, all meine künftigen High Heels von meinem neuen Stellplatz aus einzulaufen.«

Er grinste schief. »Ich habe gewonnen. Keine High Heels in Ihrer Wohnung.«

»Diesem Teil habe ich keineswegs zugestimmt. Wie dem auch sei, jeder hat ein Laster.« Sie schnippte ihm die Münze zu und genoss den kleinen Sieg.

Er griff sie sich aus der Luft und stopfte sie in seine Tasche. »Könnte Ihr Laster nicht einfach in der Badewanne unter Wasser meditieren sein?«

»Und dafür mein Salsatraining zum Rhythmus, mit dem Sie mit einem Besenstiel gegen Ihre Decke klopfen, verpassen?

Wo bleibt denn da der Spaß?« Ja, sie verspottete ihn, aber nach diesem Stunt verdiente er es.

»So eine Antwort war von einer Frau zu erwarten, die an die heilende Macht von Kunst glaubt und immer von Kopf bis Fuß in Schwarz gekleidet ist, wahrscheinlich bis hin zu ihren Slips, die immer verdreht sind«, spottete er.

Geh weg, Everly. Geh einfach weg.

Es war ein großartiger Rat, den sie sich da selbst erteilte, allerdings würde sie ihn auf keinen Fall beherzigen. Herausforderungen, Nachdenken, provozierende Kunstwerke und der Geruch von Bingokarten-Marker waren ihr Lebenselixier – und Tyler Jacobson, Mr 2B, war eine Herausforderung, die es wirklich in sich hatte.

Sie hob das Kinn, sah ihm in die Augen und wich keinen Zentimeter zurück. Sie mochte zwar beim Münzenwerfen nicht gewonnen haben, aber sie würde nicht die Schlacht verlieren. »Sie irren sich.«

»Nein. Tu ich nicht«, widersprach er, frech wie immer. »Ich irre mich nie.«

»Diesmal doch.«

Sie standen so dicht beieinander, dass sie die verschiedenen Blauschattierungen in seinen Augen sehen konnte und die Spannung spürte, die er in Wellen verströmte, die ihre Kaltblütigkeit unterwanderte und sie heiß und erwartungsvoll machte. Das war der Grund, warum sie weggehen sollte – denn Streit mit Tyler fühlte sich stark nach Vorspiel an. Und das gefiel ihr.

»Sie glauben nicht an die heilende Macht der Kunst?« Er trat nicht zurück und berührte sie nicht, aber das brauchte er auch nicht.

»Nein«, sagte sie und übertönte dabei kaum das Donnern ihres Pulses in ihren Ohren. »Ich trage keine schwarzen Slips.«

Das hätte sie nicht sagen sollen. Diese Vorstellung sollte er von ihr nicht haben. Doch es war zu spät. Seine funkelnden blauen Augen verdunkelten sich um ein paar Nuancen, gefolgt von langsam hochgezogenen Mundwinkeln. »Weich. Mädchenhaft. Rosa.«

Sie beugte sich dicht zu ihm vor. »Gar keine.« Ihre Lippen waren nur wenige Millimeter von seinem Ohr entfernt. Ein köstlicher Schauder überlief sie.

Zufrieden, dass sie sein Spielbrett abgeräumt und alle Spielsteine auf neue Positionen gestellt hatte, trat sie einen Schritt zurück, aber nicht weit genug. Die rohe Hitze in seinem Blick – Dreistigkeit oder Selbstbewusstsein waren wie weggewischt – enthüllte nichts anderes als ehrliches, nacktes Verlangen. Es schoss wie ein sengender Strahl direkt zu ihrer Klitoris. Das Herz galoppierte in ihrer Brust, als ihr Körper begriff, wo genau er sein wollte. Und ausnahmsweise einmal ohne nachzudenken trat sie einen Schritt vor. Blitzschnell bewegte er sich auf sie zu, und sein Mund senkte sich auf ihren hinab. Es war, als halte man ein Streichholz an ein Ölgemälde – alles fing Feuer. Ehe sie sich's versah, wurde ihr Hintern an die Motorhaube ihres gebrauchten BMW gepresst, ihre Hände waren in Tylers schwarzem Haar, und sie benutzte noch immer ihre Zunge, um sich mit ihm zu duellieren, jedoch auf eine vollkommen andere Weise. Sie hatte gedacht, sie sei vorher schon erhitzt gewesen – sie hatte sich geirrt. Dies war wirklich sengend heiß, und alles, was sie wollte, war mehr.

Sie spreizte die Beine so weit wie möglich in dem hautengen Kleid aus Stretchjersey, und er stand zwischen ihnen, sein harter Schwanz rieb an ihrem Bauch, während er sie um den Verstand küsste. Die Versuchung, ihm die Beine um die Hüften zu schlingen und die Knöchel direkt über seinem knackigen Hintern zu überkreuzen, überwältigte sie beinahe. Es würde sich so gut anfühlen. Sie wollte es. Unbedingt. Was genau der

Grund war, warum sie es nicht tun durfte. Erwachsen gewordene Verbindungsstudenten und Leute mit viel Geld wie Tyler vernaschten Frauen wie sie und spuckten sie dann aus. Sie versprachen, einem die Sterne vom Himmel zu holen, und lieferten nur kitschige, im Dunkeln leuchtende Sticker, die man sich an die Schlafzimmerdecke klebte. Sie wusste es aus erster Hand. Sie war mit solchen hellgelben Sternen aufgewachsen, eines der billigen Geschenke von einem Mann, der sich nie von der Arbeit losreißen konnte, um von dem eleganten Stadtteil von Harbor City nach Riverside zu kommen, wo zerbeulte, ältere Automodelle die Straßen säumten, um jemand so Unwichtiges zu besuchen wie seine uneheliche Tochter.

Es kostete sie keine Anstrengung, Tyler wegzustoßen – nun, zumindest sobald sie in der Lage war, sich zu zwingen, die Hände auf seine muskulöse Brust zu legen und ihn wegzudrücken. Er trat zurück, blieb eine Armlänge entfernt stehen. Seine Brust hob und senkte sich schnell, sein Haar war zerzaust von ihren Fingern, und seine blauen Augen waren dunkel von Verlangen.

»Das dürfen wir nicht noch einmal tun«, stieß sie schwer atmend hervor und klang in ihren eigenen Ohren, als hätte sie gerade einen Marathon beendet. Nunni hatte sie bestimmt tausendmal davor gewarnt, dass in dieser Richtung Ärger und Gefahr lag und der ganze Schlamassel auf der Welt daher kam.

»Dieser Kuss war …« Die Worte verklangen, und er fuhr sich mit den Fingern durch sein dickes Haar. »Sie können den Parkplatz haben. Ich werde den Hausmeister bitten, die Linien neu zu streichen, um den Platz größer zu machen, damit er nicht so nah bei Mrs MacIntoshs Auto ist.«

Und damit war der Moment zerstört. Eine Transaktion. So sahen Männer wie Tyler Leidenschaft. Sie mochte zwar im Geiste Streit und Vorspiel miteinander verwechselt haben, aber zumindest brachte sie eine schlechte Idee nicht mit Bezahlung für erwiesene Dienste in Zusammenhang.

»Fick dich!«, sagte sie, stolzierte von der Motorhaube zur Fahrertür und riss sie auf.

Als sie sich umdrehte, um hinter das Lenkrad zu schlüpfen, bemerkte sie die Verwirrung, bei der sich kleine Fältchen um seine Augenwinkel bildeten. Ja. Er hatte wahrscheinlich nie gedacht, dass jemand einen wie ihn in die Wüste schicken würde. Das Leben war immer wieder ein Schock für die Weltsicht der Privilegierten. Ohne ein weiteres Wort stieg sie in ihren Wagen und lenkte Helga in ihre neue Parklücke im hinteren Teil der Garage. Als sie sich genügend Anfeuerungsreden gehalten hatte, um die Durchfahrt entlang zum Aufzug zu gehen, war Tyler verschwunden, und er hatte seinen rosa Liegestuhl und seine Bierflasche mitgenommen.

Gut. So ein dreister Typ hatte ihr gerade noch gefehlt. Ihr Leben war sowieso schon das reinste Chaos, da brauchte sie nicht auch noch einen Mann wie Tyler.

3. KAPITEL

Vier lange – und oft unangenehm harte – Tage später machte Tyler sich auf den Weg in die Höhle des Löwen. Oder der Löwin in diesem Fall. Die *Black Heart Gallery* zog sich über das ganze Erdgeschoss des kleinen, aber kostspieligen Gebäudes, das sein Kauf zur Feier des Tages gewesen war, an dem er sein erstes richtiges Geld verdient hatte. Nach dem Motto der Leute, mit denen er aufgewachsen war: *Scheiß aufs Geld.* Alle in seiner Umgebung verstanden es auch genau so, wie es gemeint war.

Das Gebäude stand direkt auf der Grenze zwischen dem Kunstviertel und dem Finanzdistrikt. Er hatte gewusst, dass dieses Niemandsland Potenzial hatte, selbst als alle ihm gesagt hatten, es sei eine lausige Investition. Doch als das Viertel ein Jahr später groß rauskam, hatte er Interessenten abgewiesen, die das Dreifache dessen anboten, was er bezahlt hatte. Seinen Berechnungen zufolge würde die Lage im Wert noch steigen und frühestens in zehn Jahren ausgereizt sein. Das war immer das Problem mit Menschen. Sie waren so heiß auf sofortige Resultate und hatten keinen langen Atem – aber das galt nicht für ihn. Das war genau der Grund, warum er im Begriff stand, sich der Frau zu stellen, die ihn in seinen nächtlichen Träumen und Duschfantasien während der vergangenen vier Tage verfolgt hatte. Er hatte seinen langfristigen Plan des Spiels mit Frotzeleien statt Freundlichkeiten missachtet. Allerdings ließ es sich nicht vermeiden, seiner grenzwertig sexy Nachbarin von der falschen Seite Harbor Citys zu begegnen.

Glücklicherweise war sein Ziel heute Abend nicht Everly Ribinski, sondern der italienische Hotelmagnat Alberto Ferranti, der endlich beschlossen hatte, sein Imperium hochkarätiger Boutique-Hotels in die Vereinigten Staaten auszudehnen. Jeder Unternehmensberater in Harbor City hatte den Italiener ins Auge gefasst, in der Hoffnung, derjenige zu sein, der Ferranti ins US-amerikanische Geschäft einführte und überproportional viel von den Profiten kassierte, aber Tyler würde derjenige sein, der diesen Kunden an Land zog. Er hatte den finanziellen Durchblick, die Vision und den Plan, es durchzuziehen. Er musste nur mit dem Mann unter vier Augen sprechen, und dazu würde er heute Abend hier Gelegenheit bekommen.

Es würde Tylers Position als eine der Schlüsselfiguren in der Geschäftswelt der Stadt festigen. Danach würden seine Tage, an denen er Getuschel darüber hörte, ein Mitleidsstipendiat aus der Arbeiterklasse in Waterbury zu sein, endgültig hinter ihm liegen. Dann würde er es geschafft haben und endlich ein Teil der Welt werden, die er während eines so großen Teils seines Lebens von außen beobachtet hatte. Tylers wohlplatzierten Informanten zufolge würde Ferranti heute Abend hier sein.

»Tyler!«, erklang eine vertraute Stimme.

Er drehte sich gerade rechtzeitig um, um Helene Carlyle zu sehen, die Königin von Harbor Citys gesellschaftlicher Elite und Mutter seines Freundes Sawyer. Sie trug ein dunkelblaues Designerkleid, eine Kette, die genauso viel wert war wie die kostbaren Kunstwerke an den Wänden der Galerie, sowie ein Namensschild mit dem Wort *Kunstberaterin* in Druckbuchstaben unter ihrem Namen. Dies war eine Frau, die einige der Mächtigsten der Stadt mit Furcht erfüllte, die Türsteher in ihren blank geputzten Schuhen zittern ließ und die genug eisige Reserviertheit für jene hatte, die sie nicht kannte oder mochte. Was um alles in der Welt tat sie hier, und warum trug sie ein

Namensschild? Er hatte nichts davon gehört, dass *Carlyle Enterprises* in Schwierigkeiten war.

»Ist alles in Ordnung?«, fragte er, bereit nach seiner Brieftasche zu greifen, wenn nötig.

»Nun«, antwortete Helene etwas verkniffen, »der Wein ist grässlich, aber das ist er bei solchen Events ja immer.«

»Nichts für ungut«, antwortete er, während er aus dem, was er sah, Schlüsse zu ziehen versuchte. »Aber es sieht so aus, als würden Sie hier arbeiten.«

Was führte sie im Schilde? Jeder führte etwas im Schilde – er selbst eingeschlossen. Immer. Plante sie, eine eigene Galerie zu eröffnen? Hatte Everly sie als potenzielle Investorin hergeholt? Wenn ja, welche Auswirkungen würde das auf seinen gegenwärtigen Plan haben, etwas Zeit allein mit Alberto Ferranti zu bekommen? Konnte Helene helfen, falls sie eine wichtige Position in der Galerie hatte? Würde sie es tun wollen? Was, wenn etwas ganz anderes dahintersteckte? Konnte sie darauf aus sein, die Galerie vom Fleck wegzukaufen?

»Ich würde es nicht als Arbeit bezeichnen«, sagte sie, während sie die Menge mit kritischem Blick beäugte. »Ich bekomme die Gelegenheit, die schlecht Informierten in Bezug auf ihren miserablen Kunstgeschmack zu fördern, diesen Geschmack zu korrigieren und ihnen zu sagen, was sie kaufen sollen – und sie tun es.«

Er lachte los, bevor er sich zurückhalten konnte. Hier wog er jede Möglichkeit und ihre Wirkung ab, und Helene tat einfach das, was sie liebte – allen sagen, was sie tun sollten. Als er sie in der Privatschule kennengelernt hatte, die seine Familie sich aus eigener Kraft niemals hätte leisten können, hatte sie ihm eine Scheißangst eingejagt. »Formidabel« war nicht das richtige Wort für die Frau um die sechzig, die es schaffte, die Herrschaft im elitären gesellschaftlichen Kreis von Harbor City wie ein Kinderspiel aussehen zu lassen. Sie war zäh, hatte eine scharfe Zunge und war – hinter alldem – eine hingebungsvolle, wenn auch ziemlich manipulative Fürsprecherin für die Menschen, die sie liebte. Er hatte eine Weile gebraucht, um Letzteres zu kapieren. Die meisten Leute begriffen es nie.

Doch Helene Carlyle war seine erste und einflussreichste Mentorin bei der Frage gewesen, wie man durch das Haifischbecken der Elite von Harbor City schwamm. Er würde ihr dafür immer dankbar sein, und ganz gleich, wie viele Millionen er verdiente, er würde es ihr niemals vergelten können. Trotzdem schien ihm die Arbeit als Kunstberaterin in einer kleinen Galerie – selbst wenn es mit dem erklärten Ziel geschah, alle zu drangsalieren, bis sie einen besseren Geschmack zeigten – eigentlich nichts zu sein, das zu Helene passte.

»Wie ist es dazu gekommen?«, fragte er.

Helene zuckte anmutig die Achseln. »Hudson hat mich um die Gefälligkeit gebeten, seiner Freundin, der die Galerie gehört, während einer ihrer Vernissagen auszuhelfen. Natürlich ist das Namensschild grässlich, aber ich konnte Everlys Meinung dazu nicht ändern – und ich dachte, meine Jungs wären halsstarrig. Also«, sie hielt inne und musterte ihn, »was machst du hier? Ich hätte dich nie für einen Kunstliebhaber gehalten.« Sie hob die Hand, bevor er etwas erwidern konnte. »Du brauchst es nicht zu sagen. Du bist geschäftlich hier.«

Bingo. »Ich bin wegen Alberto Ferranti hier.«

Er ließ den Blick schnell über die Menge wandern. Kleine Grüppchen schlenderten umher, und die Leute betrachteten die Primärfarbenkleckse, die auf weiße Leinwand gespritzt worden waren. Sie säumten die Wände, als würden sie die Bedeutung des Lebens finden oder sogar etwas, das beinahe wie Kunstwerke aussah. Da waren jede Menge teurer schwarzer Outfits an gelangweilten reichen Menschen. Jede Menge anmaßende Mienen, die ihn an jemanden erinnerten, der so tat, als röche er etwas Unangenehmes nicht. Jede Menge hochnäsiger Kellner boten Hors d'œuvres an. Eine Handvoll Typen der Marke armer Künstler stopften sich ihre Taschen mit den ansonsten missachteten, in Speck gewickelten Shrimps und der Pastete auf winzigen Toastdreiecken voll. Es waren fast siebzig Leute hier, doch keiner von ihnen hatte Ferrantis unverkennbaren Schopf kinnlangen silbergrauen Haares.

Aus den Augenwinkeln sah er, dass Helene ihn kopfschüttelnd ansah.

»Weißt du«, sagte sie, »das Leben hat mehr zu bieten als Arbeit.«

Vielleicht für manche Menschen, aber nicht für ihn – noch nicht. Er hatte einen Plan, eine Agenda, die alles verändern würde, und er würde von dem Kind in einer gespendeten Privatschuluniform zu dem Mann an der Stirnseite des Tisches werden. Endlich. Und ja, er war sich vollauf bewusst, wie kindisch diese Träume für die meisten klangen. Doch was sollte er sagen? Es war die erste Erfolgsvision, in der er sich jemals selbst gesehen hatte. Sie war der Antrieb, der ihn so weit gebracht hatte, und sie verdiente, endlich in die Tat umgesetzt zu werden. »Und das aus dem Mund der Frau, die den größten Teil von Harbor City dreimal kaufen könnte und die trotzdem ein Namensschild trägt, weil sie bei der Arbeit ist?«

»Du kümmerst dich zu sehr darum, was andere denken, Tyler. Das hast du schon immer getan.«

Der verbale Tritt in den Hintern verschlug ihm kurz die Sprache, allerdings erholte er sich schnell. Es waren harte Worte, doch in ihren Augen stand Freundlichkeit, wenn auch nur für ein kurzes Flackern, bevor der Hochmut wieder unverkennbar war. Es war ohnehin nichts, was er nicht längst wusste. Aber es war erheblich einfacher, sich nicht darum zu scheren, was andere dachten, wenn man altes Geld hatte. Waterbury hatte einen Gestank, der sich bloß schwer wegwaschen ließ.

Helene machte eine wegwerfende Handbewegung. »Wahre Macht, mein Lieber, besteht darin, ein Namensschild zu tragen und zu wissen, dass sich dennoch alle vor dir verneigen werden. Außerdem ist dies eher eine ehrenamtliche Tätigkeit, um den Kunstgeschmack der Menschheit zu verbessern.«

»Hehres Ziel«, sagte er, gerade als ein Aufblitzen von Silbergrau seine Aufmerksamkeit erregte. »Da ist er ja.«

Helene drehte sich in die Richtung, in die Tyler schaute. Die Bewegung ließ ihn nun auch Everly sehen, die neben Ferranti stand und ihn untergehakt hatte. Das Lächeln auf ihrem Gesicht war aufrichtig, ihre Schultern entspannt, ihr Schritt leicht. Ferranti unterhielt sich mit ihr. Sie waren zu weit entfernt, um ihr Gespräch inmitten der plappernden Besucher der Galerie zu hören, doch die aufgeregten Gesten, die Ferranti mit seiner freien Hand machte, waren nicht misszuverstehen. Die beiden standen sich offensichtlich nah, aber wie nah, war die Frage, die es zu beantworten galt. Eine Frage, die ihm einen Strich durch die Rechnung machen konnte.

»Sie kennen einander.« Es laut auszusprechen kühlte das brennende Schüreisen, das ihm in die Eingeweide stach, nicht ab.

»In der Tat«, bestätigte Helene. »Everly hat mir erzählt, sie hätten sich vor einigen Jahren in Italien kennengelernt, als sie für einen Klienten nach einem Kunstwerk gesucht hat. Sie hat ein Angebot auf eins der Gemälde in seinem Hotel abgegeben. Es gab einen ausufernden Handel. Sie ist mit dem Gemälde und einem neuen Freund nach Hause gekommen.«

»Freund?«, fragte er, wobei Bilder dessen, was er mit der nackten Everly tun würde, wenn sie seine Freundin wäre, vor seinem inneren Auge vorbeizogen. »Ist es das, was ich denke?«

»Nicht diese Art von Freund.« Helene kniff ihn in den Arm, fest genug, dass er zusammenzuckte. »Soweit ich das verstehe, ist sie eher eine sehr enge Freundin der Familie, irgendwie so, wie ich dich betrachte.«

Nun, das erklärte ihre Mütter-wissen-alles-Reaktion auf seine Frage. Er bemerkte den berechnenden Glanz in ihren Augen. Er kannte diesen Blick und brauchte die lange Liste von Szenarien nicht durchzugehen, um zu wissen, was er bedeutete. Helene Carlyle war bekannt dafür, dass sie gern die Kupplerin spielte, wie sie es unlängst mit ihren beiden Söhnen gemacht hatte. Er musste diesen Gedankengang im Keim ersticken. »Denken Sie nicht einmal dran. Ich bin an Ms Ribinski persönlich nicht im Mindesten interessiert, jedoch sehr an Mr Ferrantis Geschäft«, erklärte er.

Sie lächelte, zweifellos in dem Bemühen, es weniger teuflisch wirken zu lassen, womit sie kläglich scheiterte. »Was um alles in der Welt meinst du damit? Ich würde mir niemals irgendetwas anmaßen, was dich betrifft, Tyler. Ehrlich, ich bin nicht davon überzeugt, dass du deine idiotischen Mätzchen hinlänglich überwunden hast, um jemanden von Ms Ribinskis Kaliber überhaupt zu verdienen.«

»Warum sagen Sie das?«, fragte er, außerstande seine Aufmerksamkeit von Everly und Ferranti loszureißen, während er die unzähligen Möglichkeiten durchging, was diese kleine Wendung im Geschehen für seine Pläne bedeute und wie er das Ganze zu seinen Gunsten wenden konnte. Er hatte nicht erwartet, dass Everly tatsächlich eng mit Ferranti befreundet war.

»Deshalb«, sagte Helene und zog das Wort in ihrem Oberklassenakzent in die Länge. »Es ist Freitagabend, und du bist in einer Kunstgalerie und versuchst, einen neuen Klienten an Land zu ziehen, statt eine schöne Frau in ein elegantes Restaurant auszuführen.«

Er liebte Helene. Verdammt, sie war ihm ebenso sehr eine Mutter gewesen wie seine eigene Mom, und das ohne die Mätzchen und die melodramatischen öffentlichen Szenen, die ihn bis auf die Knochen blamiert hatten. Doch das hieß noch lange nicht, dass er bereit war, das nächste Verkupplungsprojekt der Carlyle-Matriarchin zu werden. Höchste Zeit, abzuwiegeln und sie abzulenken.

Er schaltete das hinterhältige Grinsen ein, bei dem Frauen, die halb so alt waren wie Helene, weiche Knie bekamen, und ihre Mütter ebenfalls. »Haben Sie in letzter Zeit mal einen Blick in den Spiegel geworfen?«

Sie verdrehte nicht die Augen – dafür entsprang sie viel zu sehr einer Familie mit altem Geld –, aber sie presste die Lippen zu einer flachen Linie zusammen. »Ich bin Witwe.«

Michael Carlyle war vor mehr als drei Jahren aus heiterem Himmel an einem Herzinfarkt gestorben, ein Verlust, den Helene stets mit sich herumzutragen schien – obwohl sie es inzwischen gut genug verbarg, dass die Menschen vergaßen, dass sie nach dem Tod ihres Ehemannes beinahe in ihrer Trauer versunken wäre. Doch im Laufe des vergangenen Jahres hatte sie sich der Gesellschaft wieder angeschlossen und ihre beiden Söhne in solide Beziehungen geführt. Es war offensichtlich, dass die Frau sich langweilte.

»Sie mögen Witwe sein«, sagte er, legte ihr den Arm um die Schultern und drückte sie tröstend, »aber das bedeutet nicht, dass Sie nicht ein wenig Spaß haben könnten.«

»Von allen lächerlichen ...« Doch der Rest von Helenes Protest verlor sich, als sie in die Hände klatschte und die Leute betrachtete, die Kunst liebten, und die, die nur so taten als ob. Ihre königliche Haltung kehrte zurück. »Also, gehst du jetzt da rüber, oder willst du deine ganze Zeit damit verbringen, mich einzulullen?«

Wieder ein Volltreffer. Verdammt, sie war gut.

Er hatte vor, irgendwann hinüberzugehen, aber zuerst musste er seine Pläne für den Abend ein wenig überdenken. Glücklicherweise brauchte er bloß wenige Sekunden, um eine gute Idee zu entwickeln, das beste Vorgehen, das für alle Beteiligten gewinnbringend sein würde. Er brauchte nur seine Traumfrau dazu bringen, ihm dabei zu helfen – mit anderen Worten: das reinste Kinderspiel.

4. KAPITEL

Mr 2-Fick-dich!-B kam direkt auf Everly zu. Offensichtlich war das der Beweis dafür, dass sie in einem früheren Leben ein sehr schlechter Mensch gewesen war – so einer, der Fliegen die Flügel abriss oder Kindern ihren Ball stahl. Oder noch schlimmer – der Crocs trug. *Schauder.*

Sie hatte Tyler entdeckt, sobald er wie ein Cowboy mit einem schwarzen Hut in einem alten Westernfilm in die *Black Heart Gallery* stolziert war – jawohl, *stolziert.* Sie war ihm nicht aus dem Weg gegangen, als sie ins Hinterzimmer geeilt war, um die Caterer der Firma ihrer Freundin Kiki zu überwachen, sie war einfach eine gute Galeriebesitzerin gewesen, die entschlossen war, dafür zu sorgen, dass alles auf der Vernissage glattging. Und dann, als sie herausgekommen war, war es von äußerster Wichtigkeit gewesen, sich bei den Garderobieren zu melden, um sich davon zu überzeugen, dass alles in Ordnung war. Anschließend hatte sie nach dem Künstler sehen müssen, Umberto Bradley, der sich entweder übergab oder im Waschraum kokste. War es falsch, dass sie erleichtert darüber war, Würgegeräusche durch die Klotür zu hören?

Als daher Alberto Ferranti – Schutzheiliger armer Künstler und Galeriebesitzer mit übersäuertem Magen – aufgetaucht war, um sich die Werke des Künstlers anzusehen, von dem sie ihm eine geschlagene Woche lang vorgeschwärmt hatte, hatte sie keine andere Wahl gehabt, als hinüberzuschlendern, während er das Bild mit dem Titel *The Thrill of It All* betrachtet hatte, um sich eine Meinung zu bilden. Nichts davon hatte sie absichtlich gemacht, um ihrem aufreizenden Nachbarn von unten aus dem Weg zu gehen – oder Erinnerungen an diesen Kuss in der Tiefgarage auszublenden, von dem sie weiche Knie bekommen hatte.

Und jetzt kam Tyler direkt auf sie zu. Sicher, er musste sich durch die dichte Besucherschar der heutigen Vernissage schlängeln, aber es bestand kein Zweifel, dass er zu ihr wollte. Das bedeutete nichts Gutes. Je näher er kam, umso flauer wurde ihr im Magen und umso höher schoss ihr Blutdruck. Als er nur noch wenige Schritte entfernt war, war sie auf einen weiteren Streit gefasst oder noch einen Kuss oder einen Faustkampf oder eine gotteslästerliche Schlägerei – bildlich gesprochen natürlich. Nunni würde nicht in dieser eleganten Einrichtung bleiben dürfen, wenn die Cops Everly mitnahmen, daher würde sie ihren Zorn im Zaum halten.

Sie straffte die Schultern und biss die Backenzähne so fest zusammen, dass ihr Zahnarzt ihr beim nächsten Besucher sicher einen Vortrag halten würde, dann drehte sie sich auf ihren zehn Zentimeter hohen Absätzen um, bereit, es mit dem Feind aufzunehmen, und sah Tyler direkt aufs … Kinn. Der Mann war so verdammt groß.

»Mr 2B«, sagte sie, und der Spitzname klang merkwürdig, weil sie die Zähne zusammenbiss.

Tyler zwinkerte ihr zu. »Ms 3B.«

Neben ihr schaute Alberto zwischen Tyler und ihr hin und her, den Kopf ein wenig schräg gelegt. »Warum reden Sie einander mit einer Zahlen-Buchstaben-Kombi an?«

Aus … Gründen … die in ihrem eigenen Kopf dumm klangen, und wenn sie sie laut aussprach, würden sie dadurch nicht besser werden, also zickte sie nicht groß herum. »Der Herr wohnt unter mir.«

»Hat er auch einen Namen?«, fragte Alberto mit laut vernehmlichem Flüstern.

»Mehrere, die sie gerade im Kopf rezitiert und – davon bin ich überzeugt –«, Tyler lachte, und in den Winkeln seiner blauen Augen zeichneten sich Fältchen ab, »von denen die meisten in feiner Gesellschaft nicht ausgesprochen werden sollten.«

Alberto brach in lautes Lachen aus. »Ich bin zu alt, um mich um Höflichkeiten zu scheren. Keine Bange, Everly, eines Tages wirst du das verstehen.« Dann wandte er sich an den jüngeren Mann und hielt ihm die Hand hin. »Alberto Ferranti.«

»Tyler Jacobson oder Mr 2B, was immer Ihnen lieber ist.«

Die Männer lachten zusammen, gute Kumpels vom ersten Augenblick an – natürlich. Alberto nahm sie es ab. Er war ebenso aufrichtig wie stinkreich. Aber Tyler? Er führte doch irgendetwas im Schilde. Das konnte sie spüren.

»Was haben Sie meiner Everly nur angetan, dass sie derart finster die Stirn runzelt?«, fragte Alberto.

»Ich habe gebacken. Meine Brownies sind allerdings verbrannt«, antwortete Tyler freiheraus. »Aber ich bin mir ziemlich sicher, dass sie trotzdem eine Schwäche für mich hat.«

Die beiden Männer tauschten einen Blick vollständigen Begreifens, der sie außen vor ließ. *Uh. Männer!* Für Alberto konnte sie Entschuldigungen finden wegen des Generations- und kulturellen Unterschieds. Aber Tyler? Er war auf etwas aus. Ein Jammer, dass er küsste wie ein Gott.

Entschlossen, die Kontrolle über das Gespräch und ihren eigenen aufrührerischen Verstand zurückzugewinnen, stieß Everly einen beruhigenden Atemzug aus und riss ihre Gedanken von ihrem nervigen Nachbarn los, um sie wieder auf die Frage zu lenken, was Alberto heute Abend hierhergeführt hatte.

»Alberto«, sagte sie, drehte sich um und trat einen Schritt

näher an Umbertos *The Ecstasy of It All* heran, »ich habe hier ein wirklich faszinierendes Stück, das ich dir zeigen wollte. Ich habe bereits einen Interessanten dafür, hätte allerdings gerne, dass du es dir ansiehst, bevor der Käufer ein Angebot abgibt.«

Der ältere Mann nickte, aber ehe sie sich entfernen konnten, schlug Tyler zu.

»Ich kann es auch nicht erwarten, einen Blick darauf zu werfen, wenn es wirklich so faszinierend ist«, erklärte er und schloss sich ihnen an.

Sie funkelte Tyler böse an und wandte sich ihm weit genug zu, sodass Alberto nicht mitbekommen würde, was sie sagte. »Es handelt sich nicht um ein Stück Kuchen.«

»Nun«, antwortete Tyler und senkte den Blick auf ihren Mund, »man kann eben nicht alles haben.«

Ihr wurde heiß, und sie errötete. Sie schwankte, was, wenn sie in ihren High Heels gestürzt wäre, ordentlich Kleinholz gegeben hätte. Tylers Arm schnellte vor, und er hielt sie fest, bevor sie zu Boden ging. Er gab ihr gerade so lange Halt, dass sie sich erholen konnte. Seine Berührung zischelte noch an ihrem nackten Arm empor, als Tyler längst losgelassen hatte, und ihr stockte der Atem. Verdammt. Der Mann war in jeder erdenklichen Hinsicht eine Bedrohung für ihr Gleichgewicht.

»Man kann schon alles haben«, sagte Alberto, der scheinbar ahnungslos in Bezug auf die Spannung, das Knistern und Knacken um ihn herum war. »Aber dafür muss man auch alles geben. Glauben Sie mir. Ich verfüge über jahrzehntelange Erfahrung.«

Da es keine Möglichkeit gab, Tyler loszuwerden, gelobte Everly, ihn und die Reaktion ihres eigenen Körpers zu ignorieren. Zu dritt traten sie zu dem Bild Umbertos, das sich während der Pre-Openings mit Kunstkritikern und hochkarätigen Sammlern als das beliebteste erwiesen hatte. Es war fantastisch. Der kühne Farbeinsatz und die schwungvolle Technik ließen den Rest der Welt in Schwarz-Weiß verblassen. Es war, als sei man an einen Ort geraten, an dem es nur Glück gab. Keinen Schmerz, keine Enttäuschungen, keinen Kampf um jedes einzelne kleine bisschen. Bei dem Anblick des Werks ging einem das Herz auf. Umberto mochte ein Nervenbündel und schwer im Umgang sein, doch er war ein Phänomen. In einigen Jahren würde er genauso bekannt sein wie Hughston, ein Künstlername, hinter dem sich Helene Carlyles Sohn Hudson verbarg.

Das Herz schlug ihr bis zum Hals, und sie wandte sich Alberto zu, um ihn zu fragen, was er davon hielt – aber was sie im gleichen Augenblick sah, verschlug ihr erst einmal die Sprache. Umberto stand in der Ecke an der Bar und hielt eine ziemlich leere Weinflasche in der Hand. Der verschwitzte, kreidebleiche Mann stand im Begriff, sich mitten auf sein Lebenswerk zu übergeben. Das durfte nicht passieren. Ihre Versicherung deckte keine Nervenzusammenbrüche während einer Vernissage ab, und *The Agony of It All* war für einen Preis von hunderttausend Dollar auf Verhandlungsbasis gelistet.

»Ich bin gleich wieder zurück«, brachte sie heraus, bevor sie so schnell durch die Galerie marschierte, wie sie konnte, ohne die Aufmerksamkeit aller zu erregen.

Sie schaffte die halbe Strecke mit etwas, wovon sie hoffte, dass es kein zu Tode erschrockener Ausdruck auf ihrem Gesicht war – *lass niemanden je sehen, dass du eine Scheißangst hast!* –, als die allzeit patente Kiki heranrauschte, Umberto unterhakte, ihn zum Waschraum bugsierte und es trotzdem noch schaffte, Everly einen beruhigenden Ich-regele-das-Blick zuzuwerfen. Wenn Kiki nicht bereits ihre beste Freundin gewesen wäre (seit sie in der dritten Klasse Sadie Almadore in den Schlamm geschubst hatte, weil diese Everly als vaterlosen

Freak bezeichnet hatte), hätte Everly ihr in diesem Moment unendliche Dankbarkeit geschworen.

Helene tauchte neben ihr auf. Offensichtlich hatte die Frau die unheimliche Fähigkeit zu wissen, wann Gefahr drohte – wahrscheinlich sehr nützlich, wenn man zwei Jungs großzog.

»Das hätte beinahe in einer Katastrophe geendet«, bemerkte Helene.

»Ich nehme die Siege, wie sie kommen.« Vor allem heute Abend. Praktisch auf Autopilot flog ihr Blick zu Tyler hinüber, der sich immer noch locker mit Alberto unterhielt. Helene mochte einen sechsten Sinn für Ärger haben, aber Everly konnte einen Schönredner auf hundert Meter riechen – und Tyler Jacobson konnte seinen Intrigantengestank auch nicht mit dem holzigen Duft seines Eau de Cologne übertünchen. »Was macht er überhaupt hier?«

Helene würde es wissen. Nach dem, was Hudson ihr in der vergangenen Woche erzählt hatte, hatte Tylers völlig bekloppte, irre Verlobte versucht, seinen besten Freund zu vögeln, zufällig Helenes Ältesten, Sawyer Carlyle, und das in der Nacht, ehe sie Tyler heiraten sollte. Sawyer hatte sie zurückgewiesen, aber Tyler wollte von dem Miststück von einer Verlobten *und* von seinem Freund nichts mehr wissen. Definitiv ein Fall von Sich-ins-eigene-Fleisch-Schneiden, es hatte etwas von einem tragischen Idioten – was zeigte, wie wenig loyal ihr dämlicher Nachbar von unten tatsächlich war. Und nein, sie war nicht im Mindesten erregt, von seiner wahren Gesinnung zu erfahren, nachdem sie ihm die Zunge in den Hals gesteckt hatte.

»Tyler?«, fragte Helene mit einem lässigen Schnüffeln. »Ich nehme an, er erweitert seine Sammlung.«

»Er hat eine Kunstsammlung?« Von an die Wand klebbaren Fotos von Tycoons vergangener Zeiten, das konnte durchaus zutreffen.

»Warum sollte er denn sonst hier sein?«, fragte Helene, ihre Aufmerksamkeit auf alles Mögliche gerichtet, nur nicht auf Everly.

Die andere Frau mochte der Schreck der Reichen-Clique sein, aber Helene und sie waren auf einer Wellenlänge, seit Hudson sie einander vor Jahren vorgestellt hatte. Wie Seelenverwandte, und sie waren beide schrecklich schlechte Lügnerinnen.

»Sie wissen doch irgendetwas.«

Helene richtete einen herrischen Blick auf sie. »Ich weiß jede Menge.«

»Versuchen Sie es bei mir nicht mit der Nummer Furcht einflößende Harbor-City-Matrone.« Everly lachte, dann stemmte sie eine Hand in die Hüfte und kniff die Augen zusammen. »Erzählen Sie schon, was Sie wissen.«

Helene schien die Sache abzuwägen, schürzte die Lippen und trommelte mit den Fingerspitzen gegen ihren Daumen. Sie öffnete den Mund, aber bevor auch nur ein Fünkchen Wahrheit über ihre Lippen kommen konnte, gesellten sich Alberto und Tyler zu ihnen.

Alberto richtete sein charmantestes Lächeln auf Helene und machte eine tiefe Verbeugung, ehe er sich aufrichtete und ihr neckisch zuzwinkerte. »Everly, du musst mich unbedingt dieser umwerfenden Frau vorstellen.«

Wenn sie in diesem Moment hätte sprechen können, hätte sie es getan, doch sämtliche Worte der Welt ließen sie im Stich, als sie eine leichte Röte auf den Wangen der anderen Frau sah. Verlegenheit? Amüsement? Interesse? Helene verriet es jedenfalls nicht.

Helene streckte die Hand aus – ihre linke Hand mit dem glitzernden Diamanthochzeitsring an ihrem Ringfinger. »Mrs Helene Carlyle.«

Alberto, der von der Botschaft, die sie aussandte, scheinbar nichts mitbekam, nahm ihre Hand, führte sie an die Lippen und hauchte einen schnellen Kuss über ihre Knöchel. »Es ist mir ein Vergnügen, Sie kennenzulernen.«

»Davon bin ich überzeugt.« Helene befreite ihre Hand und spreizte die Finger, als sei sie es nicht gewohnt, dass jemand mit ihr flirtete – was wahrscheinlich auch zutraf. »Wenn Sie mich bitte entschuldigen würden, Everly, ich sehe mal kurz nach Umberto.«

Everly tat ihr Äußerstes, ein Grinsen zu unterdrücken, als Helene davonstolzierte und sich in königlicher Haltung durch die Gruppen potenzieller Kunstkäufer schlängelte, die Umbertos Werke betrachteten. Dann richtete sie ihre Aufmerksamkeit wieder auf die beiden Männer an ihrer Seite. Tyler wirkte genauso überrascht wie sie selbst. Alberto sah aus, als führe er etwas im Schilde. Oh, das würde, aus der Ferne beobachtet, gewiss interessant werden.

»Ich glaube, sie mag Sie«, bemerkte Tyler von Kerl zu Kerl.

Alberto wedelte mit einer Hand. »Natürlich. Frauen lieben mich. Ich bin reich und charmant, und ich weiß, wie man eine Frau zum Lachen bringt.«

Everly schnaubte. »Wie bescheiden.«

»Das ist die Wahrheit«, sagte Alberto selbstbewusst. »Also, willst du am Samstag zu uns zum Mittagessen kommen? Carlos Verlobte wird da sein, und sie würde dich bestimmt liebend gern vor der Hochzeit kennenlernen. Wie dem auch sei, das wird mir die Gelegenheit geben, dir einige der Werke zu zeigen, die zu verkaufen ich mich entschieden habe.«

Everlys Eingeweide zogen sich zusammen, ihre Pawlow'sche Reaktion, wann immer er davon sprach, die Ferranti-Sammlung aufzubrechen, die von den alten Meistern bis zu aufstrebenden neuen Talenten reichte. »Du darfst nichts hergeben.«

Kunstwerke waren wie Familienmitglieder. Einige gehörten zusammen; sie ergänzten und stärkten einander. Sie hatte diese Auseinandersetzung viele Male mit Alberto geführt, ohne ihn dazu zu bringen, auch nur einen Deut nachzugeben. Sie sah auf der Suche nach möglicher Unterstützung zu Tyler hinüber, aber seine Aufmerksamkeit war auf sein Handy gerichtet, auf dem er irgendetwas las.

»Alles hat seine Zeit, *tesoro*«, sagte Alberto, der den liebevollen Ausdruck für »Schatz« benutzte, wie so oft, seit sie sich vor Jahren in Italien kennengelernt hatten. Er tätschelte ihr voller Zuneigung die Wange. »Und jetzt ist die Zeit gekommen, dass jemand anders sich meiner Schätze erfreut.«

Uh. Sie hasste es, wenn er es so logisch klingen ließ – wenn es um Kunst ging, handelte sie am liebsten bloß aus Leidenschaft. »Ich kann dich nicht überzeugen, nicht wahr?«

»Nicht in diesem Leben«, bestätigte Alberto grinsend.

»Everly, Süße«, sagte Tyler und sah von seinem Telefon auf, »wir hatten da was am Samstag, aber ich bin überzeugt, wir können das Mittagessen mit Alberto einrichten.«

Ihr Verstand setzte aus. Was zum … »Wir?«

Die schleimige Schlange legte ihr einen Arm um die Taille, zog sie fest an sich und machte es ihr schwer zu atmen wegen des Zorns, der ihren Herzschlag beschleunigte – und nicht wegen irgendetwas sonst. Die Tatsache, dass ihre Brustwarzen sich verhärteten und sie Schmetterlinge im Bauch hatte, war offensichtlich eine Nebenwirkung ihrer Bemühungen, diesem reichen Arsch nicht in Riverside-Manier zu begegnen.

Was Tyler betraf, fehlte ihm entweder ein grundlegender Überlebensinstinkt, oder er dachte, er sei toll genug, um sie anzumachen. Das war die einzige Erklärung, die ihr einfiel, wieso er sich traute, ihr mit den Fingerspitzen über das Kreuz zu streichen.

»Sag mir nicht, dass du unseren Kochkurs vergessen hast«, murmelte er.

»Bah«, schaltete Alberto sich mit genug Autorität ein, um die Angelegenheit abzuschließen, »lernen Sie an einem anderen Tag kochen. Ich bestehe darauf, dass Sie beide zum Mittagessen kommen. Samstag. Halb zwei. Jetzt muss ich zu dieser *fantastica* Helene Carlyle gehen, die aussieht, als würde sie den nervösen Künstler gleich ausweiden. Das können wir nicht zulassen. Er hat Talent.«

Und mit diesen Worten schlenderte er durch die Menge in der Galerie davon und ließ sie wutschnaubend neben Tyler zurück.

Sie wirbelte herum, bedachte ihn mit einem strengen Blick und senkte die Stimme zu einem scharfen Flüstern. »Sie werden nicht mit mir zum Mittagessen gehen. Und wie können Sie es wagen, gegenüber einem meiner engsten Freunde und besten Klienten anzudeuten, wir seien ein Paar.«

»Kommen Sie schon, meine Liebe«, erwiderte er und beugte sich vor, sodass seine Antwort an ihrem empfindlichen Ohrläppchen kitzelte. »Seien Sie nicht sauer auf mich.«

Gerade als ihr Bauch »hallo« sagte, sagte ihr Gehirn: »Auf Wiedersehen.« Sie entschied sich für den Klügeren von beiden und entzog sich seiner verwirrenden Berührung. »Als bestünde dazu eine Chance.«

Die Art, wie er neckend seine vollen Lippen schürzte, machte irgendetwas mit ihrem Magen und ihrer Lungenfunktion.

Er griff in seine Tasche und zog seine Geldbörse hervor. »Werfen wir eine Münze.«

»Vergessen Sie's.« Er hatte sie einmal getäuscht, das reichte.

Er zog denselben Vierteldollar – oder einen, der genauso zerkratzt war – aus dem kleinen vorderen Fach. »Sie sind doch nicht immer noch sauer, dass ich den Parkplatz gewonnen habe, oder?«

Sauer? Nein, nicht direkt. Sie hatte klar und deutlich verloren. Was sie vor Wut schäumen ließ, war das, was anschließend passiert war. Vor Wut auf sich selbst ebenso wie auf ihn.

Sein angedeutetes Lächeln wurde zu einem offenen verführerischen Grinsen. Der Mistkerl meinte offensichtlich, dass er bereits gewonnen hatte. »Alles oder nichts? Wenn ich gewinne, begleite ich Sie zu Alberto zum Mittagessen.«

Würde er zu seinem Wort stehen? Alles schien dagegen zu sprechen, aber ihre halsstarrig optimistische Seite, die sie für gewöhnlich hinter Schloss und Riegel hielt, hatte es geschafft zu entkommen. Gott sei Dank war dieser kleine Teil ihrer Persönlichkeit nicht dumm. »Wenn ich gewinne, wird zwei Monate lang nicht gekocht.«

Eine Gruppe von fünf Personen, die von einem Gemälde zum anderen geschlendert war, wählte diesen Moment, um sich neben Tyler und ihr *The Agony of It All* anzusehen. Um ihnen Platz zu machen, trat er einen Schritt näher an sie heran. Sie rührte sich nicht von der Stelle, weil ein Paar hinter ihr tiefschürfende Gespräche über *The Excitement of It All* führte und sie nicht stören wollte. Das führte dazu, dass sie nur wenige Zentimeter von Tyler entfernt stand, nah genug, um sein Eau de Cologne zu riechen und die Spannung zu spüren, die zwischen ihnen knisterte und von seinem Körper auf ihren übersprang. Es war schrecklich.

Ja, du wirst es heute Nacht ungeniert noch einmal durchleben, wenn du allein unter der Decke bist, du große Heuchlerin.

»Wollen Sie mich verhungern lassen?«, fragte Tyler und senkte die Stimme, sodass ihr nichts anderes übrig blieb, als sich zu ihm zu beugen, wodurch sie ihn fast berührte, um seine Worte hören zu können.

»Als würde ich so viel Glück haben«, konterte sie.

»Na schön.« Er hielt den Vierteldollar hoch und bescherte ihr einen detaillierten Blick auf seine starken Finger und – erstaunlicherweise – Schwielen. So etwas zu sehen hätte sie nie erwartet bei jemandem, der den Eindruck vermittelte, als sei er auf die altmodische Weise zu Geld gekommen – indem er es geerbt hatte. »Wenn Sie gewinnen, darf ich nicht kochen. Wenn ich gewinne, gehen wir zu Alberto, und Sie tun so, als würden Sie sich mit mir amüsieren.«

Gefährlich war nicht einmal ansatzweise ein Attribut für dieses Unterfangen. Sie sollte schleunigst Abstand nehmen davon. Ein Jammer, dass ihr Bauch ihr Gehirn in einen mit Steinen gefüllten Sack gestopft und diesen ins Hafenbecken geworfen hatte. »Ich stimme nur zu, dass Sie mich begleiten. Mehr nicht.«

Er nickte.

Zum Teufel. Sie hatte nachgegeben. Ein einziges Mittagessen für zwei Monate, in denen nichts angebrannt wurde, war das Risiko wert. »Dann werfen Sie endlich.«

»Kopf«, rief er, bevor er die Münze in die Luft schnippte.

Er fing sie auf und klatschte sie sich auf den Handrücken. Es war Kopf.

Dieser kleine Scheißer hat so ein Glück. »Die Chancen standen definitiv zu meinen Gunsten.«

»Ich habe sehr talentierte Finger«, erwiderte er und steckte den Vierteldollar wieder in seine Brieftasche. »Der Rest von mir ist auch gar nicht schlecht. Wir reden bald, meine Liebe. Wir müssen Pläne für ein Date schmieden.«

»Oh nein«, widersprach sie und hob die Hand. »Ich habe bloß gesagt, dass Sie mich begleiten dürfen. Das ist definitiv kein Date.«

Er schob seine Brieftasche in seine Hose, ein selbstzufriedenes, dreistes Grinsen auf dem Gesicht.

»Reine Haarspalterei.«

»Von allen …« Ihre Worte erstarben auf ihren Lippen – oder vielmehr blockierten seine Lippen ihre Worte, als er den Kopf senkte und sie küsste.

Es war ebenso köstlich wie unerwartet, und ihr Körper reagierte, ehe ihr Gehirn Gelegenheit hatte, das Ganze zu verarbeiten. Fordernde, feste Lippen, die unzählige sündhafte, heiße Dinge versprachen. Eine beharrliche Zunge, die ebenso neckte, wie sie spottete, als er sie über die empfindliche Linie zwischen ihren Lippen zog. Sein gemurmeltes, drängendes Stöhnen auf ihrer weichen Haut, das es ihr unmöglich machte, den Mund nicht zu öffnen, seine Zunge nicht mit ihrer eigenen zu suchen und den Kuss zu erwidern. Und einfach so wurde aus einem Kuss mehr.

Dann löste er sich von ihr und trat einen Schritt zurück, wobei er ihr Gesicht keine Sekunde lang aus den Augen ließ. Er fuhr sich mit einer Hand durchs Haar, bevor er die Schultern straffte und seine Krawatte zurechtrückte. »Ich komme wieder, wenn diese Vernissage vorbei ist, damit wir alles Genauere besprechen können.«

Mit geschwollenen Lippen und rasendem Herzen, und während die Realität zu ihr durchsickerte, beobachtete Everly, wie ihr Erzfeind durch die Menge stolzierte und durch die Tür der *Black Heart Gallery* in die kühle Nacht hinaustrat, wohingegen sie drinnen schmorte. Zum Teufel mit diesem Mann. Sie würde ihn nicht zu dem Mittagessen begleiten. Sie konnte nicht. Wenn sie es tat, würde sie ihn am Ende entweder umbringen oder mit ihm im Bett landen – und keins von beidem war eine gute Option. Also würde sie ihm das einfach sagen, wenn er später vorbeikam. Und diesmal würde sie sich nicht wieder von ihm küssen lassen. Wirklich nicht.

5. KAPITEL

Drei Stunden später trat Tyler durch die Hintertür aus dem Hausflur in die Kunstgalerie. Der Raum war fast verlassen, und nur ein paar Kellner machten sauber, während ein Grüppchen Kunstliebhaber an der Tür zur Straße verweilte und mit dem Künstler plauderte, der aussah, als hätte er eine sechstägige Chrystal-Meth-Orgie hinter sich gebracht. Ein schneller Blick in die Runde sagte ihm, dass Everly im hinteren Büro sein musste.

Tyler hatte es nicht aus Waterbury heraus bis in die Kreise von Harbor Citys Elite geschafft, indem er einfach so lange auf seinem Hintern saß, bis sich etwas auftat. Also würde er nicht Däumchen drehen und darauf warten, dass Everly mit einem schlauen Plan zu ihm kam, um sich vor dem Mittagessen zu drücken. Sich selbst überlassen würde die halsstarrige Frau wahrscheinlich einen Herzinfarkt vortäuschen. Was er brauchte, war eine Verbündete, die ihm half, seinen Plan in die Realität umzusetzen, eine, die er an einem Tisch entdeckte, der übersät war mit Weingläsern, einigen zerknüllten Servietten und etwas, das sich nur als eine sehr künstlerisch gefaltete Galeriebroschüre beschreiben ließ. Helene hielt ein Glas Weißwein in der Hand, schnupperte zaghaft daran und rümpfte angewidert die Nase.

Perfektes Timing, Jacobson.

Tyler durchquerte die Galerie, und als er nah genug war, hob er die mitgebrachte Flasche von Helenes bevorzugtem Wein aus der Toscana, einem Sangiovese, damit sie das Etikett lesen konnte. Der Wein war teuer und schmeckte fantastisch.

»Oh, Gott sei Dank.« Helene kippte den verschmähten Chardonnay in ein fast leeres Weinglas, das noch auf dem Tisch stand, und streckte ihm ihr leeres Glas entgegen.

»Ich nehme an, Sie hätten gern etwas davon?«, fragte er, während er ihr einschenkte, sich dann ein frisches Glas vom Tisch schnappte und es für sich selbst füllte.

»Du kennst mich so gut.« Sie hob das Glas und atmete das Bouquet ein, und ihre Schultern entspannten sich mit einem erleichterten Seufzer. Gemächlich nahm sie einen Schluck. »Es ist einfach so anstrengend, anderen Menschen guten Geschmack beizubringen. Also, wobei soll ich dir helfen?«

Er schmeckte den Wein kaum, als er zu der geschlossenen Tür von Everlys Büro hinüberschaute, bevor er fragte: »Was bringt Sie auf die Idee, dass ich etwas will?«

»Ich beobachte dich jetzt schon seit fast zwei Jahrzehnten dabei, wie du deine brillanten Intrigen spinnst.«

Er richtete sich ein ganz klein wenig höher auf. »Brillant, ja?« Okay, das war gut fürs Ego. Was für eine Überraschung.

»Als wüsstest du das nicht.« Sie schüttelte den Kopf. »Der Singapur-Deal war ziemlich beeindruckend.«

»Das wird nichts im Vergleich zu dem sein, was passiert, wenn ich Alberto Ferranti an Land ziehe.« Es war tatsächlich der Deal des Jahres. Fast eine Milliarde Dollar würden in die Einrichtung der Ferranti-Hotels überall in den USA fließen. Das Investment war sagenhaft, aber das Prestige, den Auftrag als Projektmanager an Land gezogen zu haben, war das, wonach es ihm wirklich verlangte.

»Und was hat das damit zu tun, dich bei mir Liebkind zu machen?«, fragte Helene, ließ alles Brimborium beiseite und kam wie gewöhnlich sofort zur Sache.

»Ich versuche seit Monaten, die Gelegenheit für ein vertrauliches Gespräch mit Alberto Ferranti zu bekommen.«

Helene zog die Brauen hoch. »Du und jeder andere geldhungrige Unternehmensberater in der Stadt.«

»Genau«, bestätigte er, erleichtert, dass sie es sofort verstand. »Ich könnte das am Samstag endlich wahr werden lassen, aber nur, wenn Everly mich nicht bei dem Mittagessen bei Alberto ermordet. Ich habe mir vorhin, als sie nicht ablehnen konnte, quasi eine Einladung als ihr Date erschlichen.«

Sie nippte gemächlich an ihrem Wein. »Und wie passe ich in deine kleine Intrige hinein?«

»Sie sollten ebenfalls kommen. Sie wird Ja sagen, wenn es sich weniger wie ein erzwungenes Date anfühlt.« Nicht dass er ein Date gleich welcher Art mit seiner verwirrenden Nachbarin wollte. Es war schon schlimm genug, dass er sich nicht hatte daran hindern können, sie in letzter Zeit bei ihren unausweichlichen Streitigkeiten zu küssen.

»Also bin ich das … wie sagt man«, fragte Helene, »fünfte Rad am Wagen?«

»Ich bitte Sie. Wir wissen doch beide, dass Sie sich langweilen. Geben Sie es zu.« Er wedelte mit der Hand und deutete auf die Galerie, die jetzt leer war bis auf zwei Kellner, die den allerletzten Müll auflasen und einen großen Bogen um Helene machten, bevor er sich wieder zu ihr umwandte. »Wenn Sie immer noch die meiste Zeit damit verbringen würden, Ihre Söhne dazu zu bringen, das zu tun, was Sie von ihnen wollen, dann wären Sie nicht bei schlechtem Wein und guter Kunst hier.«

»*Großartiger* Kunst«, korrigierte Everly ihn bestimmt, die hinter ihm stand.

Er wirbelte zu ihrer Stimme herum – der Stimme, die ihn hart werden ließ – und beobachtete, wie sie von der nahegelegenen Tür zur Teeküche dorthin stolzierte, wo die Caterer ihr

Büfett aufgebaut hatten. Verdammt. Sie sagte oder tat nie das, was er von ihr erwartete. Und er hoffte aufrichtig, dass sie nicht sein ganzes Gespräch mit Helene mitbekommen hatte.

Starr nicht auf ihren Mund. Sie blieb in Reichweite stehen. Er hielt die Hände bei sich und ... schaute direkt auf ihren Mund. Sein Schwanz hieß das gut. Sein Gehirn tat das nicht. »Genau die Frau, nach der ich gesucht habe.«

»Ich Glückspilz«, sagte Everly voller Sarkasmus.

»Nun«, murmelte Helene und erstickte etwas, das verdächtig nach einem Kichern klang, während sie von Everly zu Tyler und wieder zurück blickte, »ich sehe euch beide dann am Samstag bei Alberto.«

Tyler schaffte es – mit knapper Not –, sich seine Erleichterung nicht anmerken zu lassen. Er würde Helene als Dankeschön eine Kiste von diesem Wein besorgen.

»Das ist ja wunderbar«, bemerkte Everly. »Mir war gar nicht klar, dass er Sie auch eingeladen hat.«

Helene nahm ihre Handtasche vom Tisch und bedachte Everly mit einem wissenden Blick. »Ich hatte noch nie ein Problem damit, Einladungen zu irgendetwas zu bekommen.«

Also, darauf konnte er Gift nehmen. Er dagegen hatte jahrelang um einen Platz am Tisch gekämpft.

Linus, der langjährige Fahrer der Carlyles, der offensichtlich über hellseherische Fähigkeiten verfügte, erschien genau in dem Moment an der Tür der Galerie, als Helene sich ihr näherte. Tyler beobachtete ihren Abgang – die anderen Nachzügler unmittelbar hinter ihr –, während er an seinem Wein nippte, fest entschlossen, das Schweigen in die Länge zu ziehen, bis Everly es brach. Sie war ebenso wenig wie er der Typ, der herumsaß, aber er hatte mehr Zeit gehabt, die Fassade zu perfektionieren.

Sie kniff ihre braunen Augen zusammen, sah ihn an, schob

eine Hüfte vor und stemmte die Hand darauf, und zwar in einer Bad-Girl-Manier, die jeden davor warnte, ihr an die Wäsche gehen zu wollen. Die Mädchen, mit denen er aufgewachsen war, hatten eine ähnliche Haltung gehabt. Es bedeutete immer, dass es in Kürze aufregend werden würde. Natürlich war eine solche Frau das Letzte, was er in seinem Leben brauchte. Er brauchte jemanden mit der eiskalten Reserviertheit, die daher rührte, dass die betreffende Person in den alten Geldadel von Harbor City hineingeboren worden war. Und deshalb bestand der nächste Schritt seines Plans nach dem Ferranti-Deal darin, die richtige Frau zu finden, die ihm helfen würde, sein Vermächtnis so weit entfernt wie möglich von der Arbeiterklasse weiterzuführen. Dann würde er den Zweiflern – darunter seine eigenen Eltern – endlich bewiesen haben, dass sie sich irrten.

Everly schnappte sich das Weinglas aus seiner Hand und stellte es neben ein halb verzehrtes Toastdreieck in einer halb zerknüllten Serviette auf den Tisch. »Was machen Sie hier?«

Er zuckte die Achseln, als halte er zumindest teilweise den Mund, um sie in den Wahnsinn zu treiben. »Ich schweige, damit Sie nachdenken können.«

Sie warf den Kopf in den Nacken und stöhnte. Der Laut hätte ihn nicht antörnen sollen. Tat es aber.

»Sie«, sie zeigte mit einem langen Finger auf ihn, »gehen mir ganz gewaltig auf den Zeiger.«

Die Tür zur Teeküche schwang auf, und eine hochgewachsene Frau mit einer solch langen Lockenpracht, dass sie eine Meerjungfrau hätte neidisch machen können, trat hindurch. Sie kam einige Schritte näher und blieb stehen. »Brauchst du Hilfe, Evs?«, fragte sie, während sie sich ein Geschirrtuch über die Schulter warf und ihn böse anfunkelte.

Man brauchte kein Genie zu sein, um sich zusammenzureimen, dass die beiden Frauen einander nahestanden und die andere Frau bereit war, für ihre Freundin einzutreten. Sie wies nicht die gleiche Toughes-Mädchen-von-der-Straße-Körpersprache wie Everly auf, doch die Anzeichen waren da – die Füße hüftbreit auseinander, die Hände entspannt, aber bereit an ihren Seiten und ein Blick, der besagte: *Ich zeig dir schon, wo's langgeht.*

»Alles okay, Kiki«, antwortete Everly und winkte ab. »Willst du hier wirklich noch fertig aufräumen?«

»Das Team und ich haben in ein paar Minuten alles tipptopp.« Während sie sprach, funkelte sie Tyler weiter böse an. »Geh hoch, Ev. Ich habe keine Ahnung, wie du es geschafft hast, so lange in diesen Schuhen herumzulaufen.«

Everlys Schultern sackten einige Zentimeter herunter, und die müden Partien um ihre Augen herum wurden weicher. »Danke, hast was gut bei mir.«

Kiki kam offensichtlich zu dem Schluss, dass sie ihre Warnung an ihn überbracht hatte, und richtete ihre Aufmerksamkeit auf Everly. »Ich werde es dir auf die Rechnung schreiben«, meinte sie kichernd. »Ist wirklich alles gut bei dir?«

»Oh, du meinst wegen ihm?« Everly machte eine geringschätzige Handbewegung in seine Richtung. »Das ist Mr 2B.«

»Das ist Mister Brenn-die-Bude-ab?« Kikis vor Zorn funkelnder Blick verschwand, und sie musterte ihn von Kopf bis Fuß. »Mhm.«

Er hatte keine Ahnung, was er davon halten sollte. »Sie beide haben schon mitbekommen, dass ich noch hier bin, oder?«

»Ja«, antworteten sie beide gleichzeitig und im selben total unbeeindruckten Tonfall.

Dann richtete Kiki ihre Aufmerksamkeit wieder auf Everly. »Geh ruhig nach oben. Wir regeln hier unten alles.«

»Noch mal vielen Dank.« Everly eilte zu der anderen Frau hinüber und umarmte sie schnell, dann schlenderte sie zu der

Tür, die in den Hausflur führte. Eine Hand auf dem Knauf hielt sie inne und sah ihn über die Schulter an. »Kommen Sie mit?«

Es war eine Einladung, die er nicht erwartet hatte, aber verdammt, er würde sie ganz bestimmt nicht ausschlagen. Dieses Mittagessen bei Alberto durfte er sich nicht entgehen lassen.

Sie hatten die Hälfte der ersten Treppe hinter sich gebracht, und ihre Schritte hallten durch das Treppenhaus, da drehte sie sich um und sah auf ihn, der sich zwei Stufen unter ihr befand, hinab. »Ich weiß nicht, was Sie im Schilde führen oder was Sie Helene erzählt haben, aber es gefällt mir nicht.«

So argwöhnisch, und das mit Recht, aber trotzdem törnte es ihn an, dass sie keine Frau war, die eine Antwort einfach akzeptierte, und instinktiv zu wissen schien, wenn etwas nicht stimmte. Wenn er noch die Art hinzunahm, wie ihr Hintern in diesem schwarzen Etuikleid aussah, wenn sie die Stufen hinaufstieg, stellte sein Denkvermögen die Arbeit nahezu ein. Sie war genau die Frau, die er nicht brauchte – eine, die ihn an ihre ins Laken verhedderten nackten Glieder denken ließ statt an seinen letzten Coup. Er hatte seine Lektion mit einem anderen sexy, dunkelhaarigen Hitzkopf gelernt, der ihn besiegt und gedemütigt nach Waterbury zurückgeschickt hatte. So etwas würde ihm nicht noch einmal passieren. Wenn er Everly nicht brauchen würde, um über sie an Alberto ranzukommen, hätte er diese Frau wie Dynamit behandelt, denn das war sie. Doch er konnte ihr nicht aus dem Weg gehen. Dieser Deal war das Wichtigste für ihn.

»Helene und ich haben nur über das Mittagessen bei Alberto gesprochen«, sagte er und befand, dass es an der Zeit war, seinem Glück ein wenig nachzuhelfen, bevor er einknickte und sie küsste – wieder einmal –, weil er nicht verhindern konnte, dass sein Blick auf ihren üppigen Mund fiel. Er wollte ihre Lippen auf seinen spüren und auf Stellen viel weiter unten. »Also, um wie viel Uhr wollen Sie zu Alberto losfahren?«

»Viertel vor niemals«, entgegnete sie schnippisch und gab keinen Deut nach. »Ich manipuliere meine Freunde nicht, und ob Sie es glauben oder nicht, Alberto ist ein Freund.«

War es falsch, dass ein kleiner Teil von ihm – nun, ein großer, dicker, langer Teil von ihm – auch ihr Freund sein wollte? Ja. Ja, es war falsch.

6. KAPITEL

Everly meinte jedes Wort, das sie gesagt hatte, ernst. Loyalität war nicht einfach irgendetwas – es war das Wichtigste überhaupt. Man betrog Menschen nicht, die einem etwas bedeuteten, und sie war nicht überzeugt davon, dass sie, wenn sie Tyler mit zu dem Mittagessen bei Alberto nahm, nicht den Mann übertölpelte, der ihr geholfen hatte, in diesem Geschäft Fuß zu fassen, und der ihr zu einem Mentor und Freund geworden war.

Tyler presste die Lippen aufeinander und stieß einen scharfen Atemzug aus, als er sich mit seinen langen Fingern durch sein dichtes schwarzes Haar fuhr. »Ich weiß genau, was Freundschaft bedeutet.«

»Ach ja?«, fragte sie. »Ich weiß, wie Sie mit Sawyer umgegangen sind.«

Nämlich mit Jahren des entschlossenen Schweigens und sogar Versuchen, einen Deal zu unterlaufen. Das herauszufinden hatte die Waagschale gegen ihn gesenkt. Tyler Jacobson mochte verdammt heiß sein mit seinem schwarzen Haar, seinen blauen Augen, seinen breiten Schultern und seinem straffen Hintern, aber sie ließ sich nichts vormachen. Wie jemand andere Menschen behandelte, war wichtiger als einige umwerfende, den Verstand raubende Orgasmen, die er ihr zweifellos bescheren konnte.

Die Ader in seiner Schläfe pulsierte. »Ich hatte meine Gründe.«

Auch wenn sie unsterblich wäre, würde sie nie verstehen, wie das männliche Ego gleichzeitig so groß und so zerbrechlich sein konnte. »Er hat Ihre Verlobte zurückgewiesen.«

Tyler nickte, seine blauen Augen waren kalt und ohne auch bloß einen Anflug von Gefühl. »Das stimmt.«

Seine schlichte Reaktion ließ sie selbst nur umso heftiger reagieren, sie war verletzt, als ob Sawyer ihr eigener Bruder wäre. Sie mochte auf der falschen Seite der Stadt aufgewachsen sein, doch sie wusste verdammt genau, wie man Menschen gut behandelte. Sie musste ihm unbedingt zeigen, wie entrüstet sie war. »Und Sie haben ihm jahrelang wie ein totales Arschloch die kalte Schulter gezeigt.«

Er schluckte hörbar und biss die Zähne so fest zusammen, dass die Kinnmuskeln hervortraten, dann stieß er einen langsamen Atemzug aus. »Das stimmt.«

»Warum haben Sie das nur getan, wenn Sie doch so genau wissen, was Freundschaft bedeutet?«

Tyler sagte nichts. Er sah sie bloß an, als hätte noch nie jemand den Mumm gehabt, ihn das zu fragen. Nun, einige Leute hätten das tun sollen, denn auch wenn Tyler und Sawyer wieder Freunde waren, hätten sie sich aussprechen sollen. Natürlich waren es beide Männer. Jeder mit einem Y-Chromosom schien sich deutlich im Nachteil zu befinden, wenn es darum ging, über unbequeme Wahrheiten zu reden.

Schließlich ging er weiter die Treppe hinauf, legte ihr eine Hand ins Kreuz und führte sie zum Treppenabsatz. Sie hatte nicht vor, neben ihm herzugehen, aber seine Berührung hatte die Kamikazeschmetterlinge in ihrem Bauch geweckt. Wieder einmal fühlte sich der Streit stark wie ein Vorspiel an, und ihrem Körper gefiel es.

»Das ist ein Gespräch, das Alkohol erfordert und einen Platz, der irgendwo anders als mitten in einem Treppenhaus ist«, stellte er fest und hielt ihr die Tür auf, die aus dem Treppenhaus in den Flur, in dem seine Wohnung lag, führte. »Kommen Sie mit zu mir, dann erzähle ich Ihnen die ganze Geschichte. Ich werde uns sogar etwas zu essen machen.«

Das ließ sie in der Tür innehalten. »Versuchen Sie mich umzubringen?«

»Es gibt Pasta«, erklärte er mit einem Lächeln. »Ich werde Nudeln kochen und etwas Soße darübergeben. Nicht einmal ich kann das vermasseln.«

Natürlich wählte ihr rebellischer Magen ausgerechnet diesen Moment, um zu knurren. Mit einem wissenden Lächeln, das ihn entspannter aussehen ließ, als er es am ganzen Abend gewesen war, griff er in seine Tasche und holte einen Schlüsselbund hervor. Er hielt die Schlüssel hoch und ließ sie klimpern. Das erinnerte sie an ihr Scharmützel in der Tiefgarage.

»Es sei denn, Sie würden deswegen lieber eine Münze werfen«, bemerkte er.

Sie lachte, obwohl sie es besser wusste. »Na schön, aber ich stimme nicht zu, Sie zu dem Mittagessen bei Alberto mitzunehmen, wenn Sie ihn denken lassen, wir seien ein Paar. Und wenn der Rauchalarm losgeht, bin ich hier weg.«

»Noch nicht«, korrigierte er sie. »Sie stimmen noch nicht zu, dass wir als Paar hingehen.«

Grundgütiger. Der freche Mistkerl dachte, er würde sie dazu bringen zuzustimmen. Und Gott stehe ihr bei, wenn sie das tat.

Sie gingen zusammen den Flur entlang zu seiner Wohnungstür. Der wunderschöne Art-déco-Stil des Gebäudes hatte ihre kunstliebende Seele angesprochen und verlangt, dass sie sich mit seiner Geschichte beschäftigte. Ursprünglich war es als ein luxuriöses Apartmenthaus mit gemeinschaftlichen Räumen geplant gewesen. Im Erdgeschoss hätten sich unter anderem eine Lobby und ein Fitnessstudio befinden sollen. Jede

Etage des dreistöckigen Gebäudes hatte zwei große – vor allem für die Maßstäbe in Harbor City – Wohnungen, die durch einen breiten Flur voneinander getrennt waren. Doch aus welchem Grund auch immer war die Planung geändert worden, bevor der Ausbau abgeschlossen gewesen war. Die Firma, der das Gebäude gehörte, hatte den Plan durchgezogen, bis auf das Vorhaben für das Erdgeschoss, das sich als ein perfekter Raum für ihre Galerie erwiesen hatte. Ein Jammer, dass der Vermieter sie unlängst mit Sanierungsgebühren belästigt hatte, die ihren Steuerberater um Gnade betteln ließen. Sie hatte einen typischen Gewerbemietvertrag und gedacht, dass sie ein wenig länger im Geschäft sein würde, ehe solche Sonderausgaben fällig wurden. Aber dieses Problem würde sie heute nicht lösen.

Sie erwartete, dass Tylers Wohnung ihrer eigenen gleichen würde. Doch sobald er die Tür öffnete, begriff sie, wie sehr sie sich geirrt hatte. Während ihr Zuhause von einem riesigen farbenfrohen Wohnbereich und Wänden beherrscht wurde, die danach schrien, mit zum Nachdenken anregenden Kunstwerken dekoriert zu werden, war seines um eine gewaltige Gourmetküche herum angelegt. Eine Kochinsel, die gut acht Personen Platz bot, trennte die Küche vom Wohnzimmer. Abgesehen von den schiefergrauen Granitflächen war fast alles in der Wohnung in geschmackvollen und absolut langweiligen Braun-, Creme- und Weißtönen gehalten. An den Wänden hingen weder Fotos noch Kunstwerke, und auch der Kaminsims war leer. Der Raum sah aus wie eine professionell entworfene Wohnung für die Website eines Luxusmöbelladens. Natürlich hätte der Fotograf darauf bestanden, fünf Kisten, die sich in der Nähe der Schiebetüren zum Balkon übereinanderstapelten, zu verbergen. Ihr fiel nur eine einzige Erklärung für die Kisten und die fehlende persönliche Note ein.

»Ziehen Sie um?«, fragte sie und vollführte eine volle Dreihundertsechzig-Grad-Drehung.

Er schnaubte. »Freuen Sie sich nicht zu früh.«

»Ich werte das als ein Nein«, sagte sie und tat ihr Bestes, enttäuscht zu klingen, obwohl sie es in Wahrheit gar nicht war. »Das ist eine tolle Küche.«

»Ja, sie war genau das, was ich wollte.« Er schlenderte in die Küche und zog einen Barhocker von der Kochinsel. »Entspannen Sie sich und sehen Sie mir dabei zu, wie ich uns ein schönes Essen zaubere.«

»Ich habe Sie wegen der Rauchwolke gewarnt«, sagte sie bloß halb im Scherz, als sie sich auf den Sitz gleiten ließ.

Tyler schüttelte den Kopf, umrundete die Kochinsel und ging zu den glänzenden Töpfen, die an einem Regal über der Arbeitsplatte gegenüber baumelten. »Verderben Sie sich Ihren Tag nicht mit solchem Quatsch.«

Es gab ihr die perfekte Gelegenheit zu bewundern, wie er eine Anzughose ausfüllte – gut. Sehr, sehr gut. Er stellte den Topf auf die Arbeitsplatte, drehte sich um, krempelte seine Hemdsärmel auf und hervor kamen erstklassige Armporno-Unterarme, bepackt mit sehnigen Muskeln und dunkler Behaarung. *Mamma mia, das ist nicht fair.* Armporno war ihre Schwäche. Was immer er tat, wenn er nicht arbeiten war oder sich ihr gegenüber als Nervensäge entpuppte, machte sie an. Die starken Schultern, der Hintern, dem sie am liebsten einen Klaps geben würde, und Arme, bei denen sie sich auf die Lippen beißen musste, um ein Stöhnen zu unterdrücken – der Mann war ein wandelndes Unterwäsche-Model in Anzughose und schickem Hemd.

Vergiss es, Ribinski! Der geistige Arschtritt hinderte sie daran, auf die Kochinsel zu sabbern, aber sie war knapp davor gewesen.

»Haben Sie gewusst, dass ich meinen eigenen Comedy-YouTube-Kanal habe?« Er stolzierte – ja, stolzierte – durch die Küche und füllte den Topf mit Wasser. »Er heißt *Being Salty*.«

Sie lachte laut auf, überrumpelt von der mühelosen, schlagfertigen Antwort. »Das war ziemlich gut für jemanden, der auf einer piekfeinen Privatschule war.«

»Ich hatte ein Stipendium.« Er drehte den Wasserhahn zu und stellte den Topf auf den hochkarätigen Gasherd.

»Was?« Oh, das ergab überhaupt keinen Sinn. Alles an Tyler, angefangen von den maßgeschneiderten Anzügen bis hin zu der umwerfenden Weinauswahl in dem eingebauten Weinkühler neben dem restaurantgerechten Kühlschrank, deutete darauf hin, dass er lange von Beruf Sohn gewesen war.

»Sie haben gedacht, ich sei wie die Carlyles?«, fragte er mit leichtem Argwohn in der Stimme.

Sie schloss den Mund, bevor sie »klar, eh«, sagen konnte, und dachte über die Frage nach, während er die Gasflamme unter dem Wassertopf aufspringen ließ und eine Packung Spaghetti aus einem Küchenschrank holte. Okay, sie war also ein wenig übertrieben erpicht darauf gewesen, ihn als reichen Schnösel hinzustellen. Er war einfach so aufreizend mit seinem frechen Selbstbewusstsein, der Prahlerei, dem lässigen Münzenwerfen, dass er ihr so den Kopf verdreht hatte und dadurch ihre ganze Welt ins Wanken kam und sie auf gewisse Kleinigkeiten nicht geachtet hatte.

»Nicht genau wie sie«, sagte sie und sprach aus, was sie bisher nicht wirklich in Worte gefasst hatte. »Sie wohnen immerhin im selben Gebäude wie ich, das zwar ganz nett ist, aber nicht gerade im Viertel der Carlyles liegt. Ich dachte, Sie kämen aus der gutsituierten Oberschicht von Harbor City.«

Er grinste sie an. »Ich komme aus Waterbury.«

Haha, darauf fiel sie nicht herein. »Nie und nimmer.«

»Was?«, fragte er und verfiel in den unverkennbaren Slang von der anderen Seite des Hafens. »Denkste, du bist die Einzige, die ihre Postleitzahl geändert hat?«

»Ohne Scheiß?«, fragte sie, und hinter ihrer Stirn spulten sich Fragen ab. »Aber Sie klingen nicht gerade wie jemand von dort, und Sie haben definitiv diese bescheuerte Ich-kann-dich-kaufen-und-fallen-lassen-Attitüde des Klüngels hier drauf.«

Er zuckte die Achseln und kippte die Pasta in das kochende Wasser. »Jahrelange Übung darin, richtig zu reden – ganz abgesehen vom Stimmtrainer, den ich dummerweise neulich erwähnt habe – und die Attitüde, mit der ich geboren worden bin, wenn auch ohne Geld.«

Es gab zwei Wege, die Menschen einschlugen, die den Wechsel von einer Seite des sprichwörtlichen Bahndamms zur anderen schafften. Erstens jene, die ihre Wurzeln und ihre Attitüde beibehielten. Zweitens jene, die fast jeden Teil ihres alten Lebens wie ein tüchtiger Chirurg mit einem Skalpell weggeschnitten hatten. Sie gehörte zur ersten Sorte. Und Tyler? Sie würde ihn in die zweite Kategorie einordnen, und sei es auch nur deshalb, weil er seine Herkunft so gut verbarg.

»Und wie ist das alles gekommen?« *Neugierig? Sie? Ja, verdammt.*

Er ging zum Weinkühlschrank, nahm eine Flasche Weißen heraus und öffnete sie. »Mrs Diaz, die in der sechsten Klasse Mathe unterrichtete, fand etwas Besonderes an dem Jungen, den sie dabei erwischt hatte, wie er in der Bibliothek vor sich hin rechnete.«

Sie dachte darüber nach, was er ihr erzählt hatte, während er zwei Gläser aus dem Schrank holte und sie mit dem Wein zusammen zur Kochinsel trug.

Sie konnte sich den jungen Tyler gut vorstellen, wie er in langweilige Mathebücher vertieft war. »Das waren Sie, hm?«

»Nein.« Er schenkte ein Glas Weißwein ein und schob es über die Kochinsel zu ihr hinüber, dann füllte er sich sein eigenes Glas. »Ich war der Junge, der ihn verprügelt hat.«

Ihr klappte der Unterkiefer herunter, und er musste so lachen, dass er sich beinahe an dem Wein verschluckte, den er gerade trinken wollte. Nach einem kurzen Hustenanfall kam er wieder zu Atem und bedachte sie mit einem gehässigen Grinsen. *Frecher Mistkerl.*

»Okay, Sie haben recht«, sagte er mit einem heiseren Glucksen. »Ich war der Mathe-Nerd, und dadurch habe ich ein Vollstipendium für die Privatschule bekommen.«

Die Teile des Puzzles fügten sich zusammen. »Und so haben Sie Sawyer und die Carlyles kennengelernt.«

»Ja, mein Familienleben war … interessant, und schließlich habe ich die meiste Zeit in Sawyers Haus verbracht.« Er nippte an seinem Glas, und etwas Dunkles braute sich in seinen Augen zusammen, das sie auf die Idee brachte, dass ihm nicht alle Erinnerungen gefielen, die hervorgerufen wurden. »Als wir unseren College-Abschluss machten, dachte der neue Türsteher, ich sei ein Cousin, und ich habe mir vorgenommen, nie wieder einfach irgendein Typ aus Waterbury zu sein. Ich würde mehr sein, und ich würde alles bekommen, was ich wollte.«

Es war eine nette Geschichte, aber sie ergab keinen Sinn. Der Mann hatte sich demselben Freund gegenüber wie ein erstklassiges Arschloch benommen. »Und das lassen Sie einfach hinter sich, weil Sie ein treuloses Miststück von einer Verlobten hatten? Das ist ziemlich schwach.«

Er zog die Brauen hoch. »Machen Sie es sich nicht zu einfach.«

»Tu ich gar nicht.« Okay, vielleicht benahm sie sich zickig, doch sie hatte das Gefühl, dass es nicht allzu viele Menschen gab, die Tyler an seine Leichen im Keller erinnerten. Und genau das brauchte er. Sie nahm einen Schluck von dem Wein – oh Gott, köstlich, so spritzig und frisch – und wartete ab.

Er schwieg kurz, gab aber schließlich mit einem Seufzen nach. »Die Wahrheit ist, dass das, was mit Irena passiert ist, mich gedemütigt hat.« Er starrte ins Leere, und eine Falte bildete sich zwischen seinen Brauen. »Wissen Sie, was Sawyer gesagt hat, nachdem er mir erzählt hatte, was passiert war?«

Er sah ihr jetzt fest in die Augen, und sie schauderte. Da wirbelte so viel Schmerz in diesen blauen Tiefen, dass ihr das Herz seinetwegen wehtat.

»Er hat gesagt, zum Glück hätte ich noch rechtzeitig herausgefunden, dass es ihr nur ums Geld gegangen sei. Alle hätten sie reden hören und gewusst, dass sie nicht die Richtige für mich war. Mein bester Freund hatte gewusst, dass meine Verlobte bloß wegen meines Geldes mit mir zusammen war, und er hatte nie ein Wort gesagt? Unter Freundschaft verstehe ich etwas anderes.«

Sie blinzelte. »Aber was ist, wenn er gehofft hat, er würde sich irren?«

»Würden Sie Kiki jemanden heiraten lassen, von dem Sie überzeugt sind, dass er sie nicht wirklich liebt, ohne es ihr zu sagen? Würden Sie Ihre Befürchtungen nicht zumindest mit ihr teilen?«

Tja, damit hatte er ins Schwarze getroffen. Sie versuchte, sich Kiki mit irgendeinem Widerling vorzustellen, und nein, sie würde nicht die Klappe halten. Der Job der besten Freundin war nicht immer, das zu sagen, was die andere hören wollte. Manchmal musste man auch diejenige sein, die sie vor sich selbst rettete. Tyler hatte recht. Sawyer war kein toller Freund gewesen, wenn er gewusst hatte, was für ein Mensch Tylers Verlobte gewesen war, und nichts gesagt hatte. Und obwohl sie sich wieder näherstanden, hörte es sich so an, als hätten sie immer noch nicht darüber gesprochen, was Tyler wirklich umgetrieben hatte. Denn wenn Hudson es erzählte, nun, da hörte sich die Geschichte ganz anders an.

Sie legte ihre Hand auf seine. »Doch. Das würde ich.«

Das einzige Geräusch in der Küche war das kochende Wasser auf dem Herd. Der Moment zog sich in die Länge, und als sie sich ansahen, geschah etwas Unerklärliches, das keiner von ihnen sich allzu genau klarmachen wollte. Es fühlte sich fast an wie Freundschaft.

Das zischelnde Spritzen des Wassers, das überkochte, erschreckte sie beide. Tyler eilte durch die Küche, schnappte sich einen Ofenhandschuh, der, wenig überraschend, einer von vielen in einem Stapel neben dem Herd war, und nahm den Topf von der Flamme. Außerstande, danebenzusitzen und zuzuschauen, eilte sie an seine Seite, nahm das Sieb von dem Hängebord und stellte es in die Spüle. Tyler goss den Inhalt des Topfs hinein, und sie drehte das kalte Wasser auf und schreckte die Pasta ab. Nicht dass es viel nutzte. Als er den Herd ausschaltete und sie die Pasta hatte abtropfen lassen, war sie ziemlich matschig gekocht.

Tyler stand neben ihr an der Spüle und stocherte mit einer Gabel in der verhedderten, klebrigen Masse herum. »Sie sind schuld, weil Sie mich abgelenkt haben.«

»Aha.« Sie rempelte ihn leicht mit der Hüfte an. »Reden Sie sich das nur ein. Wo ist die Soße?«

Tyler öffnete einen Schrank, und einige Flaschen klirrten gegeneinander, als er suchte, und schließlich holte er – eine Flasche Ketchup hervor. »Ich weiß nicht, ob sich das wirklich eignet, aber etwas Besseres habe ich nicht.«

»Gott, nein.« Einfach eklig, so eklig, dass sie nicht umhinkonnte zu lachen. »Butter?«

Er stellte den Ketchup zurück, wirbelte herum und öffnete

den Kühlschrank, dann starrte er einen Moment hinein und drehte sich mit einem einfältigen Grinsen wieder zu ihr um. »Also, ich bin nicht nur ein mieser Koch, sondern auch ziemlich schlecht darin, was das Einkaufen von Lebensmitteln betrifft.«

Sie überlegte, was sich noch als hilfreich erweisen könnte, bis ihr schließlich eine letzte Option einfiel. »Olivenöl?«

Tyler öffnete einen anderen Schrank, spähte hinein und schüttelte dann den Kopf. »Tut mir leid«, sagte er mit einem schiefen Lächeln. »Es war in letzter Zeit ziemlich viel los, ich habe meist auswärts gegessen.«

Die ganze Situation war lächerlich. Es war Pasta. Wie konnte man es vermasseln, Nudeln zu kochen? Die Kochgötter hatten den Mann verflucht. Sie schaute hinab auf die breiigen, irgendwie schleimigen Spaghetti und begann zu lachen. Sie drückte sich eine Hand auf den Mund und versuchte, es zu unterdrücken, aber ein Blick auf Tyler genügte, und das Gekicher kämpfte sich wieder an die Oberfläche. Tyler trat neben sie, riss eine nasse Nudel aus dem Sieb und wedelte sie mit einem boshaften Wackeln seiner Augenbrauen vor ihr hin und her. Es war zu viel. Sie prustete los.

Sobald sie beide wieder zu Atem gekommen waren, fragte sie: »Und was jetzt?«

Tyler warf die Nudel zurück auf den Klotz Spaghetti im Sieb und öffnete den Schrank neben der Spüle, um zwei Schachteln mit Instant-Haferflocken hervorzuholen. »Pfirsich-Sahne oder Apfel-Zimt?«

»Sahne für das Sahneschnittchen.«

Kurz darauf saßen sie an der Kochinsel, jeder mit einer Schale Haferbrei und einem Glas Wein. Die Kombination war nicht direkt hochklassig, doch sie war bereit mitzuspielen – vor allem weil sie vollkommen ausgehungert war. Die gewohnte Spannung, die sie umgab, hatte nachgelassen, und eine Weile aßen sie in behaglichem Schweigen. Everly hatte gerade den ersten Blick auf den Boden ihrer Schale erhascht, als Tyler auf dem Sitz neben ihr hin und her rutschte und ihre Aufmerksamkeit auf sich lenkte.

»Hören Sie mal, ich weiß, Sie haben Grund zu denken, ich würde mir das Gespräch mit Alberto erschleichen, aber das werde ich nicht.« Er schob einige Bissen Haferbrei in seiner Schale mit dem Löffel hin und her. »Ich hätte nur gern die Chance, ein wenig Zeit mit ihm zu verbringen. Ich werde nicht einmal vom Geschäft sprechen. Ich brauche bloß einen Fuß in der Tür, damit ich endlich einen Termin bei ihm bekomme, das ist alles.«

Vielleicht war es die Aufrichtigkeit in seiner Stimme. Vielleicht war es der Umstand, dass sie jetzt begriff, dass sie etwas gemeinsam hatten. Vielleicht war es die Tatsache, dass der Mann wirklich dringend einen Kochkurs machen sollte. Vielleicht lag es daran, dass er nur netzwerken wollte, und sie wusste genau, wie sich das anfühlte. Sie würde die beiden lediglich miteinander bekannt machen. Es gab keine Garantie, dass Alberto sich später überhaupt mit Tyler treffen würde. Was immer auch der Grund für ihre Bedenken war, sie konnte nicht leugnen, dass sie offener für die Idee war als zu dem Zeitpunkt, als sie in der Galerie die Münze geworfen hatten.

»Wollen wir eine Münze werfen?«, fragte sie und hatte keine Ahnung, wo zum Teufel das hergekommen war, abgesehen von ihrem Wunsch, die letzte Entscheidung – ausnahmsweise einmal – dem Schicksal zu überlassen.

»Ich habe zweimal hintereinander beim Münzenwerfen gewonnen. Es scheint mir nicht fair zu sein, es noch einmal zu machen«, sagte er mit einem leicht neckischen Ton in der Stimme. »Wie wäre es, wenn Sie mir diesen Gefallen tun und ich Ihnen dafür einen anderen?«

Nicht schlecht. Sie beugte sich vor, und die Bewegung brachte sie näher an ihn heran. »Und der wäre?«

»Ich bringe den Vermieter dazu, die Mietkosten zu deckeln.«

Ihr Rücken versteifte sich. Dieser Mistkerl von einem Vermieter. Die Firma sollte solche vertraulichen Informationen nicht anderen Mietern mitteilen. Sie würde dem Armleuchter, der diese Information hatte durchsickern lassen, die Hölle heißmachen, sobald sie es aus Tyler herausgeholt hatte. »Woher wissen Sie davon?«

Er kratzte den letzten Rest seines Haferbreis in seinen Löffel und hielt den Blick gesenkt. »Das Haus gehört mir.«

»Was?« Sie lehnte sich schockiert zurück. Die Schockstarre hielt ganze dreißig Sekunden an, bevor die Verlegenheit darüber, so dumm zu sein, einen Wortkrieg mit dem Mann auszufechten, der ihr Schicksal bestimmen konnte. Und peng! Der Zorn über Mr 2Bs Unterlassungslüge traf sie mitten zwischen die Augen. »Sie sind wirklich so ein Mistkerl! Wie konnten Sie mir das verheimlichen?« Gerade, als sie damit beschäftigt war, Luft zu holen, um ihn mit einer Schimpftirade zu überhäufen, fiel ihr eine Sache auf. »Wenn Sie es sich leisten konnten, dieses Gebäude zu erwerben, was zum Teufel bringt Sie dann dazu, darin zu wohnen?«

»Es war mein erstes.« Er zuckte die Achseln und aß den letzten Löffel voll Haferbrei. »Ich bin ein bisschen sentimental.«

»Ihr erstes?« *Sein erstes?* »Wie viele haben Sie denn?«

Er wirkte beinahe verlegen, als er mit seinem leeren Weinglas spielte. »Ein paar.«

»Scheiße, das ist unglaublich.« In dieser ganzen Zeit hatte er sie doppelt verarscht – als nerviger Nachbar von unten und als ihr habgieriger Vermieter – alles ohne jedwede Orgasmen.

»Sehen Sie, ich weiß, dass es falsch war, aber nach unserem schrecklichen Anfang, nun, es schien einfach nicht besser zu werden.« Er fuhr sich erneut mit einer Hand durchs Haar. Wenn es so weiterging, würde der arme Mann bald kahl sein. Er zuckte die Achseln und sagte: »Würden Sie mir glauben, dass es einfach nie den richtigen Zeitpunkt dafür gegeben hat, es zu sagen, ohne Ärger zu bekommen?«

Er wirkte aufrichtig, doch ihre Mutter hatte keine Närrin großgezogen. »Es kann schon sein, dass Sie die Wahrheit sagen, aber ich behalte mir vor, Ihnen für zukünftige Maßnahmen in den Sack zu treten.«

»In Ordnung.« Er nickte. »Also, was meinen Sie? Das wird Ihnen mehr Zeit verschaffen, Ihre Galerie zu etablieren und sich ein finanzielles Polster zu verschaffen. Ich bekomme die Möglichkeit, mich vorzustellen, was ich seit Monaten probiere. Am Ende sind wir beide glücklich.«

Verdammt. Sie hasste es, wenn ein Arschloch vernünftig klang. Aber so war es, sie konnte es nicht leugnen. Und es hing eine Menge mehr vom Erfolg ihrer Galerie ab als nur ihr persönlicher. Nunni hatte ihr nach dem Tod ihrer Mutter, als sie zwölf Jahre alt war und ihr Vater sich geweigert hatte, sie aufzunehmen, so viel gegeben. Was die schönsten Jahre im Leben ihrer Grandma hätten sein sollen, war zu einer zweiten Runde Elternpflicht geworden. Sie musste das Richtige für Nunni tun und sicherstellen, dass sie ordentlich versorgt wurde. Ganz zu schweigen davon, dass sie, wenn sie schwarze Zahlen schrieb, endlich anfangen konnte, Kiki für ihre Catering-Dienste zu bezahlen, statt Schulden bei ihr anzuhäufen.

Sie brauchte lediglich den Nachmittag mit einem Mann zu verbringen, der in ihr ebenso den Wunsch weckte, ihn zu erwürgen, wie das Verlangen, ihn zu bespringen. Ihr Selbsterhaltungstrieb und ihre Selbstbeherrschung würden sie es ja wohl ein paar Stunden lang aushalten lassen, nett zu Tyler zu sein, ohne etwas über das bloße Bekanntmachen der beiden Männer hinaus zu versprechen. Dann würden sie hierher zurückkehren, und alles würde wieder so sein wie vorher. Sie würde in Stilettos durch die Wohnung stolzieren, und er würde den Flur mit seinen gescheiterten Kochversuchen verpesten. Sie konnte das schon tun. Aber sie würde es geschickt anstellen.

Sie schob ihren Stuhl zurück und stand auf. »Ich will die Miete für mindestens ein Jahr gedeckelt haben, und ich will es schriftlich.«

Seine Pupillen weiteten sich, und er sprang praktisch von seinem Hocker. »Abgemacht.«

Bevor sie eine Chance hatte zu begreifen, was los war, hatte er ihr einen Arm um die Taille gelegt und sie zur Feier des Tages im Kreis herumgewirbelt. Als sie wieder den Boden unter sich spürte, waren sie nicht einmal zehn Zentimeter voneinander entfernt. Er lehnte mit dem Hintern an der Kochinsel, und ihre Positionen waren so wie neulich in der Tiefgarage, als sie am Ende auf der Motorhaube ihres Autos rumgemacht hatten, nur vertauscht. Ihr stockte der Atem. Ihr Pulsschlag beschleunigte sich. Er trat von einem Fuß auf den anderen, und sein harter Schwanz, der sich gegen ihren Bauch presste, war nicht zu ignorieren. Sie war sich jeder Pore ihres Körpers bewusst, wie ein Flipper, durch den ein Pinball schießt, der jede Stelle berührt. Wenn sie die Positionen gewechselt hatten, bedeutete das, dass es bei ihr lag, ihn zu küssen. Bei der bloßen Vorstellung stellten sich ihre Brustwarzen auf, und sie zog die Unterlippe zwischen die Zähne. Die Bewegung erregte Tylers Aufmerksamkeit, und er stieß ein leises Stöhnen aus. Seine Hände wanderten von ihrer Taille zu ihren Hüften. Die Versuchung brachte sie ins Schwanken, aber ehe sie ihr nachgab, rettete sie ihr Überlebensinstinkt.

Sie trat zurück, bevor sie umkippte. »Ich muss gehen.«

»Sie laufen weg?«, fragte er und stieß die Hände in seine Taschen.

»Ich laufe doch nicht weg.« Okay, sie rannte total weg, würde das allerdings nie im Leben zugeben.

Er lachte. »Sie gehen nur wirklich schnell?«

War sie nicht diejenige, die ihm einen Gefallen tat? Ja, war sie. Und sie machte einen strategischen Rückzug. Daran gab es nichts auszusetzen. »Sie sind wirklich nervig«, sagte sie und öffnete die Tür.

Er winkte von seinem Platz an der Kochinsel. »Bis morgen, meine Liebe.«

Entschlossen zu verschwinden, ehe sie noch etwas tat, das sie später bereuen würde, eilte sie zur Tür hinaus, und ihre Füße bewegten sich auf dem Weg die Treppe hinauf ins nächste Stockwerk genauso schnell wie ihr Herzschlag. Was zum Teufel hatte sie sich dabei gedacht? Ein ganzer Nachmittag mit Tyler Jacobson, ohne ihn zu küssen oder ihn zu töten? Sie würde sämtliche Freundinnen ihrer Nunni anrufen müssen, damit sie eine Kerze für sie anzündeten, denn sie würde es ohne göttlichen Beistand niemals schaffen, den Nachmittag zu überstehen, ohne am Ende in der einen oder anderen Bredouille zu sein.

7. KAPITEL

Das Telefongespräch mit Kiki am Samstagmorgen verlief genau wie erwartet. Es war eine Tradition, die sie pflegten, seit Everly die *Black Heart Gallery* eröffnet hatte und Kiki das Catering für sie anschrieb, womit sie sich im Gegenzug bei einer Menge reicher Kunstliebhaber für die Bereitstellung von Speisen und Getränken ihrer Partys empfahl. Für gewöhnlich kamen sie gleich zur Sache und redeten darüber, was beim nächsten Mal besser gemacht werden konnte, denn Kiki leitete nicht nur einen unglaublichen Catering-Service und gab hilfreiches Feedback, sondern ihre Kellner hinterbrachten ihr auch immer die besten ungefilterten Reaktionen von Kunden darüber, wer was mochte, daher konnte Everly diese Tipps in der Folgewoche befolgen. Doch der Anruf an diesem Morgen nahm einen anderen Verlauf als erwartet, nachdem Everly erwähnt hatte, dass sie Tyler irgendwie versehentlich geküsst hatte. Zweimal.

»Was meinst du damit, du hast ihn versehentlich geküsst?«, fragte Kiki, deren Stimme auf Laut gestellt aus Everlys Handy kam und durch ihre sonnengeflutete und praktisch kahle Küche hallte. »Zweimal!«

»Schrei nicht so!«, antwortete Everly und tat ihr Bestes, das Lachen in ihrer Stimme zu ersticken, sonst würde sie ihre erzürnte beste Freundin bloß noch ermutigen. »Mein Kaffee ist noch nicht ganz durchgelaufen, und du hast gerade einen Hund sechs Häuser entfernt geweckt.«

»Tu nicht so, als würde deine erste Rummach-Session seit

deiner Trennung von Mr Schwanzlos kein Freudengeschrei wert sein«, gab Kiki zurück.

Das war vor acht Monaten gewesen, und er war definitiv nicht ihre große Liebe gewesen – die Beziehung mit ihm hatte ganze zwei Monate gedauert –, aber sie verspürte noch immer das Bedürfnis, für ihn einzutreten, wenn auch nur, weil sich die Sache damals zu einem schrecklichen Social-Media-Albtraum entwickelt hatte.

»Sein Name ist Warren Stannic, und er hat einen Schwanz«, sagte sie, während sie beobachtete, wie das herrliche schwarze Gebräu wie ein modernes Wunder aus der Maschine und in ihre Tasse strömte.

Kiki schnaubte. »Ja, bloß keinen besonders großen.«

Sie schnappte sich die französische Vanillemilch aus dem Kühlschrank, goss sie in ihre Tasse und gab der Flüssigkeit eine hübsche nussbraune Farbe. »Ich hätte dir niemals dieses Schwanzfoto zeigen dürfen.«

»Du hast es mir doch gar nicht gezeigt«, konterte Kiki, und ihre Worte kamen so schnell, dass sie garantiert schon bei ihrer zweiten Cola light des Tages war oder sie zumindest gleich öffnen würde. »Der Blödmann hat es in einer Gruppen-SMS an dich, mich und zehn unserer engsten hochgeschätzten Künstlerfreunde geschickt.«

Das war übel gewesen. Die Kunstgemeinde in Harbor City war nicht gerade klein, aber Gerüchte verbreiteten sich in Windeseile – besonders in Anbetracht der Tatsache, dass Warren ein Kunstkritiker war, der sich jede Menge Feinde gemacht hatte, indem er viele Künstler und Galerien königlich verrissen hatte, und das rief eine Schadenfreude hervor, an der viele Menschen sich ergötzten. Sie war damals drauf und dran gewesen, mit ihm Schluss zu machen, als das Bild sich verbreitete, doch dann war ihr die Sache dermaßen peinlich gewesen, dass sie noch eine Woche gewartet hatte, bis sie die Beziehung beendet hatte. Trotz der Verzögerung war es unangenehm gewesen.

»Wie dem auch sei, hör auf zu versuchen, mich mit traurigen Schwänzen abzulenken, und erklär mir, was du damit meinst, dass du deinen heißen Nachbarn von unten, der außerdem zufällig so reich ist, dass ihm dein Domizil und einige andere Häuser gehören, *versehentlich* geküsst hast«, sagte Kiki mit einem Stöhnen. »Ich schwör's, wenn ich von diesem kleinen Leckerbissen schon gestern Abend gewusst hätte, während er versucht hat, dich mit den Augen zu vernaschen, hätte ich dich beiseitegestoßen und ihn weggeschleppt, als sei ich eine Neandertalerin und er die erste Schachtel Kirschpralinen, die je erfunden wurde.«

Bitte sehr, ganz nach Wunsch. Es war nicht so, als wollte Everly den frechen Mistkerl. »Du kannst ihn haben.«

»Mhm.« Kiki machte sich nicht die Mühe, ihren Sarkasmus zu verbergen. »Das klang *total* überzeugend. Also, nun zu den *versehentlichen* Küssen. Was hast du getan, bist du in diesen grässlichen Schuhen gestolpert und ach so bequem mit deiner Zunge in seinem Mund gelandet?«

»Es ist einfach passiert. Einmal in der Tiefgarage, als ich gedroht habe, ihn zu überfahren, und einmal gestern Abend in der Galerie, als wir zu dicht nebeneinandergestanden und uns gestritten haben. Und dann dachte ich, es würde in seiner Küche wieder geschehen, aber ich habe zugesehen, dass ich von dort wegkam, bevor irgendetwas passieren konnte.«

»Klingt so, als wäre es ein wenig zu spät dafür«, bemerkte Kiki. »Ich bin dafür, dass du ihn bespringst und das, wovon ich wirklich hoffe, dass es ein großer Schwanz ist, bis ganz zum Orgasmus reitest.«

Ihre Vagina mochte diese Idee – sehr. »So weit wird es nicht kommen.«

»Warum nicht?«

Es gab viele Gründe, der entscheidende war allerdings die kleine Stimme in ihrem Hinterkopf, die sie immer daran erinnerte, wo genau sie herkam, und dass Leute wie Tyler – die ihre Arbeiterklasse-Wurzeln unter jede Menge Sprechunterricht und Geld vergraben hatten – nur eins wollten, wenn sie sich um eine Frau aus Riverside bemühten. Vorübergehenden Spaß. Was das für Folgen haben konnte, hatte sie aus erster Hand miterlebt, weil es ihrer Mutter so ergangen war. Verdammt, sie war das Ergebnis davon. Sie wollte Tyler ja auch nicht gleich heiraten, aber das bedeutete noch lange nicht, dass sie bereit war, für ihn nur eine schnelle Affäre zu sein. Aber das alles war ein wenig zu kompliziert, bevor sie nicht mit mindestens drei Tassen Kaffee in ihren Tag gestartet war, daher hielt sie sich an die offensichtlichen Gründe.

»Ihm gehört das Haus, und er ist Mr 2B.«

»Ja«, sagte Kiki. »Mister Spring-auf-den-Zug-ins-Glück.«

Everly spuckte beinahe Kaffee über ihren selten benutzten Herd. »Langsam denke ich, dass du diejenige bist, die flachgelegt werden muss.«

»Das mag ja sein, aber du stehst dem in nichts nach, meine Liebe.«

Das entsprach bedauerlicherweise mehr der Wahrheit, als Everly lieb war, wenn sie bedachte, dass sie gleich den Nachmittag mit Mr 2B verbringen würde – ohne irgendwelche Ausflüge nach Orgasmusdorf, Glücksstadt oder Erregungsheim zu unternehmen.

8. KAPITEL

Die Zeit reichte locker aus, um den Vanille-Moschus-Duft ihres Parfüms nicht mehr aus dem Sinn zu bekommen. Sie hatte ein Kleid getragen – schwarz natürlich –, aus einer Art Sweatshirtstoff, der sich um ihre Kurven schmiegte und zur Mitte des Oberschenkels hochgerutscht war, als sie sich auf den Beifahrersitz gesetzt hatte. Es war nicht so, dass er es bemerkt hatte. Es war eher so, dass er nicht hatte aufhören können, es zu bemerken. Dazu noch die kniehohen schwarzen Stiefel mit den silbernen Spikes als Absätzen und wie sie ihr schwarzes Haar im Nacken zusammengenommen hatte, um ihren langen, zarten Hals zu zeigen – all das trug eine Menge dazu bei zu erklären, warum er die Ausfahrt zu Ferrantis Haus auf der Skyview Lane verpasst hatte, obwohl das Navigationssystem in seinem Mercedes ihn oft genug darauf hingewiesen hatte.

»Ein zweiter Anlauf hat einen gewissen Charme«, neckte Everly ihn, klappte die Sonnenblende herunter und zog die Kappe von ihrem Lippenstift.

Als er aus den Augenwinkeln beobachtete, wie sie den Mund zu einem perfekten *O* öffnete und die seidige rote Farbe auf den Lippen verteilte, wäre er beinahe von der Straße abgekommen und in Ferrantis Garten gelandet.

Also, damit würdest du einen tollen Eindruck machen, du Depp. Der Mann würde sich nicht bremsen können, dich zu engagieren, nachdem du seinen landschaftlich angelegten Vorgarten plattgefahren hast.

»Es gibt keinen Grund, nervös zu sein«, sagte Everly, drehte ihren Lippenstift zu und warf ihn in ihre Handtasche. »Alberto ist ein Schatz, und Carlo ist so zurückhaltend, dass er wie die italienische Version eines feinen Pinkels ist. Seine Verlobte habe ich noch nicht kennengelernt, aber ich bin mir sicher, dass sie reizend ist.«

Nervös? Sie dachte, er sei nervös? Verdammt, sein Schwanz war definitiv nicht nervös. Seine rechte Hand war nur nicht der Gefährte, nach dem er oder sein Schwanz suchten. Er musste Sex haben. Dann würde er aufhören, an seine Nachbarin von oben und ihre verdammten sexy High Heels sowie ihren Mordshintern zu denken – ganz zu schweigen davon, dass er aufhören würde, sie jedes Mal zu küssen, wenn sie mehr als zehn Minuten miteinander verbrachten. Als er auf einen Stellplatz neben Ferrantis auf vier Autos ausgelegte Garage einbog, waren die Knöchel seiner Hände auf dem Lenkrad weiß.

»Okay, dieses Sich-Anschweigen geht mir langsam auf den Geist«, erklärte Everly, drehte sich in ihrem Sitz um und zog den weichen Stoff ihres Kleides fester über ihre Brüste. Nicht dass er wusste, dass der Stoff weich war. Er hatte bloß einen guten Teil der Autofahrt damit verbracht, sich vorzustellen, wie er sich anfühlen würde, das war alles. »Geht es um gestern Abend? Es ist nichts geschehen. Natürlich nicht. Es wird auch zwischen uns nichts passieren – ausgeschlossen. Vor allem nicht jetzt, da ich weiß, dass Sie meinen Mietvertrag für die Wohnung und die Galerie in Ihren teuflisch starken Händen halten. Teuflisch. Woher auch immer dieses Wort eben gekommen ist. Muss am Schlafmangel liegen. Nicht dass Sie der Grund für meinen Schlafmangel wären, es ist bloß … ich halte nun besser die Klappe.«

Verdammt, er kapierte gar nichts mehr. Warum das nicht enden wollende Gelaber über alles Mögliche von Picassos blauer Periode bis hin zur modernen Skulptur auf der Fahrt hierher? Es lag daran, dass sie nervös war. Wegen des Mittagessens oder seinetwegen? Wie immer wettete er auf sich selbst. War er ein Arschloch, wenn er zugab, dass das sein Ego aufblähte? Er überlegte. Ja, war er. Das war okay. Er konnte damit leben – vor allem, da er ein Ego von der Größe von Ferrantis Strandhaus mit sechs Schlafzimmern brauchte, um diesen Deal wahr werden zu lassen.

Er drehte sich in seinem Sitz und betrachtete die normalerweise unerschütterliche, toughe Braut, die neben ihm rumzappelte. »Es wird schon alles gut gehen. Wir sind Freunde und vielleicht ein wenig mehr. Es ist die Wahrheit, also brauchen Sie nicht nervös zu sein.«

»Ich bin nicht nervös. Sie sind nervös.« Sie spielte mit ihrem Haar und strich sich eine lose Strähne hinters Ohr. »Wie dem auch sei, zu sagen, wir seien Freunde, ist ziemlich großzügig, und zu sagen, wir seien vielleicht ein wenig mehr als Freunde, ist ein bisschen sehr übertrieben.«

Oh, wirklich? So wollte sie dieses Spiel spielen? Als sei das heiße Verlangen, das sie zu diesen Küssen getrieben hatte, bloß bei ihm vorhanden gewesen? Das glaubte er nicht. »Meine Zunge war in letzter Zeit zweimal in Ihrem Mund.«

Sie rümpfte die Nase. »Was für ein widerlicher Ausdruck.«

»Wenn es passiert, reagieren Sie ganz anders.« Er beugte sich zu ihr vor und drapierte den Arm über der Rückenlehne ihres Sitzes. »Sie stöhnen verdammt süß.« Erfüllt von dem Verlangen, sie genau das tun zu sehen – zumindest ein klein wenig –, ließ er die Spitze seines Fingers über ihren Hals bis zu der Stelle unterhalb ihres Ohrläppchens gleiten, wo ihr Puls lag. »Und Sie erwidern den Kuss wie eine Frau, die immer bekommt, was sie will.«

Ihr Kinn fuhr hoch, und sie richtete einen herausfordernden Blick auf ihn. »So viel zum Thema Ego?«

Er senkte den Kopf, so nah und doch so weit entfernt von ihrem wunderschönen roten Mund. »Das hat nichts mit Ego zu tun, es ist wahr.«

Scheiße. Das war verrückt. Es war ganz Impuls und Leidenschaft, zwei Dinge, die er mit Macht aus seinem Leben verbannt hatte. Aber in diesem Moment? Es gab nichts auf der Welt, das er mehr wollte. Doch er konnte selbst nichts unternehmen. Es musste von ihr ausgehen. Ms 3B, die so tun wollte, als sei nicht mehr zwischen ihnen, obwohl ein Blinder mit Krückstock es sehen konnte. Sie zischelte förmlich, wenn sie in seiner Nähe war, und er konnte sich nicht von ihr fernhalten.

»Vielleicht, meine Liebe, müssen wir einfach ganz locker sein.«

»Ach ja?«, fragte sie. Es klang rauchig und fordernd, und ihre Pupillen waren geweitet. »Sie denken, ich sollte Sie einfach vor Albertos Haus vögeln?«

Ja. Diese Idee gefiel seinem Schwanz sehr. *Runter, du geiler Bock, dafür passt weder die Zeit noch der Ort.*

»Mir gefällt Ihre Abenteuerlust, aber ich habe vor, mir Zeit zu lassen, wenn ich Sie nackt ausziehe, also kommt ein Quickie im Wagen für mich nicht wirklich infrage.« Obwohl es ihn beinahe umbrachte, zog er sich ein bisschen zurück und ließ die Hand auf die Außenseite ihres Oberschenkels fallen. Er genoss das Gefühl ihrer glatten Haut unter seinen Fingern. Der kleine Schauer, der ihre Schultern überlief, war seine Belohnung, fand er, auch wenn er lieber ihre Lippen gekostet hätte. »Allerdings sollten Sie mich küssen.«

»Ich?«, fragte sie, und ihr geringschätziger Ton wurde Lügen gestraft von der Art, wie ihre rosige Zunge hervorschnellte, um ihre Unterlippe zu befeuchten. »Sie küssen? Ihr Ego ist ja gigantisch.«

»Das ist nicht das einzig Große an mir.« Und das andere wurde mit jeder Sekunde unbehaglich länger.

Sie stieß einen zittrigen Atemzug aus. »Sie machen sich lächerlich.«

»Und Sie zögern das Unausweichliche hinaus, denn Sie werden mich küssen.« Sie brauchte sich nur ein klein wenig vorzubeugen. Er würde ihr auf halbem Weg entgegenkommen. Auf mehr als halbem Weg. Scheiße, in der Nähe von Everly Ribinski war seine Willenskraft nicht existent.

Sie zog hochmütig die Brauen hoch. »Und warum in aller Welt sollte ich das tun?«

»Wenn Sie es nicht tun«, erwiderte er leise, und seine blauen Augen funkelten wissend, »werden Sie das ganze Mittagessen damit verbringen, sich zu fragen, wann ich Sie küssen werde. Denn, meine Liebe, es wird passieren. Die Frage ist, wollen Sie das Wann und Wo bestimmen, oder würden Sie das lieber mir überlassen?«

Sie verdrehte die Augen. »Sie denken, ich sei so heiß auf Sie, dass ich es nicht eine einzige Mahlzeit lang aushalte, ohne Sie bespringen zu wollen?«

Er lächelte. »Ich denke, wir halten es keine halbe Stunde lang aus, ohne uns wegen irgendetwas zu streiten, und wir wissen beide, wie unsere Zwistigkeiten in letzter Zeit geendet sind, ungeachtet der Frage, wo wir uns befinden.«

Und da war es. »Wenn ich das jetzt tue, werden Sie dann den Mund halten?«

»Wahrscheinlich«, sagte er – auf einen Kuss aus, auf so viel mehr aus. »Es ist schwer zu reden, wenn meine Zunge damit beschäftigt ist, andere Dinge zu tun.«

Etwas flackerte in ihren Augen, eine Entscheidung, von

der er bezweifelte, dass sie zu seinen Gunsten ausfallen würde. »Das ist wahr und wäre das Einzige, wofür es sich lohnen würde, Sie zu küssen.«

Und gerade als er sich darauf vorbereitet hatte, dass sie ihren Sicherheitsgurt löste und die Hand nach dem Türgriff ausstreckte, überraschte sie ihn noch einmal, indem sie den Abstand zwischen ihnen überwand und ihn küsste. Der Kuss war nicht süß. Er war nicht oberflächlich. Er war wahnsinnig heiß. Ihre Zunge war in seinem Mund, ihre Hände krallten sich in sein Hemd, als hätte sie Angst, von der Erde herunterzufallen, wenn sie losließ. Er kannte das Gefühl. Auch für ihn befand sich der Planet definitiv in Schräglage. Ein Stromstoß schoss direkt zu seinem Schwanz, und er packte ihren Oberschenkel. Verdammt. Mehr. Nur noch ein ganz klein wenig mehr.

Er ließ die Hand höher hinaufgleiten, und sie spreizte die Beine mit einem sehnsuchtsvollen Wimmern. Sein Daumen strich über die feuchten Locken zwischen ihren Beinen. Gott, sie trug keinen Slip. Wenn er das während der Fahrt gewusst hätte, wäre er garantiert von der Straße abgekommen, während sich in seinem Kopf schmutzige Fantasien abspielten. Er streichelte ihre Locken bloß so zart, dass er sie nicht scheitelte, aber doch genug, dass Everly ein leichtes verführerisches Keuchen entfuhr.

»Du unartiges Mädchen«, sagte er mit von Verlangen belegter Stimme. »Wo ist dein Slip?«

»Spielt das eine Rolle?«, gab sie zurück, ihr Atem heiß auf seinem Hals.

Nein, es spielte keine Rolle, nicht wenn er direkt vor der Himmelspforte war. Allerdings durchdrang in diesem Moment das Geräusch eines anderen Autos den Nebel der Lust, der seine Urteilskraft umwölkte. Es genügte aber, um ihn daran zu erinnern, wo genau sie sich befanden, wo seine Hand war und wo genau er sie haben wollte.

Es kostete ihn fast unmenschliche Kraft, doch er zog sich zurück, ließ die Hand sinken und lehnte sich an den Fahrersitz. Scheiße. Dies war ein klassischer Fall von falschem Ort und falscher Frau, eindeutig. Als er aus den Augenwinkeln einen Blick auf sie riskierte, erwischte er sie in beinahe der gleichen Position, wie er sie eingenommen hatte. Ihre Wangen waren gerötet, ihre Lippen geschwollen, und sie schloss die Augen, als sie tief durchatmete. Wahnsinn. Das war die einzige Erklärung, denn obwohl er wusste, dass er es nicht sollte, wollte er das von eben noch einmal tun.

Ein hartes Klopfen an sein Fenster ließ ihn zusammenzucken, und er drehte sich zu dem Geräusch um.

Helene stand draußen vor dem Auto und zog erheitert einen ihrer Mundwinkel hoch.

In der Hoffnung, dass es nach dem aussah, was es war, drückte Tyler auf den Knopf, um sein Fenster herunterzulassen.

»Wenn ihr zwei endlich fertig seid«, sagte Helene in bedacht neutralem Ton, »würde ich gern diese fabelhafte Kunstsammlung sehen, die Alberto angeblich besitzt.«

Das war's also. Ohne ein weiteres Wort zueinander stiegen Everly und er aus dem Wagen und gingen mit Helene zu Ferrantis Haus. Er öffnete beim ersten Klopfen.

»*Bellissima*«, Ferranti ergriff Helenes Hand und hauchte einen Kuss auf ihre Knöchel, »ich bin so froh, dass Sie beschlossen haben, sich zu uns zu gesellen.«

Die ältere Frau funkelte den Italiener an, bis er seinen Kopf so weit senkte, dass er sie nicht mehr sehen konnte, dann spielte ein leises Lächeln um Helenes Lippen. Da sie so weit aufgetaut war, wagte es Tyler, den Mund zu öffnen, um etwas zu sagen, aber genau in diesem Moment richtete Alberto sich auf, und Helenes Miene wurde wieder eisig.

Falls Alberto die Veränderung auffiel, ließ er es sich nicht anmerken.

Interessant. Tyler prägte sich die kleine Tatsache Albertos Interesse an Helene betreffend ein. Die ließ sich zwar zweifellos beruflich nutzen – jede Kleinigkeit konnte verwertet werden –, aber er würde davon absehen. Die Carlyles mochten zwar nicht seine Verwandten sein, doch sie waren gute Bekannte, und er würde ihnen ihre Freundlichkeit nicht auf diese Weise vergelten. Wenn es jemand anders gewesen wäre, hätte er die Information gespeichert und einen Weg gefunden, sie zu benutzen, um seine Ziele zu verfolgen. Die großen Philosophen logen nicht, wenn sie sagten, Wissen sei Macht.

Alberto wandte sich nun mit einem freundlichen Lächeln Everly und Tyler zu. »Dann gehen wir doch ins Esszimmer. Carlo kann es gar nicht erwarten, seine künftige Braut vorzustellen.«

Die Sonne schien ihnen zu folgen, als sie aus dem Foyer durch einen Flur mit Fenstern gingen, von denen aus man einen Blick auf das Meer hatte, und hinein in ein Esszimmer mit glänzendem Boden, bloß liegenden Deckenbalken und – natürlich – riesigen Fenstern, die den Blick auf die ganze Pracht des Anwesens freigaben, den Strand. Als sie den Raum betraten, eilte ein hochgewachsener Mann, der wie eine jüngere, schlankere Version von Ferranti aussah, herbei, während seine Verlobte mit einem Handy am Ohr und langem dunklem Haar, das sie zu einem hohen Pferdeschwanz gebunden hatte, in der Nähe der Fenster stand und ihnen den Rücken zuwandte. Wegen der hellen Sonnenstrahlen konnte er nur den Umriss der Frau sehen, kaum ihre ganze Gestalt, aber irgendetwas an ihr ließ seine Alarmglocken schrillen. Es musste das Haar sein. Seit er damals die Kirche verlassen hatte, hatte er sich von allen Frauen ferngehalten, die ihn auch bloß vage an seine Ex-Verlobte erinnerten – bis er in Everlys Nähe seine Hände nicht mehr bei sich behalten konnte.

»Es ist viel zu lange her. Ich bin so froh, dass du hier bist. Ich hatte Angst, dass ich dich wegen meines Terminplans vor der Hochzeit nicht mehr sehen würde«, sagte Carlo und küsste Everly auf beide Wangen, auf eine vollkommen normale Weise, die in Tyler trotzdem den Wunsch weckte, ihm auf Waterbury-Art zu sagen, dass er die Finger von ihr lassen solle. »Sie müssen Tyler sein. Es freut mich so sehr, Sie nach all den guten Dingen, die *Papà* über Sie gesagt hat, endlich kennenzulernen. Ich möchte Ihnen meine Verlobte vorstellen, Iren…«

Tyler brauchte den Rest des Namens nicht zu hören. Die dunkelhaarige Frau an den Fenstern drehte sich um. Das einstudierte Lächeln erstarb auf ihren Lippen, sobald sie ihn entdeckte, aber Schauspielerin, die sie war, erholte sie sich schnell. Tylers Handflächen wurden klebrig, während ihm ansonsten eiskalt wurde.

»Nun, wenn das nicht Tyler von der anderen Seite der Stadt ist«, sagte Irena und stolzierte mit wiegenden Hüften von den Fenstern weg. »Wie kommt's? Soviel ich weiß, hast du Harbor City verlassen und bist nach Hause zurückgekehrt. Es ist so schön, dass du uns besuchst, damit wir ein wenig plaudern können.«

Sichtlich verwirrt runzelte Carlo die Stirn. »Ihr zwei kennt euch?«

»Ja.« Das war alles, was er zwischen zusammengebissenen Zähnen hervorbringen konnte.

Als ein Mann, der seinen Lebensunterhalt damit bestritt, vorauszusehen, was als Nächstes kam, hatte er nicht damit gerechnet, in Alberto Ferrantis Strandhaus Irena über den Weg zu laufen. Und sie war mit seinem Sohn verlobt? Oh, das wurde ja immer besser.

Es gab zwei Möglichkeiten, wie Irena sich in dieser Situation verhalten konnte: ihre angeborene zänkische Art herauskehren oder das Schätzchen spielen. Beides hatte Vorteile. Sie konnte behaupten, er habe ihr Unrecht getan, was ihr einen Grund geben würde, widerlich zu sein und das Messer so oft wie möglich in ihn hineinzurammen und jedwede Hoffnung darauf im Keim zu ersticken, dass Tyler ein Geschäft mit Alberto abschloss. So zu tun, als habe das alles auf Gegenseitigkeit beruht, und inzwischen sei längst Gras über die ganze Sache gewachsen, hatte den Vorteil, dass sie ihre wahre Natur verborgen halten und weiter das Spiel spielen konnte, das sie mit Carlo am Laufen hatte – worin es auch bestehen mochte, denn es musste eins geben. Irena hatte ihn zwar einmal getäuscht, aber er hatte dazugelernt. Sie war mit jedem Vorteil aufgewachsen, den Geld zu bieten hatte, doch ein Leben des maßlosen Verwöhntwerdens von ihren Jetset-Eltern hatte sie schon früh egoistisch und gemein werden lassen, und sie hatte kein Interesse daran, sich zu ändern. Die Wahrheit war, Irena war gern ein Miststück. Es machte sie einfach glücklich.

»Tyler und ich waren vor einer halben Ewigkeit verlobt«, sagte Irena, legte Carlo einen Arm um die Taille, zog ihn an sich und sah zu dem anderen Mann auf, als sei er ihr Schutzengel und nicht die Eintrittskarte zum Land der Reichen für die arme Erbin, die ihr Treuhandvermögen in Rekordzeit verbraten hatte. »Aber du brauchst nicht eifersüchtig zu sein. Es passte einfach nicht, was nur gut war, denn all diese Pein hat mich zu dir geführt.«

Pein? Es kostete ihn seine ganze Beherrschung, über diesen pathetischen Ausdruck nicht laut zu lachen. Alles, was sie brauchte, waren einige falsche Tränen, und Albertos Trottel von einem Sohn würde sie in die Arme schließen und sie davontragen. Was für ein Haufen Scheiße. Es war verführerisch, Irenas schmutzige Wäsche zu waschen, aber so lief es in der Elite von Harbor City nicht. Sosehr er es auch hasste, das Miststück zu sehen, durfte er es sich nicht anmerken lassen. Das würde nur den Deal gefährden. Er wusste es. Sie wusste es. Eine Bewegung zu seiner Linken erregte seine Aufmerksamkeit. Helene war neben Everly getreten und verzog dabei keine Miene. Die Grande Dame der High Society von Harbor City hatte ihm noch nie ein falsches Vorbild geliefert. Er würde abermals ihrem Beispiel folgen – der Deal mit Alberto war mehr wert als die Befriedigung, eine Szene zu machen. Er mochte zwar mit Eltern aufgewachsen sein, die sich an öffentlichen Spektakeln ergötzten, doch er würde keine Szene machen. Diesen Teil seiner Geschichte hatte er in Waterbury zurückgelassen.

»*Sie* sind die Ex-Verlobte?«, fragte Everly, trat von Helene weg und auf Irena zu. Ihr Tonfall triefte vor Abscheu, und ihr Gesichtsausdruck schrie: *Du bist tot.*

Irenas Pupillen weiteten sich. Offensichtlich war ihre Stutenbissigkeit erwacht, und sie machte sich bereit für eine verbale Schlacht. Okay, einerseits brannte er darauf zu sehen, was als Nächstes geschehen würde – vielleicht mehr, als er zugeben wollte –, andererseits durfte das nicht passieren.

Er bremste Everly aus, bevor sie Irena Anlass geben würde, sich in die Hose zu pinkeln, und legte ihr einen Arm um die Taille. »Everly Ribinski, darf ich dir Irena Iverson vorstellen?«

Irena streckte die Hand aus, die linke mit einem auffälligen Solitär-Diamanten an ihrem Ringfinger. »Ist das ein Riverside-Akzent? Ich liebe ihn einfach. Ein Jammer, dass er in dieser Gegend so selten ist.« Die Frauen schüttelten sich die Hände wie Feinde auf dem Schlachtfeld. Es war höflich, aber auch nicht mehr. »Carlo hat mir *so* viel von Ihnen erzählt, dass ich es schon bedenklich fand, aber ich sehe, dass Sie mit Tyler zusammen sind, und das ist einfach perfekt. Ich bin mir sicher, Sie haben viel, viel mehr gemeinsam, als Tyler und ich jemals hatten.«

Ja, Dinge wie nicht am Abend vor der Hochzeit mit dem besten Freund seines Verlobten zu schlafen. Gott, er hoffte, dass Carlo keine Freunde hatte, die reicher waren als er – oder andererseits, vielleicht sollte er sich das eher wünschen. Der Idiot hatte den gleichen schwerverliebten Gesichtsausdruck wie Tyler, ehe er dahintergekommen war, was für ein betrügerisches Miststück Irena war. So war es nun mal, wenn Leidenschaft mit im Spiel war. Es trieb einen in den Wahnsinn, daher war es besser, Gefühle außen vor zu lassen.

Everly musste seine Anspannung gespürt haben, denn ihre eigene Haltung wurde lockerer, sie stellte sich auf die Zehenspitzen und hauchte ihm einen Kuss auf die Wange.

»Wir sind wie Pasta und Soße; wir gehören zusammen«, erklärte sie, ihr Ton so unbeschwert wie der Blick, den sie ihm schenkte, ernst war. Dann blinzelte sie, ihre Gesichtsmuskeln entspannten sich zu einem fröhlichen Grinsen, und sie drehte sich zu den anderen um. »Ich nehme also an, ich hatte Glück, dass das mit euch beiden nicht geklappt hat, weil …«

Tyler blieb das Herz stehen.

»Aus verschiedenen Gründen«, beendete Everly nach einer Pause, die ein winziges bisschen länger als nötig dauerte, ihren Satz.

Alberto mochte zwar die Gründe für diesen zwischengeschobenen Atemzug Everlys nicht kennen, aber er entging ihm gewiss auch nicht. Er trat neben Helene, und sein Blick wanderte von Everly zu Irena und dann weiter zu ihm. Er würde vielleicht ein wenig nachbohren müssen, doch der ältere

Mann würde es herausfinden. Er hatte kein Hotelimperium erschaffen, indem er sich dumm angestellt hatte – oder den Rest der Welt in seine Gedanken eingeweiht hatte, wie es schien, denn der Ausdruck auf seinem Gesicht war im Nu wieder der eines fröhlichen Gastgebers.

»Kommen Sie.« Er öffnete die Arme und deutete auf den Tisch, auf dem bereits das Essen angerichtet war. »Setzen wir uns. *Mangiare.*«

Tyler sorgte dafür, dass er Irena direkt gegenübersaß. Wie Michael Corleone es in *Der Pate* ausdrückte: Halte deine Freunde nahe bei dir und deine Feinde noch näher. Es ergab Sinn – solange er seinen inneren Impuls bezähmen konnte und sich nicht als Waterbury-Rambo aufführte – und es ihm gelang, Everlys Angriffslust zu bremsen. So würden sie das Mittagessen überstehen, ohne die Mission einer Kontaktherstellung mit Ferranti in den Sand zu setzen. Eigentlich ganz einfach. Der Teufel auf seiner Schulter lachte. *Klar, und Everly ist nicht im Mindesten küssenswert.*

9. KAPITEL

Als Alberto nach dem Mittagessen eine Führung durchs Haus vorschlug, um Tyler, Helene und ihr seine Kunstsammlung zu zeigen, konnte sich Everly gerade noch einen Seufzer der Erleichterung verkneifen. Bei Tisch war es peinlich gewesen. Nach den gereizten Gesprächen zu urteilen hatten alle – mit Ausnahme von Carlo, der noch einen Geschäftsanruf tätigte – die negativen Schwingungen bei der Mahlzeit bemerkt, die eigentlich ein amüsantes, lockeres Essen unter Verwandten und Freunden sein sollte. Noch nie hatten überbackene Makkaroni so nach Pappkarton geschmeckt.

Natürlich war ihre Erleichterung nur von kurzer Dauer gewesen.

»Oh, ich würde mich euch liebend gern anschließen«, sagte Irena, in deren Augen unechte Aufrichtigkeit funkelte. »Es ist eine so wunderbare Sammlung, und ich würde zu gerne die Geschichten zu deinen Lieblingswerken hören.«

Neben ihr murmelte Helene etwas, das sich stark so anhörte wie: »Das lässt sich arrangieren«, aber Everly musste das missverstanden haben. Die ältere Frau war ungeheuer huldvoll gewesen, wenn auch einige Grade kälter als normalerweise, seit sie sich gesetzt hatten, und sie hatte Irena immer wieder ins Gespräch miteinbezogen. Allerdings hatte sie das vermutlich getan, damit die Frau nicht auf Konfrontationskurs ging. Everly unterzog Helene einer heimlichen Musterung und bemerkte das lautlose, frustrierte Stöhnen der anderen Frau. Tatsächlich, Helene hatte bloß nett getan, sie hatte als Chefablenkerin fungiert.

»Willst du nicht ein wenig Zeit mit Carlo verbringen?«, fragte Alberto in dem offensichtlichen Bemühen, innerhalb ihrer kleinen Gruppe für eine entspanntere Situation zu sorgen und dafür, dass sie bei seinem Sohn war, wenn er zurückkehrte.

»Dafür haben wir noch den Rest unseres Lebens Zeit.« Irena ließ ein Schönheitsköniginnenlächeln aufblitzen, sah ihren künftigen Schwiegervater an und stand auf. »Wollen wir?«

Kurz wirkte Alberto verdrießlich, doch sein Ärger verflog schnell und er führte alle aus dem Esszimmer und durch das Haus, von einem wertvollen Gemälde zum nächsten, noch wertvolleren, bevor er die Tour vor einem Rembrandt im Wohnzimmer beendete. Das Gemälde war fantastisch. Irena betrachtete es, und alles an ihr schrie »Kunstliebhaberin«, bis auf den gelangweilten, leicht glasigen Ausdruck in ihren Augen. Alberto und Helene standen fast Schulter an Schulter und tauschten sich über das Gemälde aus, während Tyler einige Schritte entfernt hastig eine SMS auf seinem Handy schrieb. Der Rausch der beschützenden Rage, der sie erfüllt hatte, als Irena auf Konfrontationskurs gegangen war, löste sich in Luft auf. Wie um alles in der Welt konnte irgendjemand etwas so Unglaublichem wie diesem Rembrandt nah sein und keine Ehrfurcht empfinden? Die Irritation zerrte an ihren Nerven, und Frustration erhitzte ihre Wangen. Irgendetwas stimmte mit diesem Mann ernsthaft nicht, wenn er sich nicht mal ein paar Minuten Zeit nehmen konnte, um seine Aufmerksamkeit von was auch immer er gerade tat, um die Welt zu erobern, einem Bild zu schenken, dass seinem Betrachter Tränen in die Augen trieb. Als sie sich umdrehte, ertappte sie Alberto dabei, dass er sie mit nachsichtiger Miene anstarrte.

»Ich weiß, dass du es missbilligst, die Sammlung aufzubrechen«, sagte er und hielt die Hände hinterm Rücken gefaltet, während er das Gemälde bewunderte. »Aber Kunst ist wie Liebe; du besitzt sie niemals wirklich, du kannst sie nur mit offenem Herzen genießen, während du sie hast. Wie dem auch sei, Schönheit sollte mit der Welt geteilt und nicht endlos gehortet werden.«

Es war hart, seine Logik nicht anzufechten, zumal sie ihr ein wenig das Herz brach – zweifellos die Überbleibsel von Dellen und Kratzern aus einer Jugend, in der sie alle Menschen hatte fortgehen sehen. Gefühlsduselei wegen der Kunstsammlung eines anderen Menschen würde diese Wunden nicht heilen lassen, und sie würde ihr garantiert keinen Auftrag einbringen, der half, ihre Galerie über Wasser zu halten.

»Wenn du deinen Entschluss gefasst hast – ich kenne mehrere Leute, die sich für diesen Rembrandt und deine anderen Werke interessieren würden«, sagte sie. »Wir könnten eine Ausstellung ausschließlich für geladene Gäste veranstalten oder das Ganze exklusiv mit jeweils bloß einem Kunden gestalten, damit du den richtigen Käufer für deine Gemälde finden kannst.«

»Ich bitte dich lediglich darum, jemanden zu finden, der sie genauso sehr liebt wie ich, und wir machen, was du für das Beste hältst«, sagte Alberto. »Ich habe jedoch ein paar andere Werke, von denen ich mir nicht sicher bin, ob ich mich davon trennen will. Irena, ich weiß, dass du mit den Hochzeitsvorbereitungen ziemlich eingespannt bist, aber wie wär's, wenn wir anderen nächstes Wochenende zu meinem Haus in Key West fahren? Dann kann Everly dort mit mir darüber streiten, dass ich sie behalten soll.«

»Was bringt dich auf die Idee, ich würde streiten?«, fragte Everly mit einem Kichern.

Er lachte. »Weil ich dich kenne, *tesoro*.«

Sie konnte über eine Menge Dinge streiten, aber nicht darüber. Der Italiener durchschaute sie.

»Also werde ich veranlassen, dass der Jet uns alle nach Key West bringt«, sagte er.

Helenes Pupillen weiteten sich, doch sie fing sich schnell wieder. »Ich glaube nicht, dass mein Terminplan das zulassen wird.«

»*Bellissima*«, er strahlte Helene an, »wir wissen beide, dass alle Welt tut, was Sie sagen. So etwas wie ein voller Terminkalender kann Sie doch nicht aufhalten.«

»Sie sind ein schrecklicher Frauenheld. Das steht Ihnen überhaupt nicht«, erwiderte sie, und der Anflug eines Lächelns kräuselte ihre Lippen. »Aber ich werde sehen, was sich machen lässt.«

Anscheinend zufrieden mit ihrer Antwort – zumindest fürs Erste –, richtete Alberto den Blick seiner großen braunen Welpenaugen auf Everly. Oh, das war so unfair. Sie unternahm regelmäßig Reisen für Klienten, um zu begutachten und zu beraten, aber ein Ausflug nach Key West, jetzt wo es langsam Winter in Harbor City wurde, schien mehr Spaß als Arbeit zu sein. Sie ging im Geiste ihre Verpflichtungen durch, während Alberto sie erwartungsvoll beobachtete. Selbst Tyler hatte von seinem Handy aufgesehen und betrachtete sie.

»Oh, sagen Sie Ja«, schaltete Irena sich ein und kam mit einem leichten bösartigen Funkeln in den Augen näher auf sie zugeschlendert. »Alberto wird bestimmt alles regeln, daher brauchen Sie sich wegen der Kosten keine Sorgen zu machen.«

Everly hielt sich selbst nicht für eine gewalttätige Person. Streitlustig? Okay, zugegebenermaßen. Eine Nervensäge? Manchmal. Aber gewalttätig mit der Faust ins Gesicht? Nie und nimmer. Doch nun hatte sie Irena kennengelernt, das Miststück von einer Ex-Verlobten, das den allzu vertrauensvollen

Carlo regelrecht verhext hatte, und Everly verspürte einen jähen Drang, die Frau zu schlagen, bis sie dumm wurde – oder, genauer gesagt, noch dümmer.

Irena, die nichts von den Risiken für ihr Leben wusste, fuhr fort. »Ich erinnere mich, Tyler, dass du dir immer Sorgen gemacht hast, wie viel Geld du für irgendwas ausgeben musstest. Einmal, als wir beim Abendessen waren und er die Weinliste gesehen hat und fragen musste …«

Der Rest dessen, was die Hexe sagte, verblasste in statischem Rauschen, während Everly die Augen zusammenkniff. Aha, daher wehte also der Wind. Das Miststück kehrte heraus, dass es was Besseres war. Indem sie deutlich machte, mit einem goldenen Löffel im Mund geboren worden zu sein, stolzierte sie mit einer zusätzlichen Portion Aggressivität in dem Schwung ihrer Hüften zu Tyler hinüber. Die Muskeln in seinem Kinn bekamen ein Work-out, solche Anstrengung kostete es ihn offensichtlich, die zukünftige Schwiegertochter des Mannes nicht zu beschimpfen, mit dem er so dringend ins Geschäft kommen wollte. Everly kannte das, es war ihr auch angetan worden, und es war scheiße gewesen. Sie würde nicht danebenstehen und zusehen, wie jemand anders in dieser abfälligen Weise von einer reichen Hexe gedemütigt wurde.

»Alberto«, unterbrach sie Irenas passiv-aggressiven verbalen Angriff und nahm Tylers Hand in ihre, »natürlich werden wir kommen. Und niemand braucht sich Sorgen wegen der Kosten zu machen. Tyler ist seit dem Liebes-Aus mit seiner Ex-Verlobten unglaublich erfolgreich geworden.«

Tyler zog fragend die Brauen hoch. »Wir kommen mit?«

»Wunderbar«, antwortete Alberto, bevor Everly eine Chance hatte zu reagieren, »dann ist es also abgemacht. Lassen Sie uns das mit einem Glas Champagner feiern, und danach sollten wir uns unsere Terminpläne ansehen, Tyler, denn ich glaube, wir müssen über einige Ihrer Ideen sprechen, meine Hotelkette in Amerika zu etablieren.«

Irena, Helene und Alberto kehrten ins Wohnzimmer zurück, aber Everly verweilte vor dem Rembrandt und versuchte zu entwirren, was sie gerade getan hatte. Zusammen mit Tyler Zeit auf einer tropischen Insel zu verbringen war das Letzte, was sie wollte. Der Mann war einer der aufreizendsten Menschen, denen sie je begegnet war, und ihre Leidenschaft hatte die Oberhand über sie gewonnen – etwas, das in seiner Nähe allzu häufig zu geschehen schien.

Tyler drückte ihre Hand und machte ihr klar, dass sie immer noch seine umfangen hielt. Röte kroch ihr Dekolleté empor, und sie versuchte, ihre Finger von seinen zu lösen, aber sein starker Griff hielt sie fest.

»Du brauchst das nicht zu tun«, sagte er, und etwas, das wie eine Mischung aus Verwirrung und Dankbarkeit aussah, wirbelte in seinen Augen. »Unsere Abmachung galt nur dafür, mich Alberto vorzustellen. Du hast deinen Teil erfüllt.«

»Ich weiß«, sagte sie, und ihr Blick fiel wieder auf ihrer beider Hände, bevor sie sich zwang, ihre Aufmerksamkeit erneut auf sein Gesicht zu richten. »Ich konnte einfach nicht an mich halten, als sie sich so benommen hat. Ich hatte bloß die Wahl, entweder in deinem Namen Ja zu sagen oder ihr ins Gesicht zu schlagen.«

Er lachte nicht, doch einer seiner Mundwinkel zuckte zu einem schiefen Lächeln in die Höhe, das seltsame Dinge mit ihrem Magen anstellte. »Du bist der Inbegriff der Zurückhaltung.«

In der Hoffnung, das Beben zu kaschieren, das wegen der untypischen, lockeren Kameradschaft zwischen ihnen in ihrem Inneren rumorte, trug sie mit ihrem Akzent dick auf. »Wenn du wüsstest, ey.«

Sie lachten, einfach zwei Menschen von der falschen Seite des Bahndamms, die versuchten, in einem fremden Land voranzukommen. Sie mochten unpassende Verbündete sein, aber im Moment waren sie genau das – und es fühlte sich gut an … richtig. Jetzt war allerdings nicht der passende Zeitpunkt, um zu analysieren, was das vielleicht bedeutete, daher ging sie zum Esszimmer, wo die anderen warteten – oder versuchte es zumindest. Tyler hatte sich nicht von der Stelle gerührt, und er hatte ihre Hand nicht losgelassen.

Sie schaute wieder zu ihm hinüber. Er stand da und sah sie an – der Ausdruck auf seinem Gesicht schrie förmlich, dass er alle möglichen hinterhältigen Pläne schmiedete, an deren Ende sie nackt, verschwitzt und befriedigt sein würde. Ihr Magen vollführte einen Purzelbaum, und wieder einmal wurden ihre Oberschenkel ganz zittrig, und ein Stromstoß schoss direkt in ihr Innerstes. Verdammt. Was zum Teufel hatte sie sich bloß dabei gedacht? Sie hatte gar nichts gedacht. Und *das* war das Problem.

Tyler trat näher, mit wilden Blicken und erfüllt von einem raubtierhaften Verlangen, das ihr den Atem raubte. Ihre Lippen teilten sich von selbst, und ihre Brustwarzen zogen sich erwartungsvoll zusammen. Aber er schaute sie nur an. Nicht dass es eine Rolle spielte. Sie war immer noch drauf und dran, in wenig erwachsene helle Aufregung zu verfallen, wenn sie sich beide nackt vorstellte.

»Lass uns lieber zu den anderen gehen«, sagte Tyler und strich ihr eine Haarsträhne hinters Ohr, die sich aus ihrer Hochsteckfrisur gelöst hatte.

»Ja«, erwiderte sie, ihre Stimme kaum hörbar über dem Pochen in ihrer Brust.

Eine Sekunde lang bewegte sich keiner von ihnen, während die Welt um sie herum schlitternd zum Stehen kam. Vorfreude erfüllte sie beide, und Everlys Innerstes zog sich zusammen. Dann, gerade als sie bereit war, ihn zu küssen oder ohnmächtig zu werden, schüttelte er den Kopf, murmelte einige leise Worte, die sie nicht verstehen konnte, und ließ ihre Hand los.

Sein Kinn war wieder angespannt. »Komm, bevor sie noch einen Suchtrupp nach uns losschicken.«

Mit einem zustimmenden Nicken schloss sie sich ihm an, und sie gingen auf das Wohnzimmer zu, vorbei an dem Porträt einer Frau in einem Regency-Gewand, die sehr vorwurfsvoll schaute, als könne sie nicht fassen, welche Entscheidungen Everly in ihrem Leben getroffen hatte.

Da sind wir schon zu zweit, meine Liebe.

Am nächsten Tag störten Schuldgefühle Everlys Fähigkeit, wie üblich ihren morgendlichen Kaffee zu trinken. Auf keinen Fall konnte sie zulassen, dass Carlo Irena heiratete, ohne ihm mitzuteilen, was die Frau Tyler angetan hatte. Sie wollte es nicht. Wirklich, sie wollte dieses Gespräch nicht führen, aber Carlo und sie waren seit zu vielen Jahren befreundet, als dass sie ihn im Stich lassen könnte, weil sie etwas wusste, was ihm nicht gefallen würde.

Wenn sie nichts sagte, wäre sie nicht besser als Sawyer, der seinen besten Freund so schlecht behandelt hatte. Und sie wusste aus erster Hand, wie weh ein solcher Verrat tat, mehr als die fragliche Person selbst.

Nachdem sie sich noch eine weitere Tasse Kaffee eingeschenkt hatte, quasi als Glücksbringer, griff sie nach dem Telefon und klickte auf Carlos Namen auf ihrer Kontaktliste.

»*Ciao,* Everly.« Er ging beim ersten Läuten an den Apparat. »Was gibt's?«

Sie presste die Augen fest zusammen und trat in die Mitte ihres Wohnzimmers. Der weiche Teppich kitzelte an ihren nackten Zehen, und sie preschte voran. »Nach diesem Anruf wirst du vielleicht sauer auf mich sein.«

Es folgte eine kurze Gesprächspause, in der ihr jede einzelne schreckliche Möglichkeit, wie dieses Gespräch enden konnte, durch den Kopf schoss.

»Was ist los?«, fragte Carlo.

»Es geht um Irena.« *Na bitte. Spuck's aus, Mädchen.*

»Geht es darum, dass sie in der Nacht, bevor sie Tyler heiraten sollte, versucht hat, mit seinem besten Freund zu schlafen?«, fragte Carlo mit einem unbefangenen Lachen.

Ihre Augen quollen vor Überraschung aus den Höhlen. »Du weißt das?«

»Mein Vater und ich teilen mehr als nur unsere Gene. Wir haben auch den gleichen Privatdetektiv.«

Da sie das aufgestaute Adrenalin loswerden musste, das sich aufgebaut hatte, während sie sich im Geiste gut zugeredet hatte, um diesen Anruf zu tätigen, ging sie von einer Ecke des Teppichs diagonal über die Mitte und wieder zurück. »Und das ist für dich in Ordnung?«

Carlo stieß einen nichtssagenden Laut aus. »Wenn man bedenkt, dass diese Heirat eher ein Deal ist als irgendetwas sonst, dann ja.«

Gerade hatte sie gedacht, es könnte nicht seltsamer werden. »Wovon redest du?«

»In Italien laufen die Dinge in der Geschäftswelt reibungsloser, wenn man verheiratet ist. Das mag zwar altmodisch klingen, aber es ist so.«

»Du tust das also wegen der Arbeit?« Das klang alles andere als romantisch, doch zumindest erklärte es, warum zur Hölle er ausgerechnet ums Irenas Hand angehalten hatte. Seine Chancen, sich tatsächlich in die Hexe zu verlieben, waren gleich null. »Das ist doch verrückt.«

»Es ist das glatte Gegenteil von verrückt. Es ist ein Geschäft. Und da wir gerade davon sprechen, ich brauche deine Hilfe. Erinnerst du dich noch an meine Nonna?«

Sie nickte, während sie einen Schluck Kaffee nahm, als könne er sie sehen. »Natürlich.«

»Sie kommt auch zur Hochzeit«, fuhr Carlo fort, und seine Stimme wurde wärmer, als er über seine aberwitzig knurrige Grandma redete. »Würde es dir etwas ausmachen, während der Zeremonie bei ihr zu bleiben und zu übersetzen? Normalerweise würden mein Vater oder ich das tun, aber ich habe ihn gebeten, während der Zeremonie bei mir zu sein als ... wie ist das Wort noch gleich? Trauzeuge?«

»Ich werde mit Freuden neben deiner Nonna sitzen.« Die Frau war urkomisch mit ihren auf Italienisch geflüsterten gehässigen Bemerkungen, hilfreich gedämpft durch das schwarze Spitzentaschentuch, das sie sich oft an den Mund hielt.

»*Fantastico!*«

Trotz Carlos Enthusiasmus konnte sie nicht umhin, sich darum zu sorgen, dass er nur mit dem Verstand dachte und sein Herz und sein Gewissen ignorierte. »Bist du dir wirklich sicher, dass du das durchziehen willst?«

Er brummte etwas, das ein italienisches verbales Äquivalent des Augenverdrehens sein musste. »Im Gegensatz zu einer gewissen heimlichen Romantikerin, die ich kenne, warte ich nicht auf die wahre Liebe.«

»Meinst du damit etwa mich?« Das war sie so ganz und gar nicht. Sie war durch und durch eine Frau aus Riverside. Sie war mit dem Wissen groß geworden, dass ein Happy End bis ans Ende aller Tage Schwachsinn war.

Er lachte. »Wenn der High Heel passt ...«

»Nun, er passt definitiv nicht.«

Und das tat er auch nicht. Wirklich nicht.

10. KAPITEL

Das Beste, was Tyler über ein ursprünglich nicht geplantes persönliches Treffen mit einem Klienten in Denver sagen konnte, war der notwendige Abstand von Everly, den es ihm verschaffte. Jedenfalls körperlicher Abstand. Mental hatte sie sich in seinen Gedanken gemütlich eingerichtet und stolzierte in ihren sexy Schuhen umher, die ihren Po zur Geltung brachten. Sein Schwanz zuckte bei dem Bild. Verdammt. Er machte sich langsam Sorgen um seinen Verstand, wenn es um sie ging.

Langsam?

Halt die Klappe!

Jetzt musste er erst einmal seinen nächsten Schritt bei Ferranti planen. Seine geheimen Quellen hatten die Hotelstandorte umrissen, die Ferrantis Team in Erwägung zog, und sie lagen falsch – nicht alle, aber genug, dass das, was einen Milliardenprofit abwerfen konnte, auf Millionen zusammenschrumpfen würde. Nicht dass Tyler mit entsprechenden Vorschlägen ins Haus fallen würde. Die Menschen neigten dazu, ziemlich schlecht darauf zu reagieren, wenn man ihnen sagte, dass sie Idioten seien, doch Ferranti musste darauf hingewiesen werden. Er musste nur herausfinden, wie er die Sache anzugehen hatte. Welcher Zeitpunkt wäre besser dafür geeignet als der heutige Abend, während er sich auf dem Grundstück von einem von Ferrantis zukünftigen Konkurrenten befand? Tyler richtete seine Aufmerksamkeit auf das hochelegante Hotelzimmer, in dem er heute übernachtete.

Es war ganz anders als das Haus, in dem er aufgewachsen war. Dicker Teppich. Wallende Vorhänge. Kissen, die so flauschig waren, um ohne Fallschirm hineinzuspringen. Und er hasste es, hasste es verdammt noch mal. Es war nicht so, dass der Raum ihm die Fass-ja-nichts-an!-Schwingung teurer Orte vermittelte, doch das Einzige, was er berühren wollte, befand sich am anderen Ende des Landes, trug wahrscheinlich zehn Zentimeter hohe Absätze und ließ gerade irgendjemanden mächtig abblitzen. Oder machte sie das bloß mit ihm? Wahrscheinlich. Was genau der Grund war, warum er sich gemütlich in das Doppelbett mit seinen Millionen (oder eine andere idiotisch hohe Anzahl) Decken legte, nur mit seinen Boxershorts bekleidet, und nach seinem Telefon griff.

Ein Jammer, dass er sich dazu hinreißen ließ.

TYLER: *Was machst du gerade?*

EVERLY: *Wer ist da?*

TYLER: *Dein Lieblingsamateurchefkoch.*

Ja, der, der zufällig zum ersten Mal in den zwei Tagen seit seinem Aufbruch aus Harbor City grinste wie ein Idiot. Oh, und sein Schwanz winkte ebenfalls, um sie zu begrüßen. Gott sei Dank war er klug genug gewesen, diesen Leckerbissen von einer Insiderinformation nicht mit ihr zu teilen.

EVERLY: *Wie bist du an meine Nummer gekommen?*

TYLER: *Sie steht auf deinem Mietvertrag, Sherlock.*

EVERLY: *Du versteckst dich also in deiner Wohnung und simst einfach Beleidigungen? Ist das dein neues Hobby? Dein Rauchalarm ist in letzter Zeit ja gar nicht losgegangen.*

TYLER: *Ich bin in Denver.*

EVERLY: *Ferien?*

TYLER: *Nervöser Klient.*

EVERLY: *Ich verstehe das mal so, dass du dich langweilst.*

TYLER: *Warum?*

EVERLY: *Du bist in Denver.*

TYLER: *Ich darf dir mitteilen, dass die Berge wunderschön sind.*

Er war bestens gelaunt. Alles hatte sich mit seinem Klienten, der wegen einer Investition Bedenken hatte, so vorhersehbar entwickelt wie ein Groschenheftroman. Einige Gespräche und ein Besuch vor Ort hatten die Nerven des Mannes beruhigt. Für einen Kerl, der sich immer an jemand Speziellem rieb, war er verdammt gut darin, andere zu beschwichtigen und sie dazu zu bringen, sich auf genau das zu konzentrieren, was er wollte. Zweifellos würde ein Seelenklempner sagen, es sei eine Überlebensstrategie, die ihn seine chaotische Kindheit und Jugend gelehrt hatte, aber er sollte nicht allzu tief graben – jedenfalls nicht, wenn er mit Ms 3B in ihrem schwarzen Lieblingsnachthemd per SMS flirtete. Okay, er hatte keine Ahnung, was sie anhatte, und erotisch knisternde SMS waren nicht das, was sie verschickten, aber sein Schwanz hatte eine blühende Fantasie und ein sehr hartes Verlangen.

EVERLY: *Ich glaube dir das mit Denver. Ich mag es, wenn die Natur an der Wand hängt.*

TYLER: *Haha. Ich habe die E-Mail von AF wegen der Reise nach Key West bekommen. Bist du immer noch einverstanden?*

Zu viert ein langes Wochenende auf Ferrantis Privatinsel in Florida. Er würde Sand und Sonne haben und von Everly provozierte Ständer, die keine Erleichterung finden würden. Nun, zumindest nicht, wenn er nicht damit beschäftigt war, den Etat für die Expansion der Hotelkette zu bekommen. Er musste ein wenig Abstand zu ihr gewinnen. Es war zu schwer, in ihrer Nähe strategisch zu denken, wenn all sein Blut in seine untere Körperregion strömte und die Hälfte seines IQs mitnahm.

EVERLY: *Ich hätte nicht zugestimmt, wenn es mir nicht eine Herzensangelegenheit gewesen wäre. Ich mache nichts halbherzig.*

Herzensangelegenheit. Sie hatte Herz gesagt.

TYLER: *Das glaube ich sofort.*

EVERLY: *Ich muss ins Bett. Hier ist es zwei Uhr nachts.*

Bett. Gott, er liebte das Bild von ihr, ausgestreckt auf einem Bett, ihre langen Beine für ihn gespreizt. Sein Schwanz zuckte. Verdammt. Ein Lusttropfen sammelte sich an der Spitze seines Schwanzes und hinterließ einen Fleck in seinen Boxershorts. Alles, was er wollte, war … er fuhr sich derb mit den Fingern durchs Haar und zog einzelne Haare frustriert heraus. *Klär das, Jacobson. Sie ist nichts für dich.*

TYLER: *Nacht, Süße.*

Es folgte eine Pause, während Pünktchen in der Tippblase zu sehen waren. Endlich erschien ihre Nachricht.

EVERLY: *Das war's schon? Du fragst mich gar nicht, was ich gerade anhabe?*

Und in dem Moment, als er dachte, er könne nicht härter werden, geschah es – schmerzhaft, weil sie ihn abermals überrascht hatte. Seine superfeine Nachbarin von oben, die ihm ebenso oft gesagt hatte, er solle sich verpissen, wie sie ihn geküsst hatte, und die ihm Irena gegenüber zur Verteidigung geeilt war, nachdem sie ihm den Stinkefinger gezeigt hatte, obwohl sie gerade selbst einen Kampf mit sich ausfocht. Er las ihre SMS noch einmal, drückte seinen Schwanz kräftig und streichelte ihn, weil er etwas von dem Druck abbauen musste, bevor er wegen einer Frage mit neun Wörtern in seinen Boxershorts kam: *Du fragst mich gar nicht, was ich gerade anhabe?* Er ließ seinen Schwanz los und tippte.

TYLER: *Das weiß ich bereits.*

Eine Pause, die in ihm die Hoffnung auf ein Foto weckte, aber alles, was durchkam, waren Worte.

EVERLY: *Ach ja? Was denn?*

TYLER: *Nichts, rein gar nichts.*

Eine kleine Fantasie seinerseits oder sein Bauchgefühl? Spielte es eine Rolle? Nicht für seinen Schwanz. Eine weitere Pause, während die Tippblase auf seinem Bildschirm blinkte.

EVERLY: *Nacht, T.*

Die Antwort ließ ein Grinsen auf seinen Lippen aufzucken. Ms 3B würde es ihm nicht leicht machen; das tat sie nie.

TYLER: *Was, keine Bestätigung?*

Er starrte auf sein Telefon in einer Hand, während er mit der anderen seine Boxershorts halb an seinen Oberschenkeln hinunterzog und seine Hand dann um den härtesten Teil von ihm schloss. Da war keine Tippblase. Er wartete eine Minute, und als die kleine blaue Blase einfach nicht auftauchte, legte er sein Handy auf den Nachttisch.

Er hatte recht. Er wusste es. Er hatte sie sich oft genug vorgestellt. Nichts als lange Gliedmaßen, weiche Kurven und volle Lippen. Seine Hand bewegte sich über seinen Schaft, umrundete die von Lusttropfen glitschige Spitze und kehrte wieder nach unten zurück. Und in diesem Moment war es nicht seine Hand, die ihn streichelte, es war ihre. Sie war nicht interessiert daran, dies in die Länge zu ziehen. Sie kniete neben ihm auf dem Bett und beobachtete ihre Finger, wie sie sich schnell an seinem Schwanz auf und ab bewegten. Und sie führte schmutzige Reden, sagte ihm, wie gern sie ihn abspritzen sehen wolle und dass sie, sobald er es tat, sein Sperma mit ihrer rosa Zunge von seinen Bauchmuskeln lecken würde, bis seine Haut so nass war wie sie. Und das war alles, was notwendig war. Fünfzehn Streiche – maximal zwanzig –, und er kam in heißen Stößen über seinen Bauch.

Aber anders als in der Fantasie war keine Everly da, um ihn zu säubern. Und wenn doch? Auf keinen Fall wäre er jemals gekommen, ohne sich zwischen ihren Schenkeln zu vergraben und zu spüren, wie sie sich fest um ihn schloss, während sie kam. Und das war der Grund, warum er aufhören musste, so an sie zu denken. Sie war seine nervige, streitlustige Nachbarin, die zufällig seine Verbindung zu Ferranti war, das war alles. Je eher er den Hotelmagnaten als Klienten gewinnen konnte, umso eher konnten Everly und er zu ihrem regelmäßig stattfindenden Krieg klackender Absätze und verbrennender Speisen zurückkehren, damit er sich statt auf sie auf seinen nächsten Plan konzentrieren konnte.

Sie stellte seine wohlgeordnete Welt auf den Kopf, und sie wussten beide, dass eine Beziehung nirgendwo hinführen konnte. Er suchte nach der Klasse alten Geldes, wenn er sich irgendwann niederließ, und sie wollte … nun, eigentlich hatte er keine Ahnung, was sie wollte. Er weigerte sich, das Brennen in seiner Brust bei dem Gedanken zur Kenntnis zu nehmen, dass es jemand aus besseren Verhältnissen war als denen, denen er entstammte. *Touché, Ms Ribinski.*

Als Everly am nächsten Morgen erwachte, waren ihre Brustwarzen hart, die Stelle zwischen ihren Beinen glitschig und sie erinnerte sich an einen Traum, der sie fast zum Orgasmus gebracht hatte, bevor ihr Wecker geklingelt hatte. Sie hatte auf der Kante von Tylers Kochinsel gesessen, und er hatte vor ihr gestanden, seine kräftigen Finger auf die Innenseiten ihrer Schenkel gepresst, um ihre Beine zu spreizen, während er an ihrer Klitoris leckte und saugte. Sicher, es war ein Traum gewesen, aber Tyler war so gut gewesen, dass ihr Körper sich schmerzhaft nach Erlösung sehnte. Sie weigerte sich, die Augen zu öffnen und den Tag zur Kenntnis zu nehmen, und tauchte stattdessen die Finger zwischen ihre Beine und wölbte ihren Rücken so, dass sie beinahe aus dem Bett fiel, als sie über ihre Klitoris strich. Während sie die empfindliche Knospe umkreiste, erinnerte sie sich an jede Einzelheit der Traumwelt.

Wie die Muskeln in Tylers Schultern sich kräuselten, während er zuerst einen Finger und dann zwei in sie hineinschob und das Nervenbündel in ihrem Eingang rieb. In ihrem Bett, wo das Morgenlicht versuchte, sich durch ihre Lider zu zwängen, folgte sie der Führung Tylers und hörte sein schmutziges Flüstern aus dem Traum.

»Spreiz deine Beine weiter, ich will sehen, wie du meine Finger in dich aufnimmst.«

Sie tat es, ließ die Beine unter der Decke auseinanderfallen und strich mit der Hand über das Laken.

»So weich und feucht.«

Und das war sie – so sehr, dass ihre Finger abrutschten und die Fantasie verstärkten, es wäre nicht ihre Berührung, sondern seine, und dabei ihre Klitoris immer schneller und fester rieben.

»Komm für mich, Süße. Quetsch mich.«

Und genau wie in dem Traum kam sie mit einem heiseren Aufschrei und drückte den Rücken durch, während der Orgasmus ihren Körper erstarren ließ.

Sie brauchte eine Minute, um runterzukommen, und als es so weit war, wurde ihr klar, in wie vieler Hinsicht die Situation falsch war. Tyler war der letzte Mann, an den sie denken sollte, wenn sie sich selbst berührte. Der Mann war eine arrogante Nervensäge. Der einzige Grund, warum sie diesen Traum überhaupt gehabt hatte, war eine Reaktion auf die unerwarteten Textnachrichten von gestern Nacht. Was war nur in sie gefahren, eine Bemerkung darüber zu machen, was sie gerade angehabt hätte? Offensichtlich hatte sie in dem Traum lediglich ihre Überraschung verarbeitet, als er geschrieben hatte: *Nichts, rein gar nichts.* Die Tatsache, dass er recht gehabt hatte, hatte nichts damit zu tun. Er konnte es unmöglich wissen. Dass er es doch gewusst hatte, hatte sich einfach einen Weg in ihr Unterbewusstsein gegraben. Es war nicht so, dass sie ihn wollte.

Okay, sie wollte ihn. Aber sie konnte ihn nicht haben. Ihm gehörte ihr Wohnhaus, und er hielt die finanzielle Zukunft ihrer Galerie in den Händen. Wenn es schiefging – nicht *falls*, sondern *wenn*, denn Männer wie er, die besessen davon waren, die gesellschaftliche Leiter von Harbor City emporzuklettern, konnten mit jemandem wie ihr nichts anfangen. Und sie konnte sich keinen Krieg bis aufs Messer mit ihrem Vermieter leisten. Nunni verließ sich auf sie, auch wenn sie es nicht wusste. Meistens, wenn Everly sie besuchte, dachte sie, sie sei ihre Mutter.

Und dieses traurige bisschen Leben war genug, um jedwede Überreste ihrer postorgasmischen Glückseligkeit abzutöten. Es widerstrebte ihr, sich in der Ungerechtigkeit dessen zu suhlen, was mit der temperamentvollen und entschlossenen Frau passiert war, die sie nach dem Tod ihrer Mutter großgezogen hatte. Also warf sie die Decke beiseite und stieg aus dem Bett. Die Galerie war mittwochs geschlossen, was bedeutete, dass sie tagsüber Papierkram aufarbeiten konnte, und nach fünf würde sie Nunni besuchen und ihr zu Ehren mit der halsabschneiderischen Gang von Achtzigjährigen Bingo spielen, lauter Leuten, die Nunni in das beste Zentrum für betreutes Wohnen in der Gegend gefolgt waren und die, seit Everly denken konnte, ein Teil ihres Lebens gewesen waren.

Acht Stunden später war sie noch immer in die Papiere vergraben, die auf ihrem Couchtisch und dem Sofa neben ihr verstreut lagen. Gerade, als sie dachte, dass sie keinen weiteren Moment mit ihrem Bürokram mehr ertragen konnte, blitzte auf dem oberen Rand ihres Bildschirms der Button für eine eingehende Nachricht auf.

KIKI: *Wie läuft es eigentlich mit dem heißen Typen aus 2B?*

Sie schüttelte den Kopf. Nie hätte sie gedacht, dass ihre beste Freundin es schaffen würde, mehrere Tage verstreichen zu lassen, ohne sie wegen Tyler ins Verhör zu nehmen.

EVERLY: *Da ist nichts.*

KIKI: *Oh, das glaube ich dir aufs Wort.*

Natürlich glaubte sie es nicht. Genauso wenig, wie Everly glaubte – ganz gleich, wie viele Male ihre beste Freundin es leugnete –, dass Kikis Scheidung von ihrem betrügerischen Arschloch von einem Ehemann sie nicht total argwöhnisch gemacht hätte, was die ganze männliche Bevölkerung betraf, und sie außerdem veranlasste, ihren eigenen Reiz infrage zu stellen. Sie waren zu lange Freundinnen, um sich in solchen Dingen zu verstellen – aber sie brauchten einander auch nicht mehr als absolut notwendig wegen heikler Themen in die Mangel zu nehmen. Unterstützung anzubieten bedeutete nicht immer, jemanden an seine wunden Punkte zu erinnern.

EVERLY: *Wenn du mit einem nervigen Nachbarn verflucht wärst …*

KIKI: *Lenk nicht von dir ab, Ricky Bobby.*

Sie lachte, und das Lachen hallte von den Wänden ihrer leeren Wohnung wider. Wann hatte sie das letzte Mal diesen Film gesehen? Es war ihr Lieblingsfilm, und es war zu lange her.

EVERLY: *Wir müssen bald einen Mädelsfilmabend machen.*

KIKI: *Bier und Will Ferrell? Ich bin dabei.*

EVERLY: *Du hast einen total seltsamen Geschmack in puncto Männern.*

KIKI: *Ich mag sie eben groß und pelzig.*

EVERLY: *Knalltüte.*

KIKI: *Wie wär's mit heute Abend?*

EVERLY: *Kann nicht, heute ist Bingoabend.*

Sie sah auf die Digitaluhr auf ihrem Laptop. Scheiße. Sie musste los. Hudson und Felicia erwarteten sie heute Abend im Zentrum für betreutes Wohnen. Hudson arbeitete an einer neuen Reihe Doppelporträts von Zwanzigjährigen, auf der Grundlage von Fotos, und denselben Menschen in ihren Achtzigern, basierend auf persönlichen Sitzungen. Als er ihr von der Idee erzählt hatte, hatte sie ihn mit Nunnis Bingokumpanen bekannt gemacht, die am Ende ihn und durch ihn auch Felicia adoptiert hatten. Jetzt waren Hudson und Felicia Stammgäste am Bingoabend, und Nunnis Kumpane planten alle, Hudsons Ausstellung in ihrer Galerie im Frühling zu besuchen.

KIKI: *Grüß Nunni von mir.*

Wenn Nunni nur wüsste, dass Hudson – der manchmal an den Wochenenden mit Everly vom College nach Hause gefahren war und ein ganzes Blech Cannoli verdrückt hatte – tatsächlich der bekannte Maler Hughston war, wäre sie begeistert gewesen. Wie die Dinge lagen, dachte sie an den meisten Tagen immer noch, dass Everly ein Kleinkind war, und neue Informationen konnte sie sich nicht merken. Demenz war etwas verdammt Scheußliches.

EVERLY: *Mach ich.*

KIKI: *xoxo*

EVERLY: *hdgdl*

Sie loggte sich aus und sammelte den Stapel Rechnungen ein, die demnächst fällig waren, Verkaufsquittungen und Bankauszüge. Nahm sich fest vor, dass sie das alles morgen erledigen würde, stopfte sämtliche Papiere in ihre jeweiligen Umschläge zurück und legte sie auf ihre Küchentheke. Dann schnappte sie sich die backfrische Kokosnuss-Sahnetorte – wohlverpackt in einer Schachtel mit einem hübschen blauen Band –, ihre Schlüssel und ihre Handtasche und ging zur Tür hinaus.

Während sie mit einer Hand an ihrem Telefon herumfingerte und mit der anderen die Torte festhielt, kam sie drei Schritte weit, bevor ein Aufblitzen von etwas vor ihr sie aufsehen ließ. Dann hätte sie beinahe alles fallen gelassen.

Tyler stand mitten in ihrem Flur, in verwaschenen Jeans, die aussahen, als seien sie eigens dazu gemacht worden, seine beeindruckenden Schenkel zu umhüllen, und einem leichten grauen Pullover, der den Silberglanz seiner blauen Augen zur Geltung brachte. Der Ausdruck auf seinem Gesicht, als er sie beobachtete, war genauso hungrig wie in ihrem Traum, dem ihre Solo-Sexfantasie gefolgt war. Verdammt. Das war nicht das, was sie jetzt brauchte.

Vielleicht, aber du kannst nicht leugnen, dass er genau das ist, was du willst.

Sie drückte die Schultern durch, schob ihre superpeinlichen Gedanken von sich und gab sich zusätzlich noch einen Ruck.

»Hey, ich habe keinen Brandgeruch wahrgenommen«, sagte sie und fügte ihren Worten eine zusätzliche Prise Riverside-Slang hinzu. »Daher dachte ich, du wärst imma noch 'n Denver.«

11. KAPITEL

Wäre da nicht das schnelle Nach-Luft-Schnappen gewesen, gefolgt von einer anerkennenden, langsamen Musterung von Kopf bis Fuß, als sie beide draußen vor ihrer Wohnungstür im Flur standen, hätte Tyler vielleicht einfach geglaubt, Everly sei nicht gerade besonders glücklich darüber, ihn zu sehen. Das Ego eines normalen Mannes hätte sie wahrscheinlich so angekratzt. Nur gut, dass er richtig in Form war. Besonders sein Schwanz, als er sie zum ersten Mal seit Tagen sah – vor allem, da sie schwarze High Heels trug, hautenge Jeans und einen langen rosa Pullover, der sie zwar von den Schultern bis zum Hintern bedeckte, aber trotzdem jede einzelne Kuhle und Wölbung ihres Körpers darunter betonte.

»Du trägst Rosa«, bemerkte er und bewies damit ein für alle Mal, dass sein IQ sich verabschiedete, wann immer er Everly Ribinski nah genug war, um sie zu berühren.

Sie zuckte die Achseln, wobei eine Seite des Pullovers mit dem U-Boot-Ausschnitt hinunterrutschte und ihre Schulter entblößte. Es sollte ihn nicht antörnen. Aber genau das tat es.

»Rosa ist die Lieblingsfarbe von Nunni.«

Er zwang sich, den Blick von Everlys Erscheinung abzuwenden und sich stattdessen darauf zu konzentrieren, was sie in den Händen hielt. »Du bringst ihr einen Kuchen?«

Sie zuckte ein ganz klein wenig zusammen, doch das war mehr als genug für ihn, es wahrzunehmen. »Die Kokosnuss-

Sahnetorte ist für ihre Bingokumpel. Sie selbst steht im Moment nicht auf Torten.«

Was immer er Falsches gesagt hatte, es hatte sie in sich zusammensinken lassen und ihrem Tonfall die Spritzigkeit genommen. Das gefiel ihm nicht. Es konnte doch nicht wahr sein, dass so etwas Läppisches Everly entkräften konnte. Er überwand den Abstand zwischen ihnen mit drei Schritten, ausnahmsweise einmal nicht mit dem Ziel, sie zu berühren, sondern getrieben von dem Verlangen, sie zu trösten.

Scheiße. Er war geliefert. Total geliefert.

Er blieb gerade eben außer Reichweite stehen, denn dies war Neuland für ihn, und falls die Feuchtigkeit in ihren braunen Augen überquoll, wenn er den Arm um sie legte, würde sie ihm das garantiert niemals verzeihen. »Ist alles in Ordnung?«

Everlys Kinn zitterte eine Sekunde lang, bevor sie tief durch die Nase einatmete und die Augen schloss. Als sie sie einen Moment später wieder öffnete, standen Resignation und Halsstarrigkeit darin und eine ganze Portion Traurigkeit. »Sie leidet an Demenz, und ich besuche sie jede Woche und spiele dann Bingo mit den Bewohnern, die achtzig und noch älter sind.«

Er hatte keinen verdammten Schimmer, was das Protokoll hier vorsah. Er verbrachte fünfundneunzig Prozent seiner Redezeit mit anderen Männern. Nahm er den Schmerz zur Kenntnis? Überspielte er ihn? Er dachte, dass Letzteres der Fall war. Sein Freund Frankie Hartigan, der im Haus neben seinem aufgewachsen war, hatte vier Schwestern. Sie liebten es, über ihre Gefühle zu reden. Okay, sie liebten es, ihre Gefühle betreffend zu schreien und zu lachen, zu weinen und zu kichern. Er sollte nachfragen, ihr anbieten, ihr anzuvertrauen, was sie bedrückte, denn sie stand ihrer Grandma offensichtlich nah, und Demenz war eine schreckliche Krankheit.

Nachdem er sich mit einem tiefen Atemzug ein wenig beruhigt hatte, öffnete er den Mund und sagte: »Ich bin eine Mordskanone im Bingo.«

Ja, er hatte total gekniffen.

Arschloch, erkenne dich selbst.

Ihre Lippen, die sie zuvor fest aufeinandergepresst hatte, kräuselten sich zu einem Lächeln. Es sah aus, als hätte er aus Versehen genau das Richtige gesagt.

Everly musterte ihn von Kopf bis Fuß. Doch diesmal war es so, als versuche sie zu entscheiden, ob er einer wichtigen Mission würdig war. »Willst du noch eine Einladung schnorren?«

Er wollte sein Glück nicht allzu sehr auf die Probe stellen, aber ihre Nähe vernebelte seinen Verstand. »Nicht, wenn du Schiss hast, mit mir zu spielen.«

Seinem Schwanz gefiel diese Idee. Sie gefiel ihm sogar sehr. Tyler hatte eigentlich nicht vorgehabt, die Herausforderung zweideutig klingen zu lassen, doch er hatte eine schmutzige Fantasie, und nach der Art zu urteilen, wie ihre braunen Augen fast schwarz wurden und der Puls an ihrem Hals sich beschleunigte, galt das Gleiche für Ms 3B. Er war nach ihrem Gespräch gestern Nacht erregt gewesen. Sie auch? Die Spitze ihrer rosigen Zunge kroch hervor und befeuchtete ihre Unterlippe. Oh ja, sie war erregt gewesen.

Um ihnen beiden ein wenig Gnade zu erweisen, während die Luft um sie herum knisterte, zog er seine Brieftasche aus seiner Jeans und holte seinen Glücksvierteldollar hervor. »Der Verlierer fährt.«

»Was bringt dich auf die Idee, ich würde dich zum Bingospielen mitnehmen?«, fragte sie. Ihre Stimme war eine Spur rauchiger als zuvor.

Er trat einen Schritt näher, so nah, dass er die Vanille in ihrem Parfum riechen und die hellbraunen Sommersprossen auf ihrer entblößten Schulter sehen konnte, die ihm noch nie aufgefallen waren.

»Weil du mich vermisst hast.«

Sie ließ ihn keine Sekunde lang aus den Augen. Sie würde jedenfalls nicht diejenige sein, die auch nur einen Zentimeter zurückwich. »Du bist ja sehr von dir selbst überzeugt.«

»Und ich weiß, dass du viel an mich gedacht hast.« Andererfalls hätte sie gestern Nacht niemals diese SMS abgeschickt, in der sie ihn raten ließ, was sie gerade anhatte. Sie mochte genauso wenig wollen wie er, aber Tatsache war, dass seine Nachbarin von oben auf ihn stand und es ihn schwer erwischt hatte, was sie betraf. Was schadete da ein bedeutungsloser kleiner Flirt? Es war ja schließlich nicht so, als würde das Ganze jemals zu mehr führen als zu zerwühlten Laken und verschwitzter Befriedigung.

Gerade als er dachte, dass sie nicht mitspielen würde, grinste sie ihn an und sagte: »Kopf.«

Mit der Spitze seines Daumens schnippte er den Vierteldollar in die Luft. Er trudelte mehrmals herum, bevor Tyler ihn auffing und auf seinen Handrücken klatschte. Zahl.

»Nun«, sagte er und steckte den Vierteldollar in sein spezielles Fach, »irgendwann einmal musste die Sache ja zu deinen Gunsten ausfallen.«

Sie schnaubte und ging voran die Treppe zur Garage hinunter. Er hatte nichts dagegen – die Aussicht war umwerfend.

»Wenn ich nicht eine Torte in der Hand hätte, würde ich dich um eine Fahrt auf deiner Harley bitten.« Sie grinste, als sie an dem abgedeckten Monster vorbeikamen.

Er würde bald Fahrstunden nehmen müssen oder so. So sauer, wie sie war, dass er vor ihr verborgen gehalten hatte, dass das Haus ihm gehörte, konnte er bloß ahnen, was für einen

Aufstand sie machen würde wegen eines Motorrads, das er gekauft hatte und nicht mal fahren konnte. Er war sich nicht einmal hundertprozentig sicher, ob er wusste, wie man das verdammte Ding startete.

Das *Lakeland*-Gemeindezentrum hatte keinen See in der Nähe, aber es lag auf einem Hügel und hatte einen tollen Ausblick auf den Hafen. Wenn der Wind nicht alle Blätter von den Bäumen entlang des Fußwegs zur Haustür weggepeitscht hätte, wäre es ein großartiger Ort gewesen, um an den Gartentischen zu sitzen, die den Rasen übersäten, um Schach zu spielen, einen Kaffee zu trinken oder über die guten alten Zeiten zu reden, als die Dinosaurier über die Erde gestreift waren und Milch fünfzig Cent der Beutel gekostet hatte. Irgendwie freute er sich darauf, genau das zu tun, wenn er über siebzig war.

Everly ging voran durch die Doppeltür, vorbei an der Angestellten, die an einem Empfangstisch an der Tür saß und ihren Namen kannte, in einen Raum voller bequemer Sessel und einer Fensterfront mit Blick auf einen riesigen Garten, der im Frühling ziemlich beeindruckend sein musste. Die meisten Personen im Raum waren entweder Bewohner der Einrichtung oder würden es in Kürze sein – bis auf ein Paar in der Nähe eines zu dick gepolsterten geblümten Zweiersofas.

»Hudson und Felicia kennst du ja bereits«, sagte Everly, als sie ihn zu dem anderen Paar hinüberführte.

Das war eine Untertreibung. Sie waren jeweils jüngere Geschwister von zwei seiner engsten Freunde und hatten sich ineinander verliebt. »Nur fast mein ganzes Leben lang.«

»Wunderbar«, sagte sie mit angespannter Stimme und reichte ihm die Torte. »Sie werden dich fürs Bingo einteilen und mit Mary bekannt machen, die die Torte für die Erfrischungspause herrichten wird.«

Es gefiel ihm weder, wie ihre Schultern leicht heruntersackten, noch wie sie die Lippen aufeinanderpresste. Dies war nicht die Sexbombe, die ihm fast täglich das Leben schwer machte. Dies war jemand, der wissentlich über ein Minenfeld tanzen würde. Er flocht seine Finger zwischen ihre und drehte sie zu sich um, ehe ihm bewusst wurde, was er tat.

»Ist alles in Ordnung mit dir?«, fragte er und suchte in ihrem zurückhaltenden Blick nach einem Hinweis, was er als Nächstes tun sollte oder konnte.

Ihre Schritte stockten, aber sie erholte sich und entzog ihm die Hand. »Natürlich. Ich besuche nur meine Grandma, bevor das Bingo anfängt. Wir sehen uns drinnen. Halt mir einen Platz frei.«

Und dann verschwand sie in einem Flur, der in einem fröhlichen Gelbton gestrichen war. Die Versuchung, ihr zu folgen, war so stark, dass sie Sodbrennen verursachte. Doch was konnte er tun? Nichts. Ihre Grandma litt an Demenz. Er hatte kein Heilmittel dagegen. Er war nicht ihr Freund. Sie waren ... Nachbarn. Mit ein wenig Glück in naher Zukunft Sexfreunde. Er gab nicht den geringsten Grund, sie zu begleiten. Andererseits gab es überhaupt keinen Grund, beim Bingo bei ihr zu sein.

Also, warum bist du hier, Depp?

Weil ... Scheiße. Er wusste es nicht mal zu sagen. »He, warte.«

Sie drehte sich um, offensichtlich genauso verwirrt wie er, was die Frage betraf, warum er nach ihr gerufen hatte. »Ja?«

»Darf ich sie kennenlernen?«

Sie machte große Augen. »Nunni?«

»Ja.« In jeder anderen Situation wäre dies definitiv eine strategische Entscheidung gewesen, ihr Vertrauen zu gewinnen, um Zeit mit ihr herauszuschlagen. Doch das war hier nicht der

Fall – und das war noch seltsamer als sein Wunsch, zum Bingo mitzufahren.

Ihre Schultern schienen sich zu entspannen, und einer ihrer Mundwinkel zuckte zu etwas in die Höhe, was beinahe nach einem Lächeln aussah. »Okay, aber flipp nicht aus, wenn sie denkt, ich sei meine Mutter.«

»Kommt das oft vor?«

Die Linie ihres Kinns verhärtete sich. »So oft, dass sie mich bei jedem Besuch mindestens dreimal warnt, diesem Mann, mit dem meine Mom zusammen war, nicht über den Weg zu trauen. Nunni hat sich in diesem Punkt nicht geirrt.«

Er nickte, und nachdem sie Hudson und Felicia gesagt hatten, sie würden rechtzeitig zum Bingo zu ihnen stoßen, gingen sie zusammen den Flur entlang, vorbei an den Türen mit Namensschildern an der Wand, bis sie schließlich vor einem Schild mit der Aufschrift *Patrice Ribinski* stehen blieben.

Nachdem sie tief durchgeatmet hatte, drehte Everly die Wattzahl ihres Lächelns auf strahlend auf und öffnete die Tür. »Hey, Nunni, wie geht es dir heute Abend?«

Eine alte Frau saß in einem Liegesessel vor einem Fernseher, in dem eine Spieleshow von vor drei Jahrzehnten lief, zumindest nach den Klamotten zu urteilen. Ihr Haar war schneeweiß und zu Kringellöckchen frisiert, die ihr Gesicht umrahmten. Mit ihrem winzigen Körper und ihrer arglosen Haltung wirkte sie wie das genaue Gegenteil von Everly, bis sie sich zu ihnen umdrehte. Diese Augen, die keinen Unsinn duldeten, waren unverkennbar.

»Du hast einen Mann mitgebracht«, bemerkte Mrs Ribinski und musterte ihn unverhohlen, als könne sie jeden Makel sehen, den er hatte, oder jede böse Tat, die er jemals begangen hatte. Er fühlte sich nicht wohl in seiner Haut.

»Ja.« Everly nickte. »Das ist Tyler Jacobson, mein Nachbar.«

Nachbar? Okay, die Rolle des Nachbarn konnte er spielen.

Mrs Ribinski warf Everly einen Na-klar-Blick zu, bevor sie sich wieder ihm zuwandte. »Sind Sie ein netter Mann?«

Also, wenn das keine Fangfrage war. »Meistens.«

»Ehrlich. Das gefällt mir.« Die ältere Frau lächelte ihn an, ehe sie ihre Aufmerksamkeit auf Everly richtete. Das war der Moment, in dem der glückliche Ausdruck auf ihrem Gesicht erstarb und durch einen Ernst ersetzt wurde, der keinen Zweifel daran ließ, was als Nächstes kommen würde. »Vertraue niemals einem Mann, der vorgibt, etwas zu sein, das er nicht ist. Jetzt erzähl mir von der Galerie.«

Tyler stand mit dem Kuchen da und beobachtete, wie Everly und ihre Grandma miteinander redeten, beide mit den Händen gestikulierten und lachten. Nicht einmal, sondern viermal in der Spanne von zehn Minuten beendete eine von ihnen einen Satz für die andere. Es war vollkommen anders, als er jemals mit einem Blutsverwandten geredet hatte. Das Band zwischen den beiden Frauen ähnelte mehr dem, was er im Haus der Hartigans gesehen hatte, als irgendetwas, das er bei sich zu Hause jemals erlebt hatte. Die unbefangene Intimität dessen, was er sah, machte ihm klar, dass er hier ein Außenseiter war, der sich in einen Augenblick gedrängt hatte, den beide Frauen offensichtlich auskosteten. Er musste gehen.

Er räusperte sich und hob die Kuchenschachtel hoch. »Ich bringe das hier nach draußen zum Kuchentisch.«

Everly und ihre Großmutter sahen ihn an und lächelten.

»Ich komme bald nach«, sagte Everly.

»Lass dir Zeit. Es war schön, Sie kennenzulernen, Mrs Ribinski.«

Die alte Frau nickte. »Die Freude war ganz meinerseits, Travor.«

Er wollte nicht auf den Ausrutscher hinweisen, daher nickte

er nur, schlüpfte aus dem Raum und ging durch den Flur zurück dorthin, wo Felicia und Hudson warteten.

»Hat Everly dir endlich mit einem ihrer Schuhe eins aufs Dach gegeben?«, fragte Felicia und schob ihre Brille hoch, die immer auf ihrer Nase hinunterzurutschen schien. »Was machst du hier?«

»Ich habe gehört, es gibt Kuchen.« Ja, das schien vollkommen glaubwürdig. Wirklich.

Hudson beugte sich vor und hob eine Ecke vom Deckel der Schachtel, in der die Torte war. »Dir ist aber schon klar, dass du eine Kokosnuss-Sahnetorte mit dir herumträgst?«

»Sie ist von Everly«, entgegnete er und zog die Schachtel weg, bevor Hudson einen Finger durch die Sahneschicht ziehen konnte. »Ich soll sie jemandem namens Mary geben.«

»Komm mit«, sagte Felicia und erbarmte sich seiner. »Sie ist gleich da drüben.«

Und ehe Tyler sich's versah, stand die Torte auf dem Tisch mit ungefähr zehn anderen, und er hatte einen roten und einen blauen Bingostift in der Hand, ebenso wie vier Bingokarten vor sich. Hudson und Felicia saßen mit jeweils zwei Karten auf der anderen Seite des Tischs. Der freie Platz neben ihm mit sechs Karten und drei Markern war für Everly – der alte Mann, der Aufsicht über den Bingotisch führte, schwor, dass das ihre übliche Bingoaufstellung war. Mit Schritten, die leichter waren als zuvor, huschte Everly in den Raum und ließ sich auf ihren Platz gleiten, gerade als die Frau mit der Flüstertüte die erste Buchstabe-Zahl-Kombination ausrief.

Er beugte sich vor und strich mit seinem Marker die B5 ab. »War's nett mit deiner Nunni?«

»Es war toll«, sagte sie und grinste ganz wie früher. »Jetzt lass uns sehen, ob du nur geprahlt hast oder was von Bingo verstehst.«

Wann immer Nunni es einen ganzen Besuch lang schaffte, ohne Everly mit dem Namen ihrer Mutter anzureden, erfüllte Everlys Brust eine unleugbare Leichtigkeit, und zumindest für ein Weilchen war es so, als hätte sie ihre Nunni zurück. Natürlich schlug ihr das Wissen auf den Magen, dass Nunni nicht so bleiben würde, aber heute Abend wollte sie dem Gefühl des Grauens nicht nachgeben. Sie würde den Besuch als einen Sieg werten und nun ihre Gegner im Bingo vernichtend schlagen.

Tatsächlich hatte Everly noch nie im Leben bei einem Bingoabend so viel gelacht, denn es stellte sich heraus, dass Tyler nichts von Bingo verstand. Gar nichts. Der Mann kam kaum mit einer einzigen Bingokarte klar, geschweige denn mit den vieren, die er vor sich liegen hatte, und seine Versuche, Schritt zu halten, waren so zum Schreien komisch und unzulänglich, dass sie beide lachten. Hudson und Felicia war es nicht viel besser ergangen als Tyler, und nach der Hälfte der Zeit hatten sie das Bingospiel zugunsten des Kuchentischs auf der anderen Seite des Raums aufgegeben. Tyler war jedoch offensichtlich halsstarriger, als ihm guttat, während er sich abmühte, mit Mary Schritt zu halten, die in einem schnellen Tempo Zahlen ausrief. Es gab nur zwei Erklärungen für Tylers Zwangslage: das männliche Ego und Bernie Handerson.

Everly beugte sich zu ihm und senkte die Stimme zu einem Flüstern. »Bernie hat dich so provoziert, dass du dir mehr als eine einzige Bingokarte hast geben lassen, nicht wahr?«

Tyler nickte und fummelte mit dem Marker herum. »Er hat gesagt, das Geld, das bei dem Spiel zusammenkäme, würde einer Wohltätigkeitsorganisation überwiesen werden.«

Geld? Oh Gott, der alte Knacker hatte Tyler für dumm verkauft. Sie schaute nach links, wo Bernie zwei Stühle weiter saß. Seine Lippen zuckten. Oh, er mochte sich darüber beklagen, dass sein Hörgerät niemals funktionierte, aber in diesem Moment hatte er keinerlei Hörprobleme. Der Vertrauensobmann der Bewohner machte sich nicht die Mühe, beschämt zu wirken – im Gegenteil: Im Moment sah er eher so aus, als sei er verdammt stolz auf sich. Das Gekicher begann von Neuem, als sie sich vorstellte, was geschehen war. Bernie mit seinen colaflaschendicken Brillengläsern und seinem Nikolausbart hatte Tyler wahrscheinlich eine rührselige Geschichte über einen dreibeinigen Hund oder obdachlose Meeresschildkröten aufgetischt. So viel zu der Fähigkeit des Schachmeisters, Menschen zu durchschauen. »Ja, diese Wohltätigkeitsorganisation trägt den Namen: Bernie-braucht-Busgeld-um-ins-Kino-zu-fahren-Fonds. Die Karten kosten nichts.«

Tylers Pupillen weiteten sich. »Du machst Witze.«

Mary rief: »G-4–8.«

»Nein!«, bestätigte Everly, während sie ihre sechs Karten im Uhrzeigersinn mit dem Marker abstrich, wie es Nunni ihr beigebracht hatte. »Du bist von einem alten Mann überlistet worden.«

»Ich dachte, alte Menschen sollten süß sein und Kekse backen«, brummte Tyler und übersah die G48 auf der unteren linken Seite seiner Bingokartensammlung.

»Dies sind Senioren aus Riverside«, sagte sie, während sie sich ausschüttete vor Lachen und die Karte für ihn markierte. »Du magst zwar aus Waterbury stammen, aber du siehst aus wie ein reicher Schnösel aus Harbor City, und Bernie ist einer der Besten.«

Sie hätte es vor Gericht nicht beschwören können, doch sie war sich ziemlich sicher, dass sie zu ihrer Linken »verdammt richtig« hörte, bevor Mary O-7–0 rief.

Es hätte ein Riesenfehler sein können, Tyler hierher mitzunehmen. Ihn einzuladen, Nunni kennenzulernen? Hätte in einer totalen Katastrophe enden können. Stattdessen hatten

Nunni und ihre Freunde im Zentrum für betreutes Wohnen ihn willkommen geheißen, obwohl sie ihr fragende Blicke zuwarfen. Alle wollten wissen, was er ihr bedeutete, und sie hatte keine Antwort darauf. Allein der Versuch, sich eine Bezeichnung für ihr Verhältnis zu überlegen, zog ihr die Brust zusammen und ließ ihre Nerven kribbeln.

Tyler strich das Feld auf einer Karte ab und wandte sich ihr zu, wobei er die O-7–0 auf der Karte daneben übersah. »Dir ist aber schon bewusst, dass ich einige Leute tatsächlich einschüchtere, oder?«

»Oh ja«, antwortete sie, verdrehte die Augen und suchte ihre letzte Karte auf O-7–0 ab. »Diejenigen, die du noch nicht aus ihrer Wohnung ausgeräuchert hast.«

Er schnaubte und versuchte, sich gekränkt zu geben, doch das Zucken seiner Lippen verriet ihn. »Das ist seit Tagen nicht mehr vorgekommen.«

»Du warst gar nicht in der Stadt, erinnerst du dich?« Nicht dass die Tatsache, dass er weit entfernt gewesen war, sie daran gehindert hätte, an ihn zu denken.

»Wie hätte ich das nach deiner SMS vergessen können?« Er verzog die Lippen zu einem hinterhältigen Feixen, das etwas in dem Slip auslöste, den sie ausnahmsweise einmal trug, dann drehte er sich auf seinem Stuhl um, bis sein Knie ihres streifte.

Selbst diese leichte Berührung war wie ein Streichholz, das man an eine Haarspraydose hielt, und sie entzündete jeden Nerv in ihrem Körper. Mary rief I-1–9, aber Everly machte sich nicht die Mühe, ihren Marker zu benutzen. Sie umklammerte ihn mit weißen Knöcheln, als die Fantasie, die sie an diesem Morgen über Tyler gehabt hatte, sich vor ihrem geistigen Auge abspulte. Waren seine Hände wirklich so talentiert? Seine Zunge so sicher? Sein Schwanz so verdammt hart? Sie presste die

Schenkel zusammen, weil sie irgendwie Erleichterung brauchte. Verflucht. Sie musste sich ihn aus dem Kopf schlagen, denn das hier war Quatsch. Sie hatte keinen Sex mit Männern wie Tyler Jacobson. Er mochte aus dem falschen Viertel kommen, aber jetzt gehörte er zu den reichsten Leuten von Harbor City. Und während Aschenputtel-Storys in Filmen aufgingen, geschah das im realen Leben wahrhaftig nicht, wie ihre eigene Familiengeschichte bestätigte. Warum also beschleunigte sich ihr Puls, sobald er den Blick auf ihren Mund senkte?

»Wann küsst ihr zwei euch endlich?«, fragte Bernie, und seine Stimme zog sie weg von dem Strudel, der so oft zu ihrem Mund auf Tylers geführt hatte. »Ich habe mein Hörgerät ganz aufgedreht und kann Mary trotzdem kaum die Zahlen rufen hören, so laut sind eure Hormone.«

Verlegenheit brachte sie zum Erröten, aber sie war klug genug, nicht den Kopf einzuziehen und irgendein Zeichen von Schwäche zu zeigen. »Mir scheint, Ihr launisches Hörgerät funktioniert heute Abend recht gut.«

Der alte Mann grinste sie nur an. »Ich warte immer noch auf eine Antwort.«

Oh, sie hatte eine Antwort, und sobald sie wieder klar denken konnte, würde sie sie ihm geben.

Tyler schien nicht das gleiche Problem zu haben. Er legte den Arm um die Rückenlehne ihres Stuhls und fuhr mit einem Finger ihren Hals auf und ab, womit er sie dermaßen durcheinanderbrachte, dass ihr die Worte entfallen waren, die sie sich zurechtgelegt hatte.

»Keine Sorge«, sagte Tyler dem älteren Mann. »Ich werde sie küssen.«

Jana Milbank, die Everly die Tricks beigebracht hatte, wie man mit einem kleinen Budget Lebensmittel im Laden um die Ecke einkauft, sah von ihrer Bingokarte auf und spähte in ihre

Richtung, weil sie vergessen hatte, ihre Brille herunterzuziehen, die auf ihrem Kopf prangte. »Wen küsst er?«

»Dieser süße Typ wird Patrice' Enkeltochter küssen«, antwortete Katherine, ohne auch bloß einen Moment von ihren Bingokarten aufzuschauen. Sie spielte so konzentriert, wie sie Everly die Grundlagen eines wohlplatzierten Ellbogens in die Magengrube und eines Handballens unter die Nase beigebracht hatte, bevor sie zu ihrem ersten Date ging.

Vollkommen aus dem Konzept gebracht kämpfte Everly darum, gelassen zu bleiben, während Nunnis Freunde weiter über etwas plapperten, das ganz bestimmt nicht passieren würde – nicht noch einmal. »Ich werde ihn *nicht* küssen.«

»Dann eben jetzt nicht«, gab Tyler launig kund. »Aber sie hat es schon getan, und sie wird es wieder tun.«

»Ich mache ihr keinen Vorwurf. Wenn ich dreißig Jahre jünger wäre, würde ich ihn auch küssen«, verkündete Jana.

»Dreißig? Versuch's mal mit fünfzig, Jana«, konterte Katherine.

Oh. Mein. Gott. Das war einfach … ihr fehlten die Worte, denn während sie einerseits dazu tendierte zu widerstehen, wollte sie andererseits das genießen und alles einfach auf sich zukommen lassen. Sie wusste, wofür die Seniorentruppe am Tisch stimmen würde, während sie Tyler und sie beobachteten, als seien sie Figuren auf dem Bildschirm am Filmeabend.

»Bingo!«, rief eine Frau zwei Tische entfernt.

Alle an ihrem Tisch stöhnten vor Enttäuschung – bis auf Tyler und sie. Er beugte sich dicht zu ihr und senkte den Kopf, sodass seine Lippen beinahe ihre Ohrmuschel berührten. Mit einem Puls, der so laut hämmerte, dass sie überzeugt war, er musste es hören, hielt sie den Atem an, und Vorfreude durchströmte sie. Aber er machte keine Anstalten, sie zu küssen. Flüsterte kein neckendes Wort. Stattdessen spürte sie die Vibrationen seines leisen Lachens auf der Haut, bevor er sich auf seinem Stuhl zurücklehnte, einen befriedigten Ausdruck auf seinem Gesicht, das hübscher war, als ihm guttat, und nach seinem Bingo-Marker griff. Mary rief gerade die erste Kombination der nächsten Runde aus.

Und ausnahmsweise einmal schaffte sie es nicht, alle ihre Karten zu markieren, ehe Mary die nächste Nummer zog. Dafür würde Tyler Jacobson bezahlen.

12. KAPITEL

Everly hatte sich noch immer nicht beruhigt, als sie ein paar Stunden später ihren Wagen auf den Stellplatz im hinteren Teil der Garage fuhr. Sie stellte den Motor ab, und Tyler löste seinen Gurt, machte aber keine Anstalten auszusteigen.

Er beugte sich vor und blickte an ihr vorbei zu der Betonwand auf ihrer Türseite, eine Bewegung, die ihn näher an sie heranbrachte. »Du stehst ein wenig nah an der Mauer.«

»Ja«, sagte sie und bedachte ihn mit etwas, von dem sie hoffte, dass es ein kühler, stechender Blick war. Denn ihr war ziemlich heiß geworden, als sie während der Heimfahrt neben ihm gesessen hatte. »Mein Nachbar ist ein echter Mistkerl. Er hat mich überredet, eine Münze zu werfen, wer den besseren Parkplatz bekommt, und ich hab leider verloren.«

Er zuckte die Achseln und lehnte sich wieder gegen den Ledersitz. Er wirkte nicht im Mindesten reuevoll. »Klingt für mich fair.«

»Natürlich. Du hast schließlich gewonnen.«

»Ach, sei keine schlechte Verliererin«, neckte er sie, bevor er ausstieg und auf ihre Seite herumkam.

»Ich kann dich immer noch überfahren«, brummte sie, als sie zu ihm aufsah.

Er strecke die Hand aus. »Komm, wir haben heute Abend Waffenstillstand.«

»Ach ja?«, fragte sie und ignorierte seine Hand – denn jede Berührung bedeutete Gefahr –, als sie ausstieg.

»Ja.«

Tyler bewegte sich nicht von der Stelle, was sie freundlicherweise zwischen der offenen Autotür und seinen ein Meter fünfundachtzig einklemmte. Sie waren sich nah, zu nah. Sie konnte sein Aftershave riechen und den Bartschatten auf seinem Kinn sehen. *All diese rauen Stoppeln würden sich so gut auf den Innenseiten ihre Oberschenkel anfühlen.* Die Vorstellung, die diesen Gedanken begleitete, kam schnell, abrupt und ungebeten und ließ sie erwartungsvoll kribbeln. Als sei das nicht genug, beging sie den Fehler, dem Teufel direkt in die Augen zu sehen. Die leuchtende, fast wasserblaue Farbe seiner Iris hatte einen dunklen Ozeanblauton angenommen, und Verlangen hatte seine Pupillen geweitet. Ihm auf dem Parkdeck so nah zu sein, auf dem sie sich zum ersten Mal geküsst hatten, wonach sie noch tagelang heiß und voller Verlangen gewesen war, löste etwas in ihr aus, das ihr sagte, dass es keine gute Idee war, an diesen Start als besten überhaupt zu denken. Tatsächlich ergab das auf eine verdrehte Weise Sinn. Auf keinen Fall würde er so gut sein wie in ihrer Fantasie, das waren Männer selten, daher brauchte sie sich diese Tatsache nur zu beweisen – und puff! Dann konnte sie ihre Wunden lecken, und alles würde wieder normal sein.

»Dieser Mann ist eine Zumutung«, murmelte sie und hoffte, dass er sie hören konnte, denn für sie gingen die Worte fast unter, so sehr jagte ihr Puls.

Ein heißer Blick senkte sich auf ihren Mund. »Das heißt nicht, dass er sich geirrt hat.«

Nein, das tat es nicht. Also dachte sie nicht nach, sie handelte – küsste ihn so, wie sie es den ganzen Abend lang hatte tun wollen. Der Kuss war nicht sanft und unschuldig. Er war heiß und fordernd, und sie gab Tyler alles, was sie hatte, und er erwiderte es, neckte sie und führte sie in Versuchung, bis nichts mehr auf der Welt existierte außer ihnen. Alles, was sich zwischen ihnen aufgebaut hatte, explodierte in einer Welle des Verlangens, die ihr besseres Urteil auslöschte. Sie wollte – musste – ihn überall berühren, ihn nackt sehen, ihn kosten, ihn fühlen, ihn reiten, bis sie sich von diesem überwältigenden Verlangen nach ihm befreien konnte.

Sie beendete den Kuss mit einem harten Stoß gegen seine Brust, der ihn ein paar Schritte zurückstolpern ließ, bis er auf gleicher Höhe mit dem Heck ihres Wagens war, dann griff sie hinter sich, um die Fahrertür zu schließen, ohne ihn auch bloß eine Sekunde aus den Augen zu lassen. Er war verdammt prächtig anzusehen mit seinen breiten Schultern und der muskulösen Brust, die sich unter seinem leichten Pullover hob und senkte. Seine blauen Augen hatten einen wilden Ausdruck, der ihr verriet, wie erregt er war. Wenn sie hätte wetten sollen, hätte sie vermutet, dass er ebenso nah dran war, jede Kontrolle zu verlieren, wie sie. Ihr Blick wanderte nach unten und verweilte bei der sichtbaren Wölbung in seinen Jeans – so beeindruckend, dass ihr das Wasser im Mund zusammenlief. Von allen Männern in Harbor City musste ausgerechnet er es sein, der ihr das antat. Und da hieß es, das Schicksal habe keinen Sinn für Humor.

Sie stolzierte einen Schritt nach vorn, um den Abstand zwischen ihnen zu überwinden, verzweifelt darauf bedacht, seine Haut unter den Fingern zu spüren, seine Zunge überall auf ihrem Körper. »Du treibst mich in den Wahnsinn.«

»Wirklich«, sagte er, und sein Waterbury-Akzent trat in seiner Leidenschaft zutage und wischte den Anschein der Harbor-City-Elite weg, an die er sich so verdammt heftig klammerte. »Das hätte ich nie erraten.«

Er wich keinen Zentimeter zurück.

Sie blieb vor ihm stehen, gerade eben außer Reichweite, und

statt ihn zu berühren, packte sie den Saum ihres rosafarbenen Pullovers, riss ihn sich über den Kopf und warf ihn auf Helgas Kofferraum. »Ich sollte wohl weniger subtil sein.«

Schneller, als sie es für möglich gehalten hätte, waren seine Hände auf ihren Hüften, und er hob sie hoch und setzte sie auf den kleinen Kofferraum des BMW. Sein Mund befand sich an ihrer Kehle, dann auf der oberen Wölbung ihrer Brüste, bevor er hochwanderte, um ihre Lippen zu erobern. Seine Finger glitten zwischen ihre Beine und berührten sie durch den Jeansstoff ihrer Hose, übten Druck aus, um in ihr den Wunsch zu wecken, um mehr zu betteln. Und sie tat es und zog dafür ihren Mund von seinem weg.

»Ist es das, was du willst, Süße?«, fragte er, seine Stimme ein Knurren auf ihrer Haut. »Du willst, dass ich dich dort berühre?«

Sie rieb die Hüften an ihm und rang darum, Erleichterung für das Verlangen zu finden, dass sich in ihr aufbaute.

»Sag es mir.«

Die Entscheidung war getroffen, und die Worte kamen ihr ganz leicht über die Lippen. »Ich will, dass du mir meine Jeans ausziehst und mich genau hier nimmst.«

Sie brauchte ihn darum nicht zweimal zu bitten. Beim nächsten Atemzug hing ihre Jeans an einem Knöchel.

»Verdammt.« Er stöhnte. »Rosa.«

Für einen Moment aus dem Konzept gebracht, schaute sie auf ihren Slip hinab, einen der wenigen, die sie besaß. »Er gehört zum BH.«

»Unten drunter hast du es gern ganz weich und mädchenhaft rosa, wie?« Er zeichnete mit einem Finger den Bund des Slips nach und ließ ihn dann in der Mitte hinuntergleiten, wo der Slip feucht von ihrem Verlangen war. »Du bist bereits so feucht für mich. Vielleicht sollte ich ein wenig langsamer machen.« Er neckte sie mit der Spitze seines Fingers. »Mir Zeit lassen. Dich noch ein wenig mehr betteln lassen. Du klingst so heiß, wenn du bettelst.«

Sie schloss die Finger um sein Handgelenk. »Tu das, dann wirst du es ewig bereuen.«

»Bist du etwa ungeduldig, Süße?« Er hatte die Frechheit, auf sie herabzugrinsen.

Sie hätte ihn überfahren sollen, als sie die Gelegenheit dazu gehabt hatte. Sie erkannte eine Herausforderung, wenn sie ausgesprochen wurde. Langsam gab sie sein Handgelenk frei, aber statt die Hand sinken zu lassen, um sich am Kofferraum festzuhalten, hob sie sie an den Streifen Seide zwischen ihren Beinen und zog den Slip zur Seite. Der hungrige Ausdruck auf seinem Gesicht, als er beobachtete, wie sie einen Finger über ihre geschwollenes Geschlecht gleiten ließ, war fast besser als ein Orgasmus. Aber wirklich nur beinahe.

»Oh, ich habe Geduld.« Sie ließ den Finger um ihre Klitoris kreisen. »Aber werd nicht sauer, wenn ich ohne dich komme.«

Mit einem leisen Fluch riss er seine Börse aus seiner Gesäßtasche und zerrte ein Kondom heraus. »Das würde ich mir an deiner Stelle aber noch einmal überlegen. Ich habe schließlich zu viel Zeit damit verbracht, mir auszumalen, wie du meinen Schwanz zusammenpresst, während du kommst.«

»Dann brauche ich den da nicht.« Sie schob einen Daumen unter ihren Slip, bereit, sich von der Barriere zu befreien.

»Wag es ja nicht«, sagte er, seine Stimme rau und fordernd. »Ich werde dich in diesem rosa Slip vögeln, bis du ihn für mich ganz feucht machst und mich anbettelst, ja nicht aufzuhören.«

»Du kommst mir schrecklich optimistisch für einen Mann vor, der immer noch seine Jeans anhat.«

»Es ist nicht optimistisch«, erwiderte er, während er seine

Jeans öffnete und sie zusammen mit seinen Boxershorts abstreifte, »wenn es wahr ist.«

Tyler war ein sexy Mann – meistens wunderschön anzusehen –, aber mit dem wilden Ausdruck in seinen Augen, als er das Kondom über seinen harten, dicken Schwanz streifte, war er der Typ Mann, den eine Frau nicht vergaß. Niemals. Nicht dass sie sich sattsehen konnte. Sobald er das Kondom an Ort und Stelle hatte, spreizte er ihre Beine, schlang einen Finger um den Schritt ihres Slips und zog ihn beiseite.

»Später werde ich mir Zeit mit dir lassen.« Die Spitze seines Penis glitt über ihre empfindliche Klitoris und über ihre Schamlippen, um sie wissen zu lassen, wie langsam genau er vorhatte vorzugehen. »Aber wenn du mich nett bittest, dich zu vögeln, wie könnte ich dir das dann abschlagen?«

Bloß gut, dass seine Frage rhetorisch war, denn er wählte diesen Moment, um in sie einzudringen, füllte sie aus mit einer einzigen fließenden Bewegung, die ihr den Atem raubte. Es fühlte sich gut an – er fühlte sich gut an, richtig. Sie schlang die Beine um seine Hüften, und das Gewicht der Jeans, die an einem ihrer Knöchel baumelte, zog dieses Bein ein wenig hinunter. Es war ein geringfügiges Ärgernis, das sie vergaß, sobald er sich bewegte und in sie hineinstieß, sich zurückzog und das Manöver wiederholte. Die Knöchel seiner Hand, mit der er ihren Slip zur Seite zog, rieben über ihre Klitoris. Schon jetzt baute sich Spannung in ihr auf, verstärkt von den Wochen des Streitens als Vorspiel, die sie auf diesen Moment vorbereitet hatten. Auf ihn vorbereitet. Ihre harten Brustwarzen stemmten sich gegen den Stoff ihres BHs.

Er beugte sich vor, zog ein Körbchen herunter, züngelte um ihre Brustwarze herum und sog sie in den Mund. Ihr Rücken wölbte sich, während Gefühle durch sie hindurchfluteten. Es war zu viel, die Wonne seines Mundes auf ihrer Brust, sein

Schwanz, der tief in ihr vergraben war, und der Druck auf ihre Klitoris, aber er hielt nicht inne, gönnte ihr keine Ruhepause. Sie schob die Finger in sein Haar und zog daran, während sie sich stöhnend alldem hingab. Ihre Erregung war bereits immer weiter gestiegen, als er ihre Brust losließ, sich aufrichtete und den Winkel veränderte, sodass er bei jedem Stoß den empfindlichen Punkt in ihr traf.

»Ich bin so nah dran, bitte«, wimmerte sie. Die sich aufbauenden Gefühle waren zu stark, um sich darum zu scheren, dass sie seine Prophezeiung erfüllte und erneut bettelte.

Sein Tempo erhöhte sich, die Anstrengung, sich zurückzuhalten, zeigte sich in seiner Anspannung. »Ja, Süße, was brauchst du, um zu kommen? Verrat es mir.«

»Meine Klitoris.«

Er ließ die Knöchel fester darüberwandern. »Was ist damit?«

»Mehr.« Es war keine Anweisung, aber es war alles, was sie sagen konnte, während sie immer noch erregter wurde.

»Ist es das, was du willst?« Er ließ den Knöchel um die empfindliche Stelle kreisen, dann berührte er sie mit der Kuppe seines Daumens und drückte unterschiedlich schnell darauf. »Oder das?«

Ihre Oberschenkel begannen zu zittern, während sie jeden seiner Stöße entgegennahm, die Handflächen auf den Kofferraum des Autos gedrückt. »Alles.«

Und er gab es ihr, brachte sie stets näher heran, bis es nur noch Tyler gab und die Ekstase, die er ihr schenkte, etwas, von dem ihr nicht klar gewesen war, dass sie es vermisst hatte, etwas, an das sie sich hätte gewöhnen können. Wellen bauten sich auf, bis sie nirgendwo mehr hinkonnten und in einem Orgasmus brachen, dessen Stärke sie aufschreien ließ. Sie war nicht allein. Ihr Orgasmus hatte gerade begonnen zu verebben, als er mit mehr Wucht in sie hineinstieß, einmal, zweimal, dreimal, und dann zum Höhepunkt kam.

Mit geschlossenen Augen, die Beine nach wie vor um seine Taille geschlungen, ihre Körper immer noch miteinander verbunden, kam Everly schwer atmend langsam wieder zu sich. Ihre Jeans baumelte an einem Fußknöchel, ihr Pullover war unter ihrem fast nackten Hintern, ihr Slip hing schief herunter, und eine Brust hatte sich aus ihrem BH befreit. In der Zwischenzeit war Tyler immer noch voll bekleidet und hatte nur seine Jeans und seine Boxershorts heruntergezerrt. Sobald ihr Gehirn von seinem Ausflug nach Lustopia zurückkehrte, wurde ihr klar, dass sie gerade auf dem Kofferraum ihres Autos, praktisch in der Öffentlichkeit, Sex mit ihrem Vermieter und ihrem Quasi-Erzfeind gehabt hatte. Und zwar mit der Wucht eines Spielzeuglasters, der über eine Eisbahn schlittert und in eine Mauer aus Marshmallows hineinkracht.

Mit zerzaustem Haar und einem lasziven Lächeln auf den Lippen zog Tyler sich zurück. Während sie sich mühte, ihre Kleider wieder überzustreifen, entledigte er sich des Kondoms und zog seine Jeans hoch.

»Ich würde ja anbieten, mit dir eine Münze zu werfen, um zu entscheiden, in wessen Wohnung wir die Nacht verbringen, aber meine ist näher, und ich will dich ganz nackt haben und mir Zeit lassen«, sagte er ohne jede Spur eines Akzents, sondern in diesem leichten, wenn auch nicht gänzlich vorhandenen Harbor-City-Tonfall.

Ganz gleich, wie gut das klang – vielleicht gerade *weil* es so verdammt gut klang –, kam das keinesfalls infrage. Das hier war nur geschehen, um ihn sich aus dem Kopf zu schlagen, weil Nunnis Warnungen Männer wie Tyler betreffend in ihrem Kopf nachhallten. Er fuhr sich mit den Händen durchs Haar, und die schwarzen Strähnen fielen wieder an ihren Platz.

Er sah wie der Typ Mann aus, der er sein wollte – ein Mitglied der Elite von Harbor City. Es war einfach so, dass er sich mit einer Frau vergnügt hatte, die niemals in diese Elite hineinpassen würde, selbst wenn sie jede Spur von Riverside hätte loswerden wollen, die ihr anhaftete.

»Ich muss gehen«, sagte sie, ihre Stimme gedämpft von ihrem Pullover, den sie sich gerade über den Kopf zog.

Er zuckte zusammen. »Aber ich dachte …«

»Hör mal, wir sind beide erwachsen. Wir hatten einfach bloß ein bisschen Spaß zusammen.« Sie ging bereits auf die Tür zum Treppenhaus zu und umklammerte ihre Autoschlüssel so fest, dass sie sich in ihre Handfläche gruben. »Es hat uns gejuckt, und wir haben uns gekratzt. Das ist alles. Es war, was es war, und es darf nicht wieder passieren.«

Er holte sie ein, versuchte aber nicht, sie aufzuhalten. »Warum nicht?«

»Deswegen.« Sie durfte die Fehler ihrer Mutter nicht wiederholen. Sie wusste, was geschah, wenn eine Frau aus Riverside sich blind in einen Mann verliebte, der Teil der reichen Gesellschaft von Harbor City war. Über dem Ganzen standen die Worte *gebrochenes Herz* geschrieben.

»Das ist die einzige Erklärung, die ich bekomme?«, fragte er so laut, dass die Frage in der Stille der Garage widerhallte.

Ihr Magen zog sich zusammen. »Gute Nacht, Tyler.«

Sein Schweigen folgte ihr bis zur Tür und die Treppe hinauf, aber er selbst nicht. Und das war nur gut so. Das Leben war kein Film. Niemand wusste das besser als sie.

13. KAPITEL

Tyler saß an seinem Schreibtisch und schaute aus dem Fenster seines Eckbüros in einem von Harbor Citys exklusivsten Geschäftstürmen zu den anderen Hochhäusern hinüber. Er teilte sich das neunundsiebzigste Stockwerk mit zwei anderen Firmen, einem hochkarätigen unabhängigen Makler und einem Rechtsanwalt, dessen Rollkartei voll mit wichtigen Namen war. Er hätte sich die ganze Etage leisten können, aber er brauchte sie nicht. Nicht alle Lektionen aus seiner Kindheit waren schlecht – wie: Wer den Pfennig nicht ehrt, ist des Talers nicht wert.

Mit der Ausnahme seines Assistenten Jason war Tyler für gewöhnlich allein im Büro, weil er es vorzog, Klienten in ihren eigenen Büros oder bei ihnen zu Hause zu treffen, um ein besseres Gefühl dafür zu bekommen, wer sie waren und was sie motivierte. Doch heute war die Ausnahme. Es war kein Klient, dessen Arbeitsstiefel in Größe sechsundvierzig auf dem gläsernen Couchtisch vor seinem Ledersofa liegen durften, auf dem er lümmelte. Es war einer der wenigen Männer, denen er das mit Freuden gestattete – sein bester Freund, seit seine Familie in das Haus neben dem wilden Hartigan-Clan eingezogen war, Frankie Hartigan.

Frankie war gerade mitten in einer Geschichte über das Feuerwachengroupie, mit dem er sich im *Barnaby Pub* getroffen hatte, einer Eckkneipe und lokalem Treffpunkt für Feuerwehrmänner und Cops gleichermaßen, als auf Tylers Laptopbildschirm eine Erinnerung aufpoppte und ihn wissen ließ, dass ihm nicht einmal mehr zwei Wochen blieben, um letzte Hand an das Hotelkonzept zu legen oder das Risiko einzugehen, den fetten Brocken an die anderen Haifische zu verlieren, die den Italiener umkreisten. Ein Jammer, dass er sich heute nicht länger als zwanzig Minuten darauf hatte konzentrieren können und stattdessen an die Frau gedacht hatte, die ihn dumm und dämlich gevögelt hatte und dann davonstolziert war, als sei das nicht der beste Sex ihrer beider Leben gewesen. Er stieß ein Stöhnen aus und klickte die Erinnerung mit mehr Nachdruck weg als normalerweise.

»Warum bist du so verdammt mürrisch?«, fragte Frankie, ließ die Füße mit einem dumpfen Aufprall auf den Boden fallen, beugte sich vor und stützte die Ellbogen auf die Knie.

Ob es der Ire in Frankie war, die Tatsache, dass er in einem Bienenstock von Nachbarschaftsklatsch aufgewachsen war oder dass Feuerwehrleute tratschten wie alte Frauen, die beim Malkurs Wein tranken, Fakt war, der rothaarige Riese konnte eine schmutzige Geschichte aus fünf Meilen Entfernung riechen.

»Weil ich endlich an Alberto Ferranti herangekommen bin und meine Präsentation fertigstellen muss, mich aber überhaupt nicht konzentrieren kann.«

»Und wer ist Albert Ferranti?«

»Alberto«, korrigierte Tyler ihn schroff.

Frankie verdrehte die Augen. »Ich hab's gleich beim ersten Mal verstanden; ich nehme dich nur auf den Arm, Mann.«

Verdammt, das wusste er. Bei jedem anderen wäre die Namensverwechslung ein Versehen gewesen, bei Frankie und seinem fast fotografischen Gedächtnis war es allerdings einfach ein weiterer Versuch, genau wie die Story mit dem Feuerwachengroupie im Waschraum des *Barnaby's*, Tyler dazu zu bringen, sich locker zu machen und zu entspannen. Sie hatten keine gefühlsduselige Freundschaft, Gott sei Dank, aber es war eine echte, und Freunde halfen, wo und wie sie konnten. Es war das reinste Chaos gewesen im Haus der Hartigans, wo neun Personen sich drei Badezimmer teilten, doch es war ein angenehmes Chaos gewesen, nicht wie der hässliche Zwist bei ihm nebenan.

»Scheiße, tut mir leid.« Er fuhr sich mit den Fingern durchs Haar. »Ich bin ein bisschen angespannt, das ist alles.«

»Wirklich? Da wäre ich nie drauf gekommen.« Frankie lachte leise in sich hinein. »Was du brauchst, ist ein Männerabend. Komm mit zu mir. Wir gehen ins *Barnaby's*, trinken ein paar Bier und machen den Damen schöne Augen.«

Das Bier klang gut, aber die Erwähnung von Damen ließ ihn nur an die eine Frau denken, die er nicht aus dem Kopf bekam. »Keine Zeit.«

»Es ist immer Zeit, um Sex zu haben«, widersprach Frankie, stets der richtige Mann für subtile Bemerkungen. »Und das ist genau das, was du brauchst. Vertrau mir. Ich bin mit Ford verwandt, und wenn es etwas gibt, das meinem kleinen Bruder den Stock aus seinem Cop-Hintern holt, dann die Entdeckung des Paradieses zwischen zwei langen, glatten Beinen.«

»Vertrau mir, das ist nicht mein Problem.« Nein. Es war die Tatsache, dass er dieses Paradies bereits gefunden und es verloren hatte, ohne einen Schimmer zu haben, warum.

Frankie beugte sich noch weiter vor. »Was denn dann, Mann?«

Scheiße, warum zum Teufel hatte er nicht den Mund gehalten? »Geht dich nichts an.«

»Sie hat dir einen Korb gegeben, hm?« Frankie lehnte sich mit selbstgefälliger Miene auf dem Sofa zurück. »Verdammt, das hat sie wirklich.« Er lachte und schlug sich mit seiner riesigen Hand aufs Knie. »Du musst mir den Namen dieser Frau verraten, denn ich bin jetzt schon in sie verliebt.«

Das würde nicht passieren. »Du kennst sie nicht.«

»Stimmt«, sagte er achselzuckend. »Aber es gibt nur wenige Frauen in Harbor City samt Umkreis, die ich noch nicht rumgekriegt habe.«

Also, das kam der Wahrheit schon ziemlich nahe. Doch eines Tages würde diese Tatsache Frankie um die Ohren fliegen. »Du brauchst professionelle Hilfe.«

»Das hat mir meine Chefin auch gesagt, als ich erzählt habe, dass ich mir nie im Leben freinehmen würde, bloß weil sich bei mir ziemlich viel Resturlaub angesammelt hat.«

Work hard, play hard. Das war Frankie Hartigans Motto.

»Was hat deine Chefin denn genau gesagt?«, fragte Tyler.

»Oh, sie hat geschnaubt und geschimpft, aber solange wir auf der Wache unterbesetzt sind, kann sie mir nichts.«

»Du weißt schon, dass die meisten Leute Urlaub nehmen wollen.«

»Wirklich, und wann hattest du das letzte Mal welchen?«, fragte Frankie und bedachte ihn mit einem Mach-dir-nicht-die-Mühe-zu-lügen-Blick.

»Ich fliege dieses Wochenende nach Key West.« Obwohl es genau genommen kein Urlaub war, wäre das gewiss ein Nebeneffekt. Damit es sich lohnte, musste er lediglich dafür sorgen, dass sein Blut in sein Gehirn floss statt in seinen Schwanz – etwas, das in Everlys Nähe gewiss eine Herausforderung werden würde.

»Mit der geheimnisvollen Fremden?«, fragte Frankie, ganz der Optimist.

»Irgendwie schon.«

Frankie zog die Brauen hoch, ein nonverbaler Befehl fortzufahren.

Und das war das Problem, wenn man mit jemandem so lange befreundet war wie sie beide miteinander – man konnte nicht lügen. Es war verdammt ätzend.

»Wir werden uns mit Alberto auf seiner Privatinsel aufhalten.«

»›Wir‹, hm?« Frankie stieß einen leisen Pfiff aus. »Also ist das bloß rein kollegial mit dieser Braut?«

Wie sollte er darauf antworten? Indem er gar nicht antwortete. »Nicht direkt.«

»Der Teufel liegt im Detail, mein Lieber.«

»Nein«, sagte Tyler und zeigte mit dem Finger auf seinen Freund. »Der Teufel ist ein eins fünfundneunzig großer Rothaariger, der mein Büro nicht verlassen will, damit ich zum Arbeiten komme.«

»Wir sind heute aber ganz schön empfindlich, was?«, fragte Frankie mit einem Lachen. »Vertrau mir, mach dich locker, verbring etwas mehr Zeit mit deiner heimlichen Flamme, und du bist wieder voll auf dem Damm.«

»Sie will nicht.« Mist. Da er das nicht zurücknehmen konnte, wappnete Tyler sich einfach gegen den gutmütigen Müll, der gleich auf ihn herabregnen würde.

»Autsch.« Frankie klatschte sich mit gespieltem Entsetzen eine Hand auf sein kaltes, hartes Herz und stand auf. »Ich würde dir ja gern einige Ratschläge dazu geben, wie du mit einer umgehst, die dich verlassen hat, aber mit mir wollen die Damen immer Zeit verbringen.«

»Eines Tages wird dir das auch passieren.« Jetzt klang er wie ein gefühlsduseliger Trottel, was nur mal wieder zeigte, wie sehr Everly sein Denkvermögen getrübt hatte.

Frankie zuckte die Achseln. »Ich werde wahrscheinlich eines Tages auch eine Glatze bekommen, aber ich mache mir deswegen jetzt noch keine Sorgen.«

»Das erklärt, warum du deinen Lebensunterhalt damit verdienst, in brennende Gebäude zu laufen.«

»Weil ich so toll bin?«

»Nein.« Tyler schüttelte den Kopf, da es eine Auseinandersetzung war, die sie fast seit dem ersten Tag, an dem sie sich kennengelernt hatten, miteinander führten. »Weil du keinen Plan hast.«

»Ich überlasse dir die Intrigen.« Frankie ging zur Tür. »Sehen wir uns nächste Woche beim Pokerabend?«

Schuldgefühle rammten ein Messer mit einem schnellen Stoß, der ihn zusammenzucken ließ, mitten in seine Milz. »Keine Ahnung.«

»Du hast die letzten drei Abende gekniffen. Zwing mich nicht, in die Stadt zu kommen, nur um deinen Hintern nach Hause nach Waterbury zu schleppen.«

Und da war sie, die Tatsache, der er niemals entfliehen konnte. Waterbury war nicht sein Zuhause, war es bereits seit Jahren nicht mehr, und doch war das alles, was die Menschen sahen, wenn sie ihn ansahen. Für Frankie und den Rest der Hartigans war das nichts Schlechtes. Für eine Menge seiner gegenwärtigen und potenziellen Klienten war es ein Grund zu zögern. Was konnte jemand von der falschen Seite des Bahndamms schon über das große Geschäft wissen? Die Universitätsabschlüsse, die Erfahrung, der Ruf, nichts schien so schwer zu wiegen wie seine Abstammung aus der Arbeiterklasse. Und das war der Grund, warum er sich fernhielt. Nach der Anspannung in Frankies Schultern zu urteilen, als wappne er sich gegen eine weitere Zurückweisung, hatte Tyler zu oft Nein gesagt. Er sollte es wieder sagen, aber er wollte nicht. Das Zusammensein mit Everly hatte ihn daran erinnert, was für eine Erleichterung es war, sich keine Sorgen darüber zu machen, was alle anderen dachten, und einfach mal er selbst zu sein – und das war nicht gut.

»Ich komme.«

»Schön.« Frankie grinste. »Fallon ist an der Reihe, das Bier mitzubringen, also lass deine leichten Biersnobtendenzen auf der verweichlichten Seite des Hafens.«

Tyler zeigte seinem besten Freund den Stinkefinger, als der andere Mann das Büro verließ, und lachte über seine eigene Geste, und zum ersten Mal, seit er Everly am vergangenen Abend hatte davonstolzieren sehen, hatte Tyler das Gefühl, dass die Welt nicht vollkommen schlecht war. Er ließ sich hinter seinem Schreibtisch nieder und öffnete die Projektvorlage, an der er für Albertos Hotelexpansion in die Vereinigten Staaten arbeitete.

Tyler wusste, was die anderen Berater anbieten würden: Sicherheit, Snobismus und ein gewaltiges Budget. Das würde sich in seinem Vorschlag nicht finden. Es gab einen enormen Bedarf an speziellen und einzigartig gelegenen Grundstücken für den Markt exklusiver Boutiquehotels. Darauf mussten Alberto und sein Vorstand sich bei ihrer Expansion nach Amerika konzentrieren. Sollte das Ritz das Ritz bleiben, die Ferranti-Hotels dagegen ihre Eigenheit bewahren – das war der Weg zum Erfolg. Er brauchte sich nur einen Termin zu sichern, um Alberto und dem Vorstand seine Vision zu präsentieren, und dazu würde er in Key West einen Weg finden – ganz gleich, wie verführerisch es war, sich auf seine nervige Nachbarin von oben zu konzentrieren, die ihn befriedigt und mit vor Überraschung heruntergeklapptem Unterkiefer hatte stehen lassen. Definitiv etwas, das die meisten Menschen nicht bewerkstelligen konnten.

Everly war wieder in Rosa und ging durch den nach Krankenhaus riechenden Flur des Demenzflügels des *Lakeland*-Gemeindezentrums. Aus Mrs Govers Zimmer kamen Hilferufe, aber als Everly hineinspähte, saß die ältere Frau vor der nackten Wand ihrem Bett gegenüber, während Shelby, ihre Tochter, in der Nähe die Hände rang und versuchte, nicht zu weinen. Everly brach es fast das Herz, doch sie ging weiter. Sie war in der Vergangenheit an Shelbys Stelle gewesen, und es gab nichts, das sie tun konnte, als die Frau zu umarmen, wenn ihr Besuch vorüber war.

Demenz war eine schreckliche Krankheit, die einst vitalen Menschen ihr wahres Ich stahl und sie hinter einer undurchdringlichen Tür an einem Ort und in einer Zeit einsperrte, wo niemand sie erreichen konnte. Und manchmal – zum Besseren oder Schlechteren – öffnete sich die Tür einen Spaltbreit, gerade weit genug, dass die Person vorübergehend begriff, wer und wo sie war, bevor die Tür wieder zuknallte. War das der Himmel oder die Hölle? Es war beides gleichzeitig, für alle Beteiligten.

Draußen vor der Tür mit der Aufschrift *Patrice Ribinski* holte Everly tief Luft. Es war unmöglich, vorherzusagen, in welchem Zustand sie Nunni auf der anderen Seite vorfinden würde. Sie strich sich übers Haar, atmete noch einmal kräftig durch, reckte das Kinn vor, setzte ein Lächeln auf, von dem sie hoffte, dass es als authentisch durchging, öffnete die Tür und trat ein.

Die Nunni ihrer Kindheit war klein, aber kühn und unbestechlich gewesen, mit spitzer Zunge und einem eisernen Willen. Jetzt sah die unzerstörbare Frau aus Everlys Erinnerungen einfach zerbrechlich aus. Ihr schwarzes Haar hatte die Farbe von Stahl angenommen. Ihre Haut war papierdünn und weich geworden. Ihr Lächeln – immer ein wenig schelmisch – war verschwommen. Das Geräusch der sich öffnenden Tür hatte jedoch ihre Aufmerksamkeit erregt, und sie schaute zu Everly hinüber und lächelte.

»Hallo, Nunni.«

»Wenn das nicht meine kleine Evie ist«, sagte sie, und ihre Augen leuchteten auf. »Komm und umarme mich.«

Mit einem hingehauchten Seufzer der Erleichterung, von dem ihr nicht bewusst gewesen war, dass sie ihn eingehalten hatte, durchquerte sie den Raum und umarmte ihre Grandma vorsichtig. Die ältere Frau saß in dem Sessel am Fenster. Dieses Fenster war so über und über mit Fensterbildern geschmückt, dass es wie aus Buntglas gemacht wirkte. Everly setzte sich in einen der zu dick gepolsterten Sessel neben Nunni, der eine maschinelle Vorrichtung hatte, um die Person, die darauf saß, in eine stehende Position zu befördern, oder jenen Bewohnern des Gemeindezentrums, die Unterstützung beim Aufstehen brauchten, zu helfen. Fotos füllten fast jede verfügbare Stellfläche, Bilder von Everly als Grundschülerin mit Zahnlücke, ihre lachende Mutter in der Küche, sie alle drei zusammen, offensichtlich bereit, es mit der ganzen Welt aufzunehmen, und viele, viele weitere Fotos.

Nunni tätschelte Everly die Hand. »Ich schwöre, du siehst deiner Mutter mit jedem Tag ähnlicher.«

»Danke.« Vielleicht lag es daran, dass sie es sich so sehr wünschte, aber sie sah immer ihre Mutter, wenn sie in den Spiegel schaute, und es war etwas, das sich in jenen ersten Tagen nach dem Tod ihrer Mutter angefühlt hatte wie eine Umarmung aus dem Jenseits. »Ich habe neulich Abend deinen Freund Bernie gesehen, als ich hier war und Bingo gespielt habe, nachdem ich dich besucht hatte.«

»Hast du gewonnen?«

Gewonnen? Mit Tyler an ihrer Seite hatte sie sich glücklich schätzen können, die Hälfte ihrer Nummern überhaupt zu finden. »Nicht einmal ansatzweise.«

»So ist das Leben.« Nunni zwinkerte ihr zu. »Du wirst sie beim nächsten Mal kriegen, Evie, wie immer.«

»Wirst du hier gut behandelt?«, fragte sie und schaute sich nach Spuren davon um, dass es nicht so war. Doch der Raum war tipptopp in Ordnung, und Nunnis Haar war vor Kurzem frisiert worden, was ihre Ängste und ihre Schuldgefühle verringerte, weil sie nur ein paarmal die Woche zu Besuch herkam.

»Ich kann mich nicht beklagen«, antwortete Nunni. »Es finden Film- und Bingo-Abende statt. Hast du das gewusst, dass es hier ein wöchentliches Bingospiel gibt?«

Der Aussetzer war ein Schlag in die Magengrube, Everly durfte es sich allerdings nicht anmerken lassen. »Das habe ich gehört, ja.«

»Ich wünschte, ich könnte hingehen, aber die Zahlen verwirren mich …« Nunnis Stimme verlor sich, ihr Blick trübte sich und ihre Aufmerksamkeit kehrte zum Fenster zurück. Einige Minuten lang saßen sie schweigend da, bevor ihre Grandma sich ihr wieder zuwandte und sie ernst ansah. »Ich hoffe, du triffst dich nicht immer noch mit diesem Mann, Melanie.«

Everly bohrte die Fingernägel in die Handfläche, um nicht zu reagieren. Melanie war der Name ihrer Mutter gewesen. Nunni war wieder hinter dieser Tür und saß in einer Zeit vor Everlys Geburt fest, kehrte immer wieder zu dem Gespräch zurück, das sie mit ihrer Tochter über Everlys Vater geführt hatte. Dies war ihre Endlosschleife, die, zu der sie immer häufiger zurückkehrte. Früher war es bloß ab und zu passiert. Jetzt sah sie in der Mehrzahl der Fälle, wenn sie Everly anschaute, nur Melanie. Es war schrecklich gewesen für Everly, binnen eines einzigen Augenblicks ihre Mutter zu verlieren. Nunni Stück für Stück loslassen zu müssen, war vernichtend. Doch es hatte nie eine positive Wirkung, Nunni auf ihre Verwirrung aufmerksam zu machen oder zu versuchen, sie zu korrigieren, daher hielt Everly den Mund – vor allem weil die Parallelen zwischen dem, was vor Jahrzehnten geschehen war, und dem, was derzeit in ihrem Leben los war, zu genau waren.

»Männer wie der mögen in Riverside wildern, aber sie verlieben sich und heiraten auf der anderen Seite der Stadt«, fuhr Nunni fort, während sie an dem ausgefransten Rand der Decke nestelte, die über eine Armlehne des Sessels drapiert war. »Ein Mann, der sich nur dafür interessiert, der Welt seinen Abdruck aufzuprägen, schert sich nie darum, wen er dabei verletzt.«

Die Luft im Raum veränderte sich um sie herum, als Nunnis Frust offensichtlicher wurde. Ihre Hände bewegten sich schnell, und ihr Blick huschte durch den Raum, als wisse sie, dass irgendetwas nicht stimmte, käme aber nicht dahinter, was das war.

Everly legte ihre Hände auf Nunnis und sah ihrer Grandma in die Augen. »Mach dir keine Sorgen, ich treffe mich nicht mit ihm.«

»Nein?«, fragte Nunni mit von Verzweiflung belegter Stimme. »Versprich es mir.«

»Ich treffe mich nicht mit ihm.« Everlys ganzer Körper schmerzte von der Anstrengung, nicht dem Drang nachzugeben, zu weinen oder die Wahrheit herauszuschreien, dass es zu spät sei, weil Melanie sich doch weiter mit diesem Mann getroffen hatte und Everly das Ergebnis war. Und Nunni hatte die ganze Zeit über recht gehabt, und er hatte sie im Stich gelassen. »Ich verspreche es.«

»Gut.« Nunni entspannte sich in ihrem Sessel. »Ich würde es nicht ertragen, wenn du verletzt würdest, Melanie. Dafür habe ich dich viel zu lieb.«

Sie drückte ihrer Grandma die Hand. »Ich habe dich auch lieb.«

Ganz gleich, was geschah – ganz gleich, ob Nunni am Ende nie wieder sie sah, sondern nur ihre Mutter –, Liebe bedeutete, loyal und fest entschlossen zu sein, immer für den anderen da zu sein. Ein leises Klopfen an der Tür erregte ihrer beider Aufmerksamkeit. Eine der Krankenschwestern stand da mit einem Pappbecher mit Tabletten.

»Entschuldigen Sie die Störung, aber es wird Zeit für Ihre Sendung, Patrice. Soll ich den Fernseher einschalten?«

»Oh ja«, bat Nunni. »Ich darf nicht verpassen, was als Nächstes passiert.«

Was passieren würde, war die gleiche Geschichte, die vor Jahren gesendet worden war, bevor die Lieblingssoap ihrer Nunni eingestellt worden war, aber das war ihrer Grandma nie aufgefallen. Sie sah sich einfach die DVDs an, die Everly gefunden hatte. Die Serie war eins der wenigen Dinge, die sie beruhigten, wenn sie sich aufregte, und obwohl sie jetzt gelassener wirkte, wusste Everly, dass mit jeder Minute, die sie länger blieb, die Wahrscheinlichkeit größer wurde, dass Nunni sie vor diesem Mann warnte. Daher stand Everly auf, als die Krankenschwester den Fernseher einschaltete, und umarmte ihre Nunni.

»Dann bis in ein paar Tagen.«

»Immer einen Scherz auf den Lippen, Melanie.« Nunni tätschelte ihre Wange. »Du weißt doch, dass wir uns heute Abend zum Essen sehen werden.«

Anschließend richtete ihre Grandma ihre Aufmerksamkeit auf den Fernseher, nahm ohne Klage die Tabletten von der Krankenschwester entgegen und verlor sich in ihren Geschichten.

Everly schluckte ihr Elend herunter, drehte sich um, verließ den Raum und blinzelte dabei ihre Tränen weg.

14. KAPITEL

Helene war sich sicher, dass keiner ihrer Bekannten, geschweige denn ihrer Freunde, sie jemals im *Grounded Coffee* entdecken würde. Die trendige Harbor-City-Kette war beliebt bei jüngeren Leuten, nicht Menschen ihres Alters und definitiv nicht Menschen in Albertos Alter. Er musste auf die fünfundsechzig zugehen, wenn er nicht schon drüber war, und Männer, die so überschwänglich waren wie der Italiener, alterten nicht gut – zumindest hatte ihre Mutter das immer gesagt. Er war viel zu alt für sie. Sie war schließlich erst Ende fünfzig. Nicht dass sie nach einem Partner gesucht hätte, es gab einen Grund, warum sie Michaels Ring noch immer trug. Sie hatte ihre große Liebe bereits gehabt, und jetzt war dieser Teil ihres Lebens vorbei. Trotzdem: Sie hatte diesem Treffen zugestimmt, also strich sie sich ihr frisch platinblond gefärbtes Haar zurück und betrat das Café.

Die Gäste sahen aus wie eine große, ungewaschene Masse – im wahrsten Sinne des Wortes. Seit wann war es schicklich, sich in der Öffentlichkeit in etwas zu zeigen, bei dem es sich um eine Schlafanzughose und ein Sweatshirt handeln musste? Aber eins musste man dem *Grounded Coffee* lassen: Es roch dort himmlisch. Es war ein zuckriges, buttriges Paradies, wie sie es sich jahrzehntelang verwehrt hatte. Doch ihr Gaumen erinnerte sich daran, und beim Anblick eines unberührten knusprigen Croissants, das perfekt goldbraun gebacken war und auf dem Teller eines Mannes lag, lief ihr das Wasser im

Mund zusammen. Der fragliche Gast sah auf. Alberto. Natürlich, er gönnte sich etwas derart Ungesundes, einfach weil es köstlich schmeckte.

»*Bellissima*, es ist so wunderbar, Sie zu sehen.« Er stand auf und zog einen Stuhl vom Tisch, und irgendwie brachte er es fertig, nicht wie ein Mann auszusehen, der hemmungslos Croissants aß. Die Tatsache, dass der Stoffwechsel von Männern so rege war, würde für sie immer ein Ärgernis sein. »Bitte, setzen Sie sich.«

Sie tat es und balancierte ihr Gewicht auf den Fußballen, damit es nicht ausschließlich auf dem Stuhl ruhte, als er sie an den Tisch schob. Der moschusartige Duft seines Rasierwassers umwehte sie, nicht so stark, um sie zu überwältigen, aber stark genug, um ihre Neugier zu erregen. Nicht dass sie über diesen Mann nachdachte. Sie war schließlich nur hier, um über Everly und Tyler zu reden, ein Punkt, den sie klargestellt hatte, als sie Alberto per E-Mail für seine Einladung gedankt hatte, die zusammen mit einem atemberaubenden Orchideenstrauch gekommen war.

»Danke.« Sie entspannte sich nicht auf ihrem Stuhl, nicht einmal, als er ihn losließ und auf seine Seite des kleinen Tisches zurückkehrte. Etwas an dem Mann machte sie zwar nicht direkt nervös, aber sie konnte den Kitzel der Erwartung nicht leugnen, und das gefiel ihr nicht besonders. »Sie möchten also über Everly und Tyler reden.«

»Ja.« Er schnitt das Croissant in zwei Hälften, griff nach einer davon und ließ die andere auf dem Teller liegen, den er ihr hinschob. »Ich will mehr über diesen Tyler Jacobson wissen.«

Die Versuchung, ein Stück von dem Croissant zu essen, war groß, ein Hinweis auf das Verbotene, gefolgt von dem Versprechen exquisiten Wohlbehagens. Dennoch widerstand sie und richtete ihre Aufmerksamkeit auf den Mann, der keinesfalls erstarrte, als sie ihn mit einem frostigen Blick betrachtete. Es war überaus frustrierend.

»Tyler ist klug und gebildet, und er hält immer Ausschau nach neuen Möglichkeiten.«

»Nein«, sagte Alberto mit einer schwungvollen Handbewegung. »Ich meine, ist er gut genug für Everly? Ich sehe vielleicht nicht mehr so gut wie früher, aber ich kann definitiv erkennen, dass es zwischen ihnen funkt, und ich mache mir Sorgen, weil Irena nicht gerade viel Nettes über Tyler zu sagen wusste, nachdem er sie verlassen hatte.«

Darauf hätte Helene gewettet. »Da wäre ich eher vorsichtig, das zu glauben.«

»Wie meinen Sie das?«, fragte er, riss das Ende seiner Croissanthälfte ab und steckte es sich in den Mund.

Helene hatte ihr ganzes Leben damit verbracht, Informationen über diejenigen zu sammeln, die ihr ebenbürtig waren, allerdings nicht unbedingt, um diese Informationen zu teilen. Für gewöhnlich verbreitete sie keinen Klatsch, aber in diesem Fall handelte es sich nicht bloß um Gerüchte oder Anspielungen und sie sollte ihn besser warnen. Sie wog das Ganze ab und bedachte Alberto mit einem harten Blick. Er mochte wie ein Mann wirken, der einem ehemaligen Model glich, das aus Altersgründen seinem Beruf nicht mehr nachgehen konnte, mit seinem Schopf silbergrauen Haars, der seine gebräunte Haut zur Geltung brachte und seine braunen Augen funkeln ließ, aber er wand sich kein bisschen unter ihrer kalten Musterung, und das rang ihr ein winziges bisschen Respekt ab. Okay, vielleicht war er nicht ausschließlich darauf aus zu flirten. Vielleicht steckte ja mehr hinter Alberto, als ihr auf Anhieb aufgefallen war.

»Hat Irena sich die Mühe gemacht, Carlo zu erzählen, warum Tyler und sie nicht geheiratet haben?«, fragte sie und spielte mit der knusprigen Spitze des Croissants.

Alberto zuckte die Achseln. »Sie hat nur gesagt, sie seien jung gewesen und noch nicht bereit.«

»Das ist eine Möglichkeit, es auszudrücken.« Eine vollkommen aus der Luft gegriffene. »Sie hat versucht, sich entsprechend des Kontostands hochzuschlafen und mit meinem Sohn Sawyer ins Bett zu hüpfen – der jahrelang mit Tyler befreundet war. Sawyer hat sie zurückgewiesen. Tyler hat die Hochzeit abgeblasen. Dann ist sie mit zwei Prinzen aus dem Nahen Osten auf eine ausgedehnte Kreuzfahrt gegangen.«

Er zerquetschte das Stückchen Croissant in seiner Hand zu Matsch. »Ich muss es Carlo sagen.«

»Wenn er wie meine Söhne ist, wird er nicht darauf hören.« Es musste irgendetwas an diesem Y-Chromosom sein, das Männer unfähig machte, einen wertvollen Rat gleich beim ersten Mal anzunehmen, wenn er ausgesprochen wurde. Gott wusste, dass ihre Söhne das nicht von ihr hatten. Okay, womöglich hatten sie es ein klein wenig von ihr. Dennoch: Wenn sie ihre Jungs nicht so sehr geliebt hätte, hätte sie sie gepackt und ihre Köpfe zusammengeschlagen. »Sie müssen Dinge immer allein herausfinden.«

»Wenn Irena so ein Mensch ist, kann ich nicht zulassen, dass er sie heiratet.« Alberto griff über den Tisch, umfasste ihre Hand mit seinen und sandte damit ein unerwartetes Kribbeln durch sie hindurch. »Sie wissen so viel darüber, könnten Sie mir bei Carlo und auch bei Everly helfen?«

Die Frage schockierte sie so sehr, dass sie einen Moment verstummte, und sie ließ ihre Hand in seiner. »Sie wollen die beiden zusammenbringen?«

»Oh nein, ihr Herz ist bereits an jemand anderes vergeben. Sie ist bloß zu eigensinnig, um es einzusehen. Frauen, immer so eingefahren in ihren Gepflogenheiten.« Er beugte sich über den Tisch, führte ihre Hand an den Mund und hauchte einen leichten Kuss auf ihre Knöchel, bei dem ihre Brust sich zuschnürte.

»Jemand anderes?«, fragte sie und kämpfte im Geiste gegen das Aufflammen freudiger Erwartung, das ihren Puls beschleunigte. »Sie sprechen von Tyler.«

»*Sì*«, sagte er, ließ ihre Hand sinken, gab sie aber nicht frei. »*Falls* er gut genug für meine Everly ist.«

Gekränkt quasi in Tylers Namen entzog Helene ihm ihre Hand und ignorierte es, dass ihre Finger sich ohne seine willkommene Wärme kühl anfühlten. »Oh, das ist er.«

»Wir können Sie sich da so sicher sein?«, fragte er und beobachtete sie argwöhnisch, als sei sie diejenige, die sich beweisen musste.

Als würde das jemals geschehen. Sie war Helene Carlyle, und sie würde die gesellschaftliche Elite von Harbor City nicht beherrschen, wenn sie nicht jedes Wort auf die Goldwaage legte und es ihr an Selbstvertrauen mangelte – oder wenn sie das auch bloß vorgäbe.

»Eine Frau weiß solche Dinge«, sagte sie und fügte dem Feuer, das sie im Innern verspürte, Eisbröckchen in ihrer Stimme hinzu. »Was genau der Grund ist, warum Sie mich brauchen werden, damit diese Verkupplungsmission gut läuft.«

Woher war das gekommen? Da sie etwas zu tun brauchte, als Albertos Pupillen sich zuerst vor Schreck und dann vor Entzücken weiteten, griff sie nach dem Croissant und nahm einen Bissen, bevor sie auch nur begriff, was sie da überhaupt tat. Die knusprige, buttrige Leckerei schmolz praktisch auf ihrer Zunge, während die Kohlehydrate sie ganz kribbelig machten. Zumindest war es das Croissant, auf das sie dieses Kribbeln schob – es kam definitiv nicht von Albertos braunen Augen, die die Farbe dunkler heißer Schokolade annahmen, als sein Blick über sie hinwegwanderte. Sie war eine verheiratete Frau. Okay, eine verwitwete Frau, aber das spielte keine Rolle. Sie würde Michaels Gedenken nicht auf diese Weise mit Füßen treten.

»Ich werde Ihre Hilfe mit Freuden annehmen«, erklärte er, und sein breites Lächeln ließ sein Gesicht aufleuchten, sodass sie sich fragte, wie er als junger Mann ausgesehen haben mochte, denn auch, wenn er an die Pensionstür klopfte, hatte er definitiv etwas an sich, das ihr den Atem stocken ließ. »Und ich habe genau den richtigen Plan für unsere Reise auf die Insel.«

Insel? Das hatte sie fast vergessen. Auf keinen Fall konnte sie mit diesem Mann allein sein – nun, praktisch allein. Sie verlor dabei ihren gesunden Menschenverstand. Schon die Verabredung mit ihm in dem Café und dass sie ein Croissant aß und offen einer Kuppelei zustimmte – was würde da erst auf der Insel passieren? Nichts Gutes, da war sie sich sicher.

»Was diese Reise betrifft«, sagte sie und legte die Hände in den Schoß, um sich daran zu hindern, noch einen Bissen zu nehmen. »Ich fürchte, dass ich es nicht einrichten kann.«

Er schüttelte den Kopf und murmelte etwas auf Italienisch, das sie nicht ganz mitbekam. »Aber ohne Sie wird der Plan scheitern.«

Moment. Er hatte sich dieser Sache genähert, als sei das alles neu für ihn. Sie war kein blauäugiges junges Mädchen, das es nicht bemerkte, wenn es überredet wurde. Trotzdem konnte sie sich die logische Frage nicht verkneifen. »Was für ein Plan?«

»Ich werde Everly sagen, dass ich versuche, Sie zu verführen, und sie bitten, mit einem früheren Flug nach Key West aufzubrechen als Sie und ich, damit ich Sie für mich allein haben und umgarnen kann.« Nachdem er diese Ankündigung gemacht hatte, als habe er ihr gerade vom Wetterbericht erzählt, lehnte er sich auf seinem Stuhl zurück und machte dem Rest seiner Croissanthälfte den Garaus.

Sie verführen. Etwas Lächerlicheres hätte er nicht sagen können. »Ich möchte Sie wissen lassen, dass ich Witwe bin und kein Interesse an einer Verführung habe«, erklärte sie und legte jedwede Hochmütigkeit, die sie im Pensionat gelernt hatte, hinein. »Wie dem auch sei, das würde nie jemand glauben.«

Er lachte spöttisch. »Warum denn nicht?«, fragte er und griff nach der Espressotasse, die in seiner großen Hand besonders winzig aussah. »Es ist die Wahrheit.«

Alberto mochte derjenige sein, der eine Tasse konzentriertes Koffein konsumierte, aber es war ihr Herz, das raste.

15. KAPITEL

Die Mittagssonne stand hoch am Himmel, aber auf der Startbahn des privaten Flugplatzes Paisley war es an diesem Samstag nicht ansatzweise so warm wie in Florida. Everly konnte es gar nicht erwarten, dort hinzukommen und aus dem Pullover zu schlüpfen, den sie an diesem Morgen angezogen hatte, um sich gegen die eisige Luft zu wappnen, die das Nahen des Winters ankündigte. Sie war eine Frau, die für die Tropen geschaffen war – zumindest ihrer Heizungsrechnung nach zu urteilen, die heute gekommen war und ihr klargemacht hatte, dass sie lernen musste, Wollsocken und Decken dem Aufdrehen ihres Thermostats vorzuziehen.

Tyler stand neben Albertos Jet. Er trug Jeans und ein langärmeliges graues Henley-Shirt. Anscheinend machte ihm die Kälte nichts aus. Die Tatsache, dass sie ihn nicht mehr gesehen hatte, seit sie in der Tiefgarage den Verstand verloren hatte, brachte sie vollkommen durcheinander. Es war kein Gefühl, an das sie gewöhnt war, aber das war mit Mr 2B nur allzu alltäglich. Nicht dass sie wirklich noch als Mr 2B an ihn dachte. Nein, dafür hatte sie in den letzten paar Tagen viel zu viel Zeit damit verbracht, ihn sich nackt vorzustellen.

Er musste ihren Blick gespürt haben, denn er drehte sich um und sah sie an. Plötzlich war es gar nicht mehr so kalt auf der Startbahn. Hitze flutete ihren Magen und Stellen darunter – genau das, was sie nicht gebrauchen konnte. Ihr Besuch bei Nunni hatte all die Erinnerungen an Abende geweckt, die sie damit verbracht hatte zu hoffen, dass sie irgendwie eines Tages gut genug für ihren Dad sein würde, dass er sie in seinem Leben haben wollte. Es war nie so gekommen, und sie hatte sich vorgenommen, dass sie niemals ihre Hoffnungen auf einen Mann setzen würde, der auf Geld und Status aus war, statt in den Menschen, die er bereits um sich hatte, zu finden, was er suchte. Tyler mochte nicht genau dieser Typ Mann sein, aber seine Entschlossenheit, Teil der Welt zu sein, in der sie sich immer nur am äußeren Rand würde bewegen können, ließ sich nicht leugnen. Die Tatsache, dass diese Erkenntnis ihr in dem sehr unpassenden Moment unmittelbar nach einem der besten Orgasmen ihres Lebens gekommen war, machte ihr fast genauso sehr zu schaffen wie der eisige Windstoß, der ihr das Haar aus dem Gesicht blies.

»*Tesoro*«, sagte Alberto, als er an der Nase des Jets neben sie trat, »es hat eine kleine Planänderung gegeben.«

Das war in letzter Zeit ihr Lebensmotto.

»Müssen wir einen neuen Termin machen? Das ist kein Problem.« Wahrscheinlich war es das Beste so. Vielleicht würde sie bis dahin Zeit haben, die Anziehung, die Tyler auf sie ausübte, unter Kontrolle zu bringen.

»Oh, nichts so Drastisches. Du musst mir bloß einen Gefallen tun.«

Sie sah Alberto in seinem Wollpullover und mit im Wind wehendem silbergrauem Haar an. Er schien den frühen arktischen Luftschwall genauso wenig zu genießen wie sie selbst.

»Natürlich, alles, was du willst.« Und sie meinte es ernst. Er hatte so viel getan, um ihrer Karriere auf die Sprünge zu helfen, nachdem sie sich in Italien kennengelernt hatten, wie konnte sie ihm da etwas abschlagen? Aber es war mehr als das. Alberto gehörte mittlerweile so gut wie zur Familie, war jemand, der eine junge Frau wie sie unter seine Fittiche nahm und aus Loyalität und Liebe im Herzen behielt.

»Es hat ein Missgeschick mit dem Termin gegeben, und du musst mit Tyler nach Key West vorausfliegen. Das Haus ist fertig hergerichtet für euch beide, und du kannst sofort mit deinen Schätzungen anfangen.« Sein Blick wanderte zu Helene hinüber, die in einem langen cremefarbenen Mantel dastand. Der Wind wagte es nicht, auch nur eine Strähne ihres perfekt frisierten Haares zu zerzausen. »Helene und ich treffen euch beide später dort.«

Tyler und sie? Allein? Auf einer Insel? Ihr Puls beschleunigte sich, ob aus Panik oder Aufregung, spielte keine Rolle. So oder so, Albertos Plan klang nicht nach einer Methode, ihren Kopf – und ihren Körper – freizukriegen von dem, was immer sie zu ihm hinzog.

»Wir sollten warten, bis wir alle zusammen fliegen können.«

»Du missverstehst mich, *tesoro,* dieses Missgeschick ist, wie sagt man das noch gleich, absichtlich versehentlich.« Alberto fuhr sich mit den Fingern durch sein zerzaustes Haar und bedachte sie mit einem einfältigen Grinsen. »Ganz unter uns: Helene und ich hätten gern eine Gelegenheit, uns ein wenig besser kennenzulernen.«

»Oh«, murmelte sie, und es dämmerte ihr.

Alberto hatte da was mit Helene laufen, und obwohl die andere Frau seine Aufmerksamkeit nicht so erwidert hatte, wie er sich das vielleicht gewünscht hätte, hatte sie ihn doch auch nicht abgewiesen, wie sie das bekanntermaßen mit anderen tat, ohne mit der Wimper zu zucken. Während Everlys Liebesleben oder dessen Fehlen nur gut war, hatte sie nicht die Absicht, den Beginn von etwas zwischen zwei Menschen zu ruinieren, die auf eine seltsame Weise wie geschaffen füreinander sein würden. Denn so extrovertiert und enthusiastisch Alberto auch war, konnte man sich auf ihn verlassen und er war treu wie Gold. Und Helene? Sie hatte es schwergehabt seit dem Tod ihres Ehemannes, und vielleicht würde es Zeit für sie, sich daran zu erinnern, wie man das Leben genoss. Was war schon groß dabei, wenn sie ein wenig Zeit allein mit dem Mann verbringen musste, an den sie viel häufiger dachte, als gut für sie war, um den beiden auf die Sprünge zu helfen? Das gehörte eben dazu, wenn man für Menschen da sein wollte, die einem wichtig waren.

»Tyler und ich werden auf jeden Fall allein zurechtkommen.«

Er fasste sie an den Schultern und drückte ihr einen Kuss auf jede Wange. »*Grazie, tesoro.*«

Alberto eilte zu Tyler hinüber, zweifellos, um ihm die Planänderung zu erklären, und sie folgte ihm im Abstand von einigen Schritten und redete sich bei jedem Meter, den sie sich den beiden Männern näherte, im Geiste gut zu, dass sie das schaffen konnte. Sie musste bloß ihre Hände – und ihre Lippen – bei sich behalten. Das war die klügste Vorgehensweise, weil sie nicht die Absicht hatte, den gleichen Fehler zu machen wie ihre Mutter.

Tyler stieg aus dem Flugzeug in die Gluthitze von Südflorida. Der Flug nach Key West war ebenso schweigsam wie ereignislos verlaufen. Everly hatte auf einer Seite des Gangs ein Buch über irgendeinen flämischen Künstler gelesen, während Tyler so getan hatte, als spiele er auf dem Tisch vor seinem Sitz Solitaire. In Wirklichkeit hatte er den Vierstundenflug damit verbracht, Everly zu beobachten. Wie sie eine Haarlocke um den Finger zwirbelte, während sie las. Wie sie sich verkrampfte, wenn der Jet durch eine Turbulenz flog. Wie sie ihn verdammt noch mal ignorierte, als sei er überhaupt nicht da.

Nach dem Bingoabend hatte er gedacht, sie seien über das Katz-und-Maus-Stadium hinaus, einen Schritt vorwärts und zwei Schritte rückwärts in ihrer – was? – Freundschaft? Das war es nicht, was er von ihr wollte. Doch was wollte er eigentlich? Verflucht, wenn er das wüsste. Er wollte einfach mehr, wann immer er in ihrer Nähe war. Es wäre eine Untertreibung gewesen, es als ablenkend zu bezeichnen. Es war, als säße er in einem Parka zu nah am Kamin und konnte nicht weg.

Das Taxi wartete direkt vor dem Flughafen auf sie. Ohne irgendwelches Gepäck als ihre Bordkoffer gingen sie schnurstracks darauf zu. Redeten immer noch nicht miteinander. Dieses Schweigen sah Everly gar nicht ähnlich, und langsam trieb sie ihn in den Wahnsinn.

Sie hatte gerade die Tür auf ihrer Seite des Taxis geschlossen, als er sich zu ihr wandte. »Willst du mich jetzt das ganze Wochenende lang anschweigen?«

Sie versteifte sich, wandte sich ihm aber mit einem Lächeln zu, mit dem sie Klienten ihrer Galerie bedachte, nicht dem echten, das sich beim Bingospiel auf ihrem Gesicht gezeigt hatte. Verdammt, er hasste dieses Lächeln.

»Mir war nicht bewusst, dass ich zu still für deinen Geschmack war«, antwortete sie gelassen. »Worüber möchtest du denn gern reden?«

»Wie wär's mit dem, was neulich Abend passiert ist?« Die leisen Worte kamen heraus, ehe er sie wieder in die Kiste mit der Aufschrift *Rede nicht darüber, nicht mal unter extremem Zwang* in einer dunklen Ecke seines Gehirns stopfen konnte. Scheiße. Er konnte seine Männlichkeit gleich abschreiben. Was kam als Nächstes, sie nach ihren Absichten fragen?

Ihr Kinn hob sich um einige Millimeter, aber sie geriet nicht ins Stottern. »Das vergessen wir am besten.«

»Hören Sie«, sagte der Taxifahrer, drehte sich auf dem Vordersitz um und durchbohrte sie beide mit Blicken, »obwohl was immer neulich Abend passiert ist, bestimmt der Hammer war, wir wär's, wenn Sie mir sagen würden, wo Sie hinmüssen, bevor mir alle achttausendzweiundvierzig Gründe einfallen, warum ich mich von meiner Frau habe scheiden lassen und hierhergezogen bin?«

Dieser Kommentar frustrierte ihn zwar noch mehr, aber Tyler holte tief Luft und zwang seine Stimme, ruhig zu klingen. »Zum Hemingway-Yachthafen.«

»Alles klar«, antwortete der Taxifahrer. »Jetzt können Sie beide sich weiter streiten.«

»Wir streiten nicht«, brummten sie beide gleichzeitig.

Der Taxifahrer lachte spöttisch. »Das hat meine Frau auch immer gesagt.«

Das Taxi bog aus dem Flughafen und fuhr über eine einspurige Schnellstraße mit einem atemberaubenden Ausblick auf das Meer. Die Muskeln in seinen Schultern schmerzten vor Anspannung, auch seine Handflächen waren klebrig, und das Verlangen, Everly weiter zu bedrängen, sie dazu zu bringen etwas zu sagen, baute sich weiter in ihm auf. So sollte er nicht auf diese Situation reagieren. Er war immer ein Meister darin gewesen, seine Gefühle zu unterdrücken – eine nützliche Fähigkeit, wenn man in einem Haus voller Streit aufwuchs –, aber es war eine Fähigkeit, die in ihrer Nähe stets zu verschwinden schien. Er wurde impulsiv. Ihr kleiner Krieg um den Parkplatz, die Küsse, sie auszuziehen und mit ihr zu schlafen, waren allesamt Symptome einer viel schlimmeren Krankheit – der, in die schlechten Angewohnheiten seiner Eltern zu verfallen. Unter diesen Umständen war Schweigen wirklich Gold.

Und daher hielt er den Mund, obwohl jeder Instinkt in seinem Körper bereit für einen verbalen Schlagabtausch war, während das Taxi durch die von Touristen gesäumten Straßen zum Yachthafen tuckerte, wo ein privates Charterboot auf sie wartete, genau wie Alberto es versprochen hatte.

Käpt'n Hank trug Shorts, ein leuchtend gelbes T-Shirt mit der Aufschrift *STAY WEIRD* und eine Kapitänsmütze, die seinen sonnengebräunten kahlen Kopf bedeckte. Tyler erbot sich, Everlys Koffer an Bord zu bringen, aber sie lehnte mit so wenigen Worten wie möglich ab. Er war halb versucht, ihr mit einem Kuss einige zusätzliche Worte abzuringen, doch selbst in seiner gegenwärtigen Verfassung wusste er, dass sie ihn eher mit ihrem Stiletto aufspießen würde, als einladend die Lippen zu öffnen. Also ließ er ihr Raum während der kurzen Bootsfahrt nach Treble Key, bei dem es sich nach den Informationen zu urteilen, die er aus Alberto herausbekommen hatte, um eine Insel von sechs Morgen handelte, von denen zwei überflutet waren, mit einem großen, solarbetriebenen Haus genau in der Mitte. Ein Wagen mit Allradantrieb würde sie am Kai erwarten, und sie würden diesen Wagen benutzen, um die zwei Meilen zum Haus zu fahren. Es konnte nicht einfacher sein, und die Kälte, die Everly verströmte, würde jedes Verlangen nach einer Klimaanlage während der Fahrt überflüssig machen.

Als der Käpt'n anlegte, wartete kein Wagen mit Allradantrieb auf sie. Da gab es nicht einmal einen richtigen Anlegesteg. Es waren eher wettergegerbte, willkürlich nebeneinandergelegte Bretter, die von Schwerkraft und einem Gebet zusammengehalten wurden.

»Das kann nicht richtig sein«, sagte Everly, und das Grauen in ihrem Ton passte zu seinem eigenen.

Käpt'n Hank zog sich seine Mütze ab und wischte sich mit einem roten Taschentuch, das die Sonne zu einem hellen Rosa ausgebleicht hatte, über den Kopf. »Oh, tut mir leid, hab vergessen, Ihnen die Planänderung mitzuteilen. Die andere Anlegestelle kann ich gerade nicht anfahren, daher muss ich Sie hier rauslassen.«

Tyler warf noch einen Blick auf den baufälligen Steg. Für einen Mann, der bis zum College das Stadtgebiet von Harbor City nicht verlassen hatte, war dieser Ort weit außerhalb seiner Komfortzone. Mindestens drei Zeitzonen davon entfernt. Everly trat näher und umklammerte die Bootsreling, während sie auf die traurige Entschuldigung für einen Steg hinabschaute.

»Trägt der uns überhaupt?«, fragte sie und sah zu dem Käpt'n auf der anderen Seite hinüber.

»Natürlich. Außerdem können Sie schwimmen, oder?« Er zwinkerte Everly zu und reichte Tyler einen Umschlag.

Liebe Everly, lieber Tyler,

bitte entschuldigen Sie die Unannehmlichkeiten, doch Sie werden einfach den Pfad zum Haus entlanggehen müssen. Machen Sie sich keine Sorgen wegen Alfred. Er ist neugierig, aber harmlos. Nur füttern Sie ihn nicht und streicheln Sie ihn auch nicht. Er hat noch niemanden gebissen, allerdings wäre es mir furchtbar unangenehm, wenn einer von Ihnen der Erste wäre.

Ciao
Alberto

Nichts an diesem Brief klang gut. Tyler hasste Überraschungen; nachdem er an einem Ort aufgewachsen war, an dem regelmäßig emotionale Granaten hochgingen und Schrapnelle in alle Richtungen flogen, hatte er allen Grund dazu. Er reichte den Brief an Everly weiter, die ihn blitzschnell überflog.

Sie drehte sich zu dem Käpt'n um, der ihre Koffer auf den Steg stellte. »Wer ist Alfred?«

»Die Frage ist, *was* ist Alfred«, korrigierte Tyler sie, obwohl er sich nicht im Klaren darüber war, ob er die Antwort hören wollte.

Käpt'n Hank stieg wieder an Bord des Bootes, eine Hand auf dem Tau, mit dem er es am Steg befestigt hatte. »Er ist ein Florida-Keys-Waschbär und ein totaler Schnorrer, wenn Sie also etwas zu essen in Ihrem Gepäck haben, sollten Sie es wahrscheinlich im Boot lassen.« Er deutete mit dem Kopf auf den Steg. »Also, nehmen Sie den Weg direkt dort zwischen den Mangroven, dann sind Sie im Nu am Haus. Sie können es nicht verfehlen.«

Kurz darauf stand Tyler neben Everly auf dem Steg und sah zu, wie Käpt'n Hank nach Key West zurückfuhr.

»Nun, bringen wir es hinter uns«, meinte Everly, drehte sich um und bahnte sich einen Weg über den Steg, wobei sie jeden Schritt in ihren High Heels sorgfältig setzte.

Auf keinen Fall würde sie es in diesen Schuhen zwei Meilen weit schaffen, selbst wenn sie keinen Koffer schleppte. Falsch. Sie konnte es schaffen, wahrscheinlich angetrieben von purer Riverside-Attitüde.

»Komm«, sagte er, holte sie ein und legte eine Hand auf den Griff ihres Koffers, »überlass die mir.«

Sie fasste fester zu. »Ich weiß das Angebot zu schätzen, aber das schaffe ich schon selbst.«

Sie konnte und sie würde, aber sie musste nicht. Doch ihr das zu sagen war das Allerletzte, das er tun sollte.

»Das bezweifle ich nicht. Tatsächlich könntest du bei dieser Affenhitze in diesen lächerlichen Schuhen beide Koffer zwei Meilen weit tragen.« Er zog seine Brieftasche heraus und nahm seinen Glücksvierteldollar hervor. »Wie wär's, wenn wir deswegen eine Münze werfen? Wer verliert, trägt beide Koffer.«

Sie kniff die Augen zusammen. »Ich trage deinen Koffer nicht.«

»Nicht, wenn du gewinnst.« So, wenn das nicht Herausforderung genug für sie war, um zu reagieren, wusste er auch nicht.

»Na schön«, schnaubte sie und stellte ihren Koffer auf den Boden. »Wirf deine schmuddelige Münze.«

»Sie ist nicht schmuddelig. Sie ist ein sehr geliebtes Stück.« Na toll, das klang ja überhaupt nicht lahm. »Kopf oder Zahl?« Nicht dass es eine Rolle spielte. Die Münze würde so oder so zu ihren Gunsten fallen, weil er ihr den gewissen Drall verpassen würde.

Sie verschränkte die Arme vor der Brust, und die Bewegung betonte den perfekten Sitz ihres schwarzen Tanktopkleides, das sie unter dem Pullover getragen hatte. Der war gleich nach der Landung des Jets in ihre übergroße Handtasche gewandert. »Zahl.«

Er korrigierte den Winkel seines Daumens, schnippte den Vierteldollar in die Luft, fing ihn auf und klatschte ihn auf den Handrücken. Zahl. Wer hätte das gedacht?

»Nun, da hat endlich jemand etwas Glück.« Er streckte die Hand vor. »Sieht so aus, als würde ich das da tragen.«

Sie schien nicht glücklich über ihren Sieg zu sein. Der Argwohn in ihren Augen musste von der ISS aus sichtbar sein. »Ich werde noch herausfinden, wie du das machst.«

Er zuckte die Achseln. »Ich werfe lediglich eine Münze.«

»Und das scheint immer zu deinen Gunsten auszugehen.«

»Zu meinen Gunsten?«, fragte er und hob beide Koffer hoch, denn die kleinen Räder würden den Lehmweg zum Haus nie und nimmer überstehen. »Ich schleppe beide Koffer.«

»Was du auf keinen Fall wolltest.« Sie zog argwöhnisch die Brauen hoch.

Er stellte seinen Koffer auf den Boden und hob drei Finger dicht beieinander hoch. »Großes Pfadfinderehrenwort.«

Sie schüttelte den Kopf, aber ihr Lächeln war wieder da – das echte Lächeln. »Als wärst du früher Pfadfinder gewesen.«

»Drei Jahre lang der erfolgreichste Popcorn-Verkäufer.« Es war sein erster Vorgeschmack aufs Geschäftsleben gewesen, eine Chance, seine Fähigkeit zu nutzen, Menschen und die Situation zu durchschauen, und zwar nicht dafür, einem eskalierenden Streit rechtzeitig vorher aus dem Weg zu gehen.

Everly warf den Kopf in den Nacken und lachte. »Also, das überrascht mich überhaupt nicht.«

Seine Schultern entspannten sich, und sie machten sich zusammen auf den Weg landeinwärts.

16. KAPITEL

Key West war nicht das, was Helene erwartet hatte. Erstens: Sie bekam einen unglaublichen Chardonnay serviert. Zweitens: Was immer für eine Muschelsorte es auch war, sie schmeckten köstlich in einem Eintopf in dem Restaurant am Wasser in der Nähe des Mallory Square, wo sie sich befanden. Drittens: Die Hitze musste irgendwas mit ihrem Kopf machen, denn sie hatte sich seit Jahren nicht mehr so unbeschwert gefühlt. Vielleicht lag das daran, dass sie zum ersten Mal seit Michaels Tod aus Harbor City herausgekommen war. Oder an ihrer Gesellschaft. Je mehr Zeit sie mit Alberto verbrachte, umso schwerer wurde es, die schroffe Fassade zu wahren, an der sie sich aus Gewohnheit festklammerte, und es fühlte sich … ziemlich gut an. Nicht dass sie das laut zugegeben hätte.

»Meinen Sie, den beiden geht es gut?«, fragte sie, als sie über das Wasser schaute, ungefähr in die Richtung von Treble Key, in die Alberto gewiesen hatte, als sie sich zu Drinks und Appetithäppchen hingesetzt hatten.

Alberto bedachte sie mit einem nachsichtigen Lächeln und schenkte ihr noch ein Glas Wein ein. »Der Käpt'n hat gesagt, er habe sie an der vorgegebenen Stelle abgesetzt und alles sei in Ordnung gewesen. Jetzt müssen wir einfach abwarten und hoffen, dass die Schönheit der Insel sie bezaubert.«

»Ich weiß nicht, ob das so einfach sein wird.«

»Das wird es. Haben Sie Vertrauen, *bellissima.*«

»Ich hoffe, Sie haben recht.«

Alberto lehnte sich auf seinem Stuhl zurück, die warme Brise zerzauste sein Haar, und seine Pilotenbrille bescherte ihm ein verwegenes Aussehen. »Ich habe in fast allem recht. Zum Beispiel lag ich richtig, dass Sie die perfekte Partnerin für dieses Unterfangen sein würden.«

Das konnte er nicht wirklich gewusst haben. Der Mann neigte dazu, hoffnungslos zu flirten. Trotzdem spielte sie mit. »Und warum genau ist das so?«

»Weil Sie sich gern in anderer Leute Angelegenheiten einmischen.«

Nur Jahre des Trainings verhinderten, dass ihr der Unterkiefer herunterklappte. »Das tue ich nicht.«

Er wedelte mit den Händen, als könne er damit ihren Protest aus der Luft wischen. »Aber natürlich tun Sie das, allerdings tun Sie es aus Liebe … und aus Langeweile.«

»Ich langweile mich nie.«

»Sie würden sich nicht langweilen, wenn Sie mir erlaubten, Sie zu verführen, was zu tun ich mir so überaus große Mühe gebe.«

»Sie sind sehr freimütig.«

»Ich bin Italiener. Das liegt uns im Blut.« Er nippte an seinem Wein, und die Bewegung lenkte ihre Aufmerksamkeit auf seinen ausgesprochen küssenswerten Mund. »Außerdem kann ich gar nicht anders, wenn ich mit schönen Frauen zusammen bin, geschweige denn mit der schönsten von allen.«

»Das war ich einmal.« Sicher, sie gab acht auf sich; sie musste ein Image aufrechterhalten. »Ich altere mit Würde, wenn man so sagen will.«

Alberto beugte sich vor und stützte seine überraschend muskulösen Unterarme auf den Tisch. »Ich weiß, das wird Sie schockieren, *bellissima,* aber Sie irren sich.«

Sich irren? Sie? Fast nie. Sie war nicht so töricht, zu sagen, dass sie sich absolut nie irrte. Doch jedes Zeichen von Schwäche war inakzeptabel. Eine Frau stieg nicht auf ihre Sprosse auf der High-Society-Leiter von Harbor City auf, indem sie sich persönliche Verletzbarkeiten gestattete. Zeit, dieses kleine Gespräch zu beenden.

»Auf diese Diskussion lasse ich mich nicht ein.«

»Warum denn nicht?« Er nahm seine Sonnenbrille ab und warf ihr einen taxierenden Blick zu. »Wegen Ihres Michael?«

Allein die Erwähnung seines Namens genügte, dass ihr die Brust eng wurde. Drei Jahre, und es war nicht leichter geworden. In jedem Raum, den sie in dem Haus, das sie zusammen gebaut hatten, betrat, hallte sein Fehlen wider. Jede Wohltätigkeitsveranstaltung, die sie besuchte, war ein Kampf um Selbstbeherrschung, damit sie nicht der Melancholie nachgab. Jede Nacht allein betonte nur die Leere ihres Bettes.

»Ich liebe meinen Mann …« Sie hielt inne und holte tief Luft, um ihren Herzschlag zu verlangsamen, bevor sie sich korrigierte. »Ich habe meinen Mann geliebt.«

»Niemand bestreitet das. Aber war er der Typ Mann, der wollen würde, dass Sie den Rest Ihrer Tage allein verbringen?«

War es das, worum es ging? Nein, darauf würde sie sich nicht einlassen. »Ich bin nicht allein, ich habe meine Kinder.«

»Das ist nicht das Gleiche, *bellissima,* wie Sie sehr wohl wissen.«

Das war es nicht, aber es war ihr Leben, und sie hatte nicht vor, das für einen in die Jahre gekommenen Frauenheld, der offensichtlich nie erwachsen geworden war, auf den Kopf zu stellen. Auch wenn er ein schönes Gesicht hatte. So etwas tat man nicht in Harbor City. Sie hielt sich bedeckt. Hatte es immer getan. Würde es immer tun.

Sie stellte ihr Weinglas ab, setzte ihre herrischste Maske auf und brachte mit ihrem Tonfall die Temperatur auf ihrer Uferveranda zum Sinken. »Es ist genug.«

»Für eine Frau wie Sie?«, fragte er, ohne den Fingerzeig mitzukriegen, dass er das Thema fallen lassen sollte. »Nein.«

Von allen … »Und wer sind Sie, mir zu sagen, was ich brauche?«

»Ein Mann, der auch einmal an Ihrer Stelle war.« Er beugte sich über den Tisch und ergriff ihre kalten Hände mit seinen warmen. »Der Verlust meiner Sophia vor so vielen Jahren … Ich dachte, der Schmerz würde niemals weggehen, aber es ist geschehen und hat eine innerliche Leere in mir hinterlassen. Viele Jahre lang dachte ich, ihr Tod würde mich umbringen.«

»Bis Sie diese Stelle mit viel jüngeren Frauen und Wein ausgefüllt haben, nehme ich an.« Typisch Mann. Sie war entsetzt gewesen über die vielen Männer, die nach dem Verlust einer Ehefrau sich so beiläufig mit anderen verabredeten. Sie würde Michaels Andenken niemals auf diese Weise entehren.

»Nein.« Er drückte sanft ihre Hand und hielt sie fest, während sein Blick sie mit einer mitfühlenden Aufrichtigkeit durchbohrte, die sie nicht von einem Mann erwartet hatte, dem das Flirten so leicht zu fallen schien wie das Atmen. »Diese Stelle, Sophias Stelle in meinem Herzen, hat sich nie geschlossen. Aber sie hat sich von einer Stelle kalter Leere in einen warmen Ort verwandelt, der erfüllt ist mit all unserem Lachen und unserer Liebe – und es ist geschehen, als ich mir gestattet habe aufzuhören, mich auf die Tatsache zu konzentrieren, dass sie fort war, und stattdessen angefangen habe, mich an unsere gemeinsame Zeit zu erinnern.«

Helene hatte nicht einen einzigen Tag in ihrem Leben in der Öffentlichkeit geweint. Definitiv nicht als erwachsene Frau. Selbst bei Michaels Beerdigung hatte sie um ihrer Söhne willen Unerschütterlichkeit gewahrt. Aber Albertos von Herzen kommender Rat – wenn auch unerbeten – bewegte etwas in ihr, und die Tränen liefen ihr über die Wangen. Es war kein Wasserfall, doch es reichte. Sie entzog ihm ihre Hand, tupfte sich mit einer Serviette die Wangen ab und atmete mehrmals tief durch. Als sie sich wieder in der Gewalt hatte, sah sie den Mann an, der sie verstand und wusste, dass er mehr verdiente als eine Abfuhr. Er verdiente die Wahrheit.

»Ich weiß nicht, ob ich das kann«, sagte sie, und ihre Stimme zitterte ein klein wenig. »Ich weiß, es ist mehr als drei Jahre her, aber allein der Gedanke daran, weiterzumachen, fühlt sich trotzdem wie Betrug an.«

»Ich verstehe, aber ich hoffe, das wird sich ändern, und wenn, werden Sie sich bei dem kühnen Italiener melden, der nichts lieber täte, als Sie mitzureißen.« Er strahlte sie mit funkelnden Augen an. »Nur warten Sie nicht zu lange; wir werden schließlich alle nicht jünger.«

Trotz des inneren Gefühlswirrwarrs konnte Helene sich ein Lachen über seine Verwegenheit nicht verkneifen, außerordentlich dankbar dafür, dass er sie nicht zu weiteren Geständnissen drängte. Mit seinem Flirten wurde sie fertig. Mit seinem stillen Verständnis nicht, nicht damit, wieder ihre Fassung zu verlieren. »Ja, das stimmt.«

Alberto hob sein Weinglas, und das Sonnenlicht fiel hindurch, verwandelte es in ein Prisma und warf einen Regenbogen auf das weiße Tischtuch. »Auf die nächsten Tage, die wir noch erleben werden – mögen sie so wunderbar sein wie Ihr Lächeln und so aufregend wie ein erster Schritt.«

Sie stieß mit der Spitze ihres Glases gegen seins, und eine Last, von der ihr nicht bewusst gewesen war, dass sie sie getragen hatte, fiel ihr von den Schultern. Und während sie an ihrem Wein nippten und beide das Meer betrachteten, konnte sie nicht umhin zu denken, dass der Mann neben ihr vielleicht einer Sache auf der Spur war und dass es vielleicht, nur vielleicht, Zeit war aufzuhören, in ihrem Herzen zu trauern und stattdessen zu feiern, was Michael und sie gehabt hatten.

17. KAPITEL

Everlys geschundene Füße sorgten für eine Rebellion. Wer hätte gedacht, dass ein gut gepflegter, aber trotzdem aus festgestampfter Erde bestehender Pfad auf einer Insel neunzig Meilen entfernt von Kuba zu guter Letzt das sein würde, was sie ihre Sucht nach High Heels verfluchen ließ? Okay, jedem, der nur halbwegs bei klarem Verstand war, wäre das klar gewesen, doch sie hatte an diesem Morgen dennoch nicht auf ihre Ausgehgarderobe verzichtet. Sie hatte sich innerlich gewappnet – wegen des Mannes, der gegenwärtig neben ihr herging und ihren und seinen Koffer schleppte, als wäre es nichts, obwohl sie verdammt genau wusste, dass ihrer zumindest annähernd zwanzig Kilo wog.

Sie machte einen weiteren Schritt vorwärts, und ihr rechter Absatz sank in den Boden und blieb dort, sodass sie das Gleichgewicht verlor. In dem verzweifelten Bemühen, nicht zu fallen, ruderte sie mit den Armen und umklammerte einen festen Bizeps. Einen, den sie immer noch nicht gesehen hatte, trotz der Tatsache, dass er mit einem anderen Teil seiner Anatomie tief in ihr vergraben gewesen war. Die ganze Situation machte sie erneut wütend auf sich selbst, was ihren Körper allerdings nicht daran hinderte, mit einem Magenflattern und einem Hallo-der-ist-heiß-Zusammenziehen ihrer inneren Muskeln auf ihn zu reagieren. Dies hier war verdammt lächerlich.

»Alles okay?«

»Alles bestens.« Während sie sich weiter an ihm festhielt,

riss sie ihren Fuß hoch und den dazugehörigen Absatz aus der Erde.

»Ich habe ein Paar Tennisschuhe in meinem Koffer. Wir müssten Socken vorn hineinstopfen, aber es könnte die letzte Meile leichter machen.«

»Ich sagte, es ist alles bestens.«

Sie klang wie ein mürrisches Miststück. Sie wusste es. Sie konnte nicht anders.

»Was zum Teufel ist dein Problem? Du bist seit der Tiefgarage eine echte Nervensäge.«

»Du meinst, seit wir auf meinem Auto gevögelt haben?«

»Ja. Sag mir, hast du irgendeine merkwürdige Krankheit, die dazu führt, dass Orgasmen dich gemein machen, statt dich zu entspannen?«

»Das bringt es total auf den Punkt, also hältst du dich besser von mir fern.«

Natürlich wertete der Himmel dies als Stichwort für einen seiner plötzlichen mittäglichen Florida-Regengüsse. Im einen Moment war es heißer als in der Hölle, feuchter als in einer Sauna und sonnig. Im nächsten prasselten riesige Wassertropfen herab, es war nach wie vor heißer als in der Hölle und – seltsamerweise – sonnig. Es ergab keinen Sinn.

»Komm.« Er schob sich einen Koffer unter den Arm, nahm den zweiten in die Hand, legte ihr dann den anderen Arm um die Taille und führte sie unter den Schutz einer der wenigen Palmen, die den Pfad sprenkelten.

Bis auf die Knochen durchnässt zu werden stand nicht auf ihrer Agenda für den heutigen Tag, daher ließ sie es sich gefallen. Okay, die Tatsache, dass ihr Körper mit einem Halleluja reagierte, als er sie berührte und ihrem Gehirn einen Kurzschluss bescherte, half wahrscheinlich mit. Er stellte ihre Koffer auf den Boden und fuhr sich mit den Fingern durch sein nasses

Haar. Sein nun teilweise durchsichtiges weißes Button-down-Hemd klebte ihm an der Brust. Er hatte sich eine Weile zuvor die Ärmel aufgekrempelt, und sie war während des Fluges mit einem soliden Unterarmporno gequält worden. Das hier war noch schlimmer, weil sie sich nichts mehr wünschte, als das anzusehen, zu berühren und zu kosten, was neulich abends bedeckt geblieben war.

Er öffnete seinen Koffer und stöberte in dem verwirrend wohlgeordneten Inneren herum, zog ein Paar Nikes und ein Paar Sportsocken hervor. Nachdem er den Deckel wieder zugeklappt und den Reißverschluss zugezogen hatte, stopfte er die Kappen der Schuhe mit Socken aus, und erst dann sah er sie wieder an. Die Kombination aus jetzt nassem schwarzem Haar, entschlossenem Blick und grässlicher Fußbekleidung raubte ihr den Atem.

Er zeigte auf einen Baumstumpf neben dem Stamm der Palme. »Setz dich.«

»Ich lasse mich von dir nicht herumkommandieren«, sagte sie und griff zurück auf etwas, auf das sie sich immer verlassen konnte, ihre Attitüde.

»Setz dich, oder ich zwinge dich dazu.« Er trat einen Schritt auf sie zu, der Ärger, den er verströmte, ließ den Regen, der die Frechheit hatte, auf ihm zu landen, praktisch verdampfen. »Auf keinen Fall wirst du diese Schuhe den Rest des Weges tragen. Ich kann deine Füße förmlich vor Qual weinen hören. ›Bitte, räche uns, Tyler. Du bist unsere einzige Hoffnung.‹ Genau das sagen sie.«

Der *Star-Wars*-Verweis war es, der sie veranlasste, sich auf den unbequemen Baumstumpf zu setzen, der immer noch besser war, als in ihren mörderischen High Heels zu stehen. Es war komisch. Es konnte doch nicht Erwartung sein, was über jede noch kleine Stelle ihrer Haut vibrierte. »Es sind nur die Zehen.«

Sie erwartete, dass er ihr seine Schuhe reichte. Stattdessen hockte er sich vor sie hin, schlang seine starken Finger um ihren linken Knöchel und hob ihn an. Die Geste war intim, viel mehr, als sie im Moment verkraften konnte, und sie versteifte sich.

Er stieß einen tiefen Seufzer aus, machte sich aber daran, den Riemen um ihren Knöchel zu lösen. »Ich habe keine Ahnung, was ich getan habe, um dich so sauer zu machen, aber was immer es war, es tut mir leid.«

»Ich bin nicht wütend auf dich.«

»Wirklich nicht?« Er hatte den Riemen geöffnet und zog ihr den Schuh vom Fuß. »Da hättest mich doch glatt täuschen können.«

Das Waterbury, das zu verbergen er sich solche Mühe gab, schlich sich in seine Ausdrucksweise und ließ sie wissen, wie sie sich benahm und wie unfair sie ihn behandelte. »Ich bin nicht wütend auf dich, sondern auf mich selbst.«

Er hielt den Blick auf ihren Fuß gerichtet, während er seinen Tennisschuh in Größe sechsundvierzig darüberstreifte und ihn zu schnüren begann. »Warum?«

»Weil … ich Streit mit Vorspiel verwechselt habe. Wir wissen beide, dass zwischen uns niemals mehr sein könnte.«

Er widersprach ihr nicht. Das tat weh. Es war nicht so, dass sie es von ihm erwartet hatte, aber ja, ein klein wenig Protest wäre ganz schön gewesen. Stattdessen machte er sich über den Riemen ihres anderen Schuhs her.

»Ich weiß nicht, was ich darauf sagen soll«, erwiderte er, zog den Schuh aus und schob ihren Fuß in seinen Tennisschuh.

»Dann lass uns damit aufhören.« Sie drückte seine Hand weg, weil sie verzweifelt wenigstens ein wenig die Kontrolle zurückgewinnen musste, und band sich den Schuh selbst zu. »Ich werde nicht mehr so giftig sein, und wir machen weiter, als hätte es die Tiefgarage nie gegeben.«

»Den Zwischenfall, von dem nicht gesprochen werden darf.« Die Ernsthaftigkeit seines Tons wurde komplett ruiniert von dem Zucken seiner Lippen, als er versuchte, nicht zu lächeln.

»Diesmal ein verhunztes *Harry-Potter*-Zitat?« Sie nahm seine ausgestreckte Hand und stand auf, ihre Finger kribbelten. »Du warst wirklich ein Bibliotheksnerd.«

»Ich werde den Tolkien später hervorholen«, sagte er und machte sich nicht mehr die Mühe, etwas gegen das Lächeln zu tun. »Ich kann dir von dem einen Ring erzählen, auf Elbisch.«

»Oh mein Gott.« Sie lachte. »Bitte nicht.«

Er schlug sich eine Hand aufs Herz. »Volltreffer.«

»Ich bin mir ziemlich sicher, dass du es überleben wirst.«

Er blickte zum Himmel empor, der von einem wunderschönen Blau war, zumindest im Moment. »Bist du bereit für das letzte Stück?«

Sie sah auf seine Schuhe an ihren Füßen hinab und wackelte mit den Zehen. Es fühlte sich himmlisch an. »Klar.«

»Noch einmal stürmt, noch einmal, liebe Freunde!« Er schnappte sich beide Koffer und kehrte auf den Weg zurück.

Mit einigen zaghaften Schritten folgte sie ihm. Es war seltsam, die Füße flach auf dem Boden zu haben, und sie fühlte sich kleiner, als sie es gewohnt war, aber auch leichter. Vielleicht konnten Tyler und sie einen Weg finden, dafür zu sorgen, dass aus Streithammeln mit Einmalsex echte Freunde wurden. In diesem Augenblick schien das durchaus denkbar zu sein. Natürlich nur, wenn sie die Tatsache ignorierte, dass sie hinter ihm herging, bloß um diesen herrlichen Hintern zu beobachten, während er vor ihr hertrottete.

Mädchen, du bist echt geliefert.

Tyler verbrachte die letzte Meile damit, Everly auf Elbisch zu quälen – zumindest dachte sie, dass es elbisch war. Die neunte Klasse lag lange zurück, und er improvisierte. Sie schien es nicht zu bemerken, ihrem Gekicher nach zu urteilen. Also, das war etwas, das er nicht erwartet hatte. Sein knallhartes Riverside-Mädchen war albern.

Dein Riverside-Mädchen? Das war auf so vielen Ebenen so falsch. Erstens: Sie war definitiv kein Mädchen. Sie hatte den Verstand und den Körper einer erwachsenen Frau, eine Tatsache, die seinem Penis nicht verborgen geblieben war, der ihm das ungemütliche Wissen vermittelte, wie es sich anfühlte, eine Meile mit einem leichten Ständer zu Fuß zu gehen. Zweitens: Sie war nicht *sein* Mädchen. Wie sie so freundlich festgestellt hatte, gab es nichts, was die starke Anziehungskraft zwischen ihnen rechtfertigte. Nicht dass er schon jetzt Ausschau nach einer Mrs Jacobson hielt, aber er hatte zu hart daran gearbeitet, die letzten Überreste seines Herkunftsmakels abzuschütteln, um zuzulassen, dass sie alles zunichtemachte. Und genau das geschah, wann immer sie zusammen waren. Es war nicht nur die Sprache, sondern auch der überwältigende Drang, sie mit sich zu zerren und auf der nächsten verfügbaren freien Fläche hart zu nehmen. Oder in der Horizontalen. Oder so ziemlich überall. Das war mit keiner der Frauen aus Harbor City, mit denen er ausgegangen war, jemals passiert, und das war gut so. Es gestattete ihm, sich auf das wirklich Wichtige zu konzentrieren – die Festigung seiner Position.

»Oh, wow«, sagte Everly in einem aufgeregten Flüsterton, als sie vor dem Tor stehen blieb, das zu Albertos Inseldomizil führte.

Er hätte es nicht besser ausdrücken können. Das zweistöckige Haus hatte einen Grundriss wie das Pentagon, Solarpaneele auf dem Dach, eine Fassade aus warmem Holz in einem sanften Braunton und überall Fenster. Daneben befand sich ein nierenförmiger Pool, außerdem eine luxuriöse Feuergrube und eine Hängematte, die groß genug für zwei Personen war. Am liebsten hätte er alles hingeworfen und wäre umgezogen.

»Es ist zauberhaft.« Sie schwang das Tor auf und trat hindurch.

Er folgte ihr, und sie schlenderten über die befestigte Terrasse zu den Balkontüren, durch die man ins Haus gelangte. Er tippte den Sicherheitscode ein, der am unteren Rand von Albertos Brief gestanden hatte, und sie gingen hinein. Es war kühl, aber nicht eisig – ein Wunder in Südflorida, wenn man bedachte, wie alle die Klimaanlage aufdrehten –, und das Innere entsprach dem Äußeren und ließ das ganze Haus aussehen wie die reiche Version von *Der Schweizerische Robinson.*

Als er die Koffer auf den Bambusboden stellte, bröckelten Erdklumpen ab.

Sie betrachtete ihren schmutzigen Koffer. »Wir sollten das sauber machen. Ich will das Haus nicht verwüsten, noch bevor Alberto und Helene morgen hier ankommen.«

Natürlich war das erste Bild, das ihm in den Sinn kam, Everly nackt und bedeckt mit Seifenschaum in der Dusche. »Das ist eine großartige Idee.«

Es wäre noch besser, wenn er mit ihr in der Dusche wäre, aber das würde nicht passieren. Stattdessen würden sie diese ganze Tun-wir-so-als-sei-es-nicht-passiert-Sache durchziehen. Das klang nach ungefähr so viel Spaß wie *Die Rote Hochzeit* selbst durchzumachen.

Sie gingen in den ersten Stock hinauf. Everly nahm das erste Schlafzimmer. Er nahm das nächste. Er streifte sich gerade die Schuhe von den Füßen, als er die Dusche angehen hörte. Hallo, Instant-Ständer.

Er brauchte nicht viel Fantasie, um sie sich dort drin vorzustellen, während ihr warmes Wasser über die Haut strömte. Er hatte neulich nicht so lange hinschauen können, wie er es sich gewünscht hätte, und Gott wusste, dass er nicht dazu gekommen war, sie genügend zu berühren oder zu kosten, doch das spielte im Moment keine Rolle. Sein sabberndes Gehirn füllte all die fehlenden Stellen aus. Die Vorstellung, die ihn fast umbrachte, war das Bild von großen weißen Seifenbläschen, die über ihre hübschen pfirsichfarbenen Brustwarzen glitten. Sie waren neulich Abend so hart geworden, und Everlys Stöhnen der Lust war so heiß gewesen, dass …

Hör auf, dich wie ein vierzehnjähriger Perversling zu benehmen, Jacobson.

Er stapfte in das Bad seines Zimmers, zog sich aus und drehte das Wasser voll auf. Dann drehte er obendrein den Regler auf kalt. Wenn ein wenig Unterkühlung die Dinge nicht besser machte, dann wusste er nicht, was er tun sollte. Zwanzig zittrige Minuten später war er bekleidet mit T-Shirt und Board-Shorts, überzeugt davon, dass er eine Nacht allein mit Everly überstehen konnte, ohne eine weitere Tiefgaragenreminiszenz zu erleben. Warum? Weil sie recht gehabt hatte. Sex würde den Waffenstillstand, den zu schließen ihnen gelungen war, bloß verkomplizieren.

Er war sich sicher, bis er sie in einem wallenden weißen Sommerkleid antraf, das ihr bis ganz hinunter zu den Knöcheln reichte, nur dass sie vor dem Fenster stand und zum Pool schaute und die Sonne durch die Baumwolle schien und ihre Konturen sichtbar machte. Ganz genau. Und schon war Mr Ständer wieder da. Da er das dringende Bedürfnis hatte, sie in diesem Moment nicht anzusehen, eilte er zum Kühlschrank und öffnete ihn.

»Ich weiß, es ist noch früh, aber ich bin halb verhungert.« Er entdeckte Eier, Käse, Milch und Lauchzwiebeln. »Was hältst du von Omelettes zum Abendessen?«

»Untersteh dich, an Kochen auch bloß zu denken.«

Er erhob sich und sah sie über die Kühlschranktür hinweg an. Sie stand noch immer vor dem Fenster und genoss die Inselsonne, und er hatte nach wie vor eine sehr gute Aussicht – ohne dass sie es wusste – auf das, was er nie wieder berühren durfte. Es war kein Hieb in den Magen, aber sein Penis war nicht allzu glücklich darüber. »Warum nicht?«

Sie verschränkte die Arme vor der Brust und zog die Augenbrauen hoch. »Du erinnerst dich an die Pasta neulich abends?«

Das waren auf der Küchendesaster-Skala sechs von zehn Punkten gewesen, kaum der Rede wert, also hatte es ihn nicht weiter beunruhigt. Andererseits: der Abend, an dem er den Schinken im Ofen vergessen hatte, bis er zu Kohlestückchen geworden war? Das hatte ihm Schinken einen guten Monat lang verleidet.

»Das sind Eier«, sagte er. »Etwas vollkommen anderes.«

»Oh ja, ich weiß sehr gut Bescheid über dein« – sie machte Anführungszeichen in die Luft – »Talent mit Eiern.«

Okay, ja, er hatte Rühreier so lange gebraten, dass der Geruch in die ganze Wohnung gezogen war und eine Woche in der Luft gehangen hatte.

»Das bedeutet also, dass du kochst?«

Sie schnaubte und trat einen Schritt auf ihn zu. »Unwahrscheinlich. Wie wäre es mit Sandwiches?«

Er untersuchte den Inhalt des Kühlschranks. »Was hältst du von Roggenbrot mit Schinken und Käse?«

»Hört sich toll an.«

Er suchte die Zutaten zusammen und legte sie auf die Kochinsel, und dann stellten sie gemeinsam Sandwiches zusammen. Everly schnitt Romanasalat, während er die Sandwiches belegte. Dabei kamen sie beide etwas runter und entspannten sich, selbst als sie über den Fußmarsch zum Haus lachten, und er löste kein einziges Mal den Feueralarm aus. Anschließend griff er sich die Sandwichteller, während sie sich zwei Flaschen Bier schnappte und sie zu den gläsernen Schiebetüren gingen, die zum Pool und zur Feuergrube führten.

Everly blieb jäh vor ihm stehen. »Tyler, was zum Teufel ist das?«

Da er abgelenkt gewesen war, weil er ihren Hintern beobachtet hatte, hatte er keine Ahnung, wovon sie sprach. »Was?«

»Dort. Es geht vor den Schiebetüren auf und ab.«

Es war ein Waschbär, aber viel kleiner als die Exemplare, die durch den Central Square streiften. Hagerer und schmaler als die Waschbären, an die er gewöhnt war, wog dieser Bursche nicht mehr als eine durchschnittliche Hauskatze, und sein Fell war von einem leicht gräulichen Braun. Und er stand auf den Hinterpfoten, seine fünffingrigen Vorderpfoten gegen das Glas gedrückt. Doch er sah sie nicht an; die Augen dieses Burschen waren auf ihre Sandwiches gerichtet.

»Ich nehme an, das ist Alfred.«

Sie wurde blass. »Also essen wir drinnen?«

Er ging zu der Schiebetür, und Alfred trat ein paar Schritte zurück, blieb aber auf den Hinterbeinen. »Sag mir nicht, du fürchtest dich vor etwas von der Größe einer Katze.«

»Er könnte Tollwut haben.« Everly machte einige vorsichtige Schritte auf die Tür zu, ihre Aufmerksamkeit starr auf den hungrigen Banditen auf der anderen Seite gerichtet.

Er klapperte mit dem Türgriff, ehe er die Tür ein paar Zentimeter aufschob. Der Waschbär huschte zurück ins Unterholz auf der anderen Seite des Pools und verschwand. Tyler trat hinaus. Die Hitze der Insel war nun eher eine Liebkosung als ein Schlag. Everly folgte ihm nicht, aber sie streckte den Kopf heraus und schaute nach links und rechts, als warte eine Bande tollwütiger Zombiewaschbären nur auf den perfekten Moment, um zuzuschlagen.

»Alberto hat versprochen, dass er harmlos ist.« Tyler lachte, setzte sich auf einen der Terrassenstühle und stellte die Sandwichteller auf den kleinen Tisch zwischen seinem und einem weiteren Stuhl.

»Aha.« Sie blieb, wo sie war. »Das wird auch immer erst über jeden Serienmörder gesagt, bevor er anfängt, alle abzumurksen.«

War es falsch, diese neue, unerwartete Seite an Everly zu genießen? Denn das tat er. Die Frau hatte eine erstaunliche Fähigkeit, ihn zu überraschen – etwas, das er langsam viel mehr genoss, als ein strategisch denkender Mensch wie er das tun sollte.

»Komm, ich werde dich beschützen, Ms 3B – und außerdem sind die Sandwiches hier draußen. Wenn du nicht herkommst, kriegst du nichts zu essen.«

Ihr Magen stieß ein hörbares Knurren aus. Der Sieg war sein.

»Du weißt schon, dass es drinnen noch mehr zu essen gibt, Mr 2B?«

»Komm schon, lebe ein wenig«, neckte er sie.

Sie warf einen weiteren argwöhnischen Blick nach links und dann nach rechts, ehe sie endlich in den Sonnenschein hinaustrat. Die Brise spielte mit dem Saum ihres Rocks und hob eine Ecke davon um ihre Waden – die, die er auf seinem Rücken gespürt hatte, als er sie auf dem Kofferraum ihres Autos gevögelt hatte. Scheiße. Das hier würde ein langes, hartes Abendessen werden.

»Ich warne dich besser gleich«, sagte sie, als sie sich setzte, offensichtlich ohne zu ahnen, in welche Richtung seine Gedanken gewandert waren. »Wenn Alfred mit seinen mordlustigen Kumpanen zurückkommt, stoße ich dich weg, um als Erste ins Haus zu gelangen.«

Tyler lachte und nahm das Bier entgegen, das sie ihm hinhielt. »Das würde mich nicht wundern.«

Denn wenn es um Everly ging, war es am besten zu akzeptieren, dass er niemals wusste, was ihn erwartete.

18. KAPITEL

Als Everly sich den letzten Bissen einer Sandwichhälfte in den Mund geschoben hatte, immer aufmerksam die Büsche in der Umgebung im Blick, entspannte sie sich auf ihrem Stuhl und hob die Füße, um sie auf den Hocker davor zu legen. Die frühe Abendsonne wärmte sie, während sie auf die Ozeanbrise, die durch die Palmenblätter säuselte, und das gelegentliche Zirpen und Rufen von Vögeln irgendwo auf der Insel lauschte.

Die schöne Natur um sie herum besänftigte die Sorge, was Alfred betraf.

»Hier draußen könnte man glatt vergessen, dass der Rest der Welt überhaupt existiert«, erklärte sie, gab sich der Stimmung hin und schloss die Augen.

»Es ist wie der Garten Eden«, stimmte Tyler ihr zu.

Dass sie ihn nicht sah, betonte die Erotik seiner Stimme noch mehr. Die kultivierten Töne verbargen – fast vollkommen – die raue Nuance darunter. Die widersprüchliche Mischung machte gefährliche Dinge mit ihr, solche, die zu Sex in der Tiefgarage führten.

Ehe diese Erinnerung sie übermannen konnte, konzentrierte sie sich mit voller Macht wieder auf das Hier und Jetzt. »Bloß mit einem Waschbären anstelle einer Schlange.«

»Armer Alfred, verhasst, noch bevor er auch nur eine Chance hatte, sich vorzustellen.«

Die Versuchung, die Augen zu öffnen und den Ausdruck auf Tylers Gesicht zu deuten, war stark, aber es hatte etwas Intimes, sich mit geschlossenen Augen zu unterhalten. Das wollte sie nicht aufgeben. »Du hast ja eine Menge Mitgefühl mit diesem Fellball.«

»Ich weiß, wie es ist, vorverurteilt zu werden.«

Die Worte waren bedeutungsschwer, doch ihr zaghafter Waffenstillstand war nicht geschlossen worden, um größeres Verständnis füreinander zu entwickeln. Sie bemühten sich einfach beide, das Wochenende zu überstehen.

»Du sagst also, ich sollte ihm eine Chance geben, hm?«, fragte sie und griff über den kleinen Tisch zwischen ihnen nach der anderen Hälfte ihres Sandwiches, aber statt auf Brot und Fleisch traf sie auf etwas Pelziges.

Der Schrei kam aus ihrem Mund, ehe sie auch nur die Augen öffnen und von ihrem Stuhl aufspringen konnte. Adrenalin pumpte wie ein Zug mit Bremsversagen durch ihre Adern. Mit dem nächsten Einatmen waren ihre Füße auf dem Boden und ihre Augen offen, und sie beobachtete, wie Alfred sich so viel wie möglich von ihrem Sandwich ins Maul stopfte, während er sie anstarrte, als sei sie diejenige, die in sein Territorium eingedrungen war. Das war genau der Grund, warum Städter ihre Heimatumgebung nicht verlassen sollten. Die Natur war eine Bestie. Beim Ausatmen begann sie erneut zu kreischen, doch bevor sie richtig loslegen konnte, nahm Tyler sie auf die Arme und trug sie ins Haus, und die ganze Zeit über lachte er sich scheckig. Nachdem er die Schiebetür mit dem Fuß hinter ihnen geschlossen hatte, setzte er sie auf die Kochinsel, ließ aber seine starken Hände auf ihren Hüften liegen und trat zwischen ihre Beine.

»Es ist nicht nett, mich auszulachen«, tadelte sie ihn, weil sie etwas sagen musste – irgendetwas –, denn das Verlangen, zu kämpfen oder zu fliehen, verwandelte sich schnell in ein gewisses Verlangen anderer Art.

»Ich kann nicht dagegen an«, antwortete er und senkte den Blick auf ihren Mund, dann auf den Puls, der wie wild in ihrem Hals pochte, und danach auf das schnelle sich Heben und Senken ihrer Brust, ehe er zu ihren Augen zurückkehrte. »Die grimmige Ms 3B fürchtet sich vor einem Waschbären.«

»Du bist bösartig«, sagte sie, und Vorfreude ließ ihren Mund sich schneller bewegen als ihr Gehirn. »Wie dem auch sei, es ist nicht so, als gäbe es nichts, wovor du dich fürchtest.«

»Nadeln.« Es war bloß ein einziges Wort, aber es kam leise und heiser heraus.

»Also keine Tattoos, hm? Ich dachte, sie wären Bedingung für jeden, der eine Harley fährt.« Wenn sie ihn in der Garage bloß hätte nackt ausziehen können, hätte sie nicht zu fragen brauchen.

Er schüttelte den Kopf, und der Blick seiner von Begehren verdunkelten Augen ruhte auf ihr. »Kein einziges.«

»Also warst du nie in Versuchung, dir den Namen einer Frau übers Herz tätowieren zu lassen?« Schwafelte sie? Oh ja.

»Das wäre aus vielen Gründen ein dicker Minuspunkt.«

»Ich verspreche dir, dein Geheimnis zu wahren, wenn du meins für dich behältst.« Sie zeichnete sich mit dem Finger ein *X* aufs Herz.

Sein Blick fiel auf die Stelle, wo ihr Finger die obere Wölbung ihrer Brust berührte. Ihr Herz hämmerte gegen ihre Rippen, und er konnte unmöglich ihre harten Brustwarzen übersehen, die sich gegen die weiche Baumwolle ihres Kleides pressten, vor allem, da sie ihren BH zusammen mit ihrem Slip abgestreift hatte. Sie brauchte Freud nicht, um zu verstehen, was das bedeutete.

Er umfasste ihre Hüften fester und riss sie näher heran, presste sie direkt gegen seinen harten Schwanz und hielt sie dort fest. »Also, abgemacht.«

Der Kontakt war so, als sei ein Schalter umgelegt worden, und ihr Körper war plötzlich wach. Ihre Brüste wurden schwer, sie bekam nur mühsam Luft, und ihre Lippen schmerzten, so sehr sehnte sie sich nach Berührung. Verlangen, heiß und lodernd, durchströmte sie, ihr Innerstes zog sich zusammen, und sie wölbte sich ihm unbewusst entgegen, brauchte die Reibung, um den Schmerz zu lindern, der sich jetzt schon in ihr aufbaute. Sein gequältes Stöhnen ermutigte sie bloß noch, und sie rieb sich noch einmal an ihm, diesmal mit Absicht. Sie genoss es, wie er sich an sie gelehnt anfühlte, ebenso wie Lust seine blauen Augen verdunkelte und ihn die Zähne zusammenbeißen ließ. Er hielt sich zurück. Der Drang, ihn dazu zu bringen loszulassen, leitete ihre Finger zu dem Bund seiner Shorts, wo sie sie verweilen ließ, sie beide peinigte.

»Wehe, du erzählst jemandem, dass ich Angst vor Waschbären habe.« Die Worte kamen aus ihrem Mund, weil ihr Verstand die Arbeit eingestellt hatte. Im Moment war in ihrem Körper einfach zu viel los, um auch noch zu denken.

»Gespräche mit anderen Leuten über Waschbären sind nicht das, was mich gerade beschäftigt.« Seine Hände glitten über die Außenseiten ihrer Schenkel zum Saum ihres Kleides. Er schob es hoch und machte nicht eher halt, bis sie von den Knöcheln bis zu ihren Oberschenkeln entblößt war.

»Ach ja?« Da war eine hoffnungsvolle Heiserkeit in ihrer Stimme, eine, die sie normalerweise niemanden hören lassen würde, aber sie war zu angetörnt, um sich darum zu scheren. »Was denn dann?«

»Wie du über diese Kochinsel gelehnt aussehen wirst, mit deinem bis zur Taille hochgeschobenen Kleid, während ich meinen Schwanz in deine Feuchte gleiten lasse.« Seine Hände wanderten unter ihren hochgeschobenen Rock, sein Daumen so nah an der Stelle, an dem sie seine Berührung brauchte, dass sie seine Hitze spüren konnte, aber er hielt inne. »Du bist doch feucht für mich, nicht wahr?«

Das *Ja* kullerte ihr beinahe aus dem Mund, bevor es ihr gelang, die Lippen aufeinanderzupressen. Sie sollte das sein lassen. Tyler und sie zusammen, das brachte nichts als Ärger. Trotzdem. Sie war allein in einem tropischen Inselparadies mit einem unfassbar heißen Mann, der genau wusste, wie er seinen Mund, seine Hände und diesen prachtvollen Schwanz einsetzen musste. Vielleicht nur dieses eine Mal ...

»Warum findest du nicht selbst heraus, wie feucht ich bin?«

Etwas blitzte in seinen blauen Augen auf, die Anerkennung der Herausforderung zu dem Kampf zwischen ihnen. Es mochte freundschaftlich sein, aber es war dennoch da, dieses Gezerre von Wollen und Verlangen, von Wissen, dass es das Letzte war, das sich jeder von ihnen gestatten sollte.

Sie waren wie Hund und Katze, doch es spielte keine Rolle, weil sie im Moment beide brannten.

»Weil du es mir zeigen wirst«, sagte er. Seine Stimme wurde eine Oktave tiefer, und sein Akzent kam hervor, als könne er nicht gleichzeitig ihn und seinen Körper unter Kontrolle halten.

»Und was wirst du mir zeigen?« Sie schob die Fingerspitzen in seine Shorts und zog sie so weit hinunter, dass die Rückseiten ihrer Finger die dichten Locken über seinem Penis streiften, aber wie er vermied sie es, die intimste Körperstelle des anderen zu berühren. Sein Glied war lang und hart und reckte sich ihrer Berührung entgegen.

»Was immer du sehen willst.« Seine Hände blieben auf den Innenseiten ihrer Schenkel, doch sein Mund machte sich fleißig ans Werk, und er zog eine Linie heißer Küsse an ihrem Hals hinab.

»Zieh dich aus.« Denn das war es, was sie beim letzten Mal

verpasst hatte, und wenn so etwas wieder geschehen würde – *und sieh den Tatsachen ins Auge, das wird es* –, würde sie kein zweites Mal versäumen, ihn nackt zu sehen. Das Kuss-Knabber-Kuss-Muster stockte, und sie konnte tatsächlich sein Lächeln auf der Haut spüren. Frecher Mistkerl. »Sofort.«

Er nahm die Hände von ihren Beinen, ließ sie feucht und voller Verlangen zurück und trat einen halben Schritt beiseite. Die schützenden Zentimeter Luft zwischen ihnen sollten eine Erleichterung sein, aber sie verstärkten nur, wie dringend sie diesen Mann wollte. Er griff im Nacken nach dem Halsausschnitt seines T-Shirts, zog es sich über den Kopf und ließ es zu Boden fallen. Ihr stockte der Atem, aber ihr Blick bewegte sich weiter, wanderte von seinen breiten Schultern zu seiner muskulösen Brust und zu dem Streifen schwarzen Haars, der direkt unterhalb seines Bauchnabels ansetzte und unter seinen Shorts verschwand. Am liebsten wäre sie heruntergehüpft und hätte mit den Fingern diesen glücksbringenden Pfad nachgezeichnet – und mit der Zunge –, bis sie den Preis am Ende erreichte. Sie wollte sich quer über seine muskulöse Brust lecken, knabbern und küssen. Sie wollte ihn zu dem Ihren machen.

Als könnte er ihre Gedanken lesen, trat er näher und schmiegte sich an sie, sodass sie perfekt zusammenpassten, selbst wenn immer noch zu viele Kleider im Weg waren. »Warte, da ist etwas, das ich zuerst erledigen muss.« Er umfasste mit beiden Händen ihr Gesicht und presste seinen Mund auf ihren, für einen Kuss, bei dem es nicht um Befriedigung für einen von ihnen ging, sondern um Verzweiflung auf beiden Seiten.

Seine Hände wanderten von ihrem Gesicht zu ihren Brüsten, umfassten sie durch den Baumwollstoff ihres Kleides. Es war nicht genug. Doch mit ihm war es nie genug, weil sie immer mehr wollte. Was sollte sie sagen? Wenn es so gut war, wurde sie gierig. Tyler unterbrach den Kuss, und sein Mund folgte dem Pfad, den zuvor seine Hand genommen hatte. Er hob ihren Busen an, und sein Daumen umkreiste über dem Kleid ihre Brustwarze, bis sie sich zu einer harten Spitze formte, dann saugte er sie in den Mund und kratzte mit den Zähnen über die empfindliche Stelle, während seine talentierten Finger die ganze Zeit über ihre andere Brust bearbeiteten. Als er von einer zur anderen wechselte und der feuchte Stoff an der aufgestellten Brustwarze klebte, überraschte sie der Schock seines warmen Mundes auf dem einen und des kalten Luftzugs auf dem anderen Nippel. Sie langte nach ihm und wollte sich an ihm festhalten, weil er sie auf die genussvollste Weise peinigte.

»Jaaa«, brachte sie mit einem Stöhnen heraus und schob die Finger in sein dickes Haar.

Nervig, wie er war, zog er sich zurück. »Das gefällt dir, hm?«

»Gott, ja.« Und sie hätte gern mehr davon.

»Was gefällt dir denn sonst noch?« Er senkte die Hände zu ihren nackten Oberschenkeln, schob ihren Rock bis zu ihrer Taille hinauf und entblößte sie unter seinem heißen Blick vollkommen. Dann spreizte er ihre Schenkel, während sie auf der Kochinsel saß, und betrachtete sie, als sei sie das Beste, was er je gesehen hatte.

Sie erwartete mehr Neckerei, mehr Gerede. Stattdessen zerrte er an ihrem Hintern, sodass sie kaum noch auf der Kochinsel saß, und zur gleichen Zeit schob sie ihn nach unten, sodass sein Kopf auf Höhe ihrer Schamlippen war. Als er den Mund senkte und sie an ihrer intimsten Stelle leckte und an ihr saugte, hatte sie große Mühe, nicht loszulassen. Sie war so erregt, so bereit für ihn, dass selbst die geringste Berührung seiner Zunge sie schier um den Verstand brachte. Er saugte ihre Klitoris in den Mund, während er sie mit den Fingern verwöhnte. Da gab sie einfach nach und vergaß alles um sich herum.

»Verdammt, ich liebe es, wie du meine Finger festhältst.« Er krümmte sie in ihr, rieb das Bündel Nerven dort in einem Sanft-sanft-hart-Muster, das sie keuchen ließ. »Ich kann es nicht erwarten, dich zu kosten, wenn du kommst, und dann werde ich tun, was ich versprochen habe, und dich auf dieser Kochinsel liegend nehmen.«

Anschließend machte er sich wieder daran, sie zu lecken, an ihr zu saugen, sie mit den Fingern zu reizen, bis sie kurz davor war zu kommen. Es war eine glückselige Folter, von der sie nicht genug kriegen konnte, während sich ein Zittern in ihr aufbaute und ihren ganzen Körper elektrisierte. Sie war so nah, so verdammt nah dran.

»Hör nicht auf«, rief sie, während sie sein Haar fester packte und den Rücken gerade so weit wölbte, um den Winkel ein ganz klein wenig zu verändern, und für eine halbe Sekunde wurde alles weiß, ehe ihr Orgasmus über sie hereinbrach und ihre Welt in Neonfarben explodieren ließ.

Everly zu beobachten, wie sie von diesem High herunterkam, war ebenso atemberaubend wie qualvoll, denn so süß es auch war, sie kommen zu sehen, war Tyler doch verzweifelt darauf bedacht, sich in ihr zu vergraben und sie noch einmal kommen zu spüren, unmittelbar bevor er selbst zum Höhepunkt kam. Als ihr Atem sich beruhigt hatte, lagen seine Board-Shorts auf dem Boden, und er streifte das Kondom über, das er aus seiner Brieftasche genommen hatte.

»Ich kann mich vielleicht nie wieder rühren«, sagte Everly mit heiserer Stimme.

Sie war immer noch nicht ganz ausgezogen, und er wollte sie nackt. Brauchte sie nackt. Sie kaum bekleidet in der Tiefgarage zu sehen war eins der heißesten Dinge gewesen, die ihm je im Leben untergekommen waren, aber er wollte jede noch so kleine Körperstelle von ihr sehen und berühren. Sein Plan war ursprünglich gewesen, bloß ihren Rock hochzuziehen – es hatte etwas Erotisches, das ihn erregte –, doch das würde nicht passieren. Er hob sie von der Kochinsel und zog ihr das Kleid über den Kopf, sodass sie nackt vor ihm stand und ihm stolz ihre Blöße zeigte.

»Gefällt dir, was du siehst?«, fragte sie, aber das war nicht *fishing for compliments*. Sie wusste, dass es ihm gefiel. Sie wollte ihn einfach heißmachen. Sie wussten es beide.

Er zeichnete mit einem Finger die obere Wölbung ihrer Brüste nach, verzaubert davon, wie ihre Brustwarzen sich zu harten Kieseln zusammenzogen, ohne dass er sie auch nur berührte. »Darauf kannst du wetten.«

»Gut, denn mir gefällt, was ich sehe.« Sie trat aus seiner Reichweite, umkreiste ihn und schnalzte mit der Zunge, als er Anstalten machte, sich zu ihr umzudrehen. »Oh nein. Ich habe das schon einmal verpasst; ich will das ganze Paket sehen.«

Beim nächsten Atemzug waren ihren Lippen auf ihm. Auf seinem Rücken, seinen Schultern. Auf einem Teil seines Halses, auf den er noch nie einen Gedanken verschwendet hatte. Dann, als sein Schwanz zwischen Elend darüber, nicht berührt zu werden, und Ekstase wegen der Vorfreude schwankte, drückte sie sich fest von hinten an ihn und umfasste mit einer Hand seinen Penis. Mit einer Hand streichelte sie seinen Schwanz, und die andere wanderte über seinen Körper, berührte und neckte ihn, und er war dem Höhepunkt nahe, doch nie und nimmer würde er kommen, ohne tief in ihr zu sein.

»Genug.« Es kam mehr wie ein Knurren heraus denn wie ein Wort, aber sie verstand seine Botschaft.

Und als er herumwirbelte und sie umdrehte, damit sie die Plätze tauschen konnten, und sie zwischen ihm und der Kochinsel stand, sah sie ihn mit lusterfüllten Augen an und zog die Unterlippe zwischen die Zähne.

»Du weißt, was ich will«, sagte er.

»Du bist so fordernd.«

»Du hast keine Ahnung, verdammt. Dreh dich um.«

Sie tat es – langsam, Grad für Grad –, und dann stellte sie sich auf die Zehenspitzen, die Beine weit gespreizt, und beugte sich über die Kochinsel. Gott, das reichte schon fast, dass er auf der Stelle kam. Sie sah so verdammt schön aus. Und sie war selbstbewusst und mehr als bereit, die Spielchen zu spielen, die er liebte, weil sie sie ebenfalls liebte. Der kleine Nachbarschaftskrieg war das Vorspiel gewesen, das sie zu dem Abend in der Tiefgarage und zu dem heutigen Tag geführt hatte.

»Lass mich nicht warten.«

Klugscheißerin. Er gab ihr einen Klaps auf den Po. »Geduld, Süße.«

Aber er hatte auch keine Geduld mehr. Er stellte sich zurecht und ließ sich ohne weitere Umstände in ihre feuchte Hitze hineingleiten, die ihn willkommen hieß. Er stieß so ruhig er konnte in sie und dachte, dass er sie fest und hart nehmen wollte, sie zu der Seinen machen. Gott, war sie eng. Sich zu bremsen brachte ihn schier um, aber er wollte die Wölbung ihrer Wirbelsäule auskosten, das Heben ihrer Hüften, als sie ihm entgegenkam, und das leise Seufzen eines Stöhnens, als er endlich bis zum Anschlag in ihr versank.

Wenn er ein besserer Mann gewesen wäre, hätte er es ausgedehnt, hätte es hinausgezögert, aber sie ließ ihre Hüften kreisen, und da war er verloren. Eine Hand fest um ihre Hüfte gelegt, streckte er die andere aus, rollte ihre harte Brustwarze zwischen zwei Fingern und zog gerade genug daran, dass Everly vor Wonne keuchte. Dann ließ er ihre Brustwarze los, umfasste ihr Kinn und drehte ihr Gesicht schnell zur Seite, damit er ihre Lippen erobern konnte. Er stieß die Zunge in ihren süßen Mund und kostete sie auf diese Weise, während sein Penis in ihr brannte und er sich schmerzhaft nach Erlösung sehnte. Er ließ sie los, griff nach unten und strich mit den Fingern über ihre geschwollene Klitoris. Sie buckelte, und ihre Vagina spannte sich noch enger um ihn.

»Ja, so ist es gut, Süße.« Er umkreiste ihre Klitoris mit dem Mittelfinger und übte gerade so viel Druck aus, dass sie vor Ekstase aufschrie. »Du wirst gleich noch einmal kommen.«

Als er in sie hineinstieß und sich wieder zurückzog, gab er das Tempo vor, ein stetiges Tempo, während er die Geschwindigkeit und den Druck seiner Finger verstärkte, bis sie aufschrie und sich krümmte, als sie mit seinem Namen auf den Lippen kam. Sie presste ihn zusammen, und das war zu viel. Jetzt gab es kein Zurückhalten mehr. Er packte ihre Hüften und schob sie vor und zurück, dass sie bei jedem Stoß zusammenklatschten. Es war intensiv, schnell und auch grenzwertig grob – aber sie zahlte es mit gleicher Münze zurück. Hinein und hinaus, stieß er tief zu, und jeder Stoß trug ihn immer höher, bis die Ekstase an Schmerz grenzte, so intensiv war sie. Es war so verdammt gut.

»Everly«, brachte er heraus, gerade als sein Höhepunkt ihn überrollte. Noch einmal stieß er tief in sie und ließ los.

Als er die Augen wieder öffnen konnte, wurde ihm klar, dass er sie praktisch gegen die Kochinsel quetschte. Er zog sich zurück und entschuldigte sich, bevor er das benutzte Kondom abstreifte und in den Müll warf.

Er beobachtete sie genau, während sie ihr Kleid vom Boden aufhob und hineinschlüpfte. Sie sagte nichts. Das gefiel ihm gar nicht. Diese Frau hatte immer eine Menge zu sagen. Es war die stille Everly, die gefährlich war.

»Alles in Ordnung?«, fragte er ein wenig hilflos, weil ihm nichts Besseres einfiel.

»Keine Sorge, ich flippe nicht aus«, antwortete sie, drehte sich um und musterte ihn von Kopf bis Fuß. »Ich versuche nur herauszufinden, ob das jetzt so weitergeht.«

»Ich stimme mit Ja.« Eine Million Mal Ja.

Sie lachte. »Was für eine Überraschung.«

»Wie wäre es damit?« Er hob seine Börse vom Küchenboden auf und nahm seinen Glücksvierteldollar heraus. »Sollen wir eine Münze werfen? Kopf, wir machen so weiter, solange es Spaß macht. Zahl, wir gehen von dannen, ohne Zwist, ohne schlechte Stimmung.«

»Nur solange es Spaß macht?«, fragte sie und stolzierte zu ihm hinüber.

»Genau.« Also, bei solchen Deals war er ein Meister. Jeder ging als Gewinner davon.

Sie dachte eine Sekunde lang nach und nickte. »Wirf.«

Er tat es, und gerade als die Münze anfing, wieder herunterzufallen, streckte Everly die Hand aus und fing sie aus der Luft.

»Kopf«, verkündete sie, ohne den Vierteldollar auch bloß anzusehen.

»Das war kein vollständiger Münzwurf.«

Ihre einzige Antwort war ein schwaches Schulterzucken, als sie sich umdrehte und die Treppe hinaufging, wo sie gerade so lange innehielt, um ihr Kleid wieder auszuziehen. Er nutzte endlich einmal seinen hohen IQ für etwas Gutes, hielt den Mund und folgte ihrem Beispiel, indem er seine Shorts und sein T-Shirt auf dem Küchenfußboden liegen ließ.

19. KAPITEL

Die Sonnenstrahlen, die vom Ozean reflektiert wurden, stahlen sich durch die schmale Öffnung zwischen den Vorhängen des Hotelzimmers und taten ihr Bestes, sich in Helene Carlyles Gehirn hineinzubohren. Sie war kein Morgenmensch und auch nie einer gewesen. Sie wandte sich vom Fenster ab, nur um auf einen breiten Rücken zu stoßen, ebenso wie auf einen silbergrauen Haarschopf, der sich in das Kissen neben ihrem kuschelte.

Die Einzelteile fügten sich in erregender Detailliertheit zusammen. Der Wein, gefolgt von einem Spaziergang durch die Innenstadt. Dann ein Dinner, bei dem sie so viel gelacht hatte wie schon seit einer halben Ewigkeit nicht mehr, während Alberto sie mit Geschichten über die Strapazen und Widerwärtigkeiten einer Tätigkeit in der Hotelbranche ergötzt hatte. Er hatte als Page begonnen und sein Leben damit verbracht, hart zu arbeiten, bis er an dem Punkt war, nicht bloß die Hotelkette zu kaufen, sondern in sieben Länder zu expandieren. Es war so ganz anders als ihr eigenes Leben. Sie war in Privilegien hineingeboren worden und dazu erzogen, sich an den Code der Elite von Harbor City zu halten. Anschließend hatten sie eine Rundfahrt gemacht und waren danach auf ein paar weitere Drinks in eine Dachterrassenbar gegangen, die auch in Badesachen besucht werden durfte. Sie hatte nichts ausgezogen, aber es war definitiv erhellend gewesen. Zu guter Letzt hatte er sie in ihr Hotelzimmer zurückgebracht. Sie hatte ihn auf einen Schlummertrunk eingeladen und … jetzt erwachte sie mit einem nackten Mann in ihrem Bett.

Sie sollte sich schuldig fühlen – immerhin trug sie nach wie vor ihren Ehering –, doch so war es nicht. Sie fühlte sich … als hätte sie Neuland betreten, und es war berauschend. Das ärgerte sie. Was, wenn ihre Söhne es erfuhren? Was würde Michael sagen? Okay, das war eine blöde Frage, da er seit mehr als drei Jahren tot war, aber sie verursachte trotzdem ein eiskaltes Ploppen in ihrer Brust, weil so vieles von dem, was sie nun tat, darum kreiste, wie Michael reagieren würde. Der Weckruf reichte aus, um jedwede Spinnweben wegzuwischen und sie aktiv werden zu lassen.

Sie richtete sich auf, nahm die Decke mit sich, die sie sich dicht an ihre nackte Brust presste, und stach mit einem Finger in Albertos Schulter. »Du musst jetzt gehen.«

Er rollte sich herum. Er war ganz zerzaust, sah aber umwerfend aus. Er schenkte ihr ein schläfriges Grinsen, machte jedoch keine Anstalten, aus dem Bett zu steigen. »Guten Morgen, *bellissima.*«

»Geh.« Sie pikste ihn abermals. »Verzieh dich.«

Statt aus dem Bett zu steigen, setzte er sich hin, ließ die Decke auf seine Taille rutschen und griff nach ihrer Hand, dann drückte er einen Kuss in die Mitte ihrer Handfläche. »Nun geht dein Temperament schon frühmorgens mit dir durch. Ich liebe es. Bist du nervös? Gestern Nacht warst du es nicht.«

Ein Stromschlag zischte von der Mitte ihrer Handfläche ihren Arm hinauf und ließ ihre Brustwarzen unter dem Laken hart werden. »Ich bin nie nervös.«

Sein Blick fiel auf ihre Brüste, und Verlangen verdunkelte seine braunen Augen, bevor er seine Aufmerksamkeit wieder auf ihr Gesicht richtete, insbesondere ihren Mund. »Du weißt, dass es in Ordnung ist.«

Verwirrt über das unerklärliche Ansteigen der Temperatur im Raum, versuchte sie, so viel Würde wie möglich zu wahren, während sie nackt im Bett neben dem ersten Mann saß, mit dem sie seit Michaels Tod geschlafen hatte, und der darauf beharrte zu denken, sie wolle, dass er mit ihr flirtete – was definitiv nicht der Fall war. Sie warf ihm den hochmütigsten Blick zu, den sie in ihrer gegenwärtigen Verfassung zuwege brachte. »Was ist in Ordnung?«

»Dass wir uns geliebt haben.« Er strich mit dem Handrücken über ihren Arm, und die Spitze eines Fingers streifte beinahe ihre hart gewordene Brustwarze.

»Das weiß ich.« Hitze flammte in ihren Wangen auf, während Begehren wie warmer Honig durch sie hindurchfloss. »Ich bin ja nicht blöd.«

Er zuckte die Achseln und lehnte sich wieder in die Kissen. »Aber du neigst dazu, dir Sorgen zu machen, und im Moment machst du dir Sorgen darüber, was andere denken würden, wenn sie Bescheid wüssten.«

Die Tatsache, dass er sie so mühelos durchschaute, ärgerte sie. »Du irrst dich.«

»Ach ja?« Er beugte sich vor und küsste sie, seine Lippen stark und fordernd. »Dann komm mit mir zu der großen Eröffnungsgala, wenn wir nach Harbor City zurückkehren.«

Ein Date? Sie? Noch dazu bei einem der Events, die sie immer mit Michael besucht hatte? Die Tatsache, dass es eine große Versuchung war, machte ihr Sorgen. Verdammt. Sie verabscheute sich dafür, dass Alberto sie so perfekt durchschaute. Es brachte die Halsstarrigkeit hervor, deren Herkunft sie normalerweise Michael anlastete, wenn Sawyer oder Hudson sie zur Schau stellten.

»Ich habe bereits ein Date.«

»Mit einem deiner Söhne?« Er lachte. »Das zählt nicht.«

Das wusste sie. Sie hatte das Hudson eigens erklärt, ehe er Felicia kennengelernt hatte, als er darauf bestanden hatte, seine Mutter zu Veranstaltungen mitzuschleppen. Damals hatte sie versucht, ihre Trauerzeit über die Frist hinaus fortzusetzen, nach der die meisten Menschen annahmen, sie sollte wieder zu sich selbst zurückgefunden haben. Das war nicht der Fall gewesen, aber die öffentlichen Auftritte hatten ihr ein wenig von dem Glück zurückgebracht, von dem sie gedacht hatte, es sei ihr für immer verloren. War sie bereit für eine weitere solche Grenzüberschreitung? War sie bereit für ein Date? Wenn jemand sie vor der vergangenen Nacht gefragt hätte, hätte sie mit Nein geantwortet. Aber jetzt, danach? Da war sie sich nicht mehr so sicher. Und das machte ihr wirklich Sorgen.

Nicht recht wissend, wie sie mit der ihr bisher unvertrauten eigenen Unentschlossenheit umgehen sollte, verfiel sie auf das zurück, worauf sie sich am besten verstand – Leute herumzukommandieren. »Du solltest besser gehen.«

Wenn er gekränkt war, ließ Alberto es sich nicht anmerken. Tatsächlich schien er ihre Schroffheit sofort als das zu erkennen, was es wirklich war, ein Rückzugsgefecht. Er schenkte ihr ein wissendes Lächeln, stieg aus dem Bett und hatte nicht das geringste Problem damit, nackt durch ihr Hotelzimmer zu spazieren, sein Rücken und sein Hintern ein Zeugnis seiner Trainingsdisziplin. Er schlenderte durch den Raum und hob seine Kleider auf, wo sie sie in der vergangenen Nacht fallen gelassen hatten. Sobald er angezogen war, kehrte er zum Bett zurück, legte eine Hand auf die Matratze neben ihrer Hüfte und beugte sich vor.

»*Bellissima*«, sagte er, sein Atem warm und süß auf ihrer Haut, »wir werden Vorbereitungen treffen, wenn wir nach Hause zurückkehren.«

Freudige Erwartung erfüllte sie. »Ich habe nicht Ja gesagt.«

»Aber du wirst es tun.« Er küsste sie, völlig überzeugt von seiner Meinung.

Alberto war viel zu selbstsicher, doch in diesem Fall hatte er keinen Grund dazu. Denn sie konnte nicht Ja sagen. Was würde denn dann passieren? Sie hatte nicht den blassesten Schimmer.

20. KAPITEL

Nach Key West schlug die vorwinterliche Kühle ein wenig härter zu, als sie einige Tage später zusammen mit den Kunstwerken, die sie zum Verkauf ausgewählt hatten, zurückkehrten. Alberto hatte sein Interesse signalisiert, mehr über Taylors Ideen für die Expansion in die USA zu erfahren, und darüber mit den Gremien der Hotelkette Einvernehmen erzielt.

Everly war mit einer Tüte voller Lebensmittel auf dem Weg die Delancey Street hinunter und zog die Schultern hoch zum Schutz gegen den Wind, der so kalt war, dass keine Katze mehr hinter dem Ofen vorkam. Je schneller sie zu Hause war, desto eher konnte sie ihre Wollsocken aus der untersten Schublade ihrer Ankleidekommode herauskramen und ihre Zehen auftauen lassen. Natürlich war das nicht die einzige Art, wie sie wieder warm zu werden hoffte. Da war ein gewisser Mann in 2B, der sie heißmachte, ohne sich auch nur Mühe geben zu müssen. Ihr sechster Sinn schlug an, eine halbe Sekunde, bevor eine tiefe, männliche Stimme sie traf wie ein Schwall Tropenluft. Bye-bye Wollsocken, ihr war sofort nach Shorts und Tanktop.

»Ich trage das gleich hinauf zu mir«, verfügte Tyler, als er mit seinen langen Beinen zu ihr aufschloss.

»Das sind *meine* Einkäufe«, konterte sie und genoss die unbefangene Neckerei zwischen ihnen nach einem weiteren schwierigen Besuch bei Nunni.

Er beugte sich vor, nahm ihr die Papiertüte aus den Armen und bedachte sie mit einem Augenzwinkern, bei dem ihr Höschen ganz feucht geworden wäre, hätte sie eins getragen. »Es ist einfacher für mich, für dich zu kochen, wenn in meiner Wohnung etwas zu essen ist.«

»Oh nein.« Sie würde ihn die Tüte den letzten Häuserblock entlang und die Treppen hinauftragen lassen, aber dann endete sein Weg. »Du kochst nicht für mich. Ich habe eine Menge, wofür es sich zu leben lohnt.«

Sein dröhnendes Lachen wärmte sie, als sie vor ihrem Haus stehen blieben und sie den Eingangscode eintippte. Zum ersten Mal, seit sie das *Lakeland*-Gemeindezentrum verlassen hatte, wo Nunni sie – nun eigentlich ihre Mom – gewarnt hatte, auf der Hut vor den falschen Männern zu sein, fiel etwas von der Anspannung von ihr ab. Tyler passte vollkommen in Nunnis Beschreibung der falschen Männer. Er schmiedete Ränke, war ein Stratege, ein Mann, der erpicht darauf war, sich in einen perfekten reichen Snob von Harbor City zu verwandeln. Natürlich spielte in ihrer Situation nichts von alldem eine Rolle, weil sie nicht so war wie ihre Mutter. Niemand verliebte sich, und niemand würde verletzt werden. Es war einfach ein wenig Spaß, mehr nicht.

»Würdest du deine Meinung eventuell ändern, wenn wir nicht allein sein würden?«, fragte er auf dem Weg die Treppe hinauf.

»Du hast einen Kumpan für deine Kochmordanschläge?«

Er tat ihre Worte mit einem Lachen ab. »Nein, ich habe einen Kochlehrer engagiert.«

Sie blieb auf dem Treppenabsatz zum ersten Stockwerk jäh stehen. »Nein.«

»Doch«, sagte er. »Und ich brauche einen Verkoster.«

Everly hatte keinen Schimmer, was Tyler im Schilde führte, aber er heckte definitiv irgendetwas aus. Der Mann tat nie etwas ohne einen Plan. »Wie bist du denn auf die Idee gekommen?«

»Diese grässliche Nachbarin von oben beschwert sich immer wieder«, antwortete er und trug ihre Lebensmittel auf direktem Weg zu seiner Wohnung durch den Flur.

Ja, das stimmte durchaus. Sie hatte sich – oft – beim Hausbesitzer beschwert, der sich rein zufällig als ihr Nachbar und Horrorkoch von 2B entpuppt hatte. Schon komisch, wie das Leben manchmal so spielte. Ihr Blick fiel auf seinen Hintern, als er sich umdrehte, um seine Tür aufzuschließen. Grundgütiger. Eines Tages würde sie sich seinen Glücksvierteldollar schnappen und ihn auf seinen Hintern werfen. Also, *das* wäre ein Münzwurf, den sie genießen würde, ganz gleich, ob sie gewann oder verlor.

Fest entschlossen, bei ihrem kleinen Spiel mitzuspielen, statt dem Drang nachzugeben, ihn im Flur zu vernaschen – zum Teufel mit den Nachbarn –, sagte Everly: »Deine Nachbarin muss ja ein ganz schönes Miststück sein.«

Er schloss seine Tür auf, drehte sich um und sah sie an. »Sie hat auch ihre guten Seiten.«

»Ach ja? Welche denn zum Beispiel?« *Fishing for compliments?* Sie? Okay, erwischt.

Tyler trat näher. Die Papiertüte raschelte, und in seinem Blick lag so viel Hitze, dass der Beutel, der zwischen ihnen zerquetscht wurde, eigentlich hätte Feuer fangen müssen. »Diese Sache, die sie mit ihrer Zunge macht.«

Diese Sache? Oh ja, sie wusste, dass ihm das gefallen hatte. Key West hatte Spaß gemacht, so viel stand fest.

Everly senkte die Stimme zu einem verschwörerischen Flüstern. »Das macht sie nur in Florida, soweit ich gehört habe.«

Er schnalzte mit der Zunge. »Das ist die traurigste Neuigkeit des Tages.«

Der Klang eines schief gesungenen Liedes über falsche Freunde, der aus seiner Wohnung kam, fesselte ihre Aufmerksamkeit. »Hast du wirklich einen Kochlehrer engagiert?«

Er trat einen Schritt zurück und drückte die Tür auf, und die köstlichsten Düfte der Welt wehten aus seiner Wohnung. »Komm herein und finde es raus.«

Das tomatige, knoblauchgeschwängerte Aroma war ein Geruchsäquivalent dafür, wenn jemand einen Termin absagte, wenn sie sich nichts mehr wünschte, als zu Hause zu bleiben. Mit anderen Worten: Es roch paradiesisch. Der Mann in dem T-Shirt mit der Aufschrift *WHAT'S COOKIN'?* und Khakishorts trotz des stürmischen Wetters draußen war sofort wiederzuerkennen für jeden in Harbor City, der einen Magen hatte, und wahrscheinlich auch außerhalb der Stadt. Heath Hostile war eine Mischung aus bösem Buben und Chefkoch, der als Vertretungskoch in einer Imbissbude angefangen hatte und am Ende eins der erfolgreichsten Restauranttrios der Ostküste führte, von dem sich eines – *Weizen & Roggen* – in Harbor City befand. Er hatte seine eigene Fernsehsendung, in der er von der Pleite bedrohte Restaurants rettete.

Ein wenig schwer von Begriff drehte sie sich zu Tyler um, der immer noch ihre Lebensmittel trug. »Warum ist der Mann aus *Hostile übernimmt* in deiner Küche?«

Tyler zuckte die Achseln und stellte die Lebensmitteltüte auf die Kochinsel. »Ich bin stiller Teilhaber an seinen Restaurants.«

»Und ich bin der Einzige, der seine Kochkunst ertragen kann.« Heath winkte ihr kurz zu, bevor er sich wieder dem köchelnden Topf auf dem Herd zuwandte.

Okay, das war ein Geheimnis, das sie lüften musste. »Wie in aller Welt haben Sie das fertiggebracht?«

»Mein Magen ist nicht empfindlich.« Heath tätschelte seinen flachen Bauch. »Und Sie müssen die mysteriöse Frau sein, von der Tyler erzählt hat.«

Sie drehte sich zu Tyler um und zog die Augenbrauen hoch. »Mysteriöse Frau?«

»Beachte ihn einfach nicht«, antwortete er und funkelte Heath an. »Er ist ein Idiot in jeder Hinsicht, außer beim Kochen.«

»Apropos, ich hoffe, dass Pasta in dieser Tüte ist«, warf Heath ein. »Es ist fast Zeit, sie aufzusetzen, jetzt, da deine Soße seit vier Stunden köchelt.«

Tyler wühlte in der Lebensmitteltüte, holte die Spaghetti hervor und schwang sie wie eine Trophäe.

»Du hast die Soße gemacht?«, fragte Everly, zu schockiert, um lange über die übergriffige Weise nachzudenken, wie er in ihren Lebensmitteln herumgestöbert hatte. »Auf keinen Fall. Er muss dir geholfen haben.«

»Nur wenn du brüllen als helfen bezeichnest.«

»Willkommen in meiner Welt, Kumpel«, meldete Heath sich zu Wort. »Wenn Sie ein klein wenig Hitze nicht vertragen können, verlassen Sie die Küche.«

Und in den nächsten zwei Stunden taten sie das nicht. Zu dritt lachten sie, erzählten sich schwachsinnige Geschichten, und Everly beobachtete, wie Tyler endlich die perfekte Pasta kochte – beim vierten Versuch –, ehe sie das beste Dinner verzehrten, das sie je im Leben gegessen hatte. Als Heath ging, hatten sie zwei Flaschen Rotwein den Garaus gemacht, und sie war mehr als bereit, sich einige dieser köstlichen Kohlehydrate auf die bestmögliche Weise abzutrainieren.

Sie stellte ihr halb leeres Weinglas auf die Kochinsel und begann mit den Knöpfen ihrer schwarzen Bluse. Tyler sagte kein Wort, sein Weinglas verharrte auf halbem Weg an seine Lippen, während er mit verzückter Aufmerksamkeit ihre Finger beobachtete. Gut. Genauso wollte sie ihn haben – in ihrem Bann.

»Das war eine Mahlzeit, die ein Dankeschön verdient.«

Er stellte sein Glas mit einem Klirren auf die Kochinsel. »Denkst du an etwas Spezielles?«

Die Unterarme auf die Kochinsel gedrückt, beugte sie sich so weit vor, dass ihre Bluse aufklaffte und ihm eine exzellente Aussicht auf ihre spitzenverhüllten Brüste bot. »Ich habe da diese Sache, die ich mit meiner Zunge machen kann.«

Also, das ließ seinen Blick zu ihrem Gesicht hochschnellen.

»Gott, jaaa.« Es kam heraus wie ein langsames Gebet, aber er bewegte sich schnell.

Sein Mund senkte sich auf ihren herab, ihrer beider Klamotten verschwanden auf magische Weise, und einige Stunden, Tage, Wochen – wer zum Teufel wollte das wissen? – später hatten sie beide Nudelsoßespritzer an Stellen, die normalerweise nie welche abbekommen würden, und waren zu gesättigt und zu erschöpft, um sich darum zu scheren.

Sie zog einen Finger durch eine Linie Tomatensoße auf seiner Schulter und lutschte sie ab. »Ich werde Pasta nie wieder mit denselben Augen sehen.«

»Da wären wir schon zu zweit, Süße.« Tyler stand auf, warf sie sich über die Schulter wie ein Neandertaler, der seine Frau als seinen Besitz ansieht, und ging durch den Flur zu seinem Schlafzimmer. »Jetzt lass mich dich einseifen, bevor ich dich für Runde Nummer zwei mit mir ins Bett zerre.«

»Was immer der Koch wünscht«, antwortete sie und klatschte ihm auf seinen knackigen Hintern, den ganzen Weg bis zur Dusche lachend.

Tyler hatte niemals jemanden – erst recht keine Frau – zu Frankie Hartigans Pokerabend mitgebracht. Andererseits hatte er auch nie jemanden wie Everly zum Mitbringen gehabt. Die anderen Frauen, mit denen er zusammen gewesen war, hätten von ihren Penthouses einen einzigen Blick auf den einstöckigen Bungalow auf der anderen Seite des Hafens geworfen und darum gebeten, daheim bleiben zu dürfen. Everly hatte sich wie zu Hause gefühlt, sobald Finian, Frankies Zwillingsbruder, die Tür geöffnet und sie gebeten hatte, seine Frau zu werden. Sie hatte dem hünenhaften Feuerwehrmann erklärt, sie habe seit Jahren ein Hochzeitskleid, das nur auf ihn wartete. Tyler war sofort der kalte Schweiß ausgebrochen, und bloß das hatte ihn daran gehindert, einen seiner ältesten Freunde k.o. zu schlagen. Sicher, er hätte sich anschließend mies gefühlt, aber allein der Gedanke, dass der andere Mann Everly anfasste, ließ sein Waterbury-Temperament voll durchschlagen.

»Du bist doch nicht wirklich mit diesem Idioten hier, oder?«, fragte Finian und nahm Tyler wie üblich hoch.

»Es ist ein totales Mitleidsdate«, antwortete Everly augenzwinkernd.

Der andere Mann warf den Kopf in den Nacken und lachte, legte einen Arm um Everly und zog sie hinein in das Haus, das er sich mit Frankie teilte, bevor er allen Anwesenden zurief, dass Tyler endlich eine feste Freundin gefunden habe.

Hatte er nicht, doch die Idee erschreckte ihn nicht annähernd so sehr, wie sie das hätte tun sollen. Sie waren auf der Insel übereingekommen, dass sie die Sache einfach ganz locker sehen wollten. Sie wussten genau, wo sie standen – ein wenig Spaß, einige schöne Momente und keine Bindung. Das war alles, was ging, und das wussten sie beide.

Und warum stellen sich dir die Nackenhaare auf, nur weil Finian sie angefasst hat?

Tyler schob den beunruhigenden Gedanken beiseite und setzte sein Pokerface auf. Der Pokerabend mit den Hartigans war eine ernste Angelegenheit. Sie spielten nicht um Geld. Nein. Es ging bloß um Stolz und das Recht zu prahlen.

»Alle mal herhören, das ist Everly Ribinski«, stellte Finian sie vor, indem er das Wort an den versammelten Clan richtete. »Dieser große Rotschopf ist mein Zwilling und Feuerwehrkumpel, Frankie; offensichtlich sind wir keine eineiigen Zwillinge, weil ich so viel hübscher bin. Diese Dame da drüben ist Fallon. Sie ist Krankenschwester in der Notaufnahme, aber lass dich nicht von dem Florence-Nightingale-Blick täuschen, sie blufft meisterlich, wenn sie nur Luschen auf der Hand hat. Und drüben in der Ecke mit dem Telefon am Ohr, als müsse er die Welt retten, statt sechs Pizzen zu bestellen, das ist unser kleiner Bruder Ford. Er ist Cop, aber wir versuchen, ihm die Tatsache, dass er nicht zu einem Feuerwehrmann herangewachsen ist, nicht zu verübeln.«

Ford zeigte seinem Bruder den Stinkefinger.

Fallon verdrehte die Augen. »Oh mein Gott, Finian, verschreck die Frau nicht gleich.«

»Ich verschrecke sie nicht«, verteidigte Finian sich. »Ich heiße sie in dem Wahnsinn willkommen.«

»Nun, wenn sie mit Tyler gekommen ist, ist sie daran bereits gewöhnt.« Fallon lachte. »Willst du ein Bier? Du wirst es brauchen, um mit all dem Testosteron zurechtzukommen.«

Everly lächelte. »Ich hätte liebend gern eins, vielen Dank.«

Und einfach so hießen die Hartigans sie zum monatlichen, halsabschneiderischen Familienpokerabend willkommen. Nachdem sie das dritte Spiel in Folge gewonnen hatte, fragten sie Tyler, ob er eine Schummlerin mitgebracht hätte. Sie gab ihm eins in die Rippen. Das war typisch Everly – so war es immer. Die Frau war durch nichts zu erschüttern. Sie hatte eine kesse Erwiderung für jede neckische Beleidigung und ein Lachen für jeden Scherz. Wenn er nicht bereits bei jeder sich bietenden Chance Sex mit ihr gehabt hätte, wäre er verdammt eifersüchtig auf den Mann gewesen, der das durfte.

Das war wahrscheinlich der Grund, warum er ein Full House übersah und dann einen Flush. Seine Aufmerksamkeit wurde jedes Mal abgelenkt, wenn sie sich eine seidige Strähne ihres dunklen Haares um den Finger schlang, und er war ganz fasziniert von ihrem Mund, wann immer sie einen Schluck Bier nahm. Er hatte sich noch nie im Leben gewünscht, eine Bierflasche zu sein, aber das war gewesen, ehe er sie welches hatte trinken sehen.

»Heiliger Bimbam, Tyler«, sagte Frankie einige Stunden später in der Küche, als sie sich eine weitere Runde Bierflaschen schnappten. »Wo hast du sie gefunden, und hat sie eine Schwester? Und überhaupt, hat sie schon herausgefunden, dass sie etwas Besseres als dich haben kann?«

Tyler drehte den Verschluss einer der Bierflaschen mit ein wenig mehr Kraft auf als notwendig. »Wenn ja, wird sie sich sicher nicht für dich entscheiden.«

»Und das ist die, die dich in den Wahnsinn treibt?«

»Genau die.« Bloß dass sie ihn jetzt vollkommen ablenkte.

»Und wie ist das gekommen?«

Tyler nahm einen langen Schluck und ließ sich Zeit, um sich ins Gedächtnis zu rufen, dass Frankie nichts mehr liebte, als ihn zu necken. Wie er umgekehrt auch. »Das?«

»Dass es mit Everly ernst geworden ist.«

»Das mit uns ist nichts Ernstes. Wir haben nur ein wenig Spaß.«

Der Blick, mit dem Frankie ihn bedachte, kam Mitleid so nah, wie der Mann zu empfinden fähig war. »Aha.«

»Was soll das denn heißen?«, fragte Tyler, als hätte er die Antwort nicht gekannt.

»Ich nehme an, mir sind einfach all die anderen Male entgangen, als du eine Frau mitgebracht hast, mit der du nur ein wenig Spaß hattest.«

»Sehr witzig.« Ja, der rothaarige Hüne war ein geborener Komödiant.

»Ich bin ein Spaßvogel.« Frankie grinste. »Deshalb lieben die Damen mich auch alle.«

»Bis zu dem Punkt, an dem sie dir in die Eier treten.«

»So ziemlich.« Er schnappte sich vier der Bierflaschen, zwei in jeder Hand, und warf Tyler einen ernsten Blick zu. »Sicher, dass das zwischen dir und Everly nichts Ernstes ist?«

Er nickte und zwang seine Stimme, neutral zu bleiben. »Absolut.«

»Dann hättest du also nichts dagegen, wenn ich sie um ein Date bitte?«

Verdammt, nein – Tyler sah rot und trat einen Schritt vor, bevor ihm klar wurde, was er tat. »Scheiße, wag es ja nicht.«

»Nur ein wenig Spaß, hm?« Frankie lachte und schlenderte zurück ins Nebenzimmer.

Tyler griff nach den beiden anderen Bierflaschen, blieb aber in der Küche, atmete einige Male tief durch und sagte sich, dass er runterkommen musste. Die Rivalität des Pokerabends musste der Grund gewesen sein, der ihn zu dieser Reaktion verleitet hatte. So musste es sein. Everly und er hatten wirklich nur Spaß. Das war alles, was ging, und er war damit einverstanden. Mehr als einverstanden. Er war verdammt noch mal begeistert.

Die nächste Kochstunde fand am Samstagvormittag in der Restaurantküche des *Weizen & Roggen* statt, ehe es öffnete. Everly saß an dem speziellen VIP-Tisch in der Ecke und beobachtete Tylers dritten Versuch mit Pasta. Der Mann war ein hoffnungsloser Fall, doch er gab nicht auf. Das war ziemlich sexy – genau wie alles andere an ihm. Endlich stellte er einen

Teller mit Pasta und Wodkasoße auf den Tisch und legte zwei Gabeln vor sie hin.

»Bist du mutig?«, fragte er.

Sie atmete tief den Geruch ein, der von dem Teller aufstieg und der ihr das Wasser im Mund zusammenlaufen ließ. »Immer.«

»Das glaube ich dir.«

Sie grinsten sich an und machten sich über etwas her, das sich als eins der besten Nudelgerichte erwies, das sie je gegessen hatte. Heath gesellte sich zu ihnen, und sie hatten ein witziges Mittagessen voller Restaurantklatsch und Gelächter. Als sie das *Weizen & Roggen* verließen und sie ihre Hand in seine schob, während sie die Straße entlanggingen, schien das ganz natürlich zu sein. Was war das Problem? Sie wusste es, aber es fühlte sich zu gut an, um so zu tun, als wäre das nicht der Fall. Gott, sie würde das hier irgendwann bereuen, im Moment wollte sie es allerdings genießen, genau wie sie vereinbart hatten. Sogar die Sonne schien, und der Wind hatte sich gelegt. Es war, als lächelte Mutter Natur auf sie herab, während sie die ganze lange Straße hinunter von dem Restaurant zu sich nach Hause gingen.

Doch gerade als sie auf die Eighth Avenue einbogen, kam eine Gewitterwolke in der Gestalt Irenas direkt auf sie zu.

Die andere Frau blieb unmittelbar vor ihnen stehen und zwang das Paar, das hinter ihr herging, im letzten Moment auszuweichen, sonst wären sie in sie hineingekracht. »Was für ein Zufall, euch beiden über den Weg zu laufen.«

»Hallo, Irena«, begrüßte Tyler sie mit hörbarer Anspannung in der Stimme.

»Ich habe mir sagen lassen, der Inselaufenthalt sei sehr produktiv gewesen«, bemerkte sie mit einem falschen Lächeln. »Alberto meinte, er könne es gar nicht erwarten, mit dir über deine Ideen zur Hotelexpansion zu reden. Ich habe ihn gewarnt, dass du Gepäck mitbringst, aber er sagte, er könne das Meeting nicht absagen, da es bereits vereinbart worden sei.«

»Gepäck?«, fragte Everly entgeistert. Als hätte die Frau, die vor ihr stand, nicht schon das gesamte Gepäcksortiment des örtlichen Kofferladens um den Hals hängen.

»Hat er es Ihnen nicht erzählt, Schätzchen?«, fragte Irena mit gespielter Aufrichtigkeit. »Er ist nicht das, was er zu sein scheint. Er mag ja ein dickes Bankkonto haben, aber seine Waterbury-Herkunft lässt sich nicht verleugnen, ebenso wenig wie die häusliche Gewalt in seiner Familie. Ist dein Dad schon draußen, oder sitzt er immer noch hinter Schloss und Riegel?«

Everly brauchte einen Moment, um das zu verarbeiten. Tylers Vater saß im Gefängnis? Häusliche Gewalt? Er hatte nie ein Wort darüber verloren. Es war nicht so, als seien sie tatsächlich ein Paar, aber so etwas Wichtiges unerwähnt zu lassen, fühlte sich ein bisschen wie Verrat an.

Die Ader in Tylers Schläfe pulsierte. »Er ist draußen.«

»Wie schön«, antwortete Irena. »Hattet ihr ein nettes Familienwiedersehen?«

Er zuckte mit keiner Wimper, doch er würde bald ernsthaft Hilfe von einem Zahnarzt brauchen, wenn er nicht aufhörte, so mit den Zähnen zu knirschen.

Everly hatte keine Ahnung von Zahnmedizin, aber sie hatte während ihrer Kindheit und Jugend eine Menge darüber gelernt, wie man ein intrigantes Miststück an seinen Platz verwies. Und wenn Irena irgendetwas brauchte, dann zu lernen, dass sie Menschen so nicht behandeln konnte – vor allem nicht solche, die Everly mochte.

Sie streckte die Brust heraus, trat einen Schritt vorwärts und nutzte die zusätzlichen Zentimeter, die ihre High Heels ihr schenkten, um hochnäsig auf die Ex-Verlobte hinabzublicken.

»Halten Sie den Mund.«

Irena blinzelte nicht einmal. »Wie lautet noch gleich die nächste Zeile in diesem Film? *Oder Sie werden ihn für mich schließen?*«

»Etwas in der Art.« Okay, sie hatte tatsächlich noch nie im Leben einen anderen Menschen geschlagen, doch das wusste diese Frau nicht, und sie mochte es offensichtlich, alle über einen Kamm zu scheren, die nicht aus ihrer elitären kleinen Welt kamen.

»Oh, Schätzchen«, Irena trug dick auf mit dem unechten Mitleid, »wir sind nicht in Hollywood, sondern in Harbor City. Und die Ratten aus der Gosse bekommen keine Chance, die Stadt zu übernehmen. Sie mögen am Rande zurechtkommen, aber keiner wird jemals wirklich ein Teil davon sein.« Sie richtete ihre Aufmerksamkeit wieder auf Tyler, und Grausamkeit löschte jeden Funken Schönheit, den die Frau besaß, aus. »Alberto wird dich jetzt bei Laune halten, aber er wird dein Angebot nicht annehmen, Tyler. Sieh den Tatsachen ins Auge – du bist einfach nicht gut genug. Du bist es nie gewesen und wirst es nie sein.« Sie stieß ein gemeines Kichern aus. »Du denkst, ich hätte mir in der Nacht vor unserer Hochzeit etwas Besseres gesucht, weil ich Sex wollte? Nicht einmal du bist so ahnungslos. Ich habe es getan, weil ich wusste, dass ich mehr wert war als alles, was du zu bieten hattest, und ich hatte keine Lust mehr, mit einem Waterbury-Loser zu spielen.«

»Wahrhaftig, du snobistisches Stück Scheiße …« Everlys Finger krümmten sich zur Faust, bevor sie es selbst bemerkte, doch Tyler packte mit eisernem Griff ihren Unterarm.

»Guten Abend, Irena«, sagte er, und der raue Klang seiner Stimme war mehr Warnung als Everlys Ausbruch.

Dann ging er an Irena vorbei und nahm Everly mit sich. Es ergab keinen Sinn, aber sie machte mit. Sie wusste, dass es nicht ihr Kampf war. Er war schließlich einer wie sie. Für Tyler einzutreten war für sie allerdings inzwischen so natürlich wie atmen. Scheiße. Sie würde wirklich bald in Schwierigkeiten stecken.

21. KAPITEL

Tyler war innerlich so kalt, dass es seinen Organen Gefrierbrand bescherte – genau wie es sein sollte. In Everly dagegen wütete stiller Zorn wie ein Schwelbrand während des ganzen restlichen Weges nach Hause. Gewohnt, alles um sich herum wahrzunehmen und sich ständig gegen Katastrophen zu wappnen, bekam er es mit. Eine laute, leidenschaftliche Everly war gefährlich, aber eine stille Everly war tödlich – zumindest für das arme Arschloch, auf das sie sauer war.

»Was zum Teufel war das gerade?«, fragte Everly, während sie von einem Ende der Regale, die eine große Wand seiner Wohnung bedeckten, zum anderen lief. »Warum um alles in der Welt hast du ihr nicht viel früher in den Arsch getreten?«

Er hielt in seinen Schritten nicht inne, als er direkt zum Kühlschrank ging und zu dem kalten Bier darin. »Weil ich weiß, wo das hinführt.«

Sie warf frustriert die Hände hoch. »Jemanden an seinen Platz zu verweisen?«

Er griff nach zwei Flaschen und ging dorthin, wo sie eine Rille in seinen Hartholzboden laufen würde, wenn sie nicht stehen blieb. Nachdem er die Kappen der Bierflaschen abgeschraubt hatte, reichte er ihr eine. Sie nahm einen Schluck, sah ihn erwartungsvoll an und setzte ihr Auf und Ab durch den Raum fort. Everly würde das nicht auf sich beruhen lassen. So eine Frau war sie nicht.

Doch er sprach nie über seine Kindheit und Jugend. Weder mit Sawyer noch mit Frankie oder seiner Familie. Auch nicht mit irgendeinem der hilfsbereiten Lehrer, die sich nach seinen geschwollenen Augen erkundigt hatten – den einzigen Malen, die sie sehen konnten. Als er alt genug gewesen war, um zu begreifen, dass er sich Hilfe holen konnte, gehörten die schlimmsten körperlichen Misshandlungen der Vergangenheit an. Er war größer und schlauer geworden und wusste, wann er seinen verdammten Mund halten und Pläne für seine Zukunft schmieden musste. Die Tatsache, dass er mit vierzehn Jahren seine beiden Eltern überragt hatte, war ihm zugutegekommen. Die beiden Arschlöcher, die ihn gezeugt hatten, hatten ihn nicht viel gelehrt, aber sie hatten ihm eine entscheidende Lektion erteilt – dass nichts zwischen dir und dem Ort steht, an dem du sein willst.

»Es ging nicht darum, jemanden an seinen Platz zu verweisen«, antwortete er. »Sondern darum, nicht so zu werden wie meine Eltern.«

Sie blieb ruckartig stehen und wirbelte herum, wobei die gerechte Entrüstung, die sie von innen erleuchtete wie einen Racheengel, gemäßigt wurde von Sorge. »Wie meinst du das?«

»Mein Vater ist genauso, wie Irena gesagt hat – ein wertloses Arschloch, das sich nicht zu schade war, meiner Mutter mit dem Handrücken ins Gesicht zu schlagen, wenn er dachte, dass sie es verdiente. Letztendlich ging alles den Bach runter.« Und er war am Boden zerstört gewesen. »Ich kann dir nicht sagen, wie viele Male meine Mutter ihren Kochlöffel geschwungen und geschworen hat, dass ich zu einem Mann genau wie mein Vater heranwachsen würde – einfach ein weiteres Waterbury-Arschloch, das seine Gefühle nicht im Zaum halten kann.«

Als er also dieses Stipendium für die Privatschule in Harbor City bekommen hatte, hatte er sich geschworen, dass er es zu etwas bringen und seiner Herkunft entfliehen, dieses zerstörerische Zuhause hinter sich lassen und nie mehr zurückschauen würde. Und das hatte er nicht getan. Niemals.

Everly stellte ihr Bier vor seine Sammlerausgabe von *Der Herr der Ringe*, durchquerte den Raum, bis sie vor ihm stand und schlang ihre Arme um ihn und kuschelte den Kopf in seine Schulterbeuge. »Es tut mir so leid, aber sie irrt sich; so bist du nicht.«

»Das liegt nur daran, dass ich es nicht zulassen werde.« Er war den Akzent losgeworden. Hatte seine Garderobe verändert. Seine Beziehungen zu seinen Arbeiterklassewurzeln eingeschränkt. Er war ein neuer Mann geworden.

»Ist das der Grund, warum dir dieses Geschäft mit Alberto so wichtig ist?«

Sein erster Impuls war es zu lügen, dieses Gespräch zu beenden, das er noch nie mit jemandem geführt hatte, aber die Wahrheit kam trotzdem heraus. »Zum Teil.«

»Erzähl es mir.« Sie löste sich von ihm und ging zurück, um ihre Bierflasche vom Regal zu holen.

Anscheinend wusste sie instinktiv, dass er Abstand für sein Geständnis brauchte. Diese Tatsache hätte ihn stutzen lassen sollen, doch dafür steckte er zu tief drin. Das war ein Problem. Ein großes. Everly war die eine Frau, die die Fähigkeit besaß, ihn wieder an die eine Sache zu ketten, vor der er den größten Teil seines Lebens davongelaufen war, und wenn er nicht vorsichtig war, würde er mit ihr gehen, lächelnd wie ein glücklicher Idiot. Selbstvergessen. Es war wirklich eine Katastrophe, verdammt.

»Ich will beweisen, dass sie sich irren. Sie alle.« Wenn er die Augen schloss, konnte er jeden von ihnen vor sich sehen, angefangen von seinen Eltern über Irena zu den Society-Arschlöchern, die ihn immer noch den »Stipendiaten« nannten, wenn sie dachten, er sei außer Hörweite. »Ich will ihnen zeigen, dass meine Herkunft nicht bestimmt, wer ich bin.« Gott, er klang jämmerlich. Schwach. Das entsprach nicht dem Image, das er anstrebte. Er war der personifizierte Erfolg, kein Weichei, das über seine raue Kindheit jammerte. »Tja, jetzt überdenkst du deine Dating-Entscheidung angesichts eines Typen mit einer fetten elterlichen Hypothek, nicht wahr?«

Ein sarkastisches Lachen entfuhr ihr, und sie schüttelte den Kopf. »Du bist nicht der Einzige, der eine elterliche Hypothek mit sich rumträgt.«

Ihm wurde heiß. »Erzähl es mir.« Damit er die Leute aufspüren konnte, die ihr unrecht getan hatten, und sie dafür bezahlen lassen konnte.

Das Auf und Ab durch den Raum begann von Neuem, aber diesmal war es langsamer, bedächtiger, beinahe wie bei einer Spaziergängerin, die sich im Wald verirrt hatte und fürchtete, dass sie, wenn sie stehen blieb, den letzten Funken Hoffnung verlieren würde, den sie noch hatte.

»Mein Vater war auch ein Arschloch, nur von anderem Schlag.« Sie nahm einen Schluck von ihrem Bier, drehte sich am Ende des Bücherregals um und kam zurück zu Tyler. »Er war ein hohes Tier im Finanzdistrikt. Er und meine Mutter haben sich kennengelernt, als sie als Sekretärin für ihn gearbeitet hat. Sie hat sich verliebt. Er fand, sie sei eine Frau, die man mit ins Bett nahm, aber definitiv nicht heiratete.« Sie nahm noch einen Schluck und stellte die halb volle Flasche auf das Bücherregal, diesmal vor *Große Erwartungen.* »Als sie mit mir schwanger wurde, dachte sie, alles würde sich zwischen ihnen ändern, und das tat es auch, aber nicht so, wie sie angenommen hatte. Er hat sie gefeuert. Versprochen, Alimente zu zahlen, ohne mit ihr zu streiten, falls – und nur falls – sie ihrerseits versprach, still und leise zu gehen. Also hat sie das getan – und daran ist sie zerbrochen.«

»Wie meinst du das, ›zerbrochen‹?«

Ihre Unterlippe zitterte, und in diesem Moment gab es keinen Menschen mehr auf der Welt, den Tyler mehr hasste als dieses Arschloch von einem Vater. Kein Wunder, dass sie zu Anfang so hart zu ihm gewesen war. Er konnte nicht außer Acht lassen, dass es einige Ähnlichkeiten zwischen ihnen gab – vor allem, als er ihre Bekanntschaft damit begonnen hatte, vorzuschlagen, dass sie ihren Arbeiterakzent loswerden sollte. Er hätte sich für diese lächerliche Bemerkung am liebsten noch einmal in den Hintern getreten.

Sie biss sich auf die Unterlippe, als ringe sie darum, nicht zu viel preiszugeben. Er wartete einfach geduldig ab und hoffte, dass sie sich wohl genug fühlte, um sich ihm mehr zu öffnen.

Sie holte tief Luft. »Nunni hat oft mit mir darüber gesprochen, dass meine Mutter nicht die ganze Zeit traurig war und sie sich davon erholen würde, aber das trat nicht ein. Nach ihrem Tod habe ich bei Nunni gelebt.«

Wahrscheinlich die richtige Entscheidung, jedoch eher keine, die viele Gerichte treffen würden, wenn es einen Sorgerechtsstreit gegeben hätte. »Nicht bei deinem Vater?«

»Ich müsste mir wirklich Mühe geben, diesen Mann bei einer Gegenüberstellung überhaupt zu erkennen.« Sie zuckte die Achseln, allerdings war es nur ein Schatten ihrer normalen Attitüde. »Ich habe ihn vor dem Tod meiner Mutter bloß ein paarmal gesehen.«

Es gab Menschen, die ein Strafgericht auf Waterbury-Art verdienten. Dieses Arschloch gehörte definitiv dazu. »Wer ist er?«

Sie schüttelte den Kopf, und ihre langen schwarzen Strähnen gewährten ihr vorübergehend einen Vorhang. »Es spielt keine Rolle.«

Er musste etwas tun – irgendetwas –, und da das Aufspüren ihres Vaters und die darauffolgende Rache ein Kampf für einen anderen Tag war, ging Tyler zu ihr hinüber, nahm sie in die Arme und drückte sie fest an sich. »Unsere Eltern waren echte Goldstücke.«

Als ihre Körper miteinander verschmolzen, schien ein Damm in Everly zu brechen. Ihre Schultern zitterten, während er ihren Rücken streichelte und versuchte, ihr Trost zu spenden.

»Meine Mom war in Ordnung«, sagte Everly, ihre Stimme ein klein wenig zittrig, während sie sich immer noch an ihn klammerte. »Sie ist nur mit ihrem Schicksal nicht fertiggeworden. Wie wahr das war, wurde mir klar, als ich eines Tages nach der Schule in unsere Wohnung kam und sie im Wäscheschrank des Badezimmers hängen sah.«

Das Bild ließ ihn innerlich erstarren.

Er vergaß zu atmen, und sein Verstand rang mit dem Gedanken an ein kleines Mädchen mit langem schwarzem Haar und großen wässrigen Augen, das zu seiner toten Mutter emporschaute. Sie musste sich so allein gefühlt haben. Und dann verlassen von beiden Eltern. Eine unbehagliche Enge schnürte ihm den Hals zu, und er presste sie noch fester an sich.

»Mein Gott.« Kein Wunder, dass Everly sich so ein dickes Fell zugelegt hatte. Er wusste nicht, was er sagen sollte, daher sagte er das Einzige, das er sagen konnte: »Es tut mir leid.«

»Ist schon gut«, antwortete sie und klang dabei, als sei es alles andere als gut. Sie standen dort, verdammt, er wusste nicht wie lange, während Everly darum kämpfte, ihre Fassung wiederzuerlangen. Schließlich kam sie zur Ruhe, ob es eine Ruhe der Akzeptanz oder der Erleichterung war, konnte er nicht erkennen, und sie stieß einen leisen Seufzer aus. »Die ganze Situation mit meinen Eltern hat mich eine Menge über das Leben gelehrt und die Wichtigkeit, für jene zu kämpfen, die man liebt, für sie zu sorgen, sicherzustellen, dass ich, was auch passiert, für sie da sein werde.«

»Deshalb tust auch so viel für deine Großmutter.« Er hatte ihre Finanzen gesehen, die Besuche, die Pflegekosten; Letztere führten dazu, dass sie immer kurz vor dem finanziellen Ruin stand.

»So viel ich kann. Ohne sie wäre ich im Heim gelandet, denn es stand außer Frage, dass mein Vater kein kleines Mädchen aufnehmen würde, das er vor seinen Freunden im Country Club nicht anerkennen konnte.« Dem Mistkerl gehörte die Birne mit einem Schraubenschlüssel poliert. »Er hat dich nicht verdient.«

»Aber ich habe mich trotzdem danach gesehnt, dass er mich wollte.« Sie schniefte. »Was soll ich sagen, die Beziehung zwischen Mädchen und ihren Daddys ist wichtig.«

Was konnte er darauf erwidern? Er hatte ihr nichts zu bieten. Er war seiner Familie davongelaufen, sobald er konnte. Also hielt er sie einfach nur fest, und so blieben sie und klammerten sich aneinander.

Schließlich trat Everly einen Schritt zurück und wischte die wenigen Tränen weg, die es gewagt hatten zu fallen. Mit einem tiefen Atemzug drückte sie die Schultern durch, und ihre Nichts-bringt-mich-aus-der-Fassung-Maske rutschte wieder an Ort und Stelle. Er würde sie nicht darauf hinweisen, aber er verstand die Notwendigkeit dieser Barriere an manchen Tagen.

»Keine traurigen Geschichten mehr, die erklären, warum wir nicht an Happy Ends glauben.« Sie legte den Kopf schräg und beugte sich zu ihm, und diesmal wanderten ihre Finger zu den Knöpfen seines Hemdes, die sie mit entschlossener Schnelligkeit öffnete. »Dies hier soll einfach nur Spaß machen, erinnerst du dich?«

Einfach nur Spaß machen? Für sie vielleicht, doch für ihn

fühlte es sich langsam nach mehr an, was bedeutete, dass er es beenden musste, bevor die Einsätze noch höher wurden – aber nicht heute Nacht. Ausnahmsweise einmal wollte er nicht der emotional kalte Ränkeschmied sei. Er wollte in Everlys Hitze schmelzen. Ohne weiter nachzudenken, presste er seinen Mund auf ihren und erhob für diese Nacht Anspruch auf sie, denn bald würde sich alles ändern müssen.

Everly erzählte diese Geschichte nicht. Niemals. Ihre Freunde waren damals entweder dabei gewesen – wie Nunni und Kiki – oder sie wussten nichts davon. Sie schob einen seiner Knöpfe durch das Knopfloch. Und sie hatte sie ausgerechnet dem einen Mann erzählt, bei dem sie sich verzweifelt um emotionale Distanz bemühte. Sie knöpfte sein Hemd noch ein wenig weiter auf. Doch mit der Distanz würde es nichts werden, zumindest nicht heute Nacht. Als sie den dritten Knopf erreichte, hatte sie den Entschluss gefasst – nicht ihm gegenüber, sondern sich selbst gegenüber –, so zu tun, als gehe es heute Nacht nur um Sex, als sei er einfach irgendein Mann und als spiele nichts von alldem eine Rolle, denn die Wahrheit war, dass es wahrscheinlich mittlerweile sehr wohl eine Rolle spielte, und nicht bloß ein bisschen.

Sie sprachen nicht miteinander. Noch nicht. Die Luft um sie herum war zu aufgeladen, das Verlangen zu groß. Als sie die Zunge in seinen Mund schob, tat sie es nicht, um ihn herauszufordern oder zu necken, sondern um sich in ihm zu verlieren. Sie zog sein Hemd auseinander, schob die Finger darunter und ließ sie über seine feste Brust gleiten, während sie den Mund von seinen Lippen zu seinem Kinn hinunterzog, das kratzig war, dann weiter hinab zu seinem Hals. Er war hart, verlässlich, absolut bei ihr, als würde er niemals irgendwo anders hingehen, und riss etwas in ihr auf, einen Ort, den sie normalerweise fest verschlossen hielt. Und ausnahmsweise einmal würde sie es einfach laufen lassen, und zur Hölle mit den Konsequenzen.

Sie packte sein Hemd, hob den Kopf und schaute in diese blauen Augen, die um einige Nuancen dunkler waren als normalerweise und verhangen von Lust. Dann zerrte sie sein Hemd weiter auseinander und riss die wenigen Knöpfe ab, die noch zu gewesen waren. Sie flogen durch den Raum. Das Klimpern, als sie dies oder jenes trafen, drang kaum durch das Verlangen, das in ihren Ohren gellte.

»Soll es so laufen, Süße?«, fragte Tyler, und eine Seite seines Mundes zuckte zu einem sexy Grinsen empor.

Sie riss seinen Gürtel durch die Schnalle, ohne auch nur für eine Sekunde den Blickkontakt abzubrechen. »Hast du ein Problem damit?«

»Verdammt, nein.« Er beobachtete mit glänzenden Augen, wie sie den Knopf seiner Hose öffnete und den Reißverschluss herunterzog. »Wirst du mich tief in dich hineinsaugen, mich mit deinem hübschen Mund ganz in dir aufnehmen?«

Sie ließ sich auf die Knie hinab und schob seine Hose und seine Boxershorts zu Boden. »Wenn du fragen musst, habe ich meine Absichten offensichtlich nicht gut klargestellt.«

Er öffnete den Mund, um etwas zu erwidern, aber sie schlang gleichzeitig die Finger um seinen harten, heißen Schwanz, und die Worte blieben unausgesprochen. Ihr gefiel es, dass sie ihn daran hindern konnte, mehrere Schritte vorauszudenken, dass er sich ganz dem Moment hingab. Schließlich beugte sie sich vor, umkreiste seine Eichel mit der Zunge, langsam und akribisch. Er umfasste mit beiden Händen ihren Kopf und vergrub die Finger in ihrem Haar, und als sie den Mund öffnete und ihn in sich hineinsaugte, zogen seine Hände sich im Rhythmus mit seinem tiefen Stöhnen zusammen. Sie nahm ihn tief in sich auf, strich über die Rückseiten seiner Oberschenkel zu seinem festen nackten Hintern und drückte ihn zu sich, bis es nicht mehr weiterging.

»Everly«, sagte er mit rauer Stimme.

»Ja, Tyler?«, fragte sie nach einem Lecken längs über die empfindliche Unterseite seines Penis, und sie ließ sich Zeit, die Zunge um seine geschwollene Spitze kreisen zu lassen.

»Mach das noch einmal.«

Er brauchte kein zweites Mal zu bitten. Sein Hintern spannte sich unter ihrer Berührung an, als sie ihn an sich heranzog und seinen Schwanz einsaugte, bis er ihren Schlund erreichte. Die Finger in ihrem Haar übten gerade so viel Druck aus, dass sie mehr wollte. Also nahm sie ihn so tief in sich auf, wie sie konnte, und zog sich immer wieder zurück, während er dastand, die Beine schulterbreit gespreizt, den Kopf in den Nacken geworfen. Nur seine Hände auf ihrem Haar sandten elektrische Schocks des Begehrens durch ihren Körper, sein lustvolles Stöhnen und die Anspannung seiner Muskeln fungierten als ihr Führer, um zu wissen, was zu viel war und wie nah er daran war zu kommen. Am Abend in der Tiefgarage war es umgekehrt gewesen. Jetzt war er derjenige, der fast nackt war, während sie noch vollständig bekleidet war. Er wirkte nicht machtlos; ihrer beider Macht schien aneinander zu wachsen, und das törnte sie gewaltig an.

Sie zog sich zurück und leckte ein letztes Mal über seine Eichel, während sie mit der Hand an seinem Schwanz auf und ab strich, ihre Finger seine Haut kaum berühren ließ. »Ich muss mich ausziehen.«

Er sah mit genug Hitze auf sie hinab, um ihren Slip zu schmelzen, hätte sie einen getragen. »Verdammt, ja.«

Während sie aufstand, zur Schlafzimmertür ging und den Reißverschluss ihres Kleides herunterzog, streifte er seine Schuhe ab und schlüpfte aus seiner Hose und den Boxershorts.

»Du bist zu langsam«, brummte er und stolzierte auf sie zu. »Nur gut, dass ich die Lösung dafür habe.«

Er packte sie um die Hüften und wirbelte sie herum, sodass sie mit dem Gesicht zur Wand stand. Dann zog er den Reißverschluss ihres Kleides mit der Schnelligkeit eines olympischen Rennrodelteams herunter, streifte ihr den Stoff über die Schultern und Hüften, bis er zu Boden glitt, wo er sich um ihre Stilettos sammelte.

»Habe ich dir in letzter Zeit mal gesagt, wie sehr mir deine Abneigung gegen Unterwäsche gefällt?«, fragte er, sein Atem heiß und neckend an ihrem Nacken.

Sie hätte geantwortet, wenn sie gekonnt hätte, aber als die Frage aus seinem Mund kam, strich er mit seinen Fingerknöcheln an ihrer Wirbelsäule hinab, von der Stelle zwischen ihren Schulterblättern bis zu ihrem Hintern, und alle Schnelligkeit war aus seinen Bewegungen gewichen, was ihr die Fähigkeit raubte, einen klaren Gedanken zu fassen.

»Hände an die Wand.«

Es war keine Frage. Es war ein Befehl, schlicht und einfach, und er ließ ihre inneren Muskeln sich zusammenziehen. Sie presste die Hände an die Wand und zog einen Fuß aus ihrem Schuh. Ein schneller Klaps auf ihrem Hintern bremste sie.

»Sie bleiben an.«

»So fordernd«, brachte sie heraus und erkannte dabei ihre eigene Stimme kaum, so heiser war sie.

»Wenn ich weiß, was ich will, dann kannst du deinen Hintern darauf verwetten.« Er rieb mit der Hand über ihre Pobacke und linderte etwas von dem Brennen. »Jetzt tritt dieses Kleid aus dem Weg, spreiz die Beine und dreh dich nicht um.«

Der Kitzel, der sie durchlief, ließ ihre Brustwarzen sich zu harten Spitzen verfestigen. Sie mochte diesen Tyler. Nein, falsch. Sie liebte diesen Tyler, den, der sich für nichts interessierte, außer für sie beide. Also tat sie, was er sagte. Und harrte aus, während das Gefühl der Erwartung ihren Körper summen ließ. Aber er berührte sie nicht.

»Tyler?«, fragte sie, und die Versuchung, sich umzudrehen und nachzusehen, was er tat, war groß.

»Du magst ja die Kunstexpertin sein, aber dich so zu sehen – feucht und auf mich wartend –, das ist das Schönste, was ich je betrachtet habe.« Er zog einen Finger und nur einen einzigen Finger über ihren Rücken und beendete die Reise an ihrer Gesäßfalte, dann trat er so nah an sie heran, dass sein Schwanz sich gegen ihr Kreuz presste. »Ich werde dich so vögeln, an diese Wand gelehnt, und du wirst die ganze Zeit wissen, dass ich es bin, obwohl du mich nicht sehen kannst, weil es niemanden sonst gibt, der dir solche Gefühle bescheren kann wie ich.«

Er lag nicht ganz falsch, aber sie würde ihm nicht sagen, dass sie es längst wusste. Sie wusste das bereits, wusste es seit jenem ersten Kuss, der sie den Rest der Welt hatte vergessen lassen, alles bis auf ihn. Sie hörte das Rascheln der Kondomverpackung, als sie aufgerissen wurde, irgendwo hinter ihr. Verdammt. Wie blöd, dass sie nicht mitbekam, wie er es überstreifte. Es hatte etwas Erotisches, ihn dabei zu beobachten, wie er seinen Schwanz in die Hand nahm und ihn streichelte, bevor er ein Kondom aufzog. Sie machte Anstalten, den Kopf zu drehen.

»Nicht hinschauen, sonst halte ich dich mit dem Orgasmus hin.« Tylers Befehl ließ sie mitten in der Bewegung innehalten.

»Das ist nicht fair«, beschwerte sie sich mit rauchiger Stimme.

»Das ist es wert.« Seine Hände waren wieder auf ihr, glitten an ihrem Oberkörper empor, umfassten ihre Brüste und rollten ihre schmerzenden Spitzen. »Versprochen.«

Sie stöhnte und wölbte den Rücken, sodass sie sich gegen seine Hände drückte. Er reagierte genauso, wie sie es mochte, indem er mit gerade eben genug Druck an ihren Brustwarzen zog, um ihre Schenkel beben zu lassen. Sie überließ sich dem Augenblick und drückte die Stirn gegen die Wand, deren Kühle ein starker Kontrast zu der Hitze um sie herum war, einer Hitze, die drohte, sie von innen nach außen verbrennen zu lassen.

»Das war's.« Er küsste die empfindliche Stelle, wo ihre Schulter auf ihren Hals traf. »Lass mich hören, wie sehr du mich willst. Wie gut es sich anfühlt. Sag mir, was du willst.«

»Deinen Schwanz«, keuchte sie, während ihr Inneres von dem Verlangen, ausgefüllt zu werden, pulsierte. »Ich will dich in mir.«

Er lachte wieder auf ihrer überhitzten Haut, während er sich zu ihrem Hals emporküsste und ihre Brustwarzen auf die verdammt beste Art quälte. »Sicher? Willst du nicht, dass ich noch ein Weilchen länger spiele?«

Wenn er es tat, würde sie implodieren. »Fick. Mich. Jetzt.«

Er ließ eine ihrer Brüste los, und fast hätte sie vor Enttäuschung geweint, aber in der nächsten Sekunde glitt seine Hand von vorn zwischen ihre Beine, und er spreizte ihre feuchte Haut, sandte Wellen der Ekstase durch sie hindurch. Beim nächsten Atemzug brandete er in sie hinein, füllte sie aus, wie nur er es konnte.

Auf halbem Wege hielt er inne. »Ist es das, was du willst?«

»Mehr«, wimmerte sie. »Mehr.«

»Was immer du willst, Süße«, sagte er und stieß in sie hinein. »So eng. So gut.«

Seine raue Stimme ließ sie wissen, dass er genauso kurz davor war wie sie. Keiner von ihnen würde lange brauchen. Dann begann er im Rhythmus seiner Stöße mit den Fingern ihre Klitoris zu umkreisen, sodass es keinen Moment gab, in dem sie ihn nicht fühlte, keinen Rückzug seines Penis ohne eine Antwort seiner kreisenden Finger. Sie war so feucht, dass sie über ihrer beider Atem hinweg das Geräusch hören konnte, wie er in sie glitt und wieder hinaus, über ihren rasenden Puls hinweg, der wie Donner in ihren Ohren gellte.

»Genau so, Süße«, sagte er und knabberte an ihrer Schulter. »Nimm mich tief auf, bis du meinen Schwanz zusammenpresst, während du kommst.«

Die Kombination seiner Finger, seines Schwanzes und seiner Worte war zu magisch, um sich noch länger zurückzuhalten. Ihr Orgasmus überkam sie und blendete alles aus, außer ihnen beiden, während sie seinen Namen rief.

»Everly«, stieß er mit einem kehligen Knurren hervor, vergrub sich einmal, zweimal, dreimal in ihr und kam noch mit ihrem Namen auf seinen Lippen.

Ihre Haut feucht von Schweiß und von ihrem eigenen Verlangen, versuchte sie in ihrer beider Entspannungsphase tief Luft zu holen. Oh Gott. Was machte dieser Mann mit ihr? Es ängstigte sie ebenso sehr, wie es sie begeisterte. Sie war noch immer beim Runterkommen, als er sich zurückzog und das Kondom in den Mülleimer warf.

»Du weißt ganz eindeutig, wie man einer Frau Lust bereitet«, bemerkte sie, als sie sich umdrehte, dankbar für die Wand in ihrem Rücken, die ihr Halt gab, denn verdammt, sie konnte sich kaum auf den Beinen halten.

»Oh«, sagte er mit einem verruchten Grinsen, »ich bin noch nicht damit fertig, einer Frau Lust zu bereiten.«

Als Tyler sie hochhob und zu seinem Schlafzimmer stolzierte, erlebte Everly einen Augenblick heller Panik. Für ihn war das alles nur Spaß. Eigentlich sollte sie das Ganze auch so sehen. Doch sie wusste nicht, wie viel Spaß sie vertragen konnte, bevor ihr Herz das zeitliche Limit dieses Spiels vergaß, vor allem weil sie sich ziemlich sicher war, dass es dafür bereits zu spät war.

22. KAPITEL

Ein paar Tage später war die Galerie am Abend bis auf den letzten Platz besetzt. Die Show der Multimedia-Künstlerin Celeste hatte alle angelockt, angefangen von Kunstkritikern bis hin zu Avantgarde-Sammlern und Vorzeigeehefrauen aus Harbor City, die von dem Rausch der Rebellion in jedem der Werke gefesselt waren. Und als der Kritiker von der *Gazette* Everly beseitenahm, um ihr dazu zu gratulieren, dass sie die beste bis dato unbekannte Künstlerin entdeckt und gefördert hatte, hätte Everly von dem Adrenalinhoch ohnmächtig werden können. Nun, so wäre es jedenfalls gewesen, wenn sie nicht bereits im Stehen fast eingeschlafen wäre. Tyler mochte sich zu einem passablen Koch entwickelt haben, aber er war in einer Million anderer Dinge so gut – von denen es die meisten erforderten, nackt zu sein oder zumindest fast –, dass sie in letzter Zeit nicht viel Schlaf bekommen hatte.

»Du siehst aus wie eine Frau, die im Begriff ist, die Welt zu erobern«, bemerkte Helene und reichte ihr ein Glas von dem weißen Hauswein, den sie bei Veranstaltungen in der Galerie immer servierte.

»Ich habe das Gefühl, als hätte ich das bereits getan.« Sie nahm einen Schluck, und der mittelmäßige Wein schmeckte wie Champagner. Die Euphorie musste daran schuld sein. Es war seltsam.

Helene hob ihr Glas zu einem Trinkspruch. »Auf große Eroberer.«

Dass Helene danach sogar ein Schlückchen trank, war auffällig, denn normalerweise verglich sie den Galeriewein mit Spülwasser oder Schlimmerem. Sie beobachteten, wie Paare und kleine Grüppchen durch die Galerie schlenderten und hier und da vor Celestes Neon-Werken stehen blieben. Die Künstlerin selbst war beim Netzwerken und die Leute um sie gackerten, als sie etwas erzählte, irgendwas, bei dem sie wild gestikulierte und – Everly horchte mit schräg gelegtem Kopf – anzüglich pfiff. Ihr sollte es recht sein.

So konnte sie Helene ein wenig ausfragen, ehe sie sich wieder in die Menge begeben musste. »Übrigens, Sie scheinen sich mit Alberto ja gut zu verstehen.«

Ein Anflug von Röte erblühte auf den Wangen der älteren Frau. »Er will mich zu der Gala diese Woche mitnehmen. Ich habe natürlich Nein gesagt.«

»Warum denn? Sie haben sich auf der Insel doch so gut verstanden.« Und mit »gut« meinte sie, wie Teenager in ihrer ersten Phase der Verknalltheit.

»Wahrscheinlich gerade deswegen«, erwiderte Helene mit einem entschlossenen, selbstbewussten Nicken, das ihren Tonfall nicht widerspiegelte. »Ich habe kein Interesse an etwas Derartigem hier in der realen Welt.«

Um es dichterisch auszudrücken: Die Dame protestierte ein wenig zu sehr. Das konnte Everly Helene natürlich nicht ins Gesicht sagen. Die Frau konnte sie verbal in die Knie zwingen, ohne auch nur mit der Wimper zu zucken.

»Warum sagen Sie das?«

Helene nippte an ihrem Wein, und ihre Miene blieb neutral, bis auf das angewiderte Zucken ihrer Nase. »Weil ich bereits eine Liebe hatte, und ich habe kein Interesse daran, gierig zu werden. Wie dem auch sei, ich könnte das weder den Jungs noch dem Andenken meines Mannes antun.«

Sie sollte sich nicht einmischen. Sie hatte wirklich kein Recht dazu, aber … Helene und Alberto passten so offensichtlich zusammen, dass sie es sich nicht verkneifen konnte, ihr einen kleinen Schubs zu geben.

»Es ist ein Jammer, dass Sie so empfinden, denn Alberto ist ein toller Kerl. Er liebt Kunst und ist loyal, und er kann eine Frittata machen, die einem die Tränen in die Augen treibt, so gut ist sie.« Sie hakte Helene unter und zog die Frau gerade so weit an den Rand des Geschehens, dass sie unter sich waren, ohne dass ihr von dem, was in der Ausstellung lief, allzu viel entging. »Ich weiß, er scheint lediglich ein schrecklicher Casanova zu sein, aber es steckt noch mehr in ihm. Hat er Ihnen die Geschichte vom Tod seiner Ehefrau erzählt?«

Helene schüttelte den Kopf, und ihre Augen verdunkelten sich vor Sorge. »Nein.«

Es war keine Geschichte, die Alberto oft erzählte, weil es ihm viel lieber war, die Leute denken zu lassen, er sei einfach ein rundum glücklicher Mensch. Aber etwas an dem Bild dieser beiden zusammen ließ Everly zu der festen Überzeugung kommen, dass Helene diese Geschichte hören musste.

»Es war Eierstockkrebs. Sie war zweiunddreißig und Carlo erst vier. Alberto hat ihr während der ganzen Zeit zur Seite gestanden, hat ihre Hand gehalten, während sie daheim in ihrem Bett lag und ihre letzten Atemzüge tat.« Er hatte ihr die Geschichte Jahre später nach einem rührseligen Abend zu zweit und zu vielen Gläsern Chianti erzählt. Die Geschichte sollte ihr Hoffnung schenken. Das hatte sie. »Ihr Verlust hat ihn fast zerbrochen, genauso wie Michaels Verlust Sie fast zerbrochen hat.«

Helene kniff die Augen zusammen. »Ist das nicht deine allzu subtile Art, mir mitzuteilen, dass ich hätte Ja sagen sollen?«

Aufgeflogen.

»Als würde ich Ihnen jemals vorschreiben, was Sie sollen. Sie sind Helene Carlyle, Königin der High Society und Verächterin des Galerie-Hausweins.«

Die andere Frau schnupperte geringschätzig an ihrem Wein. »Er ist wirklich grässlich.«

Sie beugte sich vor und senkte die Stimme zu einem Flüstern. »Das ist Absicht, damit die Leute sich auf die Kunst konzentrieren, statt sich zu betrinken.«

»Ich hätte wissen sollen, dass du darüber nachgedacht hast.« Helene kicherte und prostete ihr zu. »Du kalkulierst alles recht genau, beinahe ebenso sehr wie jemand anders, den ich kenne.«

»Ist das Ihre Art, das Gespräch in eine andere Richtung zu lenken und mich nach Tyler zu fragen?« Sie hatte das seit Key West erwartet. Helene war nicht unbedingt bekannt dafür, mit ihrer Meinung hinter dem Berg zu halten. »Wir haben einfach Spaß. Es ist nichts Ernstes.«

»Warum nicht?«

Sie versteifte sich und nahm einen Schluck vom Hauswein, um sich Mut zu machen. Okay, diese Gegenfrage war etwas unangenehm. »Weil es in der realen Welt nicht so läuft.«

»Und wie läuft es?«

Das untypische, sanfte Mitgefühl in Helenes Stimme war beinahe ihr Untergang. Ein tiefer Seufzer entrang sich ihr und katapultierte sie aus dem Hoch, in dem sie sich während der vergangenen Tage befunden hatte. Sie ließ die Schultern hängen.

»Auf eine Enttäuschung hinaus.« Sie wusste es, und das nicht nur wegen der Ermahnungen ihrer Nunni.

»Das ist ein Jammer«, entgegnete Helene. »Ich denke, ihr zwei bringt das Beste ineinander zum Vorschein.«

Aber bloß vorübergehend. Das war ihre Abmachung – nur solange es Spaß machte. Es tat ihr nicht gut, darüber nachzugrübeln, erst recht nicht mitten in einer Vernissage. Also entschuldigte sie sich bei Helene und drehte ihre Runden unter den Stammgästen und den Neulingen. Das Feedback auf Celestes Arbeit war fantastisch. Als die letzten Nachzügler sich auf den Weg machten, hatte sie diskret Sticker auf einem Drittel der Titelschildchen platziert, die neben jedem Werk hingen. Wirklich, zur Feier des Ereignisses musste mit einem besseren Tropfen als ihrem weißen Hauswein angestoßen werden.

Wie aufs Stichwort öffnete sich die Tür, und Tyler kam mit einer Flasche von etwas herein, das wahrscheinlich sowohl teuer als auch köstlich war. Er verwöhnte sie, und sie gewöhnte sich allzu sehr daran. Sie gewöhnte sich auch allzu sehr an ihn. Trotzdem: Das fröhliche Flattern der Schmetterlinge, die in ihrem Magen aufflogen, verebbte nicht einmal, als sie sich diese Tatsache ins Gedächtnis rief.

Mädchen, du steckst in Schwierigkeiten. Und was noch schlimmer war, es kümmerte sie nicht einmal.

Tyler, der an seinem Schreibtisch saß, wurde langsam zahlenblind, als eine Nachricht von seinem Assistenten über den Bildschirm blitzte.

J. WEIR: *Hier ist ein Alberto Ferranti, der Sie sprechen möchte.*

Tyler überzeugte sich zweimal davon, dass die Tür zwischen seinem Büro und Jasons Schreibtisch geschlossen war, dann ballte er die Faust. Er hatte die Saat bei Alberto ausgebracht, und jetzt würde sie endlich aufgehen. Nicht heute, aber bald. Er hätte Geld darauf gesetzt. Er brauchte die Dinge bloß voranzutreiben, dann würde er den Deal machen. Gott, er liebte es, wenn ein Plan aufging, vor allem einer, dem er keine so große Beachtung geschenkt hatte, wie er das hätte tun sollen, dank seiner sexy Nachbarin von oben, die es schaffte, ihn mehr denn je abzulenken, seit sie ihn nicht mehr wie die Pest hasste.

T. JACOBSON: *Schicken Sie ihn herein.*

Alberto kam hereinstolziert wie ein Mann, der niemals einen Tag erlebt hatte, der sich nicht so entwickelt hatte, wie er es wollte. »Tyler, ich hoffe, Sie haben nichts dagegen, dass ich Sie so überfalle.«

»Nicht das Geringste.« Tyler stand auf und umrundete seinen Schreibtisch. »Es ist schön, Sie zu sehen.«

Er führte Alberto in den kleinen Sitzbereich neben den Fenstern und nahm in einem der Ohrensessel Platz. Alberto musterte kurz den dazu passenden Sessel und entschied sich dann für das Zweiersofa aus braunem Leder – das nicht nur bequemer aussah, sondern tatsächlich auch bequemer war.

»Haben Sie sich auf der Insel gut amüsiert?«, erkundigte Alberto sich.

»Sie ist so zauberhaft, dass es schwer wäre, sich dort nicht zu amüsieren.« Das wäre so oder so Tylers Antwort gewesen, aber in diesem Fall war es die Wahrheit. Natürlich hatte es nicht geschadet, dass er einen guten Teil der Zeit nackt mit Everly verbracht hatte.

Konzentrier dich, Jacobson. Du kannst es dir nicht leisten abzuschweifen.

»Wie wahr!«, sagte Alberto mit einem leisen Lachen, bevor er sich die Hände rieb wie ein Blackjack-Dealer am Ende einer Schicht. »Und jetzt müssen wir übers Geschäft sprechen. Wie weit sind Ihre Ideen für die Hotelexpansion gediehen?«

Gott sei Dank war er auf jede Entwicklung vorbereitet, da es ihm immer noch nicht gelungen war, Alberto auf ein Datum festzunageln, um dem Hotelier und dem Vorstand seine Ideen zu präsentieren. Er sprang aus seinem Sessel und ging direkt zu seinem Laptop mit seiner Präsentation.

»Lassen Sie mich bloß kurz Jason sagen, dass er meine Anrufe entgegennimmt, dann gehöre ich ganz Ihnen.«

Eine halbe Stunde und unzählige Fragen später ließ Tyler

sich gegen die steife Rückenlehne des Sessels sinken, den seine Innenarchitektin ausgewählt hatte. Sie hatte darauf beharrt, dass er königlich aussähe. Er war nur dankbar für die zusätzliche Unterstützung. Trotz der Zeit, die sie zusammen auf der Insel bei frischem, gegrilltem Fisch gelacht hatten, hatte Alberto es ihm nicht leicht gemacht. Der Mann kannte sein Geschäft. Natürlich kam man ohne diese Qualifikationen nicht dorthin, wo er war.

»Das sieht alles gut aus.« Alberto rieb sich das Kinn und nickte. »Sie haben eine Menge unorthodoxer Ideen.«

Das war keine Übertreibung – aber die Ferranti-Hotelgruppe war genau die richtige für solche Ideen. »Um Eindruck zu machen, werden Sie aus der Masse herausragen müssen.«

Auf dem Gesicht des älteren Mannes breitete sich ein Lächeln aus. Wenn es ein Test gewesen war, dann hatte Tyler ihn gerade bestanden. »Ich stimme Ihnen zu, aber unsere Direktoren sind nicht immer der gleichen Meinung wie ich. Ihre Herangehensweise ist manchmal ziemlich konservativ.«

»Lassen Sie sie bitte wissen, dass meine Herangehensweise ein wenig unkontrolliert wirken mag, dass aber meine Entschlossenheit, Erfolg zu haben, das nicht ist.« Denn er tat immer, was notwendig war, damit es sich so entwickelte.

»Das könnte genügen.« Alberto stand auf und schüttelte Tyler die Hand, nachdem dieser seinem Beispiel gefolgt war. »Sie sind nicht wie wir. Sie gehören zu denen mit altem Geld. Sie haben Regeln und Erwartungen, was persönliches Verhalten betrifft, die sie in Geschäftsdingen beeinflussen, obwohl beides sich nicht zu überlappen braucht. *Mi fanno impazzire!*« Er warf angewidert die Hände hoch. »Sie machen mich verrückt.«

»Keine Sorge, ich weiß, wie solche Leute sind.« Wenn es nicht so gewesen wäre, hätte er es niemals geschafft, sie dazu zu bringen, ihm ihr Geld anzuvertrauen.

»In Ordnung, mehrere der Vorstandsmitglieder werden morgen bei der Gala sein, und ich nehme an, dass sie Sie beobachten werden«, sagte Alberto, als sie zur Tür gingen.

»Ich werde es so trocken wie möglich aufziehen.« Er würde sich zurücknehmen, altes Geld war nun mal altes Geld, das musste man nehmen, wie es war.

»Ein exzellenter Plan. Diese Leute können mit Leidenschaft oder Aufregung nichts anfangen, nur mit Hingabe an das Langweilige und Profitable«, pflichtete Alberto ihm bei. »Aber Sie werden sich nicht langweilen. Sie bringen Everly mit, *sì*?«

Und plötzlich schweifte seine Aufmerksamkeit von den missbilligenden Blicken in seiner Fantasie zu den sanften Kurven und kirschroten Lippen der Frau ab, an die er in letzter Zeit viel zu oft dachte. Nicht dass er sich bemüht hätte, damit aufzuhören. Es war längst kein Spaß mehr und doch verdammt spaßig – bis auf den Schlafmangel.

Tyler grinste den anderen Mann an. »Sie hat endlich Ja gesagt.«

»Schön«, erwiderte er. »Für die besten Frauen lohnt es sich immer zu kämpfen.«

Dann verließ Alberto mit einem wissenden Augenzwinkern sein Büro. Tyler winkte ihm freundlich nach, als die Aufzugtüren sich schlossen, dann kehrte er in sein Büro zurück. Wieder allein, dachte Tyler über Albertos Abschiedsworte nach. Um eine Frau kämpfen? Das hatte er nie getan. Nicht einmal, als er herausgefunden hatte, dass seine Verlobte, eine Frau, die er zu lieben geglaubt hatte, versucht hatte, seinen besten Freund ins Bett zu bekommen. Bei seinen Kämpfen war es stets darum gegangen, sich in Harbor City einen Namen zu machen, damit er Waterbury so weit wie möglich hinter sich ließ. Machte ihn das klug oder dumm? Er wusste es nicht mehr.

23. KAPITEL

Helene strich mit dem Daumen über ihren Ehering, als sich die Aufzugstüren schlossen und der Lift Alberto und sie in den Ballsaal des Harbor City *Grandhotel* brachte. Es war ein exquisiter Ring mit Diamanten im Princess-Schliff und einem einzelnen Rubin, der seit Generationen in Michaels Familie gewesen war, und sie hatte allen gesagt, das sei der Grund, warum sie den Ring noch trug. Die Wahrheit war, sie war nicht bereit gewesen, ihn abzulegen, und wusste nicht, ob sie es jemals sein würde. Doch ihn zu einem Date zu tragen schien unpassend zu sein.

»Er ist fast so schön wie du«, bemerkte Alberto, der beobachtete, wie sie mit dem Ring spielte.

Das ungewohnte Gefühl in ihrem Magen war etwas, das sie nicht einschätzen konnte. Es war eine Mischung aus Unsicherheit und Nervosität. »Ich sollte ihn nicht tragen.«

Alberto sah sie an, und das Schwarz seiner Smokingjacke betonte das Funkeln in seinen braunen Augen. »Willst du ihn denn tragen?«

Wollte sie das? Sie hatte nicht darüber nachgedacht. Bei zu vielem in den vergangenen Jahren war es darum gegangen, dafür zu sorgen, dass andere in ihrer Nähe sich wohlfühlten. Trauer berührte die Leute unangenehm. Mit ihrer Strenge konnten sie umgehen. Aber mit Verletzlichkeit? Nur ihre Söhne hatten das ertragen können, und mit anzusehen, wie sie in ihrer Gegenwart wie auf Eierschalen gingen, war genau das gewesen, was sie schließlich aus ihrer Trauer herausgerissen hatte.

Die Menschen, die ihr am Herzen lagen, besorgt zu sehen, hatte die Beschützerin in ihr geweckt. Sie hatte das beiden Söhnen gegenüber auf die falsche Weise ausgedrückt, doch sie hatten ihr ihre natürlichen, herrischen Neigungen verziehen und ihr durch ihr Beispiel gezeigt, dass das Leben tatsächlich weiterging. Aber ihr Ring? Das war ihre letzte greifbare Verbindung zu dem Mann, dem sie diese Jungen zu verdanken hatte, und der ihr geholfen hatte, sie zu den Männern zu erziehen, auf die sie so verdammt stolz war.

»Ich will ihn tragen«, entschied sie mit rauer Kehle.

»Dann trage ihn«, entgegnete er, als sei das, was sie wollte, der einzige Faktor, der in der Gleichung eine Rolle spielte.

Nicht zum ersten Mal fragte sie sich, was mit dem Mann nicht stimmte. Wahrscheinlich tötete er in seiner Freizeit Kätzchen. »Warum bist du so nett zu mir?«

Er trat näher an sie heran, umfasste mit seinen warmen Händen ihr Gesicht und sah ihr direkt in die Augen. »Weil, *bellissima*, zweite Chancen nicht jeden Tag kommen, und wenn eine kommt, muss man sie beim Schopf packen.«

Die Erklärung bewirkte etwas in ihr, hob eine Last, die sie niederdrückte und an die sie sich so sehr gewöhnt hatte, dass sie sie kaum mehr bemerkte. Es war ebenso erleichternd wie Furcht einflößend. Dann küsste er sie, eine sanfte Berührung seiner Lippen, und trat zurück. Woher er gewusst hatte, dass sie Zeit zum Verarbeiten gebraucht hatte, hätte sie nicht sagen können.

Den Blick fest auf die Nummern der Etagen gerichtet, während sie eine nach der anderen aufleuchteten, holte sie tief Luft. »Du bist zu nett für mich.«

»Ach«, er wedelte mit den Händen, als die Aufzugtüren sich öffneten, »das Leben ist zu kurz, um seine Gefühle für sich zu behalten.«

Bevor sie die Gelegenheit bekam, darauf etwas zu sagen, waren die Aufzugtüren offen und gaben den Blick frei auf einen farbenprächtigen Reigen von Kleidern und schlichten schwarzen Smokings, während das alte Geld von Harbor City sich versammelte, um wieder einmal finanzielle Mittel aufzutreiben, ohne selbst tatsächlich etwas dazu beizutragen. Oh, die Organisatoren verrichteten die Arbeit – und das war eine Menge –, das wusste sie aus persönlicher Erfahrung, aber wenn sie die Menschen hier fragte, würden sie in neunzig Prozent der Fälle vermutlich nicht einmal den Namen des Wohltätigkeitsverbands kennen, dem sie halfen. Dies war ihr Leben, das Leben, zu dem sie erzogen worden war, doch es ärgerte sie langsam. Sie wollte mehr.

Alberto legte sich ihre Hand in die Ellbogenbeuge, sie traten in den Saal und erweckten die Aufmerksamkeit der Menschen, an denen sie vorbeigingen. Helene wusste, dass sie einen bemerkenswerten Anblick boten. Die strenge Society-Matrone und der extrovertierte italienische Hotelmagnat. Sie hätte es nie gedacht, aber es fühlte sich richtig an. Dieser Gedanke trieb sie voran, bis sie sich ihrer Familie näherten, die sich in einer Traube in der Nähe der Tanzfläche versammelt hatte. Hudson stand mit seiner Freundin Felicia neben Sawyer und dessen Frau Clover, und sie alle drehten sich um und betrachteten sie mit offenen, neugierigen Blicken. Sofort überfielen sie Nervosität und das nicht auszumerzende Gefühl, ihren Mann zu betrügen.

Hudson, der Charmeur, trat vor, um das Schweigen zu füllen. »Alberto, wie schön, Sie wiederzusehen.« Er schlug Alberto freundschaftlich auf die Schulter. »Das ist Felicia, meine Freundin.«

»Ich bin entzückt, Sie kennenzulernen«, sagte Felicia mit einem schüchternen Lächeln.

»Die Freude ist ganz meinerseits. Ich habe einige der Werke

aus Hudsons Ehefrauenserie gesehen, und jetzt erkenne ich, dass er der Realität zwar nahegekommen sein mag, das wahre Ausmaß Ihrer Schönheit aber nicht eingefangen hat.« Alberto ergriff Felicias Hand und unverschämter Casanova, der er war, küsste er sie schnell auf die Knöchel, bevor er sich wieder an Hudson wandte. »Erzählen Sie mir von dem Projekt, an dem Sie mit den Freunden von Everlys Großmutter zusammenarbeiten. Ich höre, Sie werden in sechs Monaten eine Ausstellung in der *Black Heart Gallery* eröffnen?«

Und sie stürzten sich in ein Gespräch, ganz verloren in der Kunstwelt, die sie miteinander teilten, der Welt, die Hudson jahrelang vor ihr verborgen gehalten hatte – oder es zumindest versucht hatte. Eine Mutter wusste immer mehr, als ihre Kinder dachten. Sie hatte gerade ein Glas Champagner von einem vorbeigehenden Kellner angenommen, als ihr Erstgeborener zu einer Warnung ansetzte.

»Er scheint nett zu sein«, bemerkte Sawyer mit leiser Stimme, soweit das in einem lärmenden Ballsaal möglich war.

Sie nickte und fragte sich, worauf er hinauswollte. »Das ist er.«

»Sorg einfach dafür, dass er weiß, dass ich es nicht als unter meiner Würde betrachte, einen alten Mann zu schlagen, wenn er dich nicht gut behandelt.«

Helene blinzelte ihre Überraschung weg. Von allen Dingen war es das Letzte, das sie erwartet hatte. »Sawyer Carlyle, so habe ich dich nicht erzogen.«

Er sah ihr direkt in die Augen. »Du hast mich dazu erzogen, für jene einzutreten, die ich liebe.«

Also, das war jetzt doch ein bisschen dick aufgetragen. Es war nicht so, dass sie ihre Söhne nicht von ganzem Herzen liebte oder dass sie sie nicht liebten, aber sie waren eine Familie aus Harbor City mit einem gewissen Ansehen, und kühne Erklärungen von Liebe und Loyalität waren nicht ihre Art. Zumindest nicht, bis Felicia und Clover in das Leben ihrer Söhne getreten waren. Es war erstaunlich, wie sehr Liebe einen Menschen verändern konnte. Natürlich hatte sie nicht die Absicht, den Glückstränen nachzugeben, die sich in ihren Augen sammelten. Sie würde definitiv nicht in der Öffentlichkeit rührselig werden. Niemals. Also verfiel sie in ihre gewohnte Haltung als eiserne Lady, die ihre Kinder in letzter Zeit allerdings mühelos zu durchschauen schienen.

»Die vorübergehende Abkehr Clovers wegen deiner idiotischen Gewohnheiten dürfte dir geholfen haben, mich sehr wohl zu verstehen«, erklärte sie und mäßigte die Bissigkeit so weit, dass ihr Sohn, der Untertöne nicht zu bemerken pflegte, begriff, dass sie ihn nur aufzog.

»Kein Zweifel.« Sawyer nickte und schaute ganz verliebt zu seiner sichtlich schwangeren Ehefrau hinüber.

»Ich freue mich so sehr für euch beide.«

Er hielt seine Champagnerflöte hoch und tippte damit gegen ihre. »Auf das Glück – für alle von uns.«

Nun, darauf konnte sie trinken. Ihr eigenes Glück war etwas, über das sie nicht allzu viel nachgedacht hatte, nicht einmal vor Michaels Tod. Ihr Leben war eher ein Rausch gewesen. Während sie an dem prickelnden Champagner nippte, betrachtete sie die Menschen um sich herum und begriff, dass das genau das war, was sie glücklich machte und wovon sie mehr haben wollte. Alberto hatte recht. Das Leben war zu kurz, um ihre Gefühle für sich zu behalten. Sie tippte dem fraglichen Mann auf die Schulter.

Alberto drehte sich mit einem erwartungsvollen Ausdruck auf dem Gesicht um. »Ja, *bellissima*?«

Sie stellte ihr Champagnerglas auf einen Tisch. »Lass uns tanzen.«

Ein breites Lächeln malte sich auf seine attraktiven Züge. »Also, das ist wirklich eine tolle Idee.«

Das war es tatsächlich, und sie würde jeden einzelnen Schritt genießen.

24. KAPITEL

Für gewöhnlich waren diese Galas eine Gelegenheit für Geschäfte unter dem Deckmantel persönlichen Vergnügens. Das hätte es für Tyler sein sollen, aber dann erspähte er Everly auf der Treppe, die zum Ballsaal führte. Sie trug ein schulterfreies schwarzes Kleid, das ihre Figur umschmeichelte. Das Haar hatte sie sich zu einem glatten, tiefen Knoten frisiert, der ihr Gesicht zur Geltung brachte, in dem ihre großen schönen Augen und dunkelroten Lippen dominierten. Und als sie auf ihn zukam, machte er mental eine Liste von sämtlichen Männern, die sie eine Spur zu lange ansahen.

Tyler, darf ich dir den Neandertaler in dir vorstellen?

Als sie am Rand der Tanzfläche zusammentrafen, war die Liste lang genug für zwei einzeilig beschriebene Seiten. Das sah ihm gar nicht ähnlich. Und heute Abend war der denkbar ungeeignetste Abend überhaupt, um den von Testosteron gespeisten Trieben nachzugeben, die von ihm Besitz ergriffen hatten, also musste er sich etwas anderes einfallen lassen. Statt dem Finanzhai, der mit lüsterner Absicht in den Augen auf sie beide zukam, zu verprügeln, legte Tyler Everly einen Arm um die Taille und zog sie auf die Tanzfläche. Sie lächelte nur, als wisse sie genau, was er dachte, und spielte mit, presste sich eng an ihn, während sie sich im Takt der Musik wiegten.

»Gut« war nicht das richtige Wort, um zu beschreiben, wie sie sich in seinen Armen anfühlte, aber besser würde er es nicht ausdrücken können. Wie immer, wenn er mit ihr zusammen war, hörte sein Gehirn auf, ständig zu sirren, automatisch Pläne zu schmieden, und alles, worauf er sich konzentrieren konnte, war sie.

»Du siehst wunderschön aus«, bekam er endlich heraus.

Sie schenkte ihm ein freches Grinsen, das ihm durch und durch ging. »Für eine Riverside-Frau mache ich mich ganz gut.«

»Du machst dich ganz gut für eine Harbor-City-Prinzessin.«

Es war die Wahrheit. Obwohl er wusste, dass er ein paar mehr Zentimeter Platz zwischen sich selbst und ihr lassen sollte, um den gesellschaftlichen Anstandsregeln zu genügen, zumal er unter besonderer Beobachtung stand, konnte er sich nicht dazu durchringen. Nicht, ehe die Musik endete und die Band eine kurze Pause ankündigte. Ab da war es unmöglich, sie im Arm zu halten. Natürlich bedeutete das nicht, dass er die Hand von ihrem Rücken nahm, als sie die Tanzfläche verließen und zur Bar gingen, wo die Carlyles sich um einen Tisch in der Nähe scharten.

»Kann ich dir etwas zu trinken holen?«, fragte er.

»Ein Glas Chardonnay wäre perfekt. Lass mich bloß schnell allen am Carlyle-Tisch Hallo sagen, dann treffen wir uns an der Bar.« Sie legte ihm eine Hand auf die Brust, reckte sich und hauchte ihm einen schnellen Kuss auf die Wange.

Die kleine Zurschaustellung von Zärtlichkeit in der Öffentlichkeit war total akzeptabel. Dass sie ihn kurz an den Hintern fasste, bevor sie zu den Carlyles hinüberging? Ja, das weniger, aber er beklagte sich nicht.

Abgelenkter Narr, der er war, hatte Tyler zu spät bemerkt, dass nicht nur Gianni Esposito aus dem Vorstand der Hotelkette in der Nähe der Bar war und das Gesicht verzog, sondern dass Irena ebenfalls gleich bei ihm stand, mit einer Miene, die

Ärger verhieß. Was immer die Frau auch im Schilde führte, er konnte es ebenso so gut hinter sich bringen, ehe Everly zurückkam, denn er wusste genau, was dann passieren würde – Everly würde mit den besten Absichten zu seiner Verteidigung eilen und eine derartige Szene machen, wie er sie hier nicht gebrauchen konnte, und Irena würde gewinnen. Seine Ex-Verlobte hatte das Vorstandsmitglied der Hotelkette nicht versehentlich mit dem Ellbogen gerammt.

Tyler sorgte dafür, dass an der Theke einige Meter Entfernung zwischen ihnen blieben, als er Everlys Wein bestellte und sich einen Scotch on the Rocks.

»Weißt du«, begann Irena mit weicher Stimme und näher, als sie sein sollte, »ich denke immer noch an dich.«

Er hielt seine Aufmerksamkeit auf den Barkeeper gerichtet. »Das will ich gar nicht wissen.«

Irena sprach weiter, als hätte sie die Antwort nicht gehört, oder – was wahrscheinlicher war – sie war ihr scheißegal. »In den Nächten, in denen ich irgendwie nicht einschlafen kann und meine liebe Not habe, nicht bei dem Gedanken daran zu masturbieren, wie gut du mit deiner Zunge warst, wenn ich neben Carlo im Bett liege.«

Ihm drehte sich der Magen um. Wieso zum Teufel hatte er nur jemals denken können, er habe diese Frau geliebt? Waren seine Instinkte wirklich so verkorkst, wenn es um das andere Geschlecht ging? »Soll ich mich jetzt geschmeichelt fühlen?«

Sie warf ihr langes Haar über die Schulter und zuckte die Achseln. »Reine Tatsache. Es spielt keine Rolle, was du fühlst; das hat es nie.«

»Es muss anstrengend sein, so zu tun, als seist du nicht total hinterhältig.«

»Sprichst du aus Erfahrung?«, antwortete sie mit einem wissenden Lächeln.

Also, das erregte seine Aufmerksamkeit. Obwohl ihm klar war, dass er sich nicht darauf einlassen sollte – erst recht nicht, weil der Mann aus dem Hotelvorstand den Wortwechsel immer noch mit unverhohlener Neugier beobachtete; zumindest war er zu weit entfernt, um zu hören, was gesprochen wurde –, blaffte Tyler trotzdem: »Wovon zum Teufel redest du?«

»Du bist genauso ein Hochstapler wie ich, bloß dass ich zumindest nicht wie du für Profit hochstaple. Ich muss nett sein, weil das die Regeln von meinesgleichen sind. Aber du? Wie macht ihr Leute von der anderen Seite des Hafens das? Ach, wieso frage ich dich überhaupt danach? Du hast dich so lange wie einer von uns benommen, dass du dich wahrscheinlich nicht einmal daran erinnerst.«

Irenas Augen funkelten triumphierend. Sie dachte, dass sie ihn hatte – und das hatte sie wirklich beinahe. Er klammerte sich an den letzten Rest seiner Selbstbeherrschung. Es kam alles so, wie sie es zweifellos geplant hatte. Er würde die Fassung verlieren. Der Mann aus dem Hotelvorstand würde alles hautnah miterleben. Und Irena würde davongehen und sich laut fragen, was um alles in der Welt sie nur gesagt hatte, um den Mann so aufzuregen. Danach würde der Deal geplatzt sein. Irena mochte zwar bösartig sein, aber sie war auch ein verdammtes Genie.

»Oh, dieser Gesichtsausdruck.« Sie schnalzte mit der Zunge, als sie ihm eine Hand auf den Unterarm legte und ihn so fest packte, dass er sie würde abschütteln müssen, um sich zu befreien. »Den kenne ich. Es ist der gleiche, den du hattest, als du beobachtet hast, wie ich in der Nacht vor unserer Hochzeit aus Sawyers Hotelzimmer kam, meine Bluse falsch zugeknöpft und mein Rock verrutscht.«

All die abscheulichen Worte kamen spitz und scharf heraus, aber ihre Unschuldsmiene geriet keine Sekunde lang ins Wanken. Sie war wirklich eine Expertin darin.

»Halt den Mund, Irena.« Er reichte dem Barkeeper ein Bündel Geldscheine und griff mit seiner freien Hand nach seinem Drink, in der Hoffnung, dass sie den Fingerzeig verstehen würde.

Das tat sie nicht.

»Was mir klargemacht hat, dass ich, ganz gleich, wie viel Geld du hattest oder wie sehr du mich zum Stöhnen gebracht hast, wenn ich gekommen bin, nicht mit dir zusammen sein konnte, war ein kleiner Besuch von deiner Mutter.« Ihre Worte waren dermaßen scharf und verletzend. »Du hast nicht gewusst, dass sie mich aufgesucht hat, nicht wahr? Das dachte ich mir. Sie war betrunken und zornig und hat ausgesehen, als komme sie direkt von einem schrecklichen Saufgelage. Es war eine höllische Kombination.« Sie lächelte ihn so süß an, dass er beinahe einen Zuckerschock davon bekam. »Sie hat mir alles über deine Kindheit erzählt, über deinen Vater, und dass sie für diese Narbe auf deiner Augenbraue verantwortlich war. Zehn Stiche? Das muss ein Mordsschlag gewesen sein, den sie mit deiner Baseballtrophäe von der Little League ausgeführt hat.«

Tyler blieb vollkommen reglos und füllte seine Adern mit Eis. So hatte er jene Nacht und eine Million weiterer überlebt, er hatte zu Boden gesehen, was auch immer ihm angetan wurde, er hatte sich entgegen aller Wahrscheinlichkeit nicht überwältigen lassen und sie niemals sehen lassen, was wirklich in ihm vorging. Sobald er sich sicher war, dass er sich genügend verhärtet hatte, hob er sein Glas und nahm einen Schluck – nicht zu groß, nicht zu klein. Er tat es mit Absicht, um ihr zu zeigen, dass ihre Worte keine Wirkung auf ihn hatten.

Doch statt sie zu beruhigen, ermutigte es sie nur. Sie warf den Kopf in den Nacken und lachte, ein fröhlicher, heller Laut wie das Läuten einer Glocke über der Tür einer Antiquitätenhandlung.

»Nun fehlen dir die Worte, was?« Sie beugte sich vor und senkte die Stimme. »Und soll ich dir noch was sagen? Ganz gleich, was du tust oder wie gut du dich verstellst, du wirst nie hierhergehören. Du wirst immer der Junge aus Waterbury sein, mit den Eltern, die einander zum Spaß geschlagen und die dich verprügelt haben, als du versucht hast, sie daran zu hindern. Für Albertos Geschäft bist du einfach eine Nummer zu klein …« Etwas hinter ihm musste ihre Aufmerksamkeit erregt haben, denn die Worte erstarben ihr auf der Zunge. Unglücklicherweise verlor sie ihren Gedanken nicht lange aus dem Blick. »Aber sie? Oh ja, sie ist definitiv deine Kragenweite.«

Er brauchte nicht hinter sich zu schauen, um zu wissen, von wem Irena redete, und dem befriedigten Ausdruck auf ihrem Gesicht nach zu urteilen, näherte Everly sich ihr wie eine Frau mit einer Mission. Er kippte die Hälfte seines Scotchs mit einem einzigen Schluck runter und versuchte, das Gefühl zu dämpfen, das mit dem Wissen einherging, dass sie kam, um ihn zu verteidigen – etwas, das nur sehr wenige Menschen je zuvor getan hatten. Gott wusste, dass seine Eltern es nie getan hatten. Aber als der Alkohol sich seinen Weg in seinen Bauch hinuntergebrannt hatte, hatte die Vernunft das Kommando übernommen. Everly war es scheißegal, eine öffentliche Szene zu machen, worauf Irena sich verlassen haben musste und warum sie so genau darauf geachtet hatte, ihre Ansprache in der Nähe eines zugeknöpften Vorstandsmitglieds aus dem Hotel zu halten. Doch Tyler konnte das nicht zulassen, wenn er das Geschäft machen wollte, das groß und begehrt genug war, um alle in Harbor City vergessen zu lassen, woher er kam. Aber wie zum Teufel sollte er sie aufhalten? Er hatte keinen blassen Schimmer.

Everly kannte Irenas Typ. Reich. Unsicher. Zickig. Diese Kombination führte zu einer absolut schrecklichen und anstrengenden Kundin in der Galerie und einer Frau, die unter anderen Umständen als diesen ernsthaft zurückgepfiffen werden musste. Sie brauchte Tylers Gesicht nicht zu sehen oder ihrer beider Worte zu hören, um zu wissen, dass Irena die gleiche hinterhältige Tour plante, die sie neulich auf der Straße abgezogen hatte. Damit würde sie nicht durchkommen, nicht wenn es um jemanden ging, den sie liebte. Sie wäre fast in ihren zehn Zentimeter hohen Lieblingsschuhen gestolpert, als sie das erkannte. Das war die einzige Erklärung für den Zorn, der sie von innen heraus verbrannte, und den überwältigenden Drang, sich für Tyler einzusetzen, als er nicht für sich selbst kämpfen wollte. Das tat man nicht für Fickfreunde. Das tat man für die Menschen, die man liebte.

Sie schob diesen Gedanken beiseite, um ihn später zu beleuchten, wenn sie nicht auf dem Kriegspfad war, und sie setzte ihre beste Du-kannst-mich-mal-Miene auf und trat neben Tyler.

»Amüsiert ihr euch?«, fragte sie und nahm ihr Weinglas von der Theke.

»Natürlich«, antwortete Irena und ließ ein strahlendes Lächeln aufblitzen, das ungefähr so echt war wie Everlys Diamantohrringe. »Wir haben in Erinnerungen an die guten alten Zeiten geschwelgt.«

Tyler legte ihr eine Hand ins Kreuz und sagte: »Everly, lass uns gehen.«

»Ja, Sie sollten dieses Event wirklich genießen, solange Sie können«, sagte Irena. »Bestimmt bekommen Sie nicht wieder so schnell eine Gelegenheit, eine Veranstaltung wie diese zu besuchen. Menschen wie ihr zwei mögt zwar einen Einblick darin bekommen, wie die oberen Zehntausend leben, aber ihr werdet immer beim Personal sein.«

Tyler zuckte neben ihr zusammen. Es war nur minimal, und

den meisten Menschen wäre es entgangen, ihr allerdings nicht. Everly hatte jede Menge Leute wie Irena kennengelernt, deren ganzes Selbstwertgefühl darauf aufgebaut war, was andere von ihr dachten, und jede Bedrohung wurde offensiv angegangen. Sie schlug offensichtlich vorausschauend zu, bevor Tyler sie angreifen konnte. Es war eine gute Strategie, aber unnötig. Hatte sie Angst, dass er alle wissen lassen würde, was für ein Flittchen sie als seine Verlobte gewesen war? Anscheinend kannte sie Tyler nicht so gut, wie sie dachte, denn dieser Mann würde in der Öffentlichkeit niemals etwas sagen, das man so verstehen könnte, als hätte er keine Klasse. Doch das gab ihr nicht das Recht, ihn ständig runterzumachen. Und sie würde etwas deswegen unternehmen.

Irena war ein verdammtes Miststück – eins, von dem Everly die Nase gestrichen vollhatte. Ohne Tylers nicht allzu sanften Stoß in ihren Rücken zu beachten, blieb sie unverrückbar stehen. Er mochte das Gefühl haben, nach irgendwelchen Regeln der Gesellschaft spielen zu müssen, aber das galt nicht für sie.

»Sie sagen das, als sei es eine schlechte Sache, für seinen Lebensunterhalt zu arbeiten.«

»Oh nein, ich verstehe, dass viele Menschen es tun müssen«, antwortete Irena mit einem beiläufigen Achselzucken.

Am liebsten hätte Everly ihr ins Gesicht geschlagen, doch auf so ein niedriges Niveau wollte sie sich nicht begeben. Außerdem war ihre Schlagfertigkeit eine viel bessere Waffe. »Sie verwöhntes Miststück«, sagte sie. Es war höchste Zeit, dass das endlich einmal ausgesprochen wurde und jeder es hören konnte.

Tyler entfernte sich einen Schritt von der Theke und zog sie mit sich. »Das hier ist weder der richtige Zeitpunkt noch der richtige Ort dafür.«

Everly drehte sich zu ihm um, außerstande zu verstehen, wie er auch bloß eine einzige weitere Sekunde von diesem Mist ertragen konnte. »Ach nein?«, fragte sie laut genug, dass einige Anwesenden die Köpfe zu ihnen drehten. »Du kannst sie doch nicht ewig damit durchkommen lassen.«

»Womit durchkommen lassen?«, fragte Irena mit gespielter Unschuld. »Ich sage nur die Wahrheit.«

»Everly«, warnte Tyler sie, »lass gut sein.«

Oh nein. Sie drehte sich wieder zu der anderen Frau um. »Tyler und ich mögen nicht mit einem Silberlöffel im Mund geboren worden sein, aber wir haben uns alles, was wir erreicht haben, hart erarbeitet. Sie haben nichts anderes getan, als auf die Welt zu kommen – und sehen Sie sich an, was Sie aus Ihrem Leben gemacht haben. Nichts. Es sei denn, Sie zählen mit, dass Sie sich zu einer Frau entwickelt haben, die versucht, Ihren Verlobten in der Nacht vor der Hochzeit zu betrügen.«

Tyler nahm die Hand von ihrem Rücken, und damit seine Wärme. Sie war so gefangen in dem Augenblick, in dem sie Irena in Tylers Namen endlich an ihren Platz verwies, dass sie es kaum bemerkte.

Irena lief knallrot an. »Wie können Sie es wagen, so mit mir zu reden!«

»Das kann ich Ihnen erklären. Natürlich ist es nicht Ihre Schuld, dass Sie zu so einem Miststück geworden sind; schließlich haben Sie ja keine gute Ausbildung genossen, hatten nicht die Gelegenheit, zu reisen und in den besseren Kreisen zu verkehren.« Everly stieß ein dramatisches Keuchen aus, das genauso falsch war wie die Krokodilstränen in Irenas Augen. »Nein, warten Sie. Das alles hatten Sie! Sie haben nur nie begriffen, welches Glück Sie hatten.«

»Ihr zwei verdient einander. Warum verschwindet ihr nicht von hier und zeugt ein paar Proletenbabys«, sagte Irena so leise, dass bloß Everly sie hören konnte. »Das ist im Endeffekt doch das Einzige, was Leute wie ihr könnt.«

Everlys Handgelenk zuckte, bevor sie begriff, was sie tat, und der Wein aus ihrem Glas spritzte Irena ins Gesicht. Die Flüssigkeit lief ihr über die Wangen, zusammen mit ihrer Mascara.

Irena klappte der Unterkiefer herunter, und sie stieß ein Kreischen aus, das laut genug war, um die Aufmerksamkeit aller um sie herum zu erregen. Der Fokus sprang von Everly zu Irena, die die Augen aufriss wie ein Fisch, den man ans Ufer geworfen hat.

»Wie konnten Sie nur?«, fragte Irena, ihre Stimme erfüllt von falscher Verwirrung. »Ich habe Sie bloß nach Ihrer Galerie gefragt.« Sie drehte sich zu einem Italiener am Ende der Bar um, einem der Vorstandsmitglieder der Hotelkette. »Es tut mir so leid, dass Sie das mitansehen mussten. Bitte, seien Sie versichert, dass es nichts mit Alberto oder Carlo zu tun hat.«

Der fragliche Mann hatte ein Auge auf sie. Doch Everly hielt ihren Blick in bester Riverside-Manier fest auf das verlogene Miststück gerichtet, das bereits so viel Schaden angerichtet hatte, bekam allerdings am Rande mit, was um sie herum passierte. Carlo reichte seiner Verlobten eine Serviette von der Theke. Sie lächelte ihn an wie eine Frau, der ein schreckliches Unrecht angetan worden war.

»*Tesoro,* alles in Ordnung?« Albertos Frage an Everly war leise, aber die Sorge in seinem Ton eindringlich. »Es sieht Ihnen gar nicht ähnlich, bei etwas anderem als Kunst eine solche Leidenschaft zu entwickeln«, fügte er hinzu. »Geht es Ihnen gut?«

Gut? Nein, sie fühlte sich verdammt großartig, als hätte sie etwas erobert … Sie richtete ihre Aufmerksamkeit auf Alberto, und ihre Antwort blieb ihr im Halse stecken, zusammen mit dem Triumphgefühl. Es hatte sich eine kleine Menschenmenge um sie herum versammelt. Alle taten so, als würden sie nicht zuhören, während sie jedes Wort aufsogen wie Gerichtsreporter. Der Italiener am anderen Ende der Bar sah sie direkt an, in seinem harten Blick unverkennbar Abscheu. Etwas näher stand Carlo neben Irena, die zwar ein abscheuliches Miststück sein mochte, aber trotzdem seine Verlobte war. Der Ausdruck auf seinem Gesicht war eine Mischung aus Verwirrung und Ärger. Sie drehte sich ein ganz klein wenig zur Seite und erhaschte ihren ersten Blick auf Tyler, seit sie ihre nachdrückliche Verteidigung gestartet hatte. »Etwas verstimmt« wäre eine beschönigende Beschreibung seines derzeitigen Gemütszustands gewesen. Das Schlimmste von allem war, dass trotz der Krokodilstränen in Irenas Augen das Bewusstsein ihres Sieges nicht zu übersehen war. *Scheiße. Scheiße. Scheiße.* Was sagte Nunni darüber, das Falsche aus den richtigen Gründen zu tun? Sie konnte sich im Moment nicht erinnern, doch zweifellos würde es ihr bald wieder einfallen.

»Es geht. Ich bin wohl nicht so ganz auf dem Damm«, antwortete sie auf Albertos Frage. Das war nicht mal gelogen. Ihr Magen war verkrampft und ihre Kehle so zugeschnürt, dass es schwer war, Worte herauszubringen.

»Bezeichnen Sie in Riverside, wo Sie aufgewachsen sind, solch rüdes Benehmen so?«, fragte Irena und balancierte den Zorn mit Gekränktheit in ihrer Stimme aus. Die Frau hatte wirklich Schauspieltalent.

Sie wünschte sich nichts mehr, als Irena zu sagen, sie solle sich ins Knie ficken, aber das konnte sie nicht. Sie hatte schon genug vermasselt, indem sie das Publikum um sie herum vergessen hatte, als sie auf die andere Frau losgegangen war. »Ich will mich nicht rechtfertigen, bitte nehmen Sie meine Entschuldigung an.«

»Natürlich.« Irena schenkte ihr ein schwaches Lächeln, das ihre immer noch wässrigen Augen nicht erreichte, und streckte die Hand aus. »Wo wären wir, wenn wir nicht verzeihen könnten?« Sie ergriff die Hand der anderen Frau und schüttelte sie, wobei sie den Schauder des Abscheus ignorierte, der sie überlief. »Das ist sehr freundlich von Ihnen. Und wenn Sie mich jetzt bitte entschuldigen würden.«

Irena bedachte sie mit einem königlichen Nicken, bevor sie sich zu Carlo umdrehte und ihm zuflüsterte, dass er sich keine Sorgen machen solle. Everly müsse lediglich unterzuckert gewesen sein oder so, was all den Wirbel verursacht hatte.

Everly knirschte mit den Zähnen, um nichts mehr zu sagen, und stolzierte weg von der Bar. Sie war zwei Schritte weit gekommen, ehe sie unverkennbar spürte, dass Tyler neben ihr herging. Er war sauer. Das konnte sie verstehen, aber die Tatsache, dass er nun bei ihr war, bestätigte die Hoffnung, von der sie nicht einmal begriffen hatte, dass sie sie hegte, nicht bis zu diesem Moment – dass er trotz allem zu ihr halten würde, dass er nicht so war wie ihr Vater.

Sobald sie die Ballsaaltüren hinter sich hatten, führte er sie nach links in eine leere Nische abseits der plappernden Menge. Sie hielt den Mund, bis sie sich umgesehen und überzeugt hatte, dass die Luft rein war – sollte keiner sagen, dass sie nichts aus ihren Fehlern lernte –, dann stieß sie einen tiefen Seufzer aus.

»Mein Gott, kannst du nachvollziehen, wie diese Frau sich benimmt?«, fragte Everly und trat einen Schritt auf Tyler zu. Sie wünschte sich nichts mehr in diesem Moment, als dass er sie in den Arm nahm.

»Irena?« Er mied Everlys Berührung. »Ich kann vollkommen nachvollziehen, dass Irena eine solch öffentliche Szene macht. Was ich nicht glauben kann, ist, dass du darauf hereingefallen bist und alles vermasselt hast, wahrscheinlich auf Dauer.«

Es kostete Tyler seine ganze Kraft, nicht den letzten Rest seiner Selbstbeherrschung zu verlieren. Frust und Zorn tobten so heftig in ihm, dass er kaum Luft bekam, während seine Gedanken sich überschlugen auf der Suche nach einem Ausweg aus dieser Grube, die Everly für sie beide gegraben hatte. Wenn ihm nichts einfiel, dann würde der Deal, den er so dringend brauchte, nicht zustande kommen. Die Wahrheit dessen hatte in dem angewiderten Ausdruck auf Gianni Espositos Gesicht gestanden und in der Sorge auf Albertos.

»Wovon zum Teufel redest du?«, fragte Everly wütend und baute sich direkt vor ihm auf. »Ich bin für dich eingetreten, was mehr war, als du für dich selbst getan hast.«

»Glaubst du wirklich, dass es mich interessiert, was diese Frau denkt?« Nein, was er getan hatte, war das Spiel zu spielen, genau wie er es immer getan hatte. Das war es, was sie nicht begriff, was sie nie verstanden hatte. »Glaubst du wirklich, ich schere mich auch nur im Mindesten um sie?«

Sie stieß ein ärgerliches Schnaufen aus und warf die Hände hoch. »Du brauchst dich nicht darum zu scheren, was sie denkt. Aber du solltest so viel Stolz haben, dich nicht von anderen wie das Letzte behandeln zu lassen.«

»Denkst du, das war es, was ich getan habe? Dass ich mich einfach kleingemacht habe?« Dachte sie so über ihn? Dass er ein Weichei war?

»So hat es jedenfalls ausgesehen«, konterte sie.

Oh Mann. Er hatte gelernt, sich zu beherrschen, nicht auf jeden Seitenhieb zu reagieren, nicht auf die im Spaß gemeinten Frotzeleien einzugehen, die alles andere als freundschaftlich waren, nicht auf die Fragen nach seinen Fähigkeiten zu reagieren – in Anbetracht dessen, wo er herstammte. Er spielte Schach, beobachtete die Spielfiguren und dachte immer sechs Züge voraus. So hatte er als Kind sein Zuhause überlebt, und so war es ihm gelungen, sich in Harbor City einen Namen zu machen. Er war sich verdammt sicher, dass er nichts erreicht hätte, indem er sich den Luxus gestattete, seine Gefühle – ob gerechtfertigt oder nicht – darüber entscheiden zu lassen, wie er auf eine Situation reagierte.

»Ich habe immer einen Plan«, sagte er so leise und neutral wie möglich. »Meine Ex-Verlobte hat uns bloß angestachelt, mit der konkreten Absicht, mich zu provozieren und dazu zu bringen, die Fassung zu verlieren, um dem Hotelvorstand zu zeigen, wie ungeeignet ich bin. Ich habe mich nicht provozieren lassen, aber verdammt, du schon. Du hast dich hinreißen lassen, sie auf Riverside-Art ein verwöhntes Miststück zu nennen, und hast damit das erreicht, was eigentlich niemand kann, nämlich Irena verständnisvoll wirken zu lassen.«

»Ist das überhaupt möglich bei alldem, was sie über dich gesagt hat?«, fragte sie und passte sich trotz der Hitze in ihren Worten seiner Lautstärke an.

Genau das war es ja. Das war das Geniale an Irenas Plan, ihn um diesen Deal zu bringen.

»Ist es. Weil niemand diesen Teil gehört hat, nur wir.« Gianni Esposito vom Hotelvorstand hatte es gewiss nicht mitbekommen. »Die Leute, die zählen, haben bloß dich gehört.«

»Die Leute, die z-zählen?«, stotterte sie. »Du klingst wie Irena.«

»Und dort drin hast du geklungen wie meine Eltern, bevor sie Porzellan zerdeppert haben.« Scheiße. Das hatte er nicht sagen wollen. Er riss sich zusammen und stieß einen tiefen Atemzug aus. »Du bist klug, talentiert und leidenschaftlich in Bezug auf die Dinge, die dir am Herzen liegen, aber du verstehst diese Menschen nicht so wie ich. Ich habe mein Leben damit verbracht zu versuchen, ihnen zu beweisen, dass ich, auch wenn ich ein Außenseiter bin, mehr bin als nur irgendein Junge aus Waterbury. Es war das Einzige, worauf ich meine ganze Aufmerksamkeit gerichtet habe, seit ich dieses Stipendium für die Privatschule bekommen habe. Seitdem ist es jeden Tag darum gegangen, einen Schritt weiterzukommen, meinen Ruf zu verbessern und immer zu wissen, was mich als Nächstes erwartet – bis ich dich kennengelernt habe und das Überraschende zu einem alltäglichen Teil meines Lebens geworden ist. Es ist eine Ablenkung, die ich mir nicht leisten kann, wenn ich den Vorstand überzeugen will, diesen Deal, der auf der Kippe steht, mit mir zu machen. Ich muss die Leute überzeugen, was wegen deines Verhaltens dort drin jetzt viel schwerer werden wird.«

Ihre Lippen zitterten, und heißer Zorn stieg in ihr auf. Sie trat einen Schritt zurück, strich sich das Haar aus dem Gesicht und hob das Kinn um einige Zentimeter. »Hast du irgendeine Ahnung, wie es sich anfühlt, niemals gut genug für die Menschen in deinem Leben zu sein, die …« Ihre Stimme brach, und sie schien an dem Gefühl fast zu ersticken, das ihre Nasenspitze rot färbte und ihr Kinn beben ließ. Dann holte sie zittrig Atem und sprach weiter. »Die dir etwas bedeuten, von denen du dir bloß wünschst, dass sie dich als die akzeptieren, die du bist? Wenn sie es dir verweigern?«

Machte sie Witze? Hatte sie nicht gehört, was er über seine prekäre Situation und den Wert dieses Deals gesagt hatte, um seinen Platz in Harbor City endlich zu festigen? »Jeden einzelnen verdammten Tag, was der Grund ist, warum es so wichtig ist, dass ich wieder hineingehe und diesen Riesenschlamassel in Ordnung bringe.«

Er erwartete weitere feurige Gefühle, weitere verbale Explosionen. Stattdessen beobachtete er – beinahe in einer Zeitlupenperspektive, die ihn innerlich zerriss –, wie jegliche Emotionen aus ihren Augen wichen und sie vollkommen starr wurde. Er kannte diesen Blick. Er war ein verdammter Meister dieses Blickes. Es war der Blick, der besagte, dass nichts anderes in ihren Adern war als Eis und das, was immer auch gerade passiert war, keine Rolle spielte, weil es ihr nicht mehr wichtig war. Sie hatte dichtgemacht – sie hatte ihn ausgesperrt.

Panik flammte in seiner Brust auf. »Es tut mir leid. Ich habe das nicht gut ausgedrückt«, sagte er, und seine Worte kamen in der gleichen hektischen Geschwindigkeit wie sein Herzschlag heraus. »Aber das ist die einzige Möglichkeit, dafür zu sorgen, dass alle darüber hinwegsehen, woher ich komme, und sich stattdessen darauf konzentrieren, wohin ich gehe. Ich muss diesen Deal unbedingt abschließen.«

Sie sah ihm geradewegs in die Augen. »Weißt du, niemand verurteilt dich wegen deiner Arbeiterklassewurzeln so scharf, wie du das selbst tust.«

Hitze schoss durch ihn hindurch. Wie viele Male hatte er die Spötteleien in der Schule gehört, das Flüstern in den Vorstandszimmern? *Aber wann ist das zum letzten Mal passiert?*, fragte eine leise Stimme in ihm. Er schob den Zweifel beiseite. Im Laufe seines Lebens hatte es eine Sache gegeben, die ihn motivierte und ihn vorantrieb – allen zu beweisen, dass sie sich irrten. Er würde damit jetzt nicht aufhören. Das konnte er nicht. Wer war er ohne dieses Feuer?

Everly bohrte in dieser Wunde, die nie zu verheilen schien, und fuhr fort: »Deine Eltern haben dich vielleicht auf diesen Selbstverachtungstrip geschickt – und Gott weiß, wie gern ich ihnen sagen würde, dass sie sich zum Teufel scheren sollten, wenn sie das einem Kind angetan haben –, aber du gehst diesen Weg aus eigenem Antrieb weiter. Irgendwann musst du die Verantwortung für den Weg übernehmen, den du gewählt hast. Du kannst nicht alle Schuld dort suchen, wo du hergekommen bist.«

»Das ist Schwachsinn. Du weißt gar nichts über mich. Und für jemanden, der große Töne spuckt – welchen Weg gehst du selbst? Hast du Lust, mit diesen Leuten über deine Probleme mit deinem Vater zu sprechen?«, fragte er ärgerlich und so laut, dass der Kellner, der auf dem Weg zurück in die Küche war, zusammenzuckte. *Verdammt. Beruhig dich, Jacobsen. Wenn du noch eine Szene machst, wird dadurch nichts besser.* Mit immer noch rasendem Herzen, aber leiserer Stimme setzte er hinzu: »Everly, ich …«

»Spar dir die Mühe«, fiel sie ihm ins Wort und schob sich an ihm vorbei. »Was immer du als Nächstes sagst, spielt ohnehin keine Rolle mehr. Wir sind hier fertig. Wir wollten einfach unseren Spaß haben, erinnerst du dich? Nun, dies ist jedenfalls nicht meine Definition von Spaß.«

Benommen wie er war, konnte er bloß ihren Namen sagen, als sie aus seinem Leben ging. Wieder einmal hatte sie etwas Überraschendes getan. Doch diese Wendung der Ereignisse war wie ein Dolch in der Brust. Er wollte schreien, toben, zürnen, aber er konnte nicht. Die Lektionen, die er gelernt hatte, strömten mit Macht an die Oberfläche – zeig niemals jemandem deine wahren Gefühle, weil es ihm zu viel Macht geben würde. Während also der Neandertaler in ihm schrie, er solle kämpfen, tat er genau das Gegenteil. Er schluckte die Kröte und blieb wie angewurzelt stehen. Sie zögerte einen winzigen Moment, doch als er sich nicht rührte, ging sie ohne ihn weiter, während er auf das unverkennbare Klappern ihrer Absätze auf dem Marmorboden lauschte.

25. KAPITEL

Tyler verbrachte die nächsten vier Tage fast ausschließlich in seinem Büro. Das bedeutete, dass sein Rücken schmerzte, weil er auf dem Sofa schlief, außerdem hatte er keine frischen Klamotten mehr in dem Schrank in seinem Waschraum, und er hatte sich seit Tagen nicht rasiert. Er hatte jedes Mitglied des Vorstands der Ferranti-Hotelgruppe kontaktiert, das sich in Harbor City aufhielt, und sein Bestes getan, die Wogen zu glätten. Es hatte nicht geklappt. Oh, sie hatten es nicht direkt ausgesprochen, und seine Präsentation in drei Wochen würde nach wie vor stattfinden, aber er erkannte eine höfliche Abfuhr, wenn er eine bekam. Er roch beschissen. Sah so aus. Und fühlte sich auch so. Sein Leben war einfach dreifach beschissen.

Warum also saß er an seinem Schreibtisch und scrollte durch die alten Textnachrichten von Everly? Weil sein Leben noch nie so vergnüglich gewesen war wie zu der Zeit. Gott, er war jämmerlich. Gerade als er das Telefon weglegen und die nutzlose Übung fortsetzen wollte, an einem Plan für die Expansion einer Hotelkette zu feilen, der nirgendwohin führen würde, vibrierte es in seiner Hand.

EVERLY: *Du brauchst dich nicht länger zu verstecken. Ich habe meine Schlüssel beim Hausmeister hinterlegt.*

Wie bitte? Wohin ging sie? Sich verstecken? Er hatte gearbeitet und sich den Arsch aufgerissen. Das war ein Unterschied. Außerdem: Warum sollte er sich verstecken? Sie war schließlich diejenige, die ihm gesagt hatte, er solle sich verpissen. Er stand so schnell auf, dass sein Schreibtischstuhl hinter ihm zurückrutschte und mit einem dumpfen Aufprall gegen ein Sideboard knallte.

»Das können keine guten Neuigkeiten gewesen sein«, erklang eine vertraute tiefe Stimme.

Sawyer Carlyle stand in seiner offenen Bürotür, eine weiße Papiertüte in der Hand. Sie hatten schwere Zeiten durchgemacht. Nachdem Tyler den Kontakt zu ihm abgebrochen hatte, hatte er überlegt, wie er ihm das Leben so schwer wie möglich machen konnte. Doch im Grunde wollte er das alles gar nicht und wurde etwas versöhnlicher gestimmt, als Sawyer sich in seine jetzige Ehefrau verliebt hatte, Clover. In einer Situation, in der Sawyer vollkommen verstört und ratlos war, was er mit seinem Leben machen sollte, hatte dieser Wirbelwind von einer Frau sie wieder zusammengebracht. Als Hudson Carlyle Felicia, der kleinen Schwester von Tylers Freund Frankie Hartigan, öffentlich seine Liebe erklärt hatte, hatten Tyler und Sawyer begonnen, ihre Freundschaft wieder aufzubauen. Und nun? Sie waren nicht unzertrennlich, wie Mrs Hartigan wiederholt gesagt hatte, als die Jungs herangewachsen waren, aber sie waren wieder Freunde, und es fühlte sich gut an – nur in diesem Moment nicht, der sich anfühlte, als würde eine eiserne Hand seine Lungen zerquetschen.

»Sie geht fort«, sagte Tyler und richtete seine Aufmerksamkeit wieder auf das Handydisplay.

»Wer geht fort?«

»Everly.« Er griff nach seinem Stuhl und ließ sich wieder darauf fallen.

»Die Galeriebesitzerin?«, fragte Sawyer, ging zu den beiden Stühlen vor Tylers Schreibtisch und nahm auf einem davon

Platz. Dann stellte er die Tüte auf den Boden zwischen ihnen.

»Ja, Hudson hat gesagt, sie eröffne eine neue Galerie auf der Aucoin Avenue.«

Was?! Warum hörte er das jetzt erst? »Das darf sie nicht.«

Sawyer schnaubte. »Ach ja? Und warum nicht?«

»Weil sie einen Mietvertrag mit mir unterzeichnet hat.« Das klang selbst in seinen eigenen Ohren lahm.

»Einen, der Hudson zufolge monatlich ohne Angabe von Gründen kündbar ist.« Sawyer schüttelte den Kopf. »Anfängerfehler, Jacobson.«

Ohne Scheiß. Und einer, den er nicht korrigieren konnte. Gott, das war verdammt ätzend. Und obendrein saß der glücklich verliebte Mistkerl vor ihm einfach da und grinste wie ein Mann, der kurz davor stand, sich zum Frühstück Eiscreme und Bier zu gönnen. Der kleine Scheißer. Wenn sie nicht wirklich wieder Freunde gewesen wären, hätte Tyler ihn hochkant rausgeworfen.

»Woher weißt du das?« Schließlich erfuhr normalerweise er so etwas als Erstes.

»Weil mein kleiner Bruder wegen Everly total sauer auf dich ist, und ihm war danach zumute, mir die Ohren vollzujammern, während ich heute Morgen trainiert habe«, antwortete Sawyer. »Also, raus damit, was zur Hölle hast du ihr getan?«

Mich wie ein Arschloch benommen. »Gar nichts.«

Sawyer zog die Brauen hoch. »Wirklich nicht?«

»Sie hat ähm … mir etwas getan«, stotterte er und dachte an ihren kühlen Blick, als sie ihm gesagt hatte, sie hätte keinen Spaß mehr mit ihm. Der Ausdruck in ihren Augen war ein ganz anderer gewesen als der feurige Racheengelblick, als sie Irena den Kopf gewaschen hatte – wäre Everly dabei nicht voll in die Falle der anderen Frau hineingetappt, wäre das ein bemerkenswerter Anblick gewesen. Stattdessen hatte er das Gefühl gehabt zu beobachten, wie alles, wofür er gearbeitet hatte, implodierte. »Sie hat auf der Gala eine Szene gemacht und höchstwahrscheinlich den Deal mit der Ferranti-Hotelgruppe versenkt, und dann hat sie mir mitgeteilt, dass sie mich nicht mehr sehen will.«

»Also hat sie mit dir Schluss gemacht«, fasste Sawyer Tylers Hölle in sieben Worten zusammen.

»Wir waren kein Paar.« Er schob sein Telefon beiseite, sodass es halb verborgen unter einem Stapel von Papieren lag. »Wir hatten einfach nur ein bisschen Spaß miteinander.«

Sawyer nickte. »Wer's glaubt, wird selig.«

»Fick dich!«

Sawyer lachte bloß. »Ich kann mir nicht vorstellen, warum eine Frau vor dir davonlaufen sollte, da du doch so ein netter, gut gelaunter Typ bist.«

Tyler knurrte seinen Freund förmlich an, aber der andere Mann zuckte nicht mit der Wimper, was Tylers ohnehin schon strapazierte Nerven fast mit ihm durchgehen ließ. »Sie hatte tolle Bedingungen in meinem Haus. Jede andere Person in Harbor City hätte die Räume wenn irgend möglich behalten. Warum macht sie nie das, was man erwartet?«

»Weil du dann nicht in deinem Büro Trübsal blasen würdest, statt bei deinem längst vereinbarten Termin zum Mittagessen zu sein.«

»Mist.« Er funkelte den Bildschirm seines Laptops und den Kalender in der oberen rechten Ecke an, der ihn darauf hinwies, dass sein Mittagessen vor einer Dreiviertelstunde hätte beginnen sollen. »Ich hab das verpasst.«

»Ja. Zu deinem Glück …« Sawyer griff nach der weißen Tüte neben seinem Stuhl und ließ sie auf Tylers Schreibtisch fallen. Der Geruch von Bacon und Käse und einer verbotenen

Menge fettiger Leckereien wehte Tyler daraus entgegen. »Bei *Vito* kann man Gerichte zum Mitnehmen bestellen. Deinen Shake habe ich auf dem Weg hierher getrunken.«

Tyler versäumte keine Termine. Und schon gar keinen zum Mittagessen im besten Restaurant in Harbor City. Er hatte gedacht, dass er gut mit der ganzen Everly-Sache fertigwerde. Er hatte sich geirrt. Offensichtlich. »Ich bin so was von geliefert.«

»So ziemlich«, stimmte Sawyer ihm zu. »Aber nicht, was den Ferranti-Deal betrifft, soweit ich gehört habe.«

Tyler, der gerade dabei war, den in Aluminiumfolie gewickelten Burger aus der Tüte zu holen, erstarrte mitten in der Bewegung. »Was?«

»Ja, es heißt, der alte Mann sei bei der Vorstandssitzung für dich eingetreten. Hat etwas von brillanten Ideen und feuriger Hingabe gesagt.«

Das ergab keinen Sinn. Alberto spielte fest im Team Everly, ohne Wenn und Aber. Wenn sie sauer auf ihn war, sollte Alberto das ebenfalls sein. Warum ergab das Handeln dieser Leute keinen Sinn? Oder, was er sich vermutlich eher fragen sollte: Was hatte das Zusammensein mit Everly aus seiner Fähigkeit gemacht, zu wissen, welche Entscheidungen andere treffen würden, noch bevor sie sie trafen?

»Wieso macht er das?«, fragte er, holte den Burger ganz aus der Tüte heraus und wickelte ihn auf seinem Schreibtisch aus, während er versuchte, das Rätsel zu lösen.

Sawyer zuckte die Achseln und lehnte sich wieder auf dem Stuhl zurück. »Weil er wahrscheinlich das Gleiche gesehen hat, was ich mir gerade anschaue.«

Tyler blickte auf sein Mittagessen hinab. »Einen Cheeseburger mit doppelt so viel Bacon und einer Extraportion Mayo?«

»Mann, bist du blöd.« Sawyer beugte sich vor, stützte die

Ellbogen auf die Knie und bedachte Tyler mit einem Du-bist-ein-Vollidiot-Blick. »Einen Spinner, der verliebt ist und alles vollkommen falsch anfasst.«

Und er hatte gedacht, Sawyer sei da vielleicht tatsächlich einer Erklärung auf der Spur. Stattdessen knallte er ihm eins vor den Latz. »Du kannst mich mal!«

Der andere Mann reagierte gelassen darauf. »Ich werte das als Bestätigung, und wenn du weißt, was gut für dich ist, bemühst du dich um Everly.«

Ja, klar. Selbst wenn sie eine Frau gewesen wäre, die er in seinem Leben wollte, was sie nicht war *(jaha, was immer du sagst, Kumpel),* hatte Everly nicht das geringste Interesse an ihm. »Sie hat ziemlich klargemacht, dass sie mich nicht sehen will. Wie dem auch sei, nächste Woche muss ich meinen Plan für die Hotelexpansion bei einem Meeting pitchen, und ich muss der Präsentation den letzten Schliff geben.«

Sawyer murmelte etwas, das stark nach »dämlicher Schisser« klang, und stand auf. »Für einen klugen Mann bist du manchmal echt ein Idiot.«

Tyler hielt mit dem Burger in der Hand auf halbem Wege zu seinem Mund inne und beobachtete, wie sein Freund zur Tür schlenderte. »Du isst nicht mit mir?«

Sawyer blieb an der Bürotür stehen und sah zu ihm zurück. »Nachdem du nicht aufgetaucht bist, habe ich mich zum Mittagessen mit meiner Frau verabredet. Erstaunlich, wie die Beziehung mit einer Frau, die du liebst, Lücken in deinem Terminplan schafft und dich flexibler macht. Du solltest es irgendwann einmal probieren.«

»Oh ja, und als Nächstes werde ich Möbel vom Flohmarkt restaurieren.«

»Tu es nicht einfach ab, bis du es versucht hast, Kumpel«, sagte er. »Vor allem wenn es beinhaltet, meine Frau im Bikini lackieren zu sehen – nicht dass du diesen Anblick je zu Gesicht bekommen würdest.«

Mit einem widerlich süßen Lächeln auf dem Gesicht winkte Sawyer Tyler kurz zu, ging aus seinem Büro und ließ ihn darüber nachgrübeln, was zum Teufel er mit seinem Leben machen würde und was er als Nächstes tun musste – nicht, was er tun wollte.

Die neue *Black Heart Gallery* würde in einem Monat in einem ehemaligen Industriegebäude neu eröffnen, das ein Investor zu einer Art Kunstmekka umgestaltet hatte, mit mehreren Galerien, die sich über das Erdgeschoss verteilten, während die drei Stockwerke darüber Ateliers beherbergten. Darüber befanden sich für Harbor City typische kleine Wohnungen zu unverschämt hohen Mietpreisen. Sie wollte eigentlich nicht, aber sie war entschlossen, den Mietvertrag zu unterschreiben. Es war nicht die Schuld der Räumlichkeit, dass kein aufreizend erotischer Besserwisser inklusive war. Jetzt zog sie eben um. Ja. Nichts war so befreiend, wie hastig gepackte Kisten auszuräumen, die sie bei all dem Ärger zu beschriften vergessen hatte.

Kiki durchschnitt das Isolierband (es war das einzige, was sie in der alten Wohnung dagehabt hatte), mit dem ein großer Karton zugeklebt war, und brachte Küchenutensilien zum Vorschein. Wunderbar. Da war genau die Erinnerung, die sie brauchte, um sich darüber klar zu werden, was sie hierhergeführt hatte.

»Vergiss diesen Karton. Ich kümmere mich später darum.«

Kiki trug den Karton die sechs Schritte bis zum Nebenraum und stellte ihn auf die einen Quadratmeter kleine Arbeitsfläche der neuen Küche.

»Nur damit du es weißt, ich werde deinem ehemaligen Nachbarn von unten in den Hintern treten, ja?«, sagte Kiki, als sie durch das Labyrinth von Kartons in dem Raum ging, der Wohn-, Ess- und Schlafzimmer in einem war.

»Er hat einen Namen.« Und er konnte sie mal.

Kiki lachte spöttisch. »Soweit es mich betrifft, ist sein Name Dead Man.«

Sie konnte es nicht verleugnen; das Bild von Kiki, wie sie sich auf Tyler stürzte, rief tief in ihr ein Lächeln hervor, eines nach der Art *Leck mich doch!*

»Danke für das Angebot«, sagte sie, während sie ein weiteres Buch auf die Regale schob, die die Umzugsleute neben das einzige Fenster gestellt hatten. »Aber ich habe den Entschluss gefasst, die Sache zu beenden, nicht er.«

»Du bist viel zu nett.« Kiki schlitzte einen weiteren Karton auf, und diesmal kamen Schuhe zum Vorschein, die Everly einfach hineingeworfen hatte. Ihre Freundin sah sich in dem spärlichen Raum um. »Wo sollen die hin?«

»Auf der Innenseite der Einbauschranktür hängt ein Schuhregal.« Dann hatten ihre Wintermäntel eben nicht ganz so viel Platz. »Wie dem auch sei, ich nehme es bloß so gelassen, weil« – sie war zu benommen, etwas anderes zu empfinden als das gelegentliche Aufblitzen von Ärger oder Traurigkeit – »nichts davon eine Rolle gespielt hat. Ich habe dir schon tausendmal gesagt, dass es nur Spaß war.«

»Und das ist der Grund, warum du schleunigst aus seinem Haus verschwinden musstest, wo du fast zum gleichen Preis doppelt so viel Platz hattest?«, fragte Kiki, während sie ein viertes Paar schwarzer Schuhe in das Schuhregal packte.

Okay, sie hatte schon bessere Geschäfte gemacht, aber sie hatte eine räumliche Distanz zwischen Tyler und sich dringender gebraucht als den Platz in ihrer Wohnung. »Es war ein monatlich kündbarer Vertrag, und diese Räume hier habe ich für den gleichen Preis mitten im Herzen des Kunstbezirks bekommen. Wie hätte ich mir diese Chance entgehen lassen können? Man muss vernünftig sein und darf sich nicht von seinem Herzen leiten lassen.«

Zumindest redete sie sich das ein. Wiederholt. Tag und Nacht. Vielleicht sogar im Schlaf. Kiki zerlegte den jetzt leeren Karton und warf ihn auf den Haufen, den der Hausmeister morgen abtransportieren würde. »Eine solide Lebensmaxime.«

Ja, wenn sie die weisen Worte nur befolgen könnte, die sie von sich gab. Sie musste das Thema wechseln, bevor sie gestand, dass sie seit der Gala nicht aufgehört hatte, an Tyler zu denken – manchmal waren es Fantasien darüber, dass sie lachte, während er heulend zu ihren Füßen kauerte, und manchmal küsste sie ihn gegen die Wand gepresst, nachdem er genug vor ihr herumgekrochen war. Everly stand auf, stemmte sich die Hände ins Kreuz und drückte den Rücken durch. Gott, das tat gut. Kartons schleppen war ätzend. Dann ging sie die vier Schritte zu ihrem Bett hinüber, wo genau in der Mitte ihre Handtasche lag. Sie holte ihr Portemonnaie heraus und fischte nach dem Scheck, den sie an diesem Morgen ausgestellt hatte, dank der Rückgabe ihrer unverschämt hohen Kaution für die alte Wohnung.

»Nun, die gute Neuigkeit ist, dass ich dir wegen des Umzugs endlich das hier geben kann.« Sie reichte Kiki den Scheck. »Das ist alles, was ich dir für das Catering schulde, das du bei den Vernissagen angeschrieben hast.«

Kiki nahm den Scheck entgegen, betrachtete die Summe darauf und versuchte sofort, ihn zurückzugeben. »Du weißt, dass das Zeit hat. Wegen des Umzugs wirst du jetzt knapp bei Kasse sein.«

»Freunde nutzen einander nicht aus.« Sie stopfte die Hände in ihre Taschen. »Du hast mir geholfen, als ich es gebraucht habe, und nun kann ich dir das Geld endlich zurückzahlen. Das war unsere Abmachung, und daran halte ich mich.«

»Du bist ein guter Mensch, Everly«, sagte Kiki. »Dieses Arschloch hat dich gar nicht verdient. Vor allem nicht nach dem Mist, den er wegen dieser blöden Irena abgezogen hat. Das war wirklich allerhand.«

»Stimmt.« Natürlich ging es ihr deswegen nicht besser.

»Du weißt, worauf es jetzt ankommt, oder?« Kiki umarmte sie innig und drückte sie fest, bevor sie sie losließ. »Für die Menschen, die zählen, bist du wichtig, und sie würden an deiner Seite kämpfen, selbst wenn es bedeutete, mitten in einem verrückten High-Society-Event in Harbor City eine Szene zu machen, weil du es wert bist, dass man für dich kämpft.«

Everly presste die Lippen aufeinander und rang darum, es irgendwie hinzukriegen, dass ihr Kinn aufhörte zu zittern. »Auf so eine nette und verrückte Art hat mir wirklich noch nie jemand gut zugeredet. Ich wünschte nur, ich bräuchte gar keine Aufmunterung.« Und wie aufs Stichwort fing sie zu weinen an. Verdammt, sie konnte es nicht ausstehen, die Tränen nicht zurückhalten zu können, sie hasste es, dass sie überhaupt seinetwegen weinte. »Ich habe mich in ihn verliebt. Ich wusste, dass das nicht hätte passieren dürfen. Es war nicht meine Absicht, aber …« Weiter kam sie nicht.

»Oh, Schätzchen«, sagte Kiki und umarmte sie erneut.

Everly ließ den Tränen, die sie während der letzten vier Tage zurückgehalten hatte, freien Lauf. Sie hatte schon einmal besser ausgesehen. Ihre Nase lief. Ihr Gesicht wurde heiß. Sie heulte wegen eines Mannes, mit dem sie ohnehin niemals hätte zusammenkommen sollen. Eines Mannes, der dachte, sie zähle nicht, weil sie durch und durch eine Riverside-Frau war. »So viel dazu, dass es nur Spaß war«, sagte sie, sobald sie endlich wieder reden konnte. »Ich habe mich in ihn verliebt. Ich dachte, er sei anders. Ich habe genau den gleichen Fehler begangen, den meine Mutter gemacht hat, obwohl Nunni mich schon immer vor Männern wie Tyler gewarnt hat.«

»Ich bringe ihn um.« Kiki schnappte sich die offene Weinflasche auf dem Beistelltisch, der nach wie vor in Folie verpackt neben dem Sofa stand, und goss eine ordentliche Portion in einen roten Plastikbecher, den sie Everly reichte. »Für dich würde ich sogar Häftlingskluft anziehen.«

»Aber wenn du ins Gefängnis kommst, wer würde das Catering für meine nächste Vernissage übernehmen und den schrecklichen Wein beisteuern?«, fragte sie, ehe sie einen Schluck Wein herunterkippte, der nicht nur großartig schmeckte, sondern auch ein alkoholisches Getränk war, und das würde die Dinge vorübergehend besser machen.

»Mist.« Kiki schenkte sich ebenfalls etwas Wein ein. »Sieht so aus, als müssten wir ihn weiteratmen lassen.« Sie hob ihren Becher. »Ein Hoch auf gute Freunde, und nieder mit den Arschlöchern.«

Everly lächelte schwach und stieß mit Kiki an. Darauf würde sie trinken – wahrscheinlich die ganze Nacht lang. Und wenn sie morgen mit pelzigem Mund und einem Brummschädel aufwachte, würde sie sich damit beschäftigen, was als Nächstes kam, selbst wenn sie keine Ahnung hatte, wie.

26. KAPITEL

Eine Woche später meldete sich Alberto bei Tyler und lud ihn kurzfristig ein. Der Italiener sprach sich nach wie vor bei jeder Gelegenheit dafür aus, dass er den Hotelketten-Auftrag bekommen solle, und so stand Tyler nun draußen vor Helene Carlyles Penthouse, wo es vor Carlos Hochzeit ein zwangloses Dinner geben sollte, auf dessen Gästeliste rein zufällig mehrere Schlüsselmitglieder des Vorstands der Ferranti-Hotelgruppe standen, die den Großen Teich überquert hatten, um an der Feier teilzunehmen.

Ein einziges Läuten hatte genügt, und die Tür war weit aufgezogen worden. Helene und Alberto standen Händchen haltend da und sahen aus, als wären sie schon seit Langem ein Paar. Sie strahlten dieses Glück tiefer Verbundenheit aus, das er immer nur im Fernsehen sah oder als Kind in Frankies Haus bemerkt hatte, wenn er die Beziehung zwischen Mr und Mrs Hartigan beobachtet hatte.

»Da sind Sie ja endlich«, begrüßte Alberto ihn mit einem breiten Grinsen.

»Alberto, Liebling, deine Mutter hat nach dir gefragt, unmittelbar bevor es an der Tür geklingelt hat; macht es dir etwas aus, nach ihr zu sehen?«, fragte Helene.

»Ich geh schon.« Er warf Helene einen wissenden Blick zu.

Misstrauisch schaute Tyler Alberto nach, der im großen Wohnzimmer neben einer winzigen Frau stehen blieb, die weit über achtzig Jahre alt sein musste und in schwarze Spitze gekleidet war. Neben ihr stand eine andere Frau, die er selbst bei schlechter Fernsicht in einem Schneesturm erkannt hätte und erst recht auf einer mittelmäßig besuchten Dinnerparty in Harbor City. Sein Puls schnellte in die Höhe, und alle Sinne waren in höchster Alarmbereitschaft. Everly. Sie war hier. Er konnte den Blick nicht von ihr abwenden. Sie trug ein ihm bekanntes schwarzes Etuikleid. Er wusste, wie dieses Kleid sich anfühlte, wusste, wie es zusammengeknüllt auf seinem Schlafzimmerboden aussah, direkt neben ihren mörderischen High Heels und Spitzenfetzchen, die sie Slip nannte – falls sie an diesem Tag überhaupt einen trug. Die Erinnerung weckte in ihm sofort die Frage, was heute Abend unter diesem Kleid war.

Das war schlimm genug. Noch schlimmer war das Abflauen der Anspannung, mit der er sich gegen seine Gefühle gewappnet hatte wie mit einem Stacheldrahtverhau, sobald er sie nur sah. Dieser Wegfall seines Schutzwalls, das erste Mal seit fünf Tagen, war keineswegs eine Befreiung; es war ein Schock.

»Du brauchst dich deswegen nicht mies zu fühlen; es passiert uns allen«, bemerkte Helene, und die Aufrichtigkeit in ihrer Stimme war echt.

Tyler ignorierte den Drang, zu Everly hinüberzueilen, und richtete seine Aufmerksamkeit wieder auf seine Gastgeberin. »Ich verstehe nicht …«

»Sich zu verlieben.«

Was zum … »Warum sagen das alle ständig?«

»Weil man dir deine Gefühle für Everly ansieht.« Sie lächelte ihn triumphierend an.

Das Puzzle fügte sich zusammen. Die Vorstandsmitglieder waren da – zusammen mit Hudson, Felicia, Sawyer, Clover, der ernst dreinschauenden Irena und Carlo, der nach ihrer beider Körpersprache zu urteilen bei dem Abendessen zu ihren Ehren ungefähr genauso viel Spaß haben würde wie Tyler – aber sein Blick wanderte immer wieder zurück zu Everly, die ihn die ganze Zeit angefunkelt hatte, seit er sie entdeckt hatte. »Dann ist das also ein abgekartetes Spiel.«

»Hast du wirklich etwas anderes erwartet?«

Nun, er hätte nichts anderes erwarten sollen, doch seine Instinkte waren total verkorkst, seit Ms 3B zum ersten Mal über seine Decke gestapft war. Nicht dass er das zugegeben hätte. »Alberto meinte, dies sei eine Chance, mich nach der Gala zu rehabilitieren, und dass der ganze Vorstand hier sein würde.«

Helene zuckte die Achseln. »Es ist eine Chance, und du bist hier.«

Er ließ den Blick durch den Raum schweifen und stellte fest, dass Alberto sich unter sämtliche Vorstandsmitglieder mischte und gelegentlich innehielt, um Blickkontakt zu Tyler zu suchen und ihm zuzuzwinkern. Darauf sollte er seine Aufmerksamkeit richten. Nicht auf die Frau auf der anderen Seite des Raums, die an einem Champagnerglas nippte und wild gestikulierte, während sie mit der alten Dame in Spitze redete. Darauf würde er bestimmt nicht weiter achten.

Nachdem er seinen Entschluss gefasst hatte, gab er sich selbst das Versprechen, sie zu ignorieren – und ertappte sich sofort wieder dabei, dass er sie beobachtete. »Ich lasse mich nicht gern manipulieren.«

»Wer tut das schon?«, gab Helene zurück. »Aber ein Stratege wie du sollte verstehen, dass der Spieß am Ende umgedreht werden würde. Lass dir von einer guten Bekannten einen Rat geben – Liebe ist zu kostbar, um sie wegzuwerfen. Wenn du das Glück hast, sie zu finden, kämpfe darum.«

Everly musste seinen Blick gespürt haben, denn sie schaute zu ihm herüber und funkelte ihn auf eine Weise an, die ohne Worte »Verpiss dich!« sagte, dann wandte sie sich wieder ihrem Gespräch mit der Frau zu, die Albertos Mutter sein musste.

Ein Tritt in seine Eier mit einem ihrer spitzen Schuhe hätte sich besser angefühlt.

»Sie will mich nicht hier haben.«

Helene gab einen Laut von sich, den er, wäre er von irgendeiner anderen Frau gekommen, als Schnauben bezeichnet hätte. »Dann ist es ja nur gut, dass das Dinner nicht bei ihr zu Hause stattfindet.«

Mit diesen Worten schlenderte Helene zu ihren Söhnen und deren besseren Hälften hinüber. Alberto war bereits dort. Als er sie miteinander lachen und plaudern sah, brannte Tylers Magen von dem bittersüßen Wissen, dass das Everly und er hätten sein können. Wenn er andere Prioritäten gesetzt hätte und sie eine andere Frau gewesen wäre, hätten sie wie die anderen Paare sein können – glücklich. Stattdessen befanden sie sich auf gegenüberliegenden Seiten des Raums. Es war nicht richtig. Er sollte etwas sagen, irgendetwas, um die Wogen zu glätten. Doch bevor er die Gelegenheit dazu bekam, verkündete Helene, dass das Dinner serviert sei. Wenig überraschend fand er sich am Tisch neben Everly wieder. Es hieß jetzt oder nie, und obwohl er keinen Plan hatte, sprang er trotzdem ins kalte Wasser.

Er senkte die Stimme, sodass nur sie es hören konnte, und sagte: »Ich möchte mich bloß entschuldigen.«

Sie schüttelte ihre Leinenserviette aus und legte sie sich auf den Schoß, ohne ihn anzusehen. »Was du nicht sagst.«

Okay. Das lief nicht so, wie er es sich vorgestellt hatte. Er musste sich mehr anstrengen. »Ich hätte das auf der Gala nicht sagen sollen, und schon gar nicht in der Weise. Es tut mir leid.«

Diesmal drehte Everly sich doch zu ihm und sah ihn an. Er erwartete, sie erhitzt zu sehen, zornig, gekränkt, was auch immer. Stattdessen war ihr Gesichtsausdruck vollkommen neutral.

»Aber du hast es ernst gemeint. Jedes Wort, und tu nicht so, als wäre es anders«, erwiderte sie leise und gefasst und mit einem deutlich erkennbaren Slangeinschlag. »Wir Riverside-Frauen können Schwachsinn fünf Meilen gegen den Wind riechen.«

Gott sei Dank ließ Helene kein Steak servieren, sonst wäre Everly versucht gewesen, die gezackte Messerklinge für Tylers Oberschenkel zu benutzen. Er wollte sich nur entschuldigen. Was für ein Haufen gequirlte Scheiße. Er wollte gut dastehen vor Alberto und den Vorstandsmitgliedern. Genauso hielten es Männer wie er. Sie machten garantiert keine Szene. Er sah ziemlich mitgenommen aus, aber dennoch hätte sie ihn in der Tiefgarage überfahren sollen, als sie die Chance dazu gehabt hatte.

»Everly …«

»Nicht.« Allein schon, dass er ihren Namen sagte, weckte in ihr das Verlangen nachzugeben. Es war lächerlich. »Wir sind beide erwachsen, und es gibt keinen Grund, es so enden zu lassen, erst recht nicht hier.«

Es war hart genug, Irena gegenüber schönzutun; sie konnte sich nicht an zwei Fronten verstellen. Die andere Frau hatte die ganze Bussinummer abgezogen, nach dem Motto *Wir sind die besten Freundinnen*, und sie hatte um Carlos willen mitgespielt. Aus welchem Grund auch immer, er hatte Irena dafür ausgewählt, bloß auf dem Papier seine Ehefrau zu sein. Und wer war sie, zu urteilen? Schließlich war es nicht so, als sei ihr Liebesleben etwas, mit dem sie prahlen konnte. Tyler saß direkt neben ihr und bescherte ihr weiche Knie und ein Kribbeln am ganzen Körper. In seinem dunkelblauen Anzug, der seine wunderschönen, wenn auch müden Augen betonte und seine bereits ohnehin breiten Schultern noch stärker erscheinen ließ, sah er leider keineswegs so aus wie der Mistkerl, der er war. Es war nicht fair, ihn nach dem, was er getan hatte, immer noch zu wollen, aber so war es, und es machte sie noch wütender, als sie es ohnehin schon war.

»Wir müssen reden.« Er hielt inne, legte unter dem Tisch eine Hand auf ihr Knie und rief durch diese Berührung alte Erinnerungen wach, was sie elektrisierte. »Bitte.«

Es kostete sie alle Energie, die sie im Moment hatte, nicht unter seiner Berührung dahinzuschmelzen, daher brachte sie nur ein einziges Wort heraus. »Nein.«

Die Ader in seiner Schläfe pochte, und sein Blick wurde hitzig. »Das ist alles, einfach nein?«

Der besitzergreifende Unterton in seiner Stimme ließ sie die Schenkel zusammenpressen. Verdammt. Sie war zu klug dafür. Sie wusste, was dabei herauskam. Er wollte bloß mit Menschen zusammen sein, die zählten. Er wollte lediglich Spaß und würde sie nie akzeptieren. Wie die Mutter, so die Tochter, nur dass sie nicht so enden würde wie ihre Mutter, innerlich gebrochen und am Boden zerstört, daher nahm sie all den Zorn zusammen, der ihr immer noch in den Adern brannte.

»Ja.« Sie nahm seine Hand von ihrem Knie weg und sagte im schönsten Slang: »Genau das.«

Dann drehte sie sich zu Carlos Nonna um, wechselte ins Italienische und stellte den Mann zu ihrer Linken kalt – oder zumindest tat sie ihr Bestes, jede seiner Bewegungen zu ignorieren, die sie trotzdem sehr wohl registrierte. Warum? Weil das Leben nicht fair war und ihr Herz nach wie vor für den Strategen plädierte, der es ihr bloß immer wieder aufs Neue brechen würde, denn was auch geschah, sie würde stets eine Frau aus Riverside bleiben. Sie war, wie sie war, und wenn er das nicht akzeptieren konnte, dann hatte Kiki recht und er verdiente sie nicht, selbst wenn sie längst in ihn verliebt war. Happy Ends waren einfach Blödsinn.

Statt nach dem Dinner nach links auf die Marlowe Avenue abzubiegen, steuerte Tyler die Brücke an, die zu dem einen Ort führte, zu dem er stets den Weg zurückfand, ganz gleich, wie angestrengt er in die andere Richtung rannte – nach Hause. Der Verkehr nahm ab, sobald er über die Brücke gefahren war und die neunte Ausfahrt genommen hatte. Dick vermummte Menschen auf dem Bürgersteig waren auf dem Weg vom Bahnhof zum Pendlerparkplatz. Nach einer Weile bog er auf die Brookside Avenue ab und fuhr vorbei an Schaufenstern, deren Scheiben mit Schneespray dekoriert waren. Paare schlenderten die Gehsteige entlang zu einem der vielen Restaurants, die sich hier mehrere Blocks entlangballten.

Es war nicht Harbor Citys berühmtes Einkaufsparadies mit kunstvollen Weihnachtsschaufenstern, die gleich nach Halloween eingerichtet wurden, aber die Läden waren auch nicht so abhängig vom äußeren Schein, die Schaufenster mussten nicht größer, besser und umwerfender erscheinen als die Auslage nebenan. Die Bibliothek, in der er sich als Kind die Zeit vertrieben hatte, war zwei Häuserblocks entfernt zu seiner Linken, gleich hinter der Mittelschule, die er besucht hatte. Das Haus, in dem er gelebt hatte, lag vier Blocks in die andere Richtung, und als er daran vorbeifuhr, warf er nur einen flüchtigen Blick darauf. Eine neue Familie wohnte jetzt dort. Hoffentlich eine glücklichere, wo ein Stipendium für eine Privatschule auf der anderen Seite des Hafens ein Grund für eine Feier war, nicht für Hohn.

Er fuhr an dem Park vorbei, in dem er im Schatten der Spiralrutsche sein erstes Bier getrunken hatte, und an der Highschool, in der er auf dem Parkplatz im Schatten des Footballstadions seine Jungfräulichkeit verloren hatte. Drei Ampelkreuzungen weiter, und er fuhr vor Frankie und Finian Hartigans Bungalow vor. Ihre Eltern lebten einige Blocks weiter in nördlicher Richtung. Die anderen Geschwister waren in einem Radius von zehn Häuserblocks verstreut, alle, bis auf Felicia, die fleißige Wissenschaftlerin, die sich in Sawyers jüngeren Bruder Hudson verliebt hatte und die einzige Hartigan war, die Waterbury jemals verlassen hatte. Sie alle waren klug und lebhaft und in der Lage, es zu etwas zu bringen, und doch waren sie in diesem Arbeiterviertel geblieben, so nahe bei Harbor City, dass sie in der Ferne die Lichter der Wolkenkratzer funkeln sehen konnten.

Sein Handy vibrierte im Becherhalter des Wagens. Er nahm den Anruf entgegen. »Ja?«

»Willst du in deinem Auto sitzen bleiben wie ein durchgeknallter Stalker, oder kommst du auf ein Bier rein?«, fragte Frankie.

Tyler schaute zu dem Haus hinüber, wo Frankie in der offenen Tür stand. »Ist es ein gutes Bier?«

»Es ist ein kostenloses Bier; gibt es ein besseres?«

Zehn Minuten später saßen Frankie und er – Finian hatte Dienst auf der Feuerwehrwache – auf der Terrasse. In einem zum Scheitern verursachten Versuch rückten sie so nah wie möglich an die Feuergrube, während die vorwinterliche Nacht ihnen einen Vorgeschmack darauf gab, was sie in den nächsten Monaten erwartete.

»Erklär mir noch einmal, warum wir hier draußen sind statt drinnen, wo es warm ist«, fragte Tyler, der sein erstes Bier bereits halb geleert hatte.

Frankie grinste ihn an, und ein klein wenig von dieser Hartigan-Verrücktheit funkelte in seinen Augen. »Weil wir Männer sind und tough.«

Die Anzahl hirnrissiger Ideen, denen er in ihrer Teenagerzeit wegen dieses Spruchs zugestimmt hatte, war zu groß, um sie zu benennen, und diese Tatsache außerdem eine seiner Lieblingserinnerungen. »Irgendetwas stimmt nicht mit dir.«

»Nichts, womit ich nicht leben kann.« Frankie nippte an seinem Bier und schaute in den Garten. »Und was führt dich zum zweiten Mal in einem Monat auf unsere Seite der Brücke?«

Scheiße. Er musste miserabel aussehen, wenn Frankie ihn in Männermanier fragte, ob alles in Ordnung mit ihm war. »Ich bin einfach in den Wagen gestiegen und hier gelandet.«

Stille, durchsetzt von dem Knacken und Prasseln des brennenden Holzes in der Grube, erfüllte die Nachtluft. Es gab zu viele Straßenlaternen in der Nähe, um irgendwelche Sterne am Himmel zu sehen, aber sie schauten beide trotzdem nach oben. Es wäre einfach zu seltsam gewesen, einander anzusehen.

»Du hättest deine Freundin mitbringen sollen«, durchbrach Frankie schließlich das Schweigen. »Wenn du mit ihr zusammen bist, bist du amüsanter.«

Tyler nahm einen Schluck Bier, der plötzlich nach Sägespänen und Kreide schmeckte. »Sie ist nicht meine Freundin.«

»Hat sie dir schon den Laufpass gegeben?«

»So ziemlich.« Er kippte den Rest seines Biers hinunter.

»Das ist übel, Mann«, sagte Frankie und reichte ihm noch ein Bier.

Kein »Es tut mir leid«, kein »Was ist passiert?«. Nur eine Kenntnisnahme, weiter nichts. Es war genau die Reaktion, die er von einem seiner ältesten Freunde erwartet hatte, der wusste, ohne dass man es ihm sagen musste, dass Tyler nicht darüber sprechen wollte. Nicht dass Frankie der Typ war, auf Details zu drängen – zumindest nicht, wenn es um schlechte Neuigkeiten ging. Er hielt sein Leben immer schlicht und einfach. Irgendwie beneidete Tyler ihn darum – vor allem, weil seine eigenen selbst gemachten Komplikationen seine Welt auf den Kopf stellten.

»Warum bist du nie fortgegangen?« Die Frage platzte einfach irgendwie aus ihm heraus, bevor Tyler darüber nachgedacht hatte, wie er sie formulieren sollte.

Frankie schnaubte. »Warum sollte ich fortgehen?«

»Weil du es könntest«, erwiderte er und starrte noch immer zu den unsichtbaren Sternen empor. »Trotz der Show, die du für die Leute abziehst, bist du klug. Du könntest mehr Geld verdienen. Du könntest mehr sein als einfach ein Kerl aus Waterbury.«

»Siehst du, das ist ein Problem.« Frankie drehte sich auf seinem Stuhl zu ihm um, das Kinn angespannt und die Schultern verkrampft. »Du bist der Einzige, den ich kenne, der sich um solche Scheiße Sorgen macht. Ich finde es schön, in Waterbury zu Hause zu sein, wo Menschen Blickkontakt zu dir herstellen, wenn du auf der Straße an ihnen vorbeigehst. Die Stadt ist voll mit Menschen, die hart für das arbeiten, was sie haben, und es zu schätzen wissen. Ich bin ein Arbeiterkind, und ich brauche nicht so zu tun, als sei ich irgendetwas anderes.«

Tylers Wirbelsäule begradigte sich jäh, und er wandte sich zu seinem Freund um. So zu tun als ob? Er tat nicht so als ob. Er musste vergessen – musste andere vergessen lassen. »Willst du damit sagen, dass ich es tue?«

»Verdammt, ja«, sagte Frankie, der kein bisschen nachgab.

»Ich habe meine Gründe dafür, dass ich diesen Ort hinter mir lassen will.« Wobei die beiden Hauptgründe die Menschen waren, die zu seinem Genpool beigetragen hatten.

»Ja, ich weiß, deine Eltern waren scheiße.« Frankie nahm einen langen Schluck von seinem Bier. »Das haben wir alle gewusst, aber wir konnten nichts tun, außer dich zu kidnappen und in unserem Keller zu verstecken – was Finian und ich unserem Dad vorgeschlagen haben.«

»Ich wette, er hatte eine Antwort darauf.«

»Und ob er die hatte.« Frankie sah ihm direkt in die Augen. »Was meinst du, woher die Einladung gekommen ist, dich um ein Stipendium für diese stinkvornehme Privatschule zu bewerben? Einer der Jungs in diesem Feuerwehrhaus war mit einer Frau verheiratet, deren Schwester an dieser Schule unterrichtet hat.«

»Er hat das getan?« Tyler war sprachlos und sackte in seinem Stuhl zusammen. »Ich hatte ja keine Ahnung.«

»Es gibt eine Menge, wovon du keinen verdammten Schimmer hast.« Frankie war jetzt so richtig in Fahrt und beugte sich vor, die Ellbogen auf die Knie gestützt, und fixierte Tyler. »Erinnerst du dich an dieses Thanksgiving, das du bei den Carlyles verbracht hast?«

»Ja.«

»Dazu ist es gekommen, weil meine Mutter Helene Carlyle auf dem Weg vor deinem Haus entdeckt hat, während deine Mutter ihr vom Fenster aus nachgesehen hat, eine halb leere Wodkaflasche in der Hand. Nun, Ma hat Mrs Carlyle praktisch gepackt und in unsere Küche verfrachtet. Es war ein Irrenhaus, weil wir alle rechtzeitig loskommen wollten, um den Schulbus zu erwischen, aber diese Frau hat es ausgehalten und Ma zugehört, wie sie die Sache mit deinen Eltern erklärt und ihr gesagt hat, du seist anders. Dass du wirklich etwas werden könntest, wenn du nur von den Scheißleuten wegkämest, die dich gezeugt hatten. Natürlich hat sie das netter umschrieben, aber das war die Quintessenz.«

Es war, als hätte jemand sämtliche Lichter der Stadt gelöscht, und einer nach dem anderen kamen die Sterne am Nachthimmel hervor. »Also deswegen habe ich so viele Feiertage und Urlaube mit ihnen verbracht.«

»Ja, und wenn du nicht bei ihnen sein konntest, warst du bei uns zu Hause und hast die Irrenanstalt hier aufgemischt«, knurrte Frankie und wandte das Gesicht wieder dem Himmel zu. »Das ist der Gemeinschaftssinn der Arbeiterklasse, die du so schrecklich findest. Wir in Waterbury passen aufeinander auf. Es ist vielleicht nicht gleich auf den ersten Blick ersichtlich, und wir prahlen nicht immer damit oder veranstalten schnieke Partys, um Geld für irgendetwas zu sammeln, aber wir sorgen dafür, dass Gutes geschieht. Du willst wissen, warum ich geblieben bin? Weil ich meinen Beitrag dazu leisten will, aber du hast versucht, so viel Abstand wie möglich zwischen dich und deine Wurzeln zu bringen, und das schon so lange, dass du all das Gute nicht einmal mehr sehen kannst. Und jedes Mal, wenn du versuchst zu verstecken, wer du bist und woher du kommst, sagst du uns – und Everly –, dass wir uns verpissen sollen.«

Oh Gott. Was zum Teufel sollte er dazu sagen? Jede mögliche Erwiderung löste sich in nichts auf. Wie hatte er all das übersehen können? Für einen Mann, der sich rühmte, immer zu wissen, was jemand tun würde, noch bevor er es tat, traf ihn diese Enthüllung wie ein Blitz aus heiterem Himmel. Und in der Dunkelheit sah er das Eine, das ihm zuvor entgangen war. Dass er nicht davor wegrannte, woher er kam, sondern vor sich selbst. Er war ein absolutes Arschloch gewesen, das so hart darum gekämpft hatte, nicht zu verbittern, jederzeit bereit, sich über Menschen zu stellen, ehe sie sich über ihn stellen konnten. Genau wie seine Eltern. Wenn er nicht aufpasste, würde er genau wie sie enden.

Er leerte sein Bier in einem einzigen Zug und stellte es neben seine anderen leeren Flaschen auf die Terrasse. »Du hast recht.«

»Was?« Frankie drehte sich um und sah ihn mit einem selbstgefälligen Grinsen an. »Ich muss vorübergehend taub geworden sein. Kannst du das bitte wiederholen?«

»Scheiße, du hast mich gehört.«

»Ja, habe ich. Also, erzähl mir den wahren Grund, warum du vor meinem Haus geparkt hast, als hätte der traurigste Multimillionär und Armleuchter der Welt dringend eine Kopfwäsche gebraucht, denn Mann, du siehst verdammt mitgenommen aus.«

»Everly.« Weil sie das alles von Anfang an kapiert hatte.

»Du meinst die Frau, die nicht deine Freundin ist, obwohl du sie liebst?«

»Ich liebe sie nicht.« Er konnte nur das Rätsel um sie nicht lösen, auch wenn sie ihn offenbar genau durchschaute. Höchstwahrscheinlich gleich bei ihrer ersten Begegnung.

Frankie lachte. »Belüg dich selbst; belüg nicht mich.«

Hitze durchströmte ihn, zusammen mit dem schleichenden Verdacht, dass er es auf ganzer Linie verbockt hatte. »Mach ich gar nicht.«

»Okay.« Frankie zuckte die Achseln und nickte. »Dann sprich es aus. Sag: ›Ich liebe Everly Ribinski nicht, die heißeste Frau, die mir je gesagt hat, ich solle mich verpissen und mich nie wieder bei ihr blicken lassen.‹«

»Das hat sie nicht gesagt.« Machte er sich was vor? Er? Niemals.

Frankie schüttelte nur den Kopf. »Hör auf, mich hinzuhalten.«

Er schindete keine Zeit; er war einfach benommen. Er wollte es sagen. Er musste es sagen, um sich seinen besserwisserischen besten Freund vom Hals zu schaffen, aber … er konnte nicht. Die Worte verwandelten sich auf seiner Zunge in Asche. Es gab nur einen einzigen Grund dafür. Er liebte sie. Wie ein Vollidiot hatte er sich verliebt. Verdammt, er war wahrscheinlich schon verknallt gewesen, als er beschlossen hatte, es sei die beste Idee überhaupt, in der Tiefgarage in einem Liegestuhl zu sitzen und darauf zu warten, dass seine Nachbarin von oben auf ihren High Heels nach Hause kam. Und als sie auf der Gala auf Irena losgegangen war, hatte sie das nicht getan, weil sie ihr Temperament nicht zügeln konnte. Sie hatte ihn verteidigt, etwas, womit er so wenig Erfahrung hatte – oder zumindest dachte er das –, dass er dieses Gefühl von Dankbarkeit nicht richtig hatte zuordnen können. Deswegen war er ausgeflippt und hatte sie weggestoßen.

»Scheiße«, murmelte er und raufte sich die Haare. »Ich habe alles vermasselt.«

Frankie zog bloß die Augenbrauen hoch, daher erzählte Tyler ihm die ganze Geschichte, von dem Münzenwurf in der Tiefgarage über das Debakel auf der Gala bis hin zu der Art, wie Everly ihn bei dem Dinner tief gekränkt hatte.

»Verdammt.« Frankie kicherte. »Ich mag diese Frau. Wenn sie sich nicht bereits in dich verliebt hätte, würde ich sie dir abspenstig machen.«

»Nur zu.« Das Elend lag ihm wie ein Stein im Magen. »Sie hat mich in die Wüste geschickt, wollte mir heute Abend beim Dinner nicht einmal erlauben, mich zu entschuldigen.«

»Wenn ich auch bloß für einen Moment glaubte, dass du das ernst meintest, würde ich sie mir schnappen. Ich mag ja so bescheuert sein, meinen Lebensunterhalt damit zu bestreiten, in brennende Gebäude zu rennen, aber der wahre Idiot bist du«, sagte Frankie. »Everly ist eine von uns, und im Gegensatz zu manchen Deppen hat sie es nicht nötig, das zu verbergen.«

»Das hast du aus einem einzigen Pokerabend bei euch zu Hause geschlossen?« Tyler konnte nicht widersprechen, aber das hieß noch lange nicht, dass er es einfach so hinnahm.

»Ich habe Menschenkenntnis.« Frankie zuckte die Achseln. »Sieh mal, ich sage dir Folgendes. Everly ist eine Frau, die das

Herz auf der Zunge trägt. Wenn sie dich hätte in die Wüste schicken wollen, hätte sie das getan. Aber das hat sie nicht. Wenn du sie willst, musst du um sie kämpfen.«

Ja, es war genau das, was rein theoretisch Sinn ergab, doch wie zum Teufel sollte er das tatsächlich hinkriegen, wenn sie nicht einmal mit ihm reden wollte? »Wie denn?«

»Du bist der verdammt teuflisch gewiefte Stratege, der in sie verliebt ist – lass dir etwas einfallen«, antwortete Frankie, sammelte ihre leeren Bierflaschen ein und stand auf. »Nur beeil dich, denn wenn ich in absehbarer Zeit noch mal so ein gefühlsduseliges Gespräch führen muss, muss ich mich vielleicht übergeben.«

»Weichei.« Tyler stand auf und ging mit Frankie zum Haus zurück.

»Vertrau mir«, sagte sein Freund. »›Weich‹ ist nicht der Ausdruck, den die Damen benutzen, um mich zu beschreiben.« Tyler mochte zwar wieder lachen, als er zu seinem Wagen ging, aber sein Gehirn ratterte in einem Affenzahn. Frankie irrte sich, was die Sache mit der Liebe betraf – auf keinen Fall hatte er sich in das exakte Gegenteil einer Frau verliebt, die er in seinem Leben brauchte –, doch er wollte sie, vermisste sie, wollte sie um sich haben. Manch einer mochte sagen, das sei das Gleiche, ihn hatte allerdings die Beziehung seiner Eltern zueinander geprägt. Sie hatten sich gestritten. Sie hatten gesagt, ich liebe dich. Sie hatten sich noch ein wenig mehr gestritten. Das war es nicht, was er in seinem Leben brauchte. Aber Everly brauchte er, weil er … nun, weil es eben so war. Also verbrachte er, Stratege, der er war, die Heimfahrt damit, Schachzüge durchzugehen und mögliche Ergebnisse zu prognostizieren, denn dies war eine Aktion, die planmäßig über die Bühne gehen musste.

27. KAPITEL

Selbst wenn Everly gut gelaunt war, war sie kein Fan von Hochzeiten – erst recht nicht von piekfeinen Trauungen mit fünfhundert Gästen in der beliebtesten Kirche von Harbor City –, aber heute war es noch schlimmer. Sie verabscheute Liebe. Liebe schmeckte wie Kutteln in ranziger Mayonnaise. Liebe war eine Lüge. Ja, während sie alle Stadien eines gebrochenen Herzens von traurig und benommen bis hin zu verletzt und sauer durchlief, musste sie in der Kirche sitzen und zusehen, wie Carlo aus rein geschäftlichen Erwägungen heraus »Ja, ich will« zu dieser bösen Hexe Irena sagte. Sie war wirklich nicht zu beneiden. Zu allem Überfluss musste sie auch noch so tun, als sei sie froh darüber, hier zu sein. Sich wie ein Mitglied der Elite von Harbor City benehmen zu müssen, bevor sie dem Paar alles Gute wünschte – nach dem, was mit Tyler passiert war –, war an Ironie nicht zu überbieten.

Und wenn man vom Teufel sprach … Natürlich kam er direkt auf Nonna und sie zu, während sie in der Vorhalle warteten, ehe sie zu ihren reservierten Plätzen in der ersten Reihe gingen. Der Mann sah miserabel aus. Seine Krawatte saß schief. Sein Hemd war zerknittert. Er hatte einen Bart, als käme er direkt aus der Wildnis. Und der Mistkerl war immer noch heiß genug, dass ihre Libido erwachte und »Hallo, Knackarsch« sagte. Gott, sie hasste ihn.

»Was macht er hier?«, murmelte sie vor sich hin, während er schnurstracks auf sie zukam.

»*Lui è molto carino*«, sagte Nonna und tätschelte Everlys Unterarm.

Süß? Ja, obwohl sein schwarzer Smoking ein wenig schlotterte, betonte er immer noch seine blauen Augen. Natürlich war das nicht das, worüber sie in diesem Moment nachdenken sollte. Sie wünschte, es wären mehr Menschen hier in der Vorhalle als nur Alberto, Carlo, Nonna und sie, um untertauchen zu können, und richtete ihre Aufmerksamkeit auf die geschlossene Tür, die in die Kirche führte, denn wenn sie ihn weiter anschaute, würden die wirbelnden Gefühle ganz gewiss nicht in ihr verklingen.

Es war ein Fehler. Dass sie ihren Fokus von ihm abgezogen hatte, bedeutete bloß, dass sie seine letzten Schritte nicht sah, bis es zu spät war.

»Everly«, sagte Tyler und strich ihr eine widerspenstige Haarsträhne hinters Ohr, »wir müssen reden.«

Sie hasste es, wie ihr Körper sofort auf ihn reagierte – mit einem Ja-bitte-Schauder –, und vermied es, ihn anzusehen. »Ich bin beschäftigt.«

»Everly«, seine Stimme wurde tiefer, »ich will dich. Ich verspreche, ich kann dafür sorgen, dass es wieder Spaß macht, genau wie früher.«

Sie wirbelte zu ihm herum. »Was hast du gesagt?«

Er stand einfach nur da, so nah, dass sie sich buchstäblich vorbeugen und mit den Lippen über sein Kinn streichen konnte, und sah total mitgenommen aus. Trotzdem schaffte er es, die heißeste Person zu sein, die sie je im Leben gesehen hatte. Es war nicht fair. Und jetzt sagte er ihr, dass er sie wollte? Nicht, dass er sie brauchte? Nicht, dass er sie liebte? Sondern, dass er sie wollte? Nach wochenlanger Funkstille? Nachdem er beobachtet hatte, wie sie die Gala verlassen hatte, ohne auch bloß den Versuch zu unternehmen, ihr zu folgen? Nach seinen lahmen Bemühungen gestern Abend, sich zu entschuldigen? Der Funke des Zorns in ihrem Bauch wuchs zu einer Flamme, und sie klammerte sich mit beiden Händen daran fest und scherte sich nicht darum, ob sie sich verbrannte. Wirklich, dafür war es ohnehin zu spät.

»Ich will, dass es wieder so wird wie früher«, wiederholte er. »Dass es wieder Spaß macht.«

Alberto, Carlo und Nonna verfolgten alle die Liveshow von Everlys Demütigung, und allen blieb der Mund offen stehen. Nein, das stimmte nicht. Carlo blieb der Mund offen stehen. Nonna lächelte freundlich, und Alberto zeigte den selbstgefälligen Gesichtsausdruck eines Mannes, der wusste, wie es laufen würde.

Als sie nichts sagte – sie konnte nicht –, redete er weiter. »Ich weiß, ich brauche manchmal etwas länger, um die Dinge zu begreifen. Wenn es um andere geht, tue ich mich leichter, einzuschätzen, was in ihnen vorgeht. Aber was mich selbst angeht, bin ich oft überfragt. Vom ersten Moment an, in dem du mich mit deinen Kartons fast umgerannt hast, mich jedoch geschont hast, als ich Blödsinn von mir gegeben habe, wusste ich, dass ich mit dir zusammen sein will. Du fehlst mir. Und ich sehe dir doch an, dass du mich auch vermisst.«

Sie zog in einer Ach-wirklich-Reaktion die Augenbrauen hoch. »Denkst du, du brauchst einfach nur *Ich will dich* zu sagen und schon falle ich dir um den Hals? Weißt du, wie viele Male mein Vater meiner Mutter gesagt hat, er *wolle* sie? Weißt du, wie viele Male sie ihm geglaubt hat? Bis zu dem Tag, an dem sie sich dieses Seil um den Hals gelegt hat. Ich verdiene mehr als jemanden, der mich *will.* Ich verdiene jemanden, der mich *liebt.* Kannst du das sagen? Kannst du diese Worte sagen?«

Tyler sagte gar nichts. Das brauchte er auch gar nicht. Die Panik in seinen vor Schock geweiteten Augen sagte alles.

Es war nicht fair. Nicht einmal ansatzweise. Sie hatte einen Kloß im Hals, und ganz gleich, wie oft sie schluckte, der Kloß saß fest. Und das Schlimmste von allem war, dass sie Tyler glauben wollte, denn es waren die einzigen Worte, die sie von ihm hatte hören wollen seit jenem Abend, an dem sie ihn bei ihrer Ankunft zu Hause in einem Liegestuhl in der Tiefgarage vorgefunden hatte. Es wäre einfach, nachzugeben … und ein Risiko, das einzugehen sie nicht bereit war. Es war eine Sache, einfach Spaß zu haben, aber sie wollte mehr als das von ihm. Sie wollte Liebe.

»Everly«, brachte er endlich heraus – doch es war zu spät.

Sie hob die Hand und brachte ihn zum Schweigen, da sie es nicht ertragen konnte, die Worte zu hören. Wie oft hatte ihre Mutter sich das eingeredet und war schließlich wegen eines Mannes zerbrochen? Mit einem tiefen Atemzug betrachtete sie die anderen, die mit ihnen in der Vorhalle waren. Keiner von ihnen machte sich die Mühe, seine Neugier zu verbergen, weil das gar nicht nötig war. Sie wussten, wer sie waren und was sie wollten. Im Gegensatz zu Tyler verstellten sie sich nicht. Mit dem allerletzten bisschen Selbstbeherrschung, das ihren Zusammenbruch verhinderte, drehte sie sich wieder zu Tyler um und tat, was sie tun musste, was ihre Mutter hätte tun sollen.

»Bitte.« Er hob die Hand, aber sie wich seiner Berührung aus. »Es kann wieder so sein, wie es war.«

Das würde bestimmt nicht passieren.

Nie und nimmer.

»Dafür ist es zu spät. Ich will jemanden, der weiß, dass ich es wert bin, um mich zu kämpfen, nicht jemanden, der mich anstiftet zu vergessen, wer ich bin …« Sie funkelte Tyler an, ein Blick, der das Blut in seinen Adern hätte gefrieren lassen müssen. »Oder sich dagegen wehrt, wer er selbst ist. Ich will jemanden, der mich so sehr liebt, wie ich ihn liebe.« *So sehr, wie ich dich liebe …*

Bevor sie noch etwas hinzufügen konnte, öffneten sich die Kirchentüren, und ein ganzer Raum voller Hochzeitsgäste drehte sich in ihre Richtung. Sie klappte abrupt den Mund zu und hakte Nonna unter. Die ältere Frau sah zuerst sie an, dann Tyler, dann wieder sie.

»*L'amore ti fa matto*«, murmelte sie und streckte ihre freie Hand nach Tyler aus.

Nonna konnte in ihrer Einschätzung der Situation nicht falscher liegen. Liebe machte manche Menschen verrückt, aber Everlys Welt hatte sie gerade auf den Kopf gestellt.

Gemeinsam schritt sie mit Nonna, Alberto und Carlo den Gang in die Kirche entlang und ließ Tyler zurück, genauso, wie ihr Herz ihn zurücklassen musste.

Tyler stand benommen da, während der Pfarrer den Hochzeitsgästen erklärte, dass die Braut hinter der geschlossenen Tür der Vorhalle ein Stück aus ihrem Lieblingssonett vorlesen würde, ehe sie eintreten würde.

L'amore? Liebe? Warum sagten die Leute das immer wieder? Es war keine Liebe. Liebe war verrückt, unkontrolliert und überwältigend bis zu dem Punkt, an dem ein Mensch sich selbst vollkommen verlieren konnte. Er rieb sich die fast drei Tage alten Bartstoppeln an seinem Kinn, die er nicht hatte wachsen lassen wollen, und erhaschte einen Blick auf sich in der Vitrine mit Souvenirs der Kirche. Es war unübersehbar, dass er kaum noch etwas essen konnte, so lose hing sein Smoking an ihm herab. Genauso unmöglich war es, die Andeutung wilder Verzweiflung in seinen müden Augen zu übersehen. Verrückt? Ja, er sah ein wenig danach aus. Unkontrolliert? Er würde sich für ein Ja entscheiden. Überwältigt? Definitiv.

»Wahnsinn«, murmelte er, zu schockiert, um sich darum zu scheren, dass er Selbstgespräche führte, »ich liebe sie.«

»Denk nicht einmal daran, Tyler Jacobson.« Irenas hochmütige Stimme stach ihm ins Ohr.

Als er sich umdrehte, sah er sie neben den Brautjungfern aus einem Nebenraum direkt auf ihn zukommen. Sie trug ein aufgebauschtes, übertriebenes Monstrum von einem Hochzeitskleid, ein Mikrofon in einer Hand und ein zerknittertes Stück Papier in der anderen. In ihren Augen stand ein irrer Zorn, der ihn bei jeder anderen Gelegenheit in die Flucht geschlagen hätte. Doch im Moment war er noch zu benommen von der Tatsache, dass er sich in Everly verliebt hatte, um sich auch nur einen Deut darum zu scheren.

»Du und dieses Sozialwohnungsflittchen solltet besser nicht auf die Idee kommen, mir meinen Auftritt zu stehlen. Dies ist mein Tag. Meiner.« Irena hob die Hand mit dem Mikrofon und zeigte auf ihn, und ihr Daumen streifte die Power-Taste. »Ich bin die Braut, und du solltest nicht einmal hier sein. Genauso wenig wie diese sozialschmarotzende Ratte aus der Gosse. Keine Ahnung, warum Alberto darauf bestanden hat, wahrscheinlich gehört das zu der unerträglichen Attitüde dieses Emporkömmlings, aber ich schwör's, wenn einer von euch bloß das Geringste tut, um mir meinen Tag zu vermasseln, werde ich es zu meiner Lebensmission machen, euch zwei zurück in die Slums zu befördern, wo ihr hingehört.«

Sein Blick wanderte von dem kleinen roten Licht an dem Mikrofon zu den geschlossenen Türen zwischen ihnen und einer Kirche voller Hochzeitsgäste. In diesem Moment wusste er genau, was er tun musste. Es war Zeit, seine Herkunft aus Waterbury durchblicken zu lassen.

»Du könntest es versuchen«, sagte er und sorgte dafür, dass seine Stimme laut genug war, um durch die Lautsprecher in der

Kirche deutlich hörbar zu sein. »Du würdest es vielleicht sogar schaffen, aber ich werde dir etwas sagen, Irena, eine einzige mittellose Everly in einem heruntergekommenen Mietshaus ist immer noch mehr wert als dreihundert Frauen wie du.« Er trat einen Schritt näher an seine Ex-Verlobte heran, um sicherzustellen, dass die einzige Person auf der anderen Seite der Türen, an der ihm etwas lag, jedes Wort mitbekommen würde. »Willst du wissen, warum? Weil sie weiß, wer sie ist. Sie hat sich verdient, was sie hat. Sie braucht nicht darum zu kämpfen, einfache Menschen unten zu halten, sie kämpft darum, sie zu beschützen. Du leidest an Wahnvorstellungen, wenn du denkst, du könntest Everly jemals etwas wegnehmen.«

Irena verdrehte die Augen. »Gott sei Dank bin ich nicht wirklich in Carlo verliebt, aber dieser sentimentale Schwachsinn hat mir Brechreiz verursacht.«

»Ausnahmsweise einmal schätzt du etwas richtig ein«, entgegnete er und senkte den Kopf, um dem Mikrofon nahe zu sein. »Ich liebe Everly. Ich kann mir ein Leben ohne sie nicht vorstellen.«

»Was habe ich gesagt?« Irena schnitt eine Grimasse, als müsse sie würgen. »Ich musste definitiv gerade ein wenig Galle runterschlucken.«

Nach allem, was sie Everly angetan hatte, sollte er den Augenblick mehr in die Länge ziehen, aber er war nur daran interessiert, sobald wie möglich zu der Frau zu gelangen, die er liebte. »Willst du etwas wissen, das dich wirklich fertigmachen wird?«

»Was, du willst, dass sie Babys von dir bekommt?«

»Eines Tages, aber das war nicht das, was ich sagen wollte.« Prompt sah er eine Reihe von Mini-Everlys vor seinem inneren Auge. »Ich wollte dir mitteilen, dass dein Mikrofon eingeschaltet ist und alle in dieser Kirche jedes einzelne miese Wort gehört haben, das du gerade gesagt hast. Nachdem du im Laufe der Jahre so viel Leid angerichtet und so viel Mist gebaut hast, sollte das das Beste an diesem ganzen Wortwechsel sein, aber weißt du was?« Er schnappte sich das Mikrofon aus ihrer Hand, während sie hektisch blinzelte und ihr der Unterkiefer herunterklappte. »Das Einzige, das alle von mir hören sollen, ist dies: Ich will dich nicht nur, Everly Ribinski. Ich liebe dich. So sehr, dass ich all diesen millionenschweren Arschlöchern genau sagen werde, was sie mit ihrem Hoteldeal machen können, wenn sie einem Stipendiaten wie mir das Management nicht überlassen wollen. Denn selbst ein ganzes Leben, in dem sie mich akzeptieren, bedeutet nichts im Vergleich dazu, auch bloß fünf Minuten mit dir zu verbringen.«

Und mit diesen Worten ließ er das Mikrofon fallen, riss die Türen zur Kirche auf und marschierte hinein, entschlossen, sein Mädchen zu finden.

Doch das ging nicht so schnell, denn in der Kirche herrschte das totale Chaos, während Platzanweiser wie Linienrichter beim Football die Leute zurückhielten – mit einer Ausnahme.

Carlo eilte an ihm vorbei in die Vorhalle. Zweifellos hatte er Irena etwas zu sagen in Bezug auf den gemeinen Spruch über seinen Vater, der über das eingeschaltete Mikrofon übertragen worden war, aber das scherte Tyler nicht. Sie spielte keine Rolle. Die meisten Menschen in dieser Kirche spielten keine Rolle. Die Einzige, die wirklich zählte, saß mit Nonna ganz weit vorn. Sie war die einzige Person hier, die nicht wie gebannt die Show zwischen Irena und Carlo verfolgte, die sich hinter ihm abspielte. Er musste an den Platzanweisern vorbeigelangen und sie erreichen.

»Was soll das heißen, du kannst das nicht durchziehen?« Irena brüllte so laut, dass man sie im ganzen Hafen von Waterbury hören musste, und sie lenkte Tylers Aufmerksamkeit auf den

Bereich hinter ihm. »Dass du unrecht hattest damit, es könnte funktionieren? Dort ist eine ganze Kirche voller Menschen, die darauf warten, dass wir heiraten.«

Carlo zuckte die Achseln. »Wir wissen beide, dass diese ganze Heirat ein reines geschäftliches Arrangement war, und du weißt, dass die Hochzeit nach dieser Darbietung über die Lautsprecher geplatzt ist.«

»Also lässt du mich vor dem Traualtar stehen?«, fragte Irena, und all das Getue einer süßen jungen Frau aus gutem Hause verschwand, und die tatsächliche Habgier kam zum Vorschein.

Carlo schaute zurück in die Kirche, und von Tylers Standort aus war die Erleichterung in seinen Zügen unübersehbar.

»Genau genommen«, antwortete Carlo, »stehst du in der Vorhalle.«

»Und du meinst, das spielt eine Rolle?« Sie packte mit beiden Händen ihren voluminösen Rock. »Du … du … italienisches Arschloch.«

Mit diesen Worten stürmte sie davon, und ihre Brautjungfern huschten hinter ihr her. Alle in der Kirche saßen da und schauten zu, wie Carlo durch den Gang zurückkehrte, wo auf halber Strecke Alberto wartete, ein breites Lächeln auf dem Gesicht. Die beiden Männer berieten sich eine Minute lang, dann ging Carlo nach vorn zu dem wartenden Pfarrer, dessen Hand auf der Bibel lag, um das Wort an die Festgemeinde zu richten.

»Es tut mir leid, Ihnen mitteilen zu müssen, dass die Hochzeit ausfällt«, sagte Carlo, dessen Stimme glücklicher klang, als Tyler sie je zuvor gehört hatte. »Ich danke Ihnen allen, dass Sie gekommen sind.«

Ein Raunen ging durch die Kirche. Irenas Familie marschierte hinaus, die Köpfe erhoben und die Blicke starr geradeaus gerichtet. Everly und Nonna gingen zu Alberto und

Carlo nach vorn und boten ihm ihre Unterstützung und Solidarität an. Tyler blieb im hinteren Teil der Kirche stehen und suchte verzweifelt nach einer Strategie, wie er Everly dazu bringen konnte, ihm zuzuhören, wenn er sie ansprechen würde. Es herrschte ein ohrenbetäubender Lärm, weil alle gleichzeitig redeten. Zweifellos schickten gerade die, deren Freunde nicht anwesend waren, emsig Textnachrichten, um sie wissen zu lassen, was statt der Gesellschaftshochzeit des Jahres vorgefallen war. Das entsprach genau der hämischen Reaktion auf Kosten anderer, vor der ihm graute, seit er mit diesen Leuten verkehrte. Er hatte beinahe Mitleid mit Irena. Beinahe. Und es erinnerte ihn daran, dass dies in Waterbury nicht passiert wäre. Oh, die Leute würden auch schadenfroh sein, aber es würde viel mehr mitfühlende Gesichter geben als hier in dieser Kirche.

Verdammt, er hatte Glück gehabt, die Carlyles zu finden. Ohne sie hätte er niemals in dieser Schlangengrube bestehen können. Und er würde es – nirgendwo – ohne Everly schaffen.

Auf keinen Fall würde einer von ihnen diese Kirche verlassen, ohne dass die Sache zwischen ihnen geklärt war. Ein Leben ohne Everly war ein Leben, das er nicht führen wollte, und es scherte ihn nicht, ob er sich öffentlich zum Narren gemacht hatte, damit sie das begriff.

»Hey, 3B«, brüllte er über das Summen der Menge hinweg, laut genug, um sie zum Schweigen zu bringen. »Hast du immer noch Interesse an diesem Stellplatz?«

Everly drehte sich wie in Zeitlupe um, die Hände in die Hüften gestemmt wie eine Königin, die sich nicht von irgendwelchem Mist einschüchtern ließ. »Wovon redest du?«

Ein Harbor-City-Mann wäre vor ihrer Leck-mich-Haltung davongelaufen, aber er kam aus Waterbury und hatte Eier von der Größe von Wassermelonen. Er zwängte sich durch die

Platzanweiser nach vorn. »Den direkt neben Mrs MacIntoshs Chevy – obwohl ich mir sicher bin, dass sich kein Mensch die Versicherungsbeiträge dafür leisten kann.«

Sie legte den Kopf schräg. »Ich wohne dort nicht mehr, erinnerst du dich?«

»Oh, stimmt.« Er halbierte den Abstand zwischen ihnen. »Ich fürchte, ich muss dir den Deal ein wenig versüßen. Wie wär's, wenn du das ganze Haus bekommst? Es war mein erstes, musst du wissen. Das, an dem ich mehr hänge als an jedem anderen, daher ist es nur recht und billig, wenn die Frau, die ich liebe, es bekommt.« Er nutzte ihr geschocktes Schweigen aus, holte seine Brieftasche aus seiner Smokingjacke und zog den schmuddeligen Vierteldollar hervor, der seit seinem zwölften Lebensjahr in seinem Besitz war. Den Vierteldollar, den er benutzt hatte, um Entscheidungsfindungen das Emotionale zu nehmen, den, den er schon viel zu lange sein Leben hatte bestimmen lassen. »Werfen wir eine Münze?«

Ohne etwas von ihrem verzückten Publikum zu ahnen – oder wohl eher, weil es ihr scheißegal war –, stolzierte sie zu ihm herüber, eine knallharte Frau von den Spitzen ihrer schwarzen High Heels bis hin zu ihrem schwarzen Haar, das sie zu einem Knoten zusammengefasst hatte. »Versuchst du, mich über dein Haus wieder ins Bett zu bekommen?«

»Nein.« Er wollte mehr. Er wollte sie ganz.

»Gott sei Dank«, sagte sie, und ihre geschürzten Lippen sahen genau aus wie damals, als sie ihn bei seinem ersten Pasta-Versuch angelächelt hatte. »Ich dachte, du würdest …«

»Ich versuche«, fiel er ihr ins Wort, »mir den Weg in dein Herz zu ergaunern, indem ich mich vor den mächtigsten Menschen in Harbor City zum Vollidioten mache, den Menschen, die ich mein Leben lang dazu bringen wollte, etwas anderes in mir zu sehen, als ich war.«

Sie blinzelte überrascht, und wie immer, wenn sie nervös war, biss sie sich auf die Unterlippe. »Ach ja, und was bist du?«

»Ein Narr.« Ja, das brachte es so ziemlich auf den Punkt.

Sie stieß zittrig den Atem aus, und in ihrem Blick war zumindest so viel Interesse, um ihm Hoffnung zu schenken.

»Rede weiter«, forderte sie ihn auf.

»Du hattest recht.«

»Womit?«

Die einzige Antwort, die er ihr geben konnte, war die echte, die, die ihn alles kostete. »Mit allem.«

Sie sagte nichts. Sie sah ihn nur an, ohne zu blinzeln. Seine Hände wurden klebrig, und Schweiß lief ihm den Rücken hinunter. Dann veränderte sich etwas. Ihre Miene wurde sanfter. Ihr Kinn zitterte. Und ihr Mund – dieser üppige, rote Mund, der solch schmutzige, schmutzige Dinge tat – verzog sich auf einer Seite.

»Du bist so ein Armleuchter«, erklärte sie, und ihre Stimme zitterte ein ganz klein wenig. »Und du kannst nicht kochen.«

»Stimmt nicht. Ich kann Pasta machen«, widersprach er und zog sie an sich. »Du treibst mich in den Wahnsinn mit deinen lauten, klappernden Schuhen und deiner Liebe zu deutschen Malern, während ich Gemälde mit Hunden mag, die Poker spielen.«

»Dein Kunstgeschmack ist grauenhaft«, erklärte sie und lehnte sich an ihn. »Wie konnte ich mich bloß in einen Mann wie dich verlieben?«

»Ich werde es dich wissen lassen, sobald ich herausgefunden habe, wie ich mich so heftig in die halsstarrigste Frau auf der Welt verlieben konnte. Ich musste alles in meinem Leben neu überdenken, bis mir klar wurde, dass ich nichts anderes tun konnte, als mir einzugestehen, dass ich dich liebe – die Frau, die du warst, die Frau, die du bist, und die Frau, die du sein wirst. Ich liebe euch alle. Für immer. Also, lass es uns tun. Lass uns heiraten.« Und jetzt wollte er genauso sehr der Ihre sein, wie sie die Seine sein würde. Er korrigierte seine Haltung, sodass seine Hand mit dem Vierteldollarstück frei war, und positionierte seinen Daumen für die bestmöglichen Chancen so geschickt, wie er es seit Jahren nicht getan hatte, ohne begriffen zu haben, dass das alles auf diesen Moment zielte. »Also, lass uns eine Münze werfen. Kopf, du sagst Ja.«

Die Münze flog in die Luft, und er hielt den Atem an, weil alles vom Ergebnis abhing. Everly grapschte die Münze mitten aus der Luft.

Sie gab sie ihm zurück, ohne hinzuschauen. »Kopf.«

Er umfasste ihr Gesicht, das Gesicht, das er jeden Morgen als Erstes und jeden Abend als Letztes sehen wollte, und machte Anstalten, sie zu küssen, hielt aber unmittelbar vor dem Paradies inne. »Du hast mir einmal gesagt, du würdest nicht an Happy Ends glauben. Ich habe das auch nicht, bis ich dich kennengelernt habe. Ich liebe dich, Everly Ribinski aus Riverside.«

Es war unübersehbar, wie gerührt sie war. »Ich liebe dich auch.«

Der Kuss fühlte sich an wie der Anfang der Ewigkeit – denn das war er –, und er verlor sich in der Frau, die jeden Plan, den er je gemacht, und jede Strategie, die er je ausgeheckt hatte, hinwegfegte. Als sie sich voneinander lösten, applaudierten alle in der Kirche.

»Ich schätze, uns bleibt nur eines übrig«, sagte er, außerstande, den Blick von Everlys schönem Gesicht loszureißen.

»Heiratet«, schlug Carlo vor. »Ihr habt den Pfarrer gleich hier.«

Everly warf den Kopf in den Nacken und lachte. Dann gab sie Tyler auf ihre prima Riverside-Art zu verstehen: »Nie und nimmer – du wirst dich schon ein wenig anstrengen müssen, um mich im Brautkleid zu sehen.«

Das war seine Freundin, niemals um eine Herausforderung verlegen. »Oh, glaub mir, ich werde mir die perfekte Strategie ausdenken, um es wahr werden zu lassen.«

»Nun, *bellissima*«, sagte Alberto irgendwo hinter ihnen, »mir scheint, es liegt bei uns, es auszunutzen, eine Kirche voller Verwandter und Freunde zu haben.«

Verblüfft drehte sich Helene zu Alberto um. Das hier entsprach nicht dem, was sie verabredet hatten. Eine stille, standesamtliche Hochzeit, und dann würden sie auf den richtigen Zeitpunkt warten, um es Hudson und Sawyer beizubringen.

»Wir können jetzt nicht einfach heiraten«, sagte sie und betrachtete all die Menschen, die sie beäugten. Ihr Blick verweilte auf Hudson und Sawyer, die mit Felicia und Clover in der vierten Bank standen, und alle wirkten sie total schockiert.

»Warum nicht, *bellissima*?«, fragte Alberto, griff nach ihrer Hand und küsste sie. »Ich weiß, wir hatten vor, deinen Freund, den Richter, die Zeremonie vollziehen zu lassen und es zu einem geeigneten Zeitpunkt deinen Jungs beizubringen, aber der Pfarrer ist hier. Wir haben ein Aufgebot. Und ich liebe dich.«

Hin und her gerissen sah Helene sich in der Kirche um, die voll von den Menschen war, mit denen sie den größten Teil ihres Lebens verbracht hatte, jenen, die ihr bei Wohltätigkeitsveranstaltungen halfen, jene, die sie auf Michaels Beerdigung begleitet hatten, jene, bei denen sie mit den Zähnen knirschte und sich ins Gedächtnis rief, dass es nicht höflich wäre, ihnen zu sagen, dass sie sich verpissen können, und – das Wichtigste – ihre Söhne, die bei der Idee weder ärgerlich wirkten noch als fühlten sie sich zurückgesetzt. Sie wirkten … verletzt.

»Mom«, Sawyer kam auf sie zu, »wolltest du wirklich ohne uns heiraten?«

Mommy-Schuldgefühle – sie gingen niemals weg, ganz gleich, wie alt die Kinder wurden – sorgten dafür, dass ihr Magen sich verkrampfte. Ihr Job war es, ihre Söhne zu beschützen. Dafür zu sorgen, dass sie wohlbehütet waren. Sie bis zum Erwachsenenalter großzuziehen und ihnen zu helfen, Männer zu werden. Endete diese Pflicht? Sollten sie nicht ihre erste und einzige Priorität sein? Und sie hatten ihren Vater beide so sehr geliebt, dass sie nicht wollte, ihre Söhne hätten den Eindruck, sie mit jemandem teilen zu müssen.

»Ich habe auf den richtigen Zeitpunkt gewartet, um es euch zu erzählen«, stieß sie hastig hervor und suchte ausnahmsweise einmal nach den richtigen Worten. »Ich weiß, es wird hart werden, und euer Vater, was würde er sagen?«

Hudson trat vor sie hin, ein sanftes Lächeln auf dem Gesicht, das dem seines Vaters so ähnlich war. »Dass er glücklich ist, dass du die Liebe wiedergefunden hast.«

»Genau das, was wir sagen würden«, ergänzte Sawyer.

Und ausnahmsweise einmal ließ sie den Tränen, als sie ihr über die Wangen liefen, freien Lauf, ohne Scham und ohne Ausweichen.

»*Bellissima*«, Alberto wischte ihr die Tränen weg, »sag Ja.«

Die Worte lagen ihr auf der Zunge, aber sie konnte es nicht aussprechen, ohne sich zuvor überzeugt zu haben, dass ihre Söhne einverstanden waren. Sie schaute zu Hudson und Sawyer hinüber. »Ist das wirklich in Ordnung für euch?«

»Unter einer Bedingung«, antwortete Hudson, und seine Miene wurde ernst. »Wir dürfen neben dir stehen. Ich werde natürlich deine erste Brautjungfer sein, weil ich hübscher bin als Sawyer.«

Ihr Ältester schnaubte. »Und eine viel größere Nervensäge.«

»Jungs«, ermahnte sie die beiden in scharfem Ton und lächelte dann, »das wäre perfekt.«

Danach ging es ganz schnell. Sie stand vor dem Traualtar und sagte »Ja, ich will« zu einem Mann, den sie von ganzem Herzen liebte und der sie eine der wichtigsten Lektionen überhaupt gelehrt hatte. Eine neue Liebe bedeutete nicht, dass man denjenigen vergaß, mit dem man davor zusammen gewesen war, sie erinnerte einen nur daran, dass das Leben noch nicht vorbei war.

Everly mochte Hochzeiten. Sie liebte sie. Wie hätte sie sie nach diesem Tag auch nicht lieben können? Als sie Hand in Hand mit Tyler zu den Kirchentüren ging, hinter dem frisch verheirateten Paar her, flatterte ihr Herz in ihrer Brust.

»Ich kann nicht glauben, dass all das gerade geschehen ist«, murmelte sie.

Tyler lachte. »Davon werden die Leute jahrelang reden.«

Ihre Schritte stockten. »Ist das okay für dich?«

Er blieb jäh stehen und wandte sich mit ernster Miene zu ihr um. »Es könnte mir nicht gleichgültiger sein, was sie sagen. Du bist die Einzige, die für mich zählt, und ich verspreche dir, den Rest meines Lebens damit zu verbringen, dir das zu zeigen.«

Was konnte sie darauf sagen? Nichts. Also küsste sie ihn, eine sanfte Berührung ihrer Lippen auf seinen, die so viel mehr versprach – eine Ewigkeit. Sie beendete den Kuss, und sie setzten ihren Weg den Gang hinab fort. Doch gerade als sie durch die Türen treten wollten, blieb Tyler stehen und hielt sie fest. Er holte seine Brieftasche hervor und entnahm den Vierteldollar dem kleinen Fach darin, wo er ihn immer aufbewahrte. Dann warf er ihn ohne das geringste Zögern in die Sammelbüchse neben der Tür.

»Aber das war dein Lieblingsdollar«, protestierte sie und versuchte herauszufinden, was um alles in der Welt er im Schilde führte.

»Das dachte ich auch. Aber das war er gar nicht. Es war nur ein Vierteldollarstück, das ich aus der Ankleidekommode meines Vaters gemopst habe, an dem Tag, an dem ich beschlossen habe, niemals so zu werden wie er, und ich habe die Münze als Erinnerung daran behalten. Ich habe sie benutzt, um Entscheidungen den emotionalen Aspekt zu nehmen – zumindest habe ich mir das eingeredet –, aber wie sich herausstellt, war es viel mehr als das. Die Münze hat mich zu dir geführt.« Er sah ein wenig einfältig aus, als er sich zu ihr umdrehte und ihr nicht ganz in die Augen schauen konnte. »Ich muss ein Geständnis machen. Also, ich weiß, was ich gleich sagen werde, könnte in körperlichem Schmerz enden, aber ich bitte dich bloß, offen zu sein ... und daran zu denken, dass ich meine Macht niemals benutzt habe, um für mich selbst Profit daraus zu schlagen.«

Sie kniff die Augen zusammen und versuchte, ihm die Wahrheit abzuringen. Wenn er ihre perfekte Wiedervereinigung mit einer weiteren idiotischen Nummer ruinierte ... »Wozu hast du diese Macht denn dann benutzt?«

»Komisch, dass du fragst. Ähm ... es ist durchaus möglich, dass ich weiß, wie ich einen Münzenwurf manipulieren muss, damit er zu meinen Gunsten ausfällt.« *Sie wird mich umbringen.* »Aber lass uns an all das Gute denken, das ich mit jedem Wurf dieser Münze bewirkt habe. Ich habe im Regen deine Taschen getragen, ich habe dir Haferbrei gekocht, ich habe sogar dein Auto vor Mrs MacIntoshs Fahrkünsten gerettet, indem ich dir den einzigen anderen Parkplatz überlassen habe. Verdammt, ich habe mir sogar eine Harley für dich gekauft, die ich nicht fahren kann. Alles nur für dich – obwohl mir das zu dem Zeitpunkt noch nicht klar war.«

Sie schüttelte den Kopf. Der Mann war verrückt. Er hatte sie die ganze Zeit über mit einem manipulierten Münzwurf überlistet. Es war natürlich schlimm, aber andererseits, was machte es schon, wenn dieser Mann allem Anschein nach auf volles Risiko ging, wenn er mehr Zeit mit ihr verbringen wollte? Sie grinste von einem Ohr zum anderen. Sie waren beide total verrückt.

»Also, lass mich das klarstellen. Du hast ein Motorrad gekauft – das du anscheinend gar nicht fahren kannst –, bloß damit ich meine Helga nicht neben Mrs MacIntosh parke?« Sie sah ihn mit hochgezogenen Brauen an und forderte ihn heraus, es abzustreiten.

Als er nickte, während er aus den Augenwinkeln die Ausgänge beobachtete, wusste sie, dass sie diesen Mann ewig lieben würde. Diesen unmöglichen, irrwitzigen, tollkühnen Typen aus Waterbury, der sich Hals über Kopf in sie verliebt hatte. »Nun, du weißt schon, dass es nur eines gibt, was du tun kannst, um das wiedergutzumachen, oder?«

Er strich sich eine verirrte Haarsträhne aus dem Gesicht und sah mit so viel Liebe auf sie herab, dass es ihr den Atem raubte. »Alles, was du willst.«

»Weißt du, ich habe eine ziemliche Schwäche für heiße Typen auf Harleys … mit Tätowierungen«, sagte sie mit einem schelmischen Grinsen.

Seine Pupillen weiteten sich. »Verdammt, nein.«

Sie schnalzte mit der Zunge. »Aber du hast gesagt ›alles‹ …«

Als er »alles« gesagt hatte, hatte er es ernst gemeint. Heute. Morgen. Für die Ewigkeit. Was immer notwendig war, damit ihn die Frau, die er liebte, stets so anlächeln würde.

Epilog

Drei Jahre später …

Das Penthouse der Carlyles wirkte ganz anders. Oh, es sah immer noch aus wie die Wohnung der superreichen Helene Carlyle, aber es war anders als das Haus, das er als Stipendiat in der Privatschule das erste Mal betreten hatte, denn die Menschen lachten, tranken und feierten darin. Neben Sawyer, Hudson und Helene war Sawyers Ehefrau zugegen, Clover, außerdem ihre Eltern, die sich auf dem Sofa ausschütteten vor Lachen; Hudson und Felicia, die den jüngeren Carlyle jahrelang hatte warten lassen, bevor sie ihn geheiratet hatte. Helene, die den kleinen Michael um den Flügel jagte, dem gegenüber Tyler stand. Alberto und sein Sohn, Carlo, unterhielten sich in der Ecke nach dem letzten Ausflug des älteren Ferranti mit Helene in die französischen Alpen. Zweifellos sprachen sie übers Geschäft; Carlo war ein wenig zwanghaft geworden, seit er sich kurz vor dem Jawort von Irena getrennt hatte – eine Tatsache, auf die Alberto und Helene ein Auge hatten. Diese beide waren Ränkeschmiede ganz nach seinem Geschmack.

»Heckst du schon wieder irgendwas aus?«, fragte Everly. Ihre Stimme kitzelte Tylers Nacken.

Er drehte sich um, sodass er mit dem Rücken zum Klavier stand, und ihm stockte der Atem. Die Frau war genauso zauberhaft wie an dem Tag, an dem sie das erste Mal in sein Leben getreten war.

»Was du schon wieder denkst, Süße«, sagte er. »Langsam

denke ich, das und mein wahnsinniges Geschick beim Bingo bei Nunni sind der einzige Grund, warum du mich geheiratet hast.«

»Es ist wahr«, bestätigte sie mit einem schiefen Grinsen, bevor sie sich näher zu ihm vorbeugte, sodass nur er sie hören konnte. »Du hast mich durchschaut. Aber weißt du, was ich noch mehr liebe – noch mehr als meinen Namen, den du dir übers Herz hast tätowieren lassen, um deinen Motorradführerschein zu feiern?«

Er wusste, was seine Antwort war, und es würde heute Nacht wieder geschehen. »Was?«

»Dich.«

Und da war sie, die unerwartete Antwort von der Frau, die es immer schaffte, ihn zu überraschen. »Werden Sie langsam nachsichtig mit mir, Ms 3B?«

Sie lachte, und der Laut mischte sich in das fröhliche Chaos um sie herum. »So darfst du mich nicht mehr nennen, weil wir jetzt Mr und Mrs Penthouse sind.«

»Wir brauchen ein Monogramm.« Und vielleicht zusammenpassende Tattoos. War es falsch, dass er sie dauerhaft als die Seine markieren wollte? Wenn ja, war es Pech, denn so war er eben. Wie dem auch sei, er kannte den perfekten Tätowiersalon in Waterbury, um das Tattoo machen zu lassen. Jetzt brauchte er bloß noch einen Plan auszuhecken, Everly dazu zu bringen zu denken, es sei ihre Idee und nicht seine.

»Ich werde stattdessen einfach deinen Parkplatz nehmen.«

»Wir haben eine Vorliebe für Tiefgaragen.« Und sich in ihnen nackt auszuziehen. Er hatte alle Kamerawinkel in dem neuen Haus abgecheckt und wusste längst, welches die beste Parklücke war.

»Ich kann mir nicht helfen«, antwortete sie, und ihre Stimme klang heiser, während sie mit den Fingerspitzen an seinem

Arm emporstrich, »es erinnert mich daran, wie all das begonnen hat.«

»Glaub mir, ich beschwere mich nicht.« Niemals. Nicht einmal für den Bruchteil einer Sekunde.

»Nun«, ihre Stimme wurde ernst, »dieses Verhalten wird Konsequenzen haben.«

»Gefängnis für öffentliches Entblößen?« Er hatte Geld für die Kaution, und es schien kein Problem mehr für ihn zu sein, eine Szene zu machen.

Sie schüttelte den Kopf, dann flüsterte sie ihm ins Ohr: »Babys.«

Sein Gehirn hatte einen Kurzschluss. Buchstäblich. Er konnte die durchgebrannten Drähte riechen und das Brutzeln hören. Er suchte nach einer Erwiderung. Irgendetwas, und alles, was herauskam, war: »Wann? Wie? Junge oder Mädchen?«

Diesmal war Everlys Lachen nicht leise, und alle im Raum drehten sich zu ihr hin um. Nicht gewillt, diese spezielle Neuigkeit mit ihnen zu teilen, ergriff Tyler Everlys Hand und schob sie durch den Raum in Helenes Profiküche, die ebenso unberührt wie hochwertig war. Doch ausnahmsweise einmal hatte er keine Augen für den Tiefkühlschrank oder den restaurantwürdigen Gasherd. Er konnte nicht aufhören, seine Frau und ihren Bauch anzustarren, ebenso wie ihr Lächeln, das fast von einem Ohr bis zum anderen reichte. Baby. Sein Baby. Ihr Baby.

»Was das Wann betrifft, in ungefähr sieben Monaten«, erklärte Everly geduldig, weil sie offensichtlich wusste, wie sehr sie ihn gerade umgehauen hatte. »Was das Wie betrifft, habe ich dazu nur zu sagen, dass du dabei warst, daher hoffe ich, dass du den Mechanismus des Prozederes verstehst. Und ob es ein Junge oder ein Mädchen wird – ich will warten, bis das Baby geboren wird, bevor ich es herausfinde.«

Warten und sich überraschen lassen? Es klang … perfekt. Er zog sie in die Arme und küsste sie mit genügend Hitze, um sie beide daran zu erinnern, wie genau die Sache mit diesem Baby passiert war. Als er den Kuss schließlich beendete, waren Everlys Lippen geschwollen und ihre Augen umwölkt. Er fragte sich, wie schalldicht die begehbare Speisekammer war.

Sie hob die Hände, um sein Gesicht zu umfassen, und Freudentränen standen ihr in den Augen. »Ich liebe dich, Tyler Jacobson.«

»Und ich liebe dich.«

Heute, morgen, bis in alle Ewigkeit und definitiv genug, um sie durch den Dienstboteneingang hinten in der Küche und den Aufzug hinabzuschmuggeln, denn er würde sie nach Hause bringen, um dort zu zweit zu feiern, oder sie würden eine neue Tiefgarage einweihen. Was sollte er sagen, er war ein Stratege. Es war bloß so, dass all seine Pläne sich jetzt darauf konzentrierten, Everly nackt auszuziehen und ihr zu zeigen, wie sehr er sie liebte und immer lieben würde.

Danksagung

Ein großes Dankeschön geht an Kerri Carpenter. Sie hat mir allerhand von ihrer Nunni erzählt, die ein Faible für Liebesromane hatte, und mir erlaubt, diese familiäre Anrede ihrer Großmutter in diesem Buch zu benutzen. xoxo

Er ist alles, was sie nie gesucht hat ...

Nalini Singh
CHERISH KISSES
Aus dem neuseeländischen Englisch von Patricia Woitynek
ISBN 978-3-7363-1361-3

Als Charlotte Baird von einem Unbekannten in ihrem Büro überrascht wird und ihm vor Schreck einen Tacker an den Kopf wirft, ist dies die missglückte erste Begegnung mit Gabriel Bishop, ihrem neuen Chef. Doch statt sie auf der Stelle zu feuern, ernennt er sie zu seiner persönlichen Assistentin! Ein Schock für Charlotte, die sich lieber unauffällig im Hintergrund hält — und die schon jetzt spürt, dass sie Gabriels Charme nicht gewachsen ist!

»Megastar Singh — noch prickelnder, noch erotischer!«
ROMANTIC TIMES

Alles geschieht aus einem bestimmten Grund …

Vi Keeland / Penelope Ward
HATE NOTES
Aus dem amerikanischen
Englisch von
Antje Görnig
352 Seiten
ISBN 978-3-7363-1286-9

Reed Eastwood ist arrogant, zynisch und fordernd. Niemand weiß das besser als seine Assistentin Charlotte Darling. Und doch ist sie sich sicher, dass er auch eine andere Seite hat. Deshalb versucht sie jeden Tag, seine Fassade zum Einsturz zu bringen. Aber Reed hat ein Geheimnis, das eine Liebe zwischen ihnen unmöglich macht. Und so tut er alles, um Charlotte auf Abstand zu halten – und scheitert dabei kläglich …

»*Hate Notes* macht Spaß, ist prickelnd und doch romantisch und soo emotional!« HARLEQUIN JUNKIE

LYX